JOACHIM WESSEL

PINGUIN MAMBO

Ein Krimi aus dem FF

hansanord

hansanord

Joachim Wessel

PINGUIN MAMBO

Ein Krimi aus dem FF

IMPRESSUM

1. Auflage 2021

Der Roman ist vom Autor als Autofiktion geschrieben, was bedeutet, dass er seine eigenen Erinnerungen mit fiktionalen Elementen verbindet, die nicht der Realität entsprechen, sondern lediglich dem Erzählfluss dienen.

ISBN Print 978-3-947145-48-5
ISBN E-Book 978-3-947145-49-2

Cover | Umschlag: Marc-Torben Fischer
Satz: Christiane Schuster | www.kapazunder.de
Lektorat: Birgit Rehaag | www.lektorat-satzzeichen.de

Für Fragen und Anregungen:
info@hansanord-verlag.de
Fordern Sie unser Verlagsprogramm an:
vp@hansanord-verlag.de

hansanord

hansanord Verlag
Johann-Biersack-Str. 9
D 82340 Feldafing
Tel. +49 (0) 8157 9266 280
FAX +49 (0) 8157 9266 282
info@hansanord-verlag.de
www.hansanord-verlag.de

Kein Künstler ist während der ganzen vierundzwanzig Stunden seines täglichen Tages ununterbrochen Künstler; alles Wesentliche, alles Dauernde, das ihm gelingt, geschieht immer nur in den wenigen und seltenen Augenblicken der Inspiration.

Stefan Zweig

März 1989

Es war Viertel vor sieben, als Hannes Krondorf aus dem Fahrstuhl in die Vorhalle des Hotels trat und mit ein paar unsicheren Schritten vorsichtig zum Restaurant hinüber stolperte, dann aber mitten im Foyer stehenblieb. Für einen Moment sah er sich suchend um, dann ließ er sich in einen der schweren Clubsessel fallen, schloss die Augen und atmete tief durch. Der Eingangsbereich war menschenleer, zwischen den verstaubten Topfpflanzen vor den breiten Fenstern schien spät und tief die Abendsonne herunter auf die matt schimmernden Fußbodenfliesen.

Hinter dem Tresen ordnete der Concierge ein paar Briefe in die hölzernen Postfächer an der Wand. Als er Krondorf bemerkte, hielt er kurz inne und sah hoch. Dann presste er, ohne ihn anzusehen, ein kaum hörbares »Guten Abend« zwischen den Zähnen hervor. Statt einer Antwort stand Krondorf auf, stieß sich vom Polster ab und wankte zum Tresen hinüber. Mit einer gelangweilten Geste schob er den Schlüssel mit der eingravierten Zimmernummer über die glatt polierte Tresenplatte, ließ ihn einmal kreiseln, drehte sich um und stakste die wenigen Schritte zum Restaurant hinüber.

In seinem Rücken spürte er die Feindseligkeit, mit der ihn der Concierge musterte.

Wie immer sollte es ein gemütlicher Abend mit den Kollegen werden, inzwischen begrüßte sie der Kellner am Eingang wie alte Bekannte und hielt einen Tisch frei, so wie sie es liebten, und doch wurden diese Abende immer seltener.

Wie nebenbei schob Krondorf einen Geldschein in die geöffnete Hand des Restaurantleiters, den dieser, ohne eine Miene zu verziehen, in seiner Hosentasche verschwinden ließ, gleichzeitig bedachte Krondorf den Concierge mit einem herablassenden Blick und gesellte sich zu seinen Kollegen, die bereits das erste Herrengedeck auf dem Tisch hatten.

Während sie eine Weile gemütlich beisammensaßen, stand Hannes Krondorf plötzlich auf und murmelte:

»Nein, das kann es nicht gewesen sein.«

Ruckartig stieß er dabei den Stuhl hinter sich zu Boden. Während sein Gesicht rot anlief, straffte der pralle Bierbauch das weiße Frackhemd, als wollten die aufgenähten Perlmuttknöpfe abspringen.

Krondorf wirkte nervös und ruhelos. Während der letzten Nächte hatte er kaum geschlafen. Auch tagsüber war ihm nicht wohl bei dem Gedanken, was in nächster Zeit auf ihn zukommen würde. Wie immer war er nach der Veranstaltung ins Hotel gegangen, hatte vor dem Abendessen das schwarze Orchestersakko ausgezogen und im Hotelzimmer ordentlich auf einen Kleiderbügel gehängt. Stets strich er dabei liebevoll über die linke Brusttasche, auf der die Initialen des Orchesters, zwei große »F« in goldenem Faden aufgestickt waren. Aus Bequemlichkeit oder Faulheit, er wusste es nicht mehr genau, hatte er heute das Frackhemd angelassen und nicht gegen ein bequemes Shirt getauscht. Jetzt beengte es ihn, denn er hatte einige Kilo zugelegt, war regelrecht fett geworden, fühlte sich unwohl und verspürte ständig eine leichte Gereiztheit.

Seit klar war, dass seine Kollegen das kommende Gastspiel im Westen ohne ihn bestreiten würden, war er wortkarg geworden und in sich gekehrt, trank ab und zu mal ein Bier, allenfalls ein Glas Wein. Entgegen jeder Gewohnheit jedoch hatte er sich vor wenigen Augenblicken die kleine Flasche Scotch aus der Minibar geangelt und in einem Zug bis zum letzten Tropfen hinuntergeschüttet. Es schüttelte ihn, das Zeug brannte die Speiseröhre herunter und doch verspürte er plötzlich ein Gefühl von wohltuender Wärme im Bauch. Mit einem leichten Benommenheitsgefühl war er gerade noch zur verabredeten Zeit ins Restaurant gelangt und hatte seine Freunde begrüßt.

Heute wollte er kein Blatt mehr vor den Mund nehmen. Mit einer fahrigen Bewegung hob er die rechte Hand zum Mund. Es schien, als bildete sich aus Zeigefinger und Daumen ein Oval, mit dem er nun über seinen Schnauzbart und die fleischigen Lippen fuhr, um den Bierschaum abzustreifen, der dort anhaftete.

Krondorf stieß mit dem Fuß seinen Stuhl zur Seite und stakste ein paar Schritte zu den geöffneten Fenstern hinüber, holte tief Luft und blickte auf die Straße hinaus.

Draußen tanzte die Abendsonne mit den letzten Strahlen auf den warmen Steinen des Vorplatzes. Von der Hauswand gegenüber sprühten glitzernde Wassernebel aus übergroßen Pusteblumen in einen rechteckigen Brunnen, ein paar Kinder spielten dort und er hörte die Rufe ihrer Mütter, die miteinander schwatzten: »Passt auf« und »Geht nicht so nah ran, wir wollen gleich nach Hause.«

Dicht dabei auf dem Brunnenrand hockte ein altes Mütterchen im schwarzen Mantel und polkte mit krummen Fingern kleine Brocken aus einer alten Stulle, die sie in einem fort zwischen Daumen und Zeigefinger herunter auf den Fußboden krümelte. Zwischen ihren Füßen stritt sich eine Schar munter lärmender Spatzen um die herunterfallenden Brösel.

In der Ferne nahm er ein paar Fahrzeuge wahr, die über die asphaltierte Hotelanfahrt heran rauschten. Es waren nacheinander vorfahrende Taxis, aus denen Herren und Damen in eleganter Abendrobe stiegen. Sofort wurden sie von herum quirlenden Laufburschen mit kleinen Höflichkeitsbezeugungen empfangen und ins Foyer geleitet. Die Fahrer schleppten schwere Koffer hinterher. Durch das geöffnete Fenster drang aus dem nahegelegenen Biergarten plötzlich das Lärmen der Straße herein.

Erstaunt blickten die Freunde zu Krondorf, was kam jetzt? Das Poltern des Stuhls hatte das gut besuchte Hotelrestaurant für einen Augenblick in aufmerksame Stille versetzt. Die Gespräche rundum waren leiser geworden, kein Besteck kratzte auf einem Teller, niemand rührte mehr mit dem Löffel in einer Tasse. Neugierige Blicke schweiften zu Krondorf, der wortlos zu seinem Platz zurückwankte.

Er wirkte angespannt. Seine Schultern zuckten vor und zurück. Was hatte ihn plötzlich so erregt?

»Das ganze letzte Jahr schon habe ich sie gehasst«, zischte er, während er den umgestürzten Stuhl wieder aufstellte. »Sie steht mir bis hier oben hin«, er richtete sich auf und trank einen großen Schluck Bier. Dabei legte er mit einer eindeutigen Handbewegung die Kante seiner Hand dicht unters Kinn, leerte das Glas, hielt es mit der Öffnung nach unten und sah zu, wie die letzten Tropfen auf die Tischdecke herabfielen, dann stellte er das Bierglas auf den Tisch und stützte sich mit der Hand darauf. In diesem Moment protestierte sein vom Alkohol misshandelter Körper. Kaum stand er aufrecht, verspürte er eine entsetzliche Abneigung und den heftigen

Wunsch, sich zu übergeben. Mühsam wischte er sich ein paar kleine Schweißperlen von der Stirn, währenddessen die elegante Biertulpe auf ihrem schmalen Stiel dem Druck seiner Hand nicht standhielt und unter der Last zerbarst. Hannes Krondorf schloss die Augen und atmete tief, dann öffnete er die Augen wieder und spreizte seine Finger umständlich auseinander. Kleine Rinnsale von blassem Blut rannen zwischen ihnen hindurch, nahmen den Weg über spitze Glassplitter herunter auf das blütenreine Tischtuch. Gedankenlos wischte er die Glassplitter vom Tisch. Eine Lache aus Bier und Blut breitete sich in kleinen Wellen aus, klebte den Stoff auf den Tisch und hinterließ rosagelbe Flecken.

Wie die Stasi, die ihre Fangarme nach Beute ausfährt, schoss es ihm, vom Schmerz wieder hellwach geworden, durch den Kopf. Seine Freunde glotzten ungläubig und verfolgten bestürzt das Geschehen. Sie kannten ihn, aber diesmal überraschte er sie wirklich. Wieder trat ihm Schweiß auf Stirn und Oberlippe, er schien nicht darauf zu achten.

Sicher, das wussten sie, Hannes Krondorf war nie ein Kind von Traurigkeit gewesen, – auch er hatte, wie so mancher von ihnen in den letzten Jahren kaum eine Vergnügung ausgelassen, Gelegenheiten dazu hatte es auf ihren vielen Reisen genug gegeben, doch was war heute mit ihm los?

Dass die Künstleragentur der DDR Krondorfs Reisepass vor dem erneuten Gastspiel im Westen einbehalten hatte, war kein Geheimnis. Doch keiner ahnte, warum die bevorstehende Ausreise gerade ihm versagt worden war. Ausgerechnet ihm, der mit seinen erstaunlichen musikalischen Fähigkeiten auf ihren gemeinsamen Tourneen Erfolge feierte. Äußerst sensibel war Krondorf in letzter Zeit geworden: Wenn ein paar Leute in seiner Gegenwart miteinander flüsterten, glaubte er, man rede über ihn, und zwar schlecht. Und darum traute sich keiner, über diese Angelegenheit offen zu sprechen. Übrig blieb die neugierige Spannung nach dem Wieso oder Warum, sie schürte unterschwellig ein aufkeimendes, zermürbendes Misstrauen der Musiker untereinander, verbreitete darüber hinaus eine unabsehbare Unruhe unter ihnen.

Heute, hier im Hotelrestaurant, im Beisein seiner Freunde wollte Krondorf Gewissheit.

Die Freunde folgten seinem Blick und bemerkten, dass zur gleichen Zeit Kerstin Scholz das Restaurant betreten hatte.

Sie schlenderte zwischen den Tischen hindurch und sah sich prüfend um. Als sie Krondorf entdeckte, bahnte sie sich zielgerichtet den Weg zum Tisch der Musiker, deren Gesichter sich augenblicklich verfinsterten. Der friedliche Sommerabend schien mit ihrem Auftreten endgültig vorbei zu sein.

Kerstin Scholz war groß, schlank und fiel jedem, der sie sah, sogleich auf. Nie trug sie einen Rock, stattdessen einen blauen Hosenanzug mit dezenten Nadelstreifen und hochhackige Pumps. Das gab ihrem Auftreten eine karrierebewusste geschäftliche Erscheinung.

Wenn sie sprach, dann mit leiser Stimme aus dem Nichts heraus, dabei beeindruckte sie ihre Zuhörer mit einem außergewöhnlichen Gedächtnis für Namen und Gesichter.

Immer höflich, ausgestattet mit besten Manieren und einem perfekten Make-up, war sie das Abbild der jungen, erfolgreichen Parteigefolgschaft.

Sie hatte eine gute Startposition gehabt, belohnte ihre Eltern mit guten Schulnoten und bald darauf mit exzellenten Beurteilungen während ihres Studiums der sozialistischen Kulturwissenschaften in Berlin.

Kerstin Scholz war allgegenwärtig.

»Guten Abend, die Herren«, flötete sie, während sie vom Nachbartisch einen freien Stuhl herüber angelte. Ihr Mund verzog sich dabei zu einem kühlen, spöttischen Lächeln.

Nun stand Krondorf, der Trompeter des berühmten Orchesters, ihr für einen Moment aufrecht gegenüber.

Unaufhörlich schien sich sein Gleichgewichtsorgan zu sorgen, dem vorangegangenen Alkoholgenuss nicht mehr standhalten zu können. Es war nicht zu übersehen, die Trunkenheit setzte ihm heftig zu. Merkwürdig still war es plötzlich im Restaurant. Die Kellner, welche bisher faul an der Schwingtür zum Küchentrakt herum lungerten, fühlten sich plötzlich bemüßigt, ihren Gästen etwas mehr Aufmerksamkeit zu schenken. Wie das Heransummen eines nahenden Wespenangriffs schwoll das Getuschel an den Tischen um eine Kleinigkeit an. Die Gäste rückten ihre Stühle hin und her, so konnten sie das Geschehen besser verfolgen. Unversehens stand der ganze Raum unter Spannung. Neugierig wartete man auf die kommenden Ereignisse. Krondorf wirkte nachdenklich. Wahrscheinlich hatte er die letzte Stunde des Abends damit zugebracht, zwischen unzähligen Bieren tonlos zu üben, was er Kerstin Scholz sagen wollte.

Jetzt stand sie ihm im Restaurant gegenüber. Jetzt könnte es sein. Jetzt müsste es sein. Hannes Krondorf raffte sich auf.

Endlich einmal die Wahrheit sagen. Ihr mitten ins Gesicht brüllen, was alle dachten, sich aber keiner traute. Für einen Moment schien Krondorf klarer im Kopf. Hier im vollbesetzten Raum ihr vor den Bug knallen, für welche Ungerechtigkeiten sie Platzhalter war. Was hatte er denn noch zu verlieren? Seine Überlegungen, sie erpressbar zu machen, hatten sich als nicht tauglich erwiesen. Selbst eine gemeinsam durchzechte Nacht, ein intimes Gelage im Hinterzimmer einer verrauchten, muffigen Kneipe auf neutralem Parkett hatten sie scheinbar nie dazu verleitet, in das Bett eines Kollegen zu kriechen. Erstaunliches Training.

Es war, als hämmerte das alkoholschwere Blut mit gespitztem Bleistift in Krondorfs Gehirn. Sein verlässlich arbeitendes Gedächtnis schien immer neue Dinge heraufzubeschwören.

Der Anfang 1981, das Gastspiel in Westberlin, die Tourneen durch Österreich, Holland, Frankreich.

Warum durfte gerade er nun nicht mehr mit?

Er fühlte sich zurückgewiesen und tief gekränkt. Augenblicklich nahm er allen Mut zusammen, brachte jedoch kein Wort heraus, seine Stimme versagte. Ausgerechnet jetzt!

Kaum hörbar schlich ein Kellner heran, zog widerwillig die schmutzige, steif herabhängende Tischdecke unter Krondorfs schwerer Hand weg und legte eine saubere auf. Weiter ereignete sich nichts. Der Showdown blieb aus.

***

Wütend knallte Kerstin Scholz die Fahrertür ihres nagelneuen Wartburg 353 zu.

Außer einem kurzen, harten »Klack« hatte der Anlasser keinen Ton von sich gegeben. Mehrere Kontrollleuchten blinkten wild, dann war alles aus. Und es regnete.

Ich hätte doch auf einem Lada bestehen sollen, dachte sie und angelte den schwarzen ledernen Aktenkoffer von der Rückbank.

»Jetzt mit dem Bus bis zur Chausseestraße, da brauche ich mindestens 40 Minuten!«, murmelte sie vor sich hin. Und es war schon acht. Um neun sollte sie beim Genossen Minister ihre Einschätzungen vortragen.

»Scheiße, Scheiße«, fluchte sie, »ausgerechnet heute! Ich werde dem Weimann dermaßen eins auswischen, dass es ihm noch mal leid tut, mir diese Mistkarre besorgt zu haben!«

Zornig sah sie sich um, kein Taxi weit und breit. Also doch zum Bus. Während sie ihren Knirps aufschnappen ließ, rannte sie über die Straße, immer darauf bedacht, mit ihren nagelneuen Pumps nicht in eine der unzähligen Pfützen zu tapsen, ihr Groll wuchs.

Wie lange war es her, dass sie den Antrag zur Bereitstellung eines Autos bei Weimann eingereicht hatte? Mindestens ein halbes Jahr. Erst in 20 Minuten würde der nächste Bus kommen, ärgerlich klopfte sie mit dem Finger auf der Fahrplantafel herum, als ließe sich damit die vertane Zeit abkürzen.

Damals, beim Ball der Nationalen Volksarmee, hatte sie Weimanns plumpe Anmachversuche abgewehrt. Vielleicht hätte sie ihm wenigstens ein bisschen Hoffnung machen sollen, dem Weimann. Aber nein, sie konnte nicht, Weimann war der aalglatte, immer nach billigem Rasierwasser riechende Typ Mann, den sie nun mal nicht mochte.

Als sie vor einem halben Jahr in das Zimmer mit dem Schild Kommerzielle Koordinierung – Personal und Beschaffung – Leutnant A. Weimann getreten war, war ihr erster Eindruck von ihm ein recht sympathischer gewesen.

Vorne am Fenster stand ein großer Schreibtisch, an dem ein sportlicher junger Mann in Uniform saß. Ohne aufzusehen ordnete er einige Akten und ließ diese, als Kerstin Scholz eintrat, in einer Schublade seines Schreibtisches verschwinden.

»Kommen Sie doch näher«, bat er freundlich und schob die Schublade zu. »Oh, guten Morgen, die Genossin Scholz von der Kultur!« Er kam hinter seinem Schreibtisch hervor, um ihr die Hand zu schütteln und eine Wolke aufdringlichen Parfüms waberte auf sie zu.

Keinen Schritt weiter, schoss es ihr durch den Kopf und sie erinnerte sich augenblicklich an die Warnung ihrer Freundin Kathrin Leitmann: »Sei vorsichtig, der Kerl hat Einfluss ganz nach oben, und ...«, sie hatte eine bedeutungsvolle Pause gemacht, »... er ist ein Schwein!«

»Nehmen Sie doch Platz.«

Leutnant Weimann schob ihr einen Stuhl zurecht und verschwand wieder hinter seinem Schreibtisch.

»Ich habe«, begann Kerstin Scholz, »die Empfehlung von der Genossin Leitmann hier«. Damit legte sie einen Briefumschlag auf den Schreibtisch. »Es geht um die Bereitstellung eines Fahrzeuges.«

»Ach so, ja, die Genossin Leitmann, die hat sie bereits angekündigt!« Weimann musterte sie frech und sein Blick blieb an ihren Beinen hängen.

Kerstin Scholz räusperte sich und fuhr fort:

»Ich brauche dringend ein anderes Auto!« Sie machte eine kleine Pause und sah ihm ins Gesicht, vermied dabei aber tunlichst den direkten Augenkontakt. »Wenn das Orchester jetzt täglich in Westberlin gastiert, mache ich mich ja mit meinem vergammelten Trabant 601, Baujahr 1971, lächerlich.«

Sie zog ein Blatt aus dem Umschlag und legte es vor sich auf den Schreibtisch, dabei prüfte sie die Wirkung ihrer Worte. Weimann lächelte sie an. Aber es war kein freundliches entgegenkommendes Lächeln, das spürte sie. Eher aufdringlich, anzüglich.

Wahrscheinlich zieht er dich in Gedanken schon aus, dachte sie. Intuitiv straffte sich ihr Körper. Jetzt musst du nachlegen, dachte sie, und lächelnd fuhr sie fort: »Das wird ein gefundenes Fressen für die Bildzeitung, ich sehe schon die Schlagzeile: Vertreterin der Künstleragentur der DDR kommt im klapprigem Trabant zum Kassieren der Westgage.«

»Ich weiß, ich weiß«, Weimann wiegelte ab, »aber wie Sie sicher wissen, Genossin Scholz, sind unsere Kapazitäten beschränkt.« Er stand auf und kam um den Schreibtisch herum. Jetzt stand er direkt vor ihr, sein Parfüm verursachte ihr Übelkeit.

Reiß dich zusammen, dachte sie, schlug die Beine übereinander und sah ihn aufmüpfig an.

»Möchten Sie einen Kaffee oder ein Wasser?« Weimann ging zum Fenster und machte sich an einem Tischchen zu schaffen, das neben einem großen Aktenschrank stand, der mit einer Jalousie verschlossen war. »Hier gibt es auch ein paar Kekse.«

»Danke«, sagte sie, »ich komme gerade vom Frühstück.«

Sie hatte zwar Hunger, war aber zu nervös, überhaupt etwas essen zu können.

Weimann schenkte sich eine Tasse Kaffee ein, nahm wieder hinter dem Schreibtisch Platz und betrachtete das Schreiben vor sich.

»Sie könnten«, begann er, »wie die Musiker und unsere Artisten das bereits in den vergangenen Jahren problemlos praktiziert haben, während der Veranstaltungen von ›Menschen-Tiere-Sensationen‹ die öffentlichen Verkehrsmittel in Berlin West benutzen.« Dabei nahm er das Blatt Papier quer zwischen beide Daumen und Zeigefinger, bog es leicht hin und her und klopfte mit der waagerechten Kante auf die Schreibtischplatte. »Das ist für Bürger der DDR kostenlos, wie Sie sicher wissen«.

Jetzt hatte er schon zum zweiten Mal ›Wie Sie sicher wissen‹ gesagt. Kerstin Scholz überlegte, was er damit bezweckte, doch ihr fiel nur ein, dass die Regelung des Westberliner Senats, alle öffentlichen Verkehrsmittel im Westteil der Stadt umsonst nutzen zu können, eigentlich nur für die Rentner aus Ostberlin eingeführt worden war.

»Ich bin weder Musiker noch Artist«, entgegnete sie und konterte mit einer bissigen Seitenbemerkung, »und auch kein Rentner, der mit Bus oder Bahn in Westberlin herumkutschiert.« Laut und fordernd war jetzt ihre Stimme.

Leutnant Weimann schien unmerklich zu verkrampfen und kniff die Augen zusammen. Dann zog er einen Hefter aus dem Schreibtisch hervor und schlug eine Liste auf.

»Sofort erhältlich wäre in Ihrem Falle ein Skoda Oktavia«, sein Blick glitt die Kladde hinab, »oder ein Wartburg 353.«

»Das ist jetzt nicht Ihr Ernst«, Kerstin Scholz witterte Oberwasser, »ein Skoda Okta…, Okta… was?«, sie wendete sich empört ab. »Ich hatte eher an einen Lada 1500 gedacht, wie ihn die Genossin Leitmann fährt!«

Weimann funkelte sie wütend an.

»Die Genossin Leitmann ist, wie Sie sicher wissen, eine angesehene Funktionärin im Zentralrat der FDJ, im Übrigen einer Mitarbeit in unserem Hause nicht abgeneigt.«

Trotzig hielt Kerstin Scholz seinem Blick stand, merkte wohl aber, dass ihre Forderung nach einem Lada kaum Erfolg haben würde.

»Sie hingegen«, fuhr Weimann versöhnlicher fort, »haben als Angestellte der Künstleragentur meines Wissens nach zwar bei allen bisherigen Einsätzen mit dem Orchester hervorragende gesellschaftliche und politische Arbeit geleistet, sich allerdings einem klärenden Gespräch noch nicht öffnen können.«

Das kam so unerwartet, dass Kerstin Scholz zuerst glaubte, sich verhört zu haben.

»Es gibt aber«, Weimann machte eine verständnisvolle Geste, »immer Wege und Möglichkeiten, Ihren Wunsch zu erfüllen.«

Aha, dachte Kerstin Scholz, jetzt kommt's.

Weimann stand auf und schob die Jalousie des Aktenschrankes nach oben. Aus einem Fach entnahm er einen Bogen Papier, legte ihn auf die Tischplatte und betrachtete sie aufmerksam.

Verpflichtung las sie die Überschrift und weiter:

»Ich verpflichte mich aus politischer Überzeugung und aus der Erkenntnis der Notwendigkeit des zuverlässigen Schutzes und der weiteren allseitigen Stärkung der entwickelten sozialistischen Gesellschaft in der DDR ...«, sie überflog die nächsten Zeilen und kam zum Ende des ersten Absatzes: »... mit dem Ministerium für Staatssicherheit inoffiziell zusammenzuarbeiten.«

Ihre Augen huschten über die folgenden Zeilen und blieben am letzten kursiv gedruckten Absatz hängen: »Zur strikten Geheimhaltung dieser inoffiziellen Zusammenarbeit gegenüber jeder Person, auch meinen engsten Familienangehörigen sowie Verwandten und Bekannten gegenüber und zur Einhaltung der Regeln der Konspiration wurde ich vom Mitarbeiter des MfS belehrt.«

Sie schob das Blatt beiseite. Bisher hatte sie sich den Anwerbungen des MfS erfolgreich entziehen können.

Jetzt war sie mit ihrem Latein am Ende. Sollte sie etwa hier und sofort eine Verpflichtungserklärung fürs MfS unterschreiben? War das der Preis für ein fabrikneues Auto? Hatte etwa Kathrin Leitmann unterschrieben und dafür einen Lada bekommen? War Kathrins Geschichte (Da verbringst du eben eine Nacht mit ihm, aber sieh dich vor er ist ein Schwein) nur erfunden und ihre Freundin hatte sich den Lada in Wirklichkeit mit einer Verpflichtungserklärung erkauft?

Weimann schien ihre Gedanken zu erraten und legte den Papierbogen wieder zurück in den Aktenschrank.

»Ich werde sehen, was ich für Sie tun kann.«

Er kam um den Schreibtisch herum und lächelte sie an: »In drei Wochen begehen wir im Palast der Republik den Tag der Nationalen Volksarmee, und abends zum Ball hätte ich gerne jemanden an meiner Seite, der etwas von Musik versteht. Wie Sie sicher wissen, sind wir Soldaten mit unseren Tanzkünsten eher unbeholfen, und eine Kollegin von der Künstleragentur«, er sah ihr nun direkt in die Augen, »könnte mir auf dem Tanzparkett zur Seite stehen, was halten Sie davon?«

Wie naiv ist das denn, dachte Kerstin Scholz, wollte schon Einwände machen, besann sich jedoch schnell eines Besseren und log: »Oh, das würde mir Spaß machen, gerne, ich hatte sowieso vor, dort hinzugehen, aber die Karten waren so schnell weg und ich …«

»Na, sehen Sie«, fiel er ihr ins Wort, »da kann ich etwas unternehmen und uns ist beiden geholfen.«

Viel war es nicht, nur die Andeutung eines Versprechens hatte er ihr gegeben. Weimann nahm den Telefonhörer und drückte auf einen weißen Plastikknopf unterhalb der Wählscheibe.

»Teilnehmer?«, hörte sie ihn fragen, in seiner Stimme schienen sowohl Wichtigkeit als auch Gleichgültigkeit zu schwingen, dann schweiften ihre Gedanken ab. Worauf hatte sie sich jetzt eingelassen. Ein Auto für eine Nacht mit einem Schwein?

»Überarbeiten Sie die Liste auf Seite eins«, hörte sie ihn nun im Befehlston in den Hörer sagen, »schieben Sie den 353 nach oben.« Dann legte er auf.

Sie hatte eingewilligt, schon nach 14 Tagen war der Bezugsschein in der Post, der Wartburg stand vor der Tür und sie war mit ihm auf dem Ball. Er war ein guter Tänzer, führte sie mit leichter Hand, erwies sich jedoch bald als kleiner Fummler. Sie spielte ein bisschen mit, machte ihm schöne Augen, ließ aber nichts weiter zu.

Mit seinem Dienst-Lada brachte er sie nach Hause, wollte mit nach oben, doch sie kriegte die Kurve und wimmelte ihn an der Haustür ab.

Nun stand sie im Regen an der Bushaltestelle in Marzahn und fluchte still in sich hinein. Wie immer würde sie zu spät kommen, das hatte sie schon morgens geahnt, als sie den Autoschlüssel von der Flurgarderobe gefingert und gehofft hatte, dass das Schild »Außer Betrieb« heute ausnahmsweise mal nicht an der Fahrstuhltür klebte. Ich hasse Marzahn, hatte sie gedacht und Panik war in ihr aufgestiegen, aber sie hatte sie niedergekämpft und war die zehn Treppen runter zum Auto gehastet. Wie immer war sie gestern zu spät schlafen gegangen, hatte ihr Referat noch und noch durchgelesen, die aufgelisteten Zahlenkolonnen aufs Neue den zu erwartenden Einnahmen in Devisen gegenübergestellt, die eine oder andere Stelle geändert, gestrichen, nur um sie dann doch wieder aufzunehmen.

Viel hing heute von ihrer Einschätzung ab. Das gesamte Komitee für Unterhaltungskunst, ein Vertreter des Kulturministers und natürlich unvermeidlich irgendein Stasifritze würden aufmerksam ihren Ausführungen lauschen und anschließend beurteilen.

Und jetzt das: Diese verfluchte Wartburgkiste hatte sie im Stich gelassen, ausgerechnet heute.

Sie zwängte sich in den übervollen Bus und hielt ihre Aktentasche fest in der Hand. Sie würde zu spät kommen. Als sie endlich am Ministerium ausstieg, war sie für einen Moment ratlos und legte dem Pförtner ihre Papiere vor. Nachdem der einen prüfenden Blick darauf geworfen hatte, löste er mit einem Knopfdruck den Verriegelungsmechanismus der Sicherheitsschleuse, ein leiser Summton ertönte, dann ein leises Klacken, sie lehnte sich mit der Schulter gegen die waagerechten Metallsprossen der schweren, mannshohen Drehtür, warf einen kurzen Blick zurück nach oben in die Überwachungskamera, betrat auf der anderen Seite der Schleuse das Treppenhaus des Ministeriums, stürmte die breite Steintreppe hinauf und blieb auf dem Treppenabsatz des ersten Stockwerks vor einer Glastür atemlos stehen.

Jetzt der Zettel, dachte sie, wo ist der verflixte Zettel mit der Zimmernummer. Sie öffnete die Glastür, schaute sich um und betrat einen endlosen Gang, von dem rechts und links nach wenigen Metern ebensolche Seitenflügel abgingen.

Sie suchte noch in ihrer Manteltasche, als eine Tür geöffnet wurde und ihr Leutnant Weimann entgegeneilte.

»Kommen Sie, kommen Sie«, rief er, hielt die Tür auf und winkte sie zu sich heran.

Damit hatte sie nicht gerechnet. Nicht der jetzt, dachte sie entsetzt, bitte nicht der jetzt bei meinem Vortrag.

»Sie sind spät dran, sehr spät!« Weimanns Augen durchlöcherten sie, unverfroren musterte er sie, nahm Maß an ihrem Körper und sogleich löste der aufdringliche Geruch von stark aufgelegtem Rasierwasser in ihr das Gefühl von Übelkeit aus.

Kerstin Scholz ging durch die Tür und entdeckte einige bekannte Gesichter, die ihr freundlich zuwinkten. Vorn am Rednerpult werkelte ein Techniker an der Pultbeleuchtung herum, am Fenster standen einige Männer, die sie noch nie gesehen hatte, rauchten und unterhielten sich angeregt. Der Genosse Minister war nicht im Raum.

Weimann knallte die Tür hinter ihr zu und Herman Falkner, ihr Chef und Direktor der Künstleragentur, stürmte auf sie zu.

»Mensch, Mädel«, stöhnte er», das hätte aber auch schief gehen können!« Er wischte sich ein paar Schweißperlen von der Stirn und fragte: »Was war denn los, wieso bist du zu spät, gerade heute?«

Sie warf einen kurzen Seitenblick auf Weimann und hatte große Lust, die Sache mit dem Wartburg vor allen lautstark zu verkünden, ihr Chef erwartete jedoch gar keine Antwort und fuhr aufgeregt fort: »Der Genosse Minister ist noch in einer Besprechung, wir haben großes Glück, vielleicht kommt er gar nicht!«

Damit schob er sie zum Rednerpult nach vorne und bat die übrigen, Platz zu nehmen.

Kerstin Scholz ordnete ihre Unterlagen und sah sich prüfend im Raum um. Außer ihrem Chef, drei Mädels vom Komitee für Unterhaltungskunst und Weimann kannte sie keinen der Anwesenden.

Nun gut, dachte sie, der Genosse Minister hat sicherlich einen Staatssekretär geschickt, wenn er schon selber keine Lust hat. Dann waren die jungen Burschen in ihren Kunstlederjacken da hinten in der letzten Reihe vom MfS. Und der Rest der illustren Gesellschaft war demnach von Schalk-Koloko seiner KoKo. Sie musste über ihr Wortspiel schmunzeln, riss sich aber gleich zusammen. Was nur der Weimann hier wollte?

Jetzt stand Falkner auf und bat um Ruhe.

»Liebe Genossinnen und Genossen«, begann Kerstin Scholz. »Es geht heute um …«, bald war sie in ihrem Element, begann mit ein paar allgemeinen Erläuterungen, verlor ein paar Worte zur Geschichte des berühmten Orchesters, hob die Bedeutung des Dirigenten hervor, ließ ein bisschen Blabla zu dessen Verbindungen in das Nichtsozialistische Wirtschaftsgebiet herabrieseln, beschrieb die internen Strukturen, stellte die Vertragsverhältnisse klar und kam schließlich zum Thema.

»Ist sie nicht großartig?« Falkner lehnte sich entspannt zurück und grinste Weimann an, der neben ihm saß.

»Sicher«, antwortete Weimann, zog ein kleines Vokabelheftchen aus der Innentasche seines Jacketts und machte sich eine Notiz.

»Das Orchester könnte«, Kerstin Scholz war sich der Bedeutung der jetzt folgenden Ausführungen bewusst und hob ihre Stimme ein wenig an, »das Orchester könnte«, wiederholte sie, »bei einem Einsatz in Berlin West an nur zehn Tagen und täglich zwei Veranstaltungen einen Devisengewinn von mehr als 100.000 Valuta erwirtschaften.«

Sie machte eine kleine Pause, um die Wirkung dieser Zahl zu testen, dann setzte sie noch eins drauf und rasselte wie selbstverständlich die zuvor mühsam erstellten Zahlenkolonnen herunter, wägte Einnahmen mit Ausgaben ab, erwähnte das Prozedere der Gagenzahlung an die Musiker und erläuterte auf Nachfrage, wie die Musiker ihre Gage pro Veranstaltung in Ost-Mark ausgezahlt bekämen, die eigentliche Gage dafür hingegen ungeschmälert in DM auf den Konten des Außenhandelsministeriums der DDR erscheinen würde.

Allgemeine Zufriedenheit machte sich bei den Zuhörern breit. Falkner wandte sich zu Weimann und drückte ihm den Arm:

»Sie ist großartig!«

»Was passiert aber«, aus der letzten Stuhlreihe erhob sich ein junger Mann und fragte weiter, »was passiert, wenn einer der Musiker dieses Gastspiel nutzt, um unsere Republik ungesetzlich zu verlassen?« Er sah sich um und legte nach: »Ich rede jetzt mal Klartext, was ist, wenn einer abhaut?«

Kerstin Scholz sah von ihrem Manuskript auf und dachte bei sich: Typisch, wenn einer abhaut, interessiert das die Stasi, aber welche rechtlichen Verwicklungen es bei einer Vertragsstrafe geben würde, weil plötzlich ein Musiker weniger auf der Bühne steht, das geht ihnen am Arsch vorbei.

Schnell fand sie wieder zu sich und erwiderte spitzzüngig:

»Wie Sie sicherlich wissen, wurden alle infrage kommenden Reisekader wie immer durch die zuständigen Stellen überprüft.« Diesen kleinen Seitenhieb musste sie unbedingt loswerden und schaute Weimann direkt in die Augen. »Sollte sich eine diesbezügliche Einschätzung allerdings als unzutreffend erweisen, so liegt das nicht in der Zuständigkeit der Künstleragentur.«

Fertig dachte sie, geschafft, klappte ihre Mappe zu und sah noch einmal prüfend in den Saal.

»Die erneute Vertragsgestaltung und eine Sublimierung der Gage«, sie betonte ›Sublimierung‹ besonders, weil sie ahnte, dass, abgesehen von ihrem Chef, kaum einer im Raum die Bedeutung des Wortes erfassen würde, »... eine Sublimierung liegt dann ganz im Ermessen der Künstleragentur und unseres Genossen Direktor.«

Ihr Blick blieb an Falkner hängen, der sich Beifall heischend zu Weimann wandte und vor Wohlwollen zu platzen schien.

***

Am nächsten Vormittag beschloss Hannes Krondorf, zu Fuß zum Dresdner Kulturpalast hinüberzulaufen.

Die DDR-Hotelkette Interhotel hatte die Häuser Lilienstein, Königstein und Bastei wie ihre Namensvettern aus der Sächsischen Schweiz in einer Linie entlang der Prager Straße zum Hauptbahnhof gebaut.

Über dem Eingang des Hotels Bastei, einem typischen DDR-Flachbau, prangte übergroß und stattlich das Gemälde einer zuversichtlich dreinschauenden jungen Frau, die den Besucher mit einem mächtigen Blumenstrauß in der rechten Hand begrüßte.

Im Vorübereilen registrierte Krondorf das lustige Plätschern der eindrucksvollen Wasserspiele auf der Prager Straße kaum. Täglich absolvierte er sein Trainingsprogramm auf der Trompete, bevor seine Kollegen in der Künstlergarderobe eintrafen. Wenn auch die Veranstaltung »Rosen für die Frauen« bislang nur ein Routinejob war, hielt er sich fit.

Obwohl sie, wie jedes Jahr, täglich zwei Veranstaltungen absolvierten und sich eigentlich bald Gewohnheit einstellen sollte, fühlte es sich diesmal anders an.

Schon nach wenigen Veranstaltungen konnte er nicht mehr über die immer gleichen Kalauer und Zoten der Ansager lachen, während das Publikum vor Vergnügen johlte und schrie. Am lautesten und hemmungslosesten die Frauen. Wenn Männer sich nur noch keuchend auf die Schenkel klatschen, hörte er Frauen, denen beim Kreischen die Luft wegblieb.

Während der Darbietung eines Volkskunstballetts, welches voller Begeisterung »Lortzings Holzschuhtanz« herunter klapperte, oder den Auftritten von Zauberern und Feuerfressern, deren Musik meist als Playback vom Band lief, waren die Musiker auf der Bühne zur Untätigkeit verdammt.

Am Ende des immer wiederkehrenden Tagesablaufes halfen gelegentlich ein paar Bier über die Eintönigkeit der Veranstaltungen hinweg. Für Krondorf war es zum Sport geworden, nach dem Konzert als Erster am Hoteltresen zu stehen.

Vor einigen Tagen, auf der Rückfahrt von einem Gastspiel aus Nürnberg, noch in der Grenzübergangsstelle zur DDR, hatte Kerstin Scholz die Reisepässe der Musiker wieder eingesammelt, welche sie vor Tagen auf der Hinfahrt nach sorgfältiger Prüfung gerade erst ausgeteilt hatte. Die blauen Pässe enthielten das begehrte Dienstvisum »Gültig für alle Staaten und Westberlin«, »Gültig zur ein- oder mehrmaligen Ausreise«. Das »ein« war mit Kugelschreiber durchgestrichen, alle Musiker besaßen ein Dauervisum. Was allerdings nicht zwingend bedeutete, den Pass auch vor der nächsten Abreise in den Westen wieder ausgehändigt zu bekommen.

Kerstin Scholz war der Grund aller Unwägbarkeiten, manchmal aber auch Hoffnungen. Ihre ständige Gegenwart auf Reisen in den Westen offenbarte die Autorität der Staatsmacht.

So begegneten die Musiker ihr mit Vorsicht, jedoch stets darauf bedacht, sich in ihrer Nähe unabkömmlich zu machen. Die Nachricht, dass Krondorf, der Trompeter mit den außergewöhnlichen musikalischen Fähigkeiten, die kommende Reise in den Westen nicht mehr antreten durfte, hatte Kerstin Scholz vor wenigen Tagen, unmittelbar nach der ersten Veranstaltung im Kulturpalast nahezu beiläufig überbracht:

»Herr Krondorf, Ihrer erneuten Teilnahme an einem Gastspiel im NSW wurde keine Genehmigung erteilt.«

Alle schwiegen wie vom Blitz getroffen, während der Orchesterleiter Kerstin Scholz ungläubig ansah.

»Was soll das denn jetzt?«, fragte einer.

»Wir können doch ohne Hannes gar nicht spielen«, murmelte ein anderer.

Fragend blickten sie ihren Chef an. Scheinbar völlig überrascht antwortete dieser nach kurzer Pause unsicher:

»Ich, ähm, … ich muss erst mal sehen, was das bedeutet und wie das alles zusammenhängt«. Etwas Besseres fiel ihm nicht ein, denn aus Erfahrung wusste er, eine Ausreisesperre konnte nur vom Ministerium für Staatssicherheit verhängt worden sein, gegen die ein Veto aussichtslos war.

»Ich denke«, fuhr er nach kurzer Überlegung fort, »dass wir uns mit der Künstleragentur noch mal zusammensetzen sollten.«

Kerstin Scholz fiel ihm kopfschüttelnd ins Wort:

»Mhm, mhm!«, verneinte sie vehement und wiederholte arrogant, »Wie bereits gesagt, für Herrn Krondorf keine Genehmigung, mhm, mhm.« Dabei schaute sie verächtlich auf die verdattert dastehende Truppe.

So blieb unbeantwortet, wieso und weshalb sich alle Reiseträume für Krondorf erübrigten. Eine unbedachte Bemerkung in Scholz' Nähe? Zu Hause ein eifriger Kommentar am falschen Platz? Vermutungen darüber beschäftigten durchweg alle Beteiligten, erhellten aber keinesfalls die Situation des Betroffenen.

Nachfragen waren zwecklos. »Mhm, mhm« wurde zum geflügelten Wort und machte sich im Orchester breit, wanzte sich durch alle Gespräche, sinnige und unsinnige, bald antwortete man einfach auf jede belanglose Frage nur noch mit: »Mhm, mhm«.

Es gab keinen ersichtlichen Grund, Krondorf das Visum zur erneuten Ausreise zu verweigern und alle wussten das.

Vor Jahren hatten sie gemeinsam in Dresden Musik studiert, irgendwann jedoch hatten sich ihre Wege getrennt und Krondorf hatte nach dem Staatsexamen den Anschluss verpasst. Keiner wusste so recht warum und wo er abgeblieben war.

Wenig später jedoch hatte er sich wieder bemerkbar gemacht und die Nähe seiner Kollegen gesucht. Bot sich eine Möglichkeit und das Orchester gastierte in Dresden, besuchte er seine Gefährten aus Studienzeiten. Und eines Tages verabredeten sie sich auf ein Bier im Picknick, der HO-Gaststätte am Fucikplatz, dem illustren Treffpunkt der Dresdner Studenten und einer merkwürdigen Gesellschaft aus wahren Talenten, aber auch scheinheiligen Berühmtheiten, Schmeichlern, Säufern und Gescheiterten, die ihre sozialen Kontakte einzig auf diesen Ort beschränkten. Deren Leben erschien Krondorf manchmal als Verlockung, einer spießbürgerlich sozialistischen Zukunft den Rücken zu kehren, und den Abenteuern eines vom Zufall abhängigen Daseins nachzurennen.

Im Picknick kostete das Bier nur 40 Pfennige. Doch Krondorf zügelte sich, hielt am ersten Bier fest und begann von den herrlichen vergangenen Zeiten zu schwärmen. Und es gelang ihm, die Freunde mit den alten Geschichten zu entführen, hinüber auf die andere Seite des Fucikplatzes bis ans Ende der Blochmannstraße, herein in die Hochschule für Musik, als stiegen sie gerade jetzt wieder gemeinsam die Treppe hinab in das Untergeschoss zur Bigband-Probe. Die Instrumente zur Hand lauschten sie noch kurz vor dem großen, zweiflügeligen Holzportal der Aula, bereit, das Beste zu geben und makellose Leistung zu liefern. Leistung, die immer dem Stand der Anforderungen ihrer Ausbildung entsprach.

»Damals gab es im ganzen Land keinen besseren Trompetensatz als unseren, wisst ihr noch?« Krondorf hatte die erste Runde spendiert und prostete den Freunden zu.

»Und als wir zusammen beim Fasching in der BK waren, hört mal, solange ist das doch noch gar nicht her, Mann, was waren die Mädels damals locker.«

In schillernden Farben beschrieb er nun die kleinen schummrigen Nischen in den Ecken der großzügigen Ateliers der Hochschule für Bildende Künste, die sie kurz BK nannten, entwarf ein Bild des altehrwürdigen Treppenhauses, skizzierte ihnen den Unterschlupf mit alten Matratzen, auf denen sie hinter dicken Vorhängen damals geknutscht und sich durch etliche Kleidungsstücke gefummelt hatten, bis die Mädchen in der nächtlichen Wärme kichernd nachgaben und ihre Kostüme abstreiften.

»Und unser Wohnheim in Altpieschen«, Krondorf sah seine Kollegen erwartungsvoll an und schnappte sich ein Tablett vom Ende des Tresens. »Ihr trinkt doch noch eins?

In Altpieschen«, fuhr er fort, nachdem er das frisch gezapfte Bier verteilte, »da haben wir im fünften Stock zu viert in einem Zimmer gewohnt, vier Orchestermusiker und das Klo auf halber Treppe.«

Sie prosteten sich zu und die Erinnerung hellte ihre Mienen auf, noch mehr, als es der Alkohol bereits getan hatte.

»Diese muffige, schlecht belüftete Bude mit den zwei Etagenbetten«, nahm Krondorf seine Erzählung wieder auf, »und das schäbige, abgeschabte Sofa, auf dem der Abendstudent, ihr wisst doch, wen ich meine, ab und an kampierte, wie hieß denn der noch?«

Die Männer sahen sich fragend an, doch keinem fiel der Name ein. Damals war mancher von ihnen selbst nie vor Mittag aufgestanden, auch wenn er zum Unterricht gemusst hatte. Von den erbärmlichen Zudecken auf dem alten Sofa und ihren Betten hatte sich permanent ein ungewaschener Gestank im Zimmer breitgemacht, dem nicht mal mit Lüften beizukommen gewesen war. Doch das behielt Krondorf jetzt vorsorglich für sich. Schnell wechselte er das Thema.

»Wenn ich an unsere Satzproben denke«, belustigt schwenkte er sein Glas in der Hand und in kurzer Zeit bildete sich auf dem halb ausgetrunkenen, inzwischen schal gewordenen Bier eine frische Blume. Unterdessen nickten die Kollegen in angeheiterter Stimmung und ein gewisses Maß an Befriedigung machte sich breit.

Und was für Krondorf noch wichtiger war, diese Wirkung sollte bei ihnen anhalten. Krondorf baute auf die Zuarbeit der alten Freunde, sie sollten ihn auf jeden Fall als Kollegen ins Orchester holen, ihre Fürsprache würde den Orchesterleiter von der Notwendigkeit eines Probevorspiels überzeugen können.

Und tatsächlich, eines Tages war es soweit. Vor einer Veranstaltung im Dresdner Kulturpalast gelangte er mit ein bisschen Glück zu den Künstlergarderoben und konnte ein paar Sätze mit dem Chef wechseln. Geschickt erwähnte er dabei die Namen berühmter amerikanischer Bigbands, bei denen er sicher war, dass der Orchesterleiter sie verehrte. Der ließ ihn geduldig seine Liste herunter haspeln und fügte wohlwollend noch einige weitere Namen hinzu. Beharrlich drängelte Krondorf, berief sich auf das Wort der Studienkollegen, die ihn bei der nächsten Gelegenheit im Trompetensatz hören wollten. Er würde sein Können unter Beweis stellen, bei welcher Gelegenheit auch immer.

Statt den kleinen Wichtigtuer einfach stehenzulassen, betrachtete der Chef ihn damals sorgfältig. Die Zielstrebigkeit dieses jungen Musikers beeindruckte ihn.

Es war gewiss nicht der richtige Augenblick, sich an die eigene Kindheit zu erinnern und doch glitten seine Gedanken für einen Augenblick ab. Hatte er als junger Bursche nicht ebenso hartnäckig seinen Berufswunsch verfolgt, und war er nicht gerade deshalb mit seinem Orchester ein Star in der Musiklandschaft der DDR geworden?

Der Chef schaute auf die Armbanduhr, dann klopfte er Krondorf freundschaftlich auf die Schulter:

»Sie bekommen bei nächster Gelegenheit eine Nachricht von mir, Sie sind ja mit meinen Trompetern in Kontakt.« Dabei lächelte er ihn voller Verständnis an und verschwand in seiner Garderobe.

Krondorf drehte vor Freude eine Pirouette auf dem Absatz und schlenderte fröhlich zum Ausgang hinaus.

Ich habe es gewusst, dachte er, es wird klappen, und ich darf vorspielen und dann, dann …

Er trat aus dem Gebäude, schlug einen Bogen um die Straßenbahnhaltestelle und lenkte seine Schritte über den Altmarkt.

Im Café Prag fand er schnell einen Platz, die Gäste verließen gerade das Restaurant und drängelten zur Treppe, um den Einlass zum Varieté-Programm im ersten Stock nicht zu verpassen. Er bestellte ein Bier und lehnte sich zufrieden zurück, beobachtete das Treiben auf dem Platz und ließ seinen Gedanken freien Lauf.

Keine Frage, wo FF auftrat, jubelten ihm die Fans zu. Krondorf nippte an seinem Bier und dachte an die Worte, die ihm der Orchesterleiter mit auf den Weg gegeben hatte.

»Die Vielschichtigkeit des Publikums«, hatte er ihm erklärt, »rechtfertigt gelegentlich auch mal Abstecher in die Bereiche aktueller Schlager- und Popmusik, denn die sichern das finanzielle Überleben des Orchesters und erlauben uns ab und an Ausflüge in die hehren Gefilde der Jazzmusik. Auch der Swing ist immer schon in erster Linie Tanzmusik gewesen.« Dazu nickte er wie zur Bestätigung, »wir müssen allen Anforderungen gerecht werden, wenn wir bestehen wollen.«

Dann hatte er ihn schelmisch angelächelt und freimütig angefügt:

»Die Kritiker nehmen uns das gar nicht übel, jedoch missgönnen uns ein paar Neider die Geschäfte.« Er machte eine nachdenkliche Pause und ergänzte: »Und die verbreiten gerne, wir würden uns in den Niederungen populärer Trivial- und Tanzmusik sonnen. So ein Quatsch, lass dir nichts einreden, das Publikum ist da, zahlt Eintritt, also mach das Beste draus, der Mix macht es, mein Junge, wie überall im Leben, der gesunde Mix.«

Krondorf bestellte ein zweites Glas und klopfte mit dem runden Pappdeckel, auf den der Kellner mit dickem Bleistift das erste Bier angeschrieben hatte, vergnügt ein paar Takte des Pinguin-Mambo auf den Tisch. Ihm fielen die Worte seines Trompetenlehrers ein, der es nicht gerne gesehen hatte, wenn die Studenten am Wochenende auf dem Tanzsaal »zum Bums« gespielt und infolgedessen montags mit abgewetzten Lippen zum Unterricht erschienen waren. Für den Lehrer war das Musizieren auf dem Tanzsaal sowohl deprimierend als auch frustrierend gewesen, und er verbat seinen Studenten das »Muggen«, da die »musikalischen Gelegenheitsgeschäfte« den Drang nach Kreativität einengen würden. Jedoch dozierte er damals ohne Erfolg, denn das auf dem Tanzsaal verdiente Geld brauchten sie , um neben dem mickrigen Stipendium, ihren Lebensunterhalt zu bestreiten.

Krondorfs Kollegen hatten es ihm bestätigt, es gab tatsächlich eine Menge Leute, die den Chef wegen seiner musikalischen Kompromissbereitschaft nicht leiden konnten und ihm den Erfolg neideten, mit dem er im Laufe seines Lebens eindrucksvoll bewiesen hatte, dass er sehr wohl wusste, worauf es ankam. Wenn der Funke von der Bühne auf das Publikum übersprang, drängelten sich so viele Paare wie möglich am Bühnenrand, um jede optische und akustische Feinheit zu erhaschen. Das war doch das Wichtige! Wenn das Orchester im Rhythmus swingte, fühlte sich das Publikum mit ihm emotional und musikalisch verbunden. Und FF reizte das musikalische Potenzial seines Orchesters aus, freudig, überschäumend und lebendig.

»Kopf, Herz und Erotik gehören zum Swing wie die Sonne zum Frühling«, betonte er, »das ist unser Markenzeichen für swingende Tanzmusik.« Und daran hatten auch die Musiker Spaß.

Krondorf trank das Bier aus und sah sich nach einem Kellner um, doch alle schienen oben im Saal gebraucht zu werden. Er legte drei Mark auf den Tisch und stieg die Treppe zum Saal hinauf. Das Varieté-Programm war in vollem Gange, durch die geschlossenen Türen vernahm er gedämpfte Musik und jemand sang mit der Stimme einer Hausfrau geduldig gegen die Tür:

»So you met someone who set you back on your heels, goody goody«.

Sogleich stimmte Krondorf leise ein:

»So you met someone and now you know how it feels, goody goody«.

Er musste schmunzeln, denn mit dem Song »Goody, Goody« eröffnete FF jede Show. Vielleicht studierten alle Gesangsstudenten der Tanzmusikklasse in Dresden dieses Evergreen ein, um sich einmal bei FF vorzustellen? Denn dann war dieser Titel Pflichtprogramm. Hier, im Café Prag, verschaffte der Bandleader des Varietés offensichtlich jungen Sängerinnen die Möglichkeit, sich ohne Gage vor Publikum auszuprobieren, in der Hoffnung, sie als Gegenleistung ins Lotterbett zu kriegen.

Krondorf sah sich um und fühlte, wie wenig ihn das anging. Er hatte die Noten längst von seinen Trompeterkollegen bekommen und kannte das Stück auswendig, genauso wie er mit dem gesamten Ablauf eines Konzertabends vertraut war und bereits wusste, mit »Gotta see baby tonight« von Louis Prima riss der Chef am Ende jeder Show das Publikum zu Begeisterungsstürmen hin. Und letztlich kam als Zugabe dann nur noch der »Pinguin Mambo« in Frage. Auch wenn diese Komposition ein eher belangloses Liedchen mit lustigem Text war und den Musikern zum Halse heraushing, war es bis in den letzten Winkel des Landes ein Gassenhauer geworden und verschaffte dem Orchester unter dem grölenden Gesang des Publikums allabendlich den verdienten Jubel beim Abgang.

All das hatte er aus den Berichten der Kollegen herausgefiltert, er sog sie auf wie ein Schwamm. Wenn er nur schon dabei wäre.

Zuversichtlich machte er auf dem Treppenabsatz kehrt und trat aus dem Schatten der Altmarkt-Kolonnaden hinaus ins Freie, trabte hinüber zum Dr.-Külz-Ring, setzte sich in die nächste Straßenbahn und fuhr nach Hause in sein Dorf.

FF hatte ihm eben ein paar wenige Augenblicke seiner Aufmerksamkeit geschenkt, die ihn glücklich machten und hoffen ließen.

Fast hätte er das Probespiel verpasst.

In den frühen Morgenstunden war er in die Eisenbahn gestiegen und hatte sich gefreut, dass der Zug den Bahnhof Neustadt pünktlich verließ. Bereits beim Halt in Riesa jedoch quäkte eine Stimme aus dem Bahnsteiglautsprecher irgendetwas von Ersatzverkehr. Ein paar junge Frauen, die mit ihm im Abteil saßen, standen schimpfend auf, rafften ihr Gepäck zusammen und drängelten zu den Türen.

Unschlüssig krallte er seinen Instrumentenkoffer aus dem Gepäcknetz und fragte einen vorbeihastenden jungen Mann, ob das wirklich stimme, das mit dem Ersatzverkehr.

»Na, Sie sind mir ja vielleicht ein Spaßvogel«, war die schnippische Antwort, »Sie fahren wohl zum ersten Mal mit der Reichsbahn?«

»Ähm, ... ja, eigentlich ... nein«, begann er, doch der junge Mann wartete seine Antwort nicht ab und war schon draußen auf dem Bahnsteig.

»Kommen Sie, machen Sie mal Betrieb«, vernahm er die Stimme eines Mannes in Schaffneruniform, der die Waggontür hinter ihm zuknallte. »Der Bus nach Leipzig steht auf dem Vorplatz«. Der Mann mit der roten Schaffnermütze trat einen Schritt auf ihn zu: »Und wenn Sie sich nicht beeilen, ist er weg!«

Krondorf blieb einen Moment stehen, um sich zu orientieren, dann stürzte er zum Ausgang hinaus, den anderen hinterher.

Auf dem Bahnhofsvorplatz wartete ein alter Ikarus-Bus mit laufendem Motor. Eine bläulich schimmernde Abgaswolke waberte vom Heck nach vorne bis zum Einstieg.

»Wenn Sie jetzt noch mit nach Leipzig wollen, müssen Sie aber einen Schritt zulegen«, vernahm er die Stimme des Busfahrers, »der nächste Ersatzverkehr fährt nämlich erst in einer Stunde!«

Krondorf zwängte sich durch den schmalen Einstieg und quetschte sich zwischen Koffern, Taschen und Tüten, welche auf dem Fußboden zwischen den bereits besetzten Plätzen standen, mit seinem Instrument vor dem Bauch den schmalen Gang entlang bis nach hinten durch.

Im Bus war es trotz des laufenden Motors kalt und die Scheiben waren beschlagen. Als er sein Gepäck verstaut hatte, fuhr der Bus an, er plumpste rückwärts in seinen Sitz und wischte sich mit dem Ärmel ein kleines Guckloch auf dem Fenster frei.

Jetzt, zu der frühen Morgenstunde, als er die vorbeirauschende Landschaft betrachtete und voll Dankbarkeit ahnte, dass er das Probespiel doch noch pünktlich erreichen würde, atmete er tief aus und ließ sich in den schmalen Sitz zurücksinken.

Der alte Ikarus schuckelte erbärmlich über die zerschlissenen Landstraßen, doch das tat seinem wohligen Gefühl keinen Abbruch. Am Bahnhof Oschatz hielten sie und ein paar junge Leute stiegen aus. Krondorf warf einen kurzen Blick aus dem Fenster. Das Bahnhofsgebäude machte einen heruntergekommenen Eindruck, der Putz löste sich in großen Schollen von der Fassade, die einst verzierten Fenstersimse im Eingangsbereich bröselten aus ihren Verankerungen und kleine Birken und Büsche wuchsen aus der defekten Dachrinne.

Langsam nahm der Bus Fahrt auf und wieder qualmte es entsetzlich aus der Heckklappe, die bläuliche Abgaswolke verflüchtigte sich diesmal jedoch nach hinten, weg von der undichten Eingangstür. Krondorf rekelte sich auf seinem engen Sitz zurecht.

Der August des Jahres 1981 würde endlich herrlich warm und sonnig werden, dachte er. Nach dem sich heiße und kalte Tage im Juni abgelöst hatten, war es im Juli regnerisch und kühl weiter gegangen. Jetzt müsste das Wetter eigentlich besser werden.

Calbitz, Malwitz, Luppa, kleine Ortschaften am Rande der Fernverkehrsstraße 6 rumpelten an seinem Fenster vorbei.

Trostlos, dachte er, was soll sich hier noch ändern, – sieht aus wie in Polen.

Erinnerungen an seinen letzten Familienurlaub im vergangenen August wurden wach.

Bestand er heute das Probespiel, würde er in diesem Sommer keine Ferien machen können.

Die Kirchgemeinde hatte im vergangenen Jahr seiner kleinen Familie eine private Unterkunft im polnischen Gardna Wielka nahe der Ostseeküste vermittelt. Im ausgebauten Stall eines kleinen Gehöfts bezogen sie damals ein einfaches Quartier mit Wasser aus der Pumpe auf dem Hof, und wenn sie nicht auf das Plumpsklo hinter dem Hühnerstall gehen wollten, durften sie das WC im Haus benutzen. All das nahmen sie gerne in Kauf, den Kindern machte es nichts aus, sie fütterten morgens mit der Bäuerin die Hühner, Schweine und Schafe. Die Alte nahm die Kinder an die Hand und brabbelte auf ostpreußisch.

»Wenn dehm man nich jleech Eenhalt jebooten wirrd, na ja, der Waleesa, der wird's machen, der wird denen schon jehöörich off de Fiess treten, und denn habt ihr och Wasser in eire Unnerkunft.«

Die Kinder lachten wegen ihrer Sprache, die sie nicht verstanden.

Eines Abends setzte sich Krondorf zu der Alten an die Pumpe im Hof und erfuhr so nach und nach, was sich in dem nur zwei Autostunden entfernten Gdansk ereignete.

»Die in Warschau«, meinte die Alte, »die möjen uns ja jez schon kaputtjewirtschaftet ham, aber«, sie zog eine Flasche Slivovic unter ihrem Rock hervor und streckte sie Krondorf hin, »diese Jungenschen auf de Werft in Danzich, auf de Leninwerft, die ham sich zusammjeschlossen und eeinfach zujesperrt die Werft.«

»Was meinen Sie mit ›zugesperrt‹?« Krondorf hörte mit großen Augen zu und verstand nicht gleich.

»Na, die streeiken«, die Alte sah ihn ungläubig an, »jetzt ham die Lumpen ooch noch die Preeise für die Leemsmittel hochjesetzt«, sie spuckte verächtlich auf den mit Hühnerscheiße übersäten Boden. »Awwer jetzt jaaaren se se forrt, – diese janze Mischpoke!«

Aufmerksam musterte sie Krondorf von der Seite und nahm ihm die Flasche wieder ab, drehte den Verschluss herunter und trank einen Schluck.

Krondorf überlegte. Polen steckte genauso tief in der Wirtschaftskrise wie die DDR, aber dass die Polen streikten, konnte er sich nicht vorstellen. Und wenn die Bäuerin recht hatte und die Arbeiter der Leninwerft tatsächlich in den Ausstand traten, warum lehnten sich nicht auch die DDR-Bürger auf? Unwillkürlich fiel ihm das Jahr 1968 ein, als die Armeen der Warschauer Paktstaaten unter Führung der Russen die ČSSR mit Panzern okkupierten und den Prager Frühling mit brutaler Gewalt niederschossen. Damals besetzte die hoch aufgerüstete Nationale Volksarmee der DDR die Grenze zur ČSSR und hielt den Russen für ihre Invasion den Rücken frei. Gerade mal 13 Jahre alt war er damals gewesen, als die Nachbarn hinter vorgehaltener Hand von Schießereien und Toten auf dem Prager Wenzelsplatz berichteten. Die Mutter hatte gleich angefangen zu weinen und in das Taschentuch geschluchzt:

»Bestimmt wird es jetzt wieder Krieg geben.«

Und die Tschechen, vollkommen überrascht von der Invasion, standen mit Tränen in den Augen auf den Bürgersteigen und hatten verzweifelt zusehen müssen, wir ihr Traum von Reformen und einem freien, demokratischen Staat unter Führung Dubceks überrollt wurde.

Konnte den Polen vielleicht ein ähnliches Schicksal drohen?

Krondorf sah die Alte nachdenklich an.

Wenige Monate später hatte sich der Student Jan Palach auf dem Prager Wenzelsplatz mit Benzin übergossen, erinnerte sich Krondorf, ein Streichholz entzündet und war als brennendes Fanal gegen die Niederschlagung des Prager Frühlings über den großen Platz gerannt, bis er von herbeigeeilten Fußgängern gestoppt worden war.

Aber was bedeutete das für die DDR?

Jetzt bat Krondorf doch um einen Schluck aus der Flasche. Schmunzelnd kramte die Bäuerin die Pulle wieder unter ihrem Rock hervor und sagte:

»Nu lang mal ordentlich zu, so wie du aussiehst, kannste een Schluckchen jebrauchen.«

Nachdenklich drehte er am Verschluss und trank einen Schluck.

»Wenn das man gut geht!«, begann er vor sich hin zu brabbeln, dann sah er der Bäuerin ins Gesicht.

»Noch gar nicht lange her«, sagte er, » da setzte sich bei uns in der DDR so ein Pfarrer ins Auto und machte sich auf den Weg aus einem kleinen Dorf, nicht viel größer als eures hier, in die nächstgrößere Stadt.«

Die Bäuerin hörte ihm aufmerksam zu.

»Unmittelbar vor der Zeitzer Michaeliskirche stieg er in seinem schwarzen Talar aus dem Wartburg und befestigte auf dem Dachgepäckträger zwei Transparente, auf denen er in großen Buchstaben mit wenigen Worten den Sozialismus angriff.«

Krondorf legte die Hände in den Nacken und schaute bedrückt in den Abendhimmel, dann fuhr er mit leiser Stimme fort: »Noch bevor die von Passanten herbeigerufenen Ordnungshüter die Plakate herunterreißen konnten, zog er eine mit Benzin gefüllte Milchkanne aus dem Kofferraum, übergoss seine Kleidung und steckte sich selbst in Brand.«

Jetzt konnte er nicht weiterreden, immer noch schauderte es ihn bei diesem furchtbaren Gedanken und er blickte verlegen zu der Alten.

»Wir ham davon jeheert«, murmelte die Alte, »von Prag auch und auch von eirem Pastor.«

»In beiden Fällen, in Prag wie in Berlin«, Krondorf hatte sich ein wenig gefasst und fuhr fort, » … in beiden Fällen beschrieben unsere Zeitungen den Freitod als eine Aktion von schwachsinnigen Psychopathen, die in der sozialistischen Gesellschaft keinen Platz gefunden haben.« Es schüttelte ihn vor Entsetzen.

»Was ist das für eine Welt?« Er setzte die Flasche an und nahm einen großen Schluck.

»Das is Selbstjebrannter von unsren eejenen Pflaumen«, warnte die Alte, als er heftig nach Luft schnappte und der Fusel ihm Tränen in die Augen trieb.

»Der hat so vill Prozent, damit darfste harnich an een offenes Feuer jelangen!«

Laut zischend öffnete sich die Bustür und schreckte Krondorf aus seinen Erinnerungen auf. Schon fuhr der Bus wieder an und er konnte gerade noch das große Emailleschild über dem Bahnhofseingang erkennen: Wurzen.

Also eine gute halbe Stunde noch bis Leipzig, dachte er und ließ sich wieder in seinen Sitz sinken. Alles erinnerte ihn an seinen Heimatort Bernsdorf und auf einmal war er da, war zu spüren, der Geist seiner Kindheit.

Seine Jugend war glücklich verlaufen, umgeben von Musik, den Eltern und Geschwistern. Wie ein ehrwürdiges Herrenhaus kam ihm damals der große steinerne Kasten mit den vielen Zimmern, seinem Geruch und einer zwingenden inneren Ordnung mitten auf dem Bernsdorfer Kirchplatz vor, unweit von Anhaltiner Schloss und Bärenzwinger, gegenüber der Stadtkirche und ihren Glocken, welche den Tag einleiteten und beendeten. Auf dem harten Schotterweg, der das Pfarrhaus und die Sakristei verband, spielten die Geschwister damals immer Federball, bis ihnen die Arme schlapp und lang herunterhingen und sie Hunger hatten auf die Brote, welche die Mutter dick mit Wurst und Käse belegte

Manchmal durfte er bei den Proben des Posaunenchors in der evangelischen Stadtkirche zuhören, dort spielten seine Brüder. Besonders beeindruckend fand er die alten Intraden und Choräle nicht, welche mühsam einstudiert wurden, umso mehr jedoch die goldglänzenden Instrumente der Bläser. Mit einer Trompete auf den Knien saß Rudi, ein junger, kräftiger Maurergeselle dann links neben ihm. Leider war er ständig betrunken und es fiel ihm schwer, das Instrument ruhig in den Händen zu halten. Die Finger zitterten, wenn er blies und manchmal wackelte der Kopf vor Anstrengung bedenklich hin und her. Trotz allem schienen die Töne, die er produzierte, ganz passabel, so meinten jedenfalls die anderen Bläser und waren stolz auf ihren ersten Trompeter. Ging ihm eine Passage allerdings gänzlich daneben, so wandte er sich dem besorgt blickenden Kantor zu und meinte:

»Wartet mal kurz«, dann lachte er herzhaft und zog unverhohlen einen Flachmann aus dem Trompetenetui.

»Gleich wird da Ruhe sein«, sagte er, nahm einen kräftigen Schluck aus der Taschenflasche und streckte die rechte Hand prüfend geradeaus.

»Siehste, es geht wieder«, sprach er und schaute siegessicher in die Runde. Für einen Moment trat erwartungsvolle Stille ein. Und tatsächlich, nach einer kleinen Weile zuckten seine Finger nicht mehr auf und ab. Ungläubig bestaunte Krondorf mit großen Augen das Schauspiel. Ihm gegenüber kramte ein strammes, rothaariges Mädchen in einer alten Aktentasche. Sie hielt eine Posaune fest eingeklemmt zwischen den Knien und war um einiges älter als er. Wie wilde Flammen spiegelten sich ihre Haare im Trichter des glänzenden Instruments. Setzte sie die Posaune an, fielen ihre Beine locker auseinander und Krondorf konnte einen Blick unter ihren Rock erhaschen.

Sie hieß Rebecca, aber alle nannten sie wegen ihrer großen Brüste und den kräftigen Oberschenkeln »Dickchen«.

»Die hat schon lange ein Auge auf dich geworfen«, stieß Rudi den wie gebannt zwischen die Beine des Mädchens starrenden Krondorf an. Er musste es wissen, Dickchen war seine Cousine.

»Die kann dir was beibringen«, raunte er ihm zu und lachte verschmitzt.

Krondorf zuckte unwillkürlich zusammen, konnte er doch sehr wohl einordnen, was mit dieser Äußerung gemeint war. Ohne ein Wort zu sagen, wandte er sich ab, denn es fiel ihm schwer, seine Verlegenheit zu verbergen, irgendwie schienen ihn alle anzustarren. Doch zu seiner Erleichterung mahnte der Kantor, ein großer, korpulenter Mann mit vollem Haar und wachen Augen, in diesem Moment zur Aufmerksamkeit.

Der Kantor genoss im Amt des Kirchenmusikdirektors Autorität und Anerkennung. Allerdings beschied ihm der Titel, welcher in Würdigung seiner langjährigen Dienste verliehen war, keine erhöhten finanziellen Bezüge. Verbittert darüber füllte er sich hin und wieder mit billigem Wein ab. Im Zustand der Berauschtheit fand er Ruhe und sein Dasein erschien ihm trotz der unangemessenen Entlohnung als ein himmlisches Geschenk. Sonntag für Sonntag versetzte er die Gottesdienstbesucher mit glanzvollen Präludien in ehrfürchtiges Staunen. Und ebenso wie er den regulären Gottesdienst mit prächtigem Orgelgebrause zum Abschluss brachte, empfand er es als angemessen, den sich unmittelbar daran anschließenden Kindergottesdienst nach kurzem Vorspiel zu verlassen. Mit schweren Schritten stieg er dann die knarrenden Treppenstufen von der Orgelempore herunter ins Kirchenschiff, ohne vom strafenden Blick des Pfarrers Notiz zu nehmen.

Er mühte sich redlich, die spärlichen Gemeindegesänge mit frischen Orgelklängen aufzumuntern. Unermüdlich schulte er in wöchentlichen Proben begabte und unbegabte Laien im Singen einfacher Motetten und Choräle. Während die breite Orgelbank seinen stattlichen Hintern hoch oben auf der Empore noch tragen konnte, brauchte er im engen Probenraum des Posaunenchores zwei nebeneinandergestellte Hocker zum Sitzen.

Die Farbe seiner ärmlichen schwarzen Hose wirkte in den vielen Falten zwischen den auseinanderquellenden Schenkeln grau und vergilbt. Krondorf riss die Augen auf und starrte nun auf den Hosenstall des Kantors, der sich von der unteren Hälfte zum Bund hinauf nicht mehr schließen ließ und so einen Schimmer der verblichenen Unterhose freigab.

»Was hast du denn?«, fragte der Kantor, der seinen Blick bemerkte. Krondorf kratzte sich verlegen am Kopf.

Ein unwilliges Nicken seines Nachbarn lenkte den Blick zurück auf die Noten, von denen er noch nichts verstand.

Ohne ein Wort zu sagen, hob der Kantor die Arme, die Bläser richteten ihre Instrumente, nestelten nochmal kurz an den Wasserklappen, korrigierten die Position von Mundstück und Lippen und ein Moment heiliger Stille erfüllte den Raum. Dann brauste es los, ein strahlender Klang von Posaunen und Trompeten erfüllte den kleinen Raum, als wenn die Sonne helles Licht hereinflutete. »Großer Gott, wir loben Dich«, las Krondorf auf dem Notenblatt seines Nachbarn. Früher oder später, das war ihm jetzt klar, wollte er auch so ein Instrument spielen können.

Und dann war es soweit. Krondorf durfte am letzten Tag des Jahres zum mitternächtlichen Turmblasen mit hinauf in die Kirchturmspitze. Sein Flügelhorn im Etui fest in der Hand, vorbei an Haufen voller Taubendreck, alten Büchern und finsteren, von Schmutz und Feuchtigkeit angegriffenen Stapeln aufgeschichteter, morscher Hölzer, führte ihn die steile Holzstiege im Inneren des Turmes hinauf.

Jede Stufe, so schien es, erzeugte andere Geräusche. Knarrte die eine, ächzte die andere. Die nächste wiederum schien ausgebessert, solide verankert in den seitlichen Wangen und schimmerte graubräunlich im spärlichen Licht der über ihm pendelnden funzeligen Lampen. Schnell erreichten sie ein kleines Podest, von dem ab die Treppe sich um 90 Grad am Mauerwerk wendelte, um die nächste Etage zu erklimmen. Die kleine Bretterplattform schien unter den Tritten der heraufstürmenden Bläser zu wimmern. Krondorf wendete den Blick nach unten in die Mitte des Vierungsturmes. In der Tiefe erblickte er den Kantor, der mit schwerem Atem die ersten Stufen heraufschnaufte. Inzwischen schlug die Turmuhr drei Mal, eine Viertelstunde blieb ihnen noch bis Mitternacht zum Aufbau der Notenpulte auf der obersten Plattform. Nur wenig Platz war dort bei den drei bronzenen Glocken, die, wenn sie wie immer pünktlich das neue Jahr einläuteten, mit weit ausholenden Pendelschwüngen den gesamten Raum um den Glockenstuhl einnahmen. Die Jungen drängelten sich in die schmalen Nischen der in das Mauerwerk eingelassenen mannshohen, schlanken Schallöffnungen, an deren Außenseiten Holzjalousien die Glocken vor Wind und Wetter schützten. Krondorf hatte seinen Platz neben Rudi eingenommen. Ein frostiger Wind durchzog jetzt den Turm von unten herauf bis in seine Finger, mit denen er unruhig auf den Ventilen des Instrumentes herumklapperte. Rudi hatte wie immer seinen Flachmann dabei und nahm einen kräftigen Schluck:

»Hier«, er hielt Hannes die kleine schlank gewölbte Glasflasche unter die Nase. »Willste ooch eenen, da wird dir widder warm ums Herze.«

Unangenehm stieg Hannes der Geruch des Fusels in die Nase, mit einer abwehrenden Handbewegung schob er das Fläschchen weg.

»Und außerdem«, Rudi setzte für einen neuen Schluck an, »iss der Kantor ja noch unterwejens hier roff.«

Vier Mal schlug jetzt die Glocke und der erste volle Stundenschlag erklang. Während ein Glockenmotor leicht anruckte, erreichte im letzten Moment auch der Kantor, schweißgebadet und hochrot im Gesicht, die oberste Etage.

»Gesegnet sei das neue Jahr!«, konnte er gerade noch seinen Bläsern zurufen, als die große Glocke mit einem mächtigen Anschlag ihren Neujahrsgruß aus dem Turm hinunter in die Stadt sandte. Der Küster unten am Fuße des Glockenturmes hatte sie als Erste pünktlich angestellt. Jetzt schlugen nacheinander auch die mittlere und kleine Glocke an. In voller Lautstärke durchströmte der satte Dreiklang wohltönend den Glockenturm, entwich entlang der Bläser durch die schrägen Schlitze der Jalousien hinaus, sank abwärts auf den Kirchplatz und tönte weiter herunter in die Stadt. Hannes ergriff ein unbändiges Gefühl der Freude und Geborgenheit. Schwach vernahm er im Hintergrund das Knallen der ersten Silvesterraketen, ihr Aufleuchten flackerte bunt schimmernd durch seinen, frostigen Atem.

Langsam schwangen die Glocken aus und der Kantor hob die Hand.

»Lobe den Herren, den mächtigen König der Ehren« lag aufgeschlagen auf den Pulten, und nun, in die ausklingenden Glocken hinein, bliesen sie den Choral mit feierlicher Inbrunst, während der Kantor die Arme zum Takt schwang. Beim zweiten Vers hatte Rudi die Solostimme zu spielen. Noch zitterten seine Hände, doch während der ersten Töne fing er sich und verlieh dem Stück mit silbern glänzendem Schall Töne, deren Spitzen in den Himmel zu reichen schienen, um endlich im prächtigen Schlussakkord aufzugehen. Als hätte sich ein großes Tor geöffnet, strömte der Choral wuchtig hinaus ins Freie. Hannes drehte sich bewundernd zu Rudi um und bemerkte, dass der sich verschämt eine Träne aus dem Auge wischte.

»Mannomann …«, stammelte Rudi sichtlich verlegen, »diese ollen Kamellen, das nimmt mich immer ganz schöne mit, wenn ich die Oberstimme blasen tue.«

Alle lachten, blätterten die Noten um und setzten an zum Neujahrslied »Das alte ist vergangen, das neue angefangen«. Der Kantor hatte zuvor vom Küster eine Flasche Sekt im Glockenstuhl deponieren lassen, schnell verstauten sie ihre Instrumente in den Kästen und prosteten einander fröhlich zu, klopften sich auf die Schultern und wünschten sich alles erdenklich Gute.

Noch ganz benommen vom soeben Erlebten, stolperte Hannes als letzter die steile Stiege wieder herunter, vorbei am kleinen Turmzimmer, in dem ein mächtiges Uhrwerk die vier vergoldeten Zeigepaare steuerte, welche außen an allen Seiten des Turmes die Stunden und Minuten anzeigten.

Schon oft war Hannes mit seinem Freund Ewi, dem Sohn des Küsters, hier oben gewesen. Wöchentlich musste die Turmuhr von Hand aufgezogen werden und Ewi richtete es so ein, dass sie gemeinsam die schweren Gewichte für den Antrieb von Werk, Zeiger und Uhrenschlag über eine Handkurbel und mit Hilfe von Flaschenzügen kurz vor sechs Uhr abends pünktlich heraufgezogen hatten. Denn dann setzte das Geläut ein und ehe noch die drei Elektromotoren die schweren Glocken zum abendlichen Sechs-Uhr-Läuten in gleichmäßige Schwingungen brachten, stürmten die Jungen vom Turmzimmer hinauf in den Glockenstuhl, kletterten über die Balken auf das Joch und sprangen von dort auf die große Glocke herab, hielten sich am Glockenjoch fest und schwangen auf dem äußeren Rand der Glocke im Rhythmus des anschlagenden Klöppels auf und ab.

Einmal brachte Ewi eine ältere Schulkameradin mit hinauf in das kleine Turmzimmer.

»Die will mal unsere Uhr sehen«, meinte er verschmitzt und blinzelte zu Krondorf, der ihn ungläubig ansah.

Krondorf hatte schon von Elvira gehört, sie war die älteste von fünf Geschwistern, welche von ihr und der ständig betrunkenen Mutter allein erzogen wurden. Als sie damals das kleine Turmzimmer erreichten, klärte Ewi das Mädchen auf:

»Der Hannes ist kein Kind von Traurigkeit«, sagte er zu ihr, »aber total unerfahren.«

Mit diesen Worten legte er Krondorfs linke Hand auf Elviras Brust. Verlegen starrte Krondorf auf seine Füße und unsicher wieder hinauf zu Elvira. Sie blickte ihn lachend mit funkelnden Augen an, nahm seine rechte Hand und führte sie unter ihren Pullover. Krondorf schwankte etwas, schloss die Augen und spürte seinen Puls in den Fingerspitzen pochen. Er atmete tief, schon wollte er seine Hände lösen, da schob ihn Ewi zur Seite, langte unter Elviras Rock und zog ihr langsam den Schlüpfer bis auf die Knöchel herunter. Elvira kicherte und ließ es geschehen.

»Los, besorg's ihr«, munterte Ewi ihn auf. Krondorf stand wie betäubt. Ohne mit der Wimper zu zucken stieg Elvira wortlos aus ihrer Hose und legte sich auf den kalten Fußboden. Ewi grinste und stieß ihn an:

»Nun mach schon, so einfach kriegst du es nie wieder!«

Und auf den Knien bestieg Krondorf ein unsichtbares Pferd, Elvira erschauerte leicht, während im Licht der schmal eingelassenen steinernen Lüftungsschlitze des Turmzimmers das große Uhrenpendel im Takt der tanzenden Staubflocken vibrierte.

»Jetzt müssen Sie aber raus, wenn Sie nicht nach Riesa zurück woll'n!«

Eine kräftige Hand rüttelte an Krondorfs Schulter und weckte ihn unsanft aus seinen Erinnerungen.

»Äh, ja, na klar, danke«, murmelte er, raffte sich aus dem Sitz hoch und kramte sein Gepäck zusammen. Während der Fahrer im hinteren Teil des Busses begann, die Gepäcknetze und Sitze nach liegengebliebenen Sachen durchzusehen, stolperte Krondorf nach vorne zur Tür.

Es war heiß damals, an diesem frühen Nachmittag im August 1981, als er aus dem Bus stieg und vom Hauptbahnhof Leipzig über den Tröndlerring, vorbei am Nordhotel, rechts in die Pfaffendorfer Straße einbog und bis zur Kongresshalle am Zoo hastete. Ein Blick auf die Uhr sagte ihm, es war knapp, aber noch nicht zu spät, jetzt sollte sein Wunsch hoffentlich in Erfüllung gehen.

Er nahm die Tür direkt neben dem Eingang zum Zoo und stürzte die Treppe herauf bis zur ersten Etage und betrat den Richard-Wagner-Saal. Ein leichter Wind hatte die letzte Wolke vom Himmel vertrieben und blies schwülwarme Luft von den Tiergehegen des Leipziger Zoos herüber an die rückseitige Fassade der

Kongresshalle. Dort bahnte er sich vom Hof über die offenen Flügeltüren des Hintereingangs den Weg ins Treppenhaus, hinauf in den ersten Stock, waberte weiter über lange Gänge und zwängte sich endlich durch den Spalt einer angelehnten Tür in den Probenraum. Auf dem Gang neben der Tür lehnten ein paar junge Burschen locker an der Wand, diskutierten eifrig und rauchten.

»Es ist gleich halb drei«, sagte einer, als Krondorf atemlos grüßte und an ihnen vorbei in den Saal eilte.

»Das ist der neue Kollege aus Dresden«, fügte er mit einem vielsagenden Blick hinzu, nickte mit dem Kopf in Richtung Krondorf und schnippte mit dem Daumen die Asche von seiner Zigarette. »Da hat er aber einen Scheißtag zum Probespiel erwischt! Wir haben Westwind, da kommt zu der Hitze noch der ganze Dreck von den Buna-Werken herüber«, schmatzte er mit der Zunge über die Lippen, während sein Fuß nervös auf dem abgetretenen Linoleum herumkratzte.

»Kommt, wir müssen rein«, meinte ein anderer, der heftig schwitzte und sich das Gesicht mit einem Taschentuch abwischte.

»Wenn nicht bald ein frisches Lüftchen weht, kriege ich heute keinen vernünftigen Ton aus dem Horn raus«, stöhnte der Erste, stieß die Tür mit dem Fuß auf und ihnen platzte der Lärm aus dem Probenraum ins Gesicht.

»Ah, ja, die Herren Posaunisten sind nun auch vollzählig!«

Aus einer seitlichen Nische, durch die helles Tageslicht hereinströmte, vernahmen sie die Stimme des Orchesterleiters, der kurz die Augenbrauen hochzog und mahnend mit dem Zeigefinger auf seine Armbanduhr tippte. FF lehnte ungezwungen im legeren Hemd und leichter Sommerhose an einer Stuhllehne und blätterte fingerschnippend in dicken Partituren, die sich vor ihm auf einem Notenpult stapelten. Dabei summte er zufrieden eine Melodie vor sich hin.

Jetzt sah er auf und klatschte kraftvoll in die Hände.

»Kommt, kommt!«, forderte er sie fröhlich auf und lenkte die Aufmerksamkeit auf sich.

Die Musiker unterbrachen ihr aufgeregtes Spiel, mit dem sie eben noch schwierige Passagen ausprobiert hatten. Augenblicklich war der kleine Probenraum von gespannter Erwartung erfüllt. Während Krondorf kleine Schweißbäche über Nacken und Schultern liefen, ihm obendrein das Hemd auf den Rücken klebte, lächelte FF, von seinen Musikern liebevoll »der Alte« genannt, und strahlte etwas aus, was ihn sympathisch, attraktiv und durchweg interessant machte. Seine blendende Erscheinung und die jahrzehntelange Erfahrung im Rampenlicht hatten ihn zu einer starken, dominierenden Persönlichkeit werden lassen, intuitiv verstand er die Psychologie der Körpersprache und verfügte über so etwas wie angeborene Klug- und Schlauheit. Bei aller Liebe zur Musik war er ein scharf kalkulierender Geschäftsmann, der dem Orchester schließlich eines Tages die Ausreise aus dem tristen DDR-Alltag ermöglichte hatte. Wie er dieses Kunststück trotz rigider staatlicher Regelungen des DDR-Kulturbetriebs zu Wege brachte, war Krondorf egal, er wollte nur mit in den Westen, koste es, was es wolle.

Heute spürte er, dass dieser Sommertag der bedeutendste in seinem bisherigen musikalischen Leben werden würde.

Urplötzlich war ihm ganz komisch, von Zweifeln geplagt prickelten winzige Schweißperlen über seine Stirn, der Schweiß in seinen Achselhöhlen war kalt geworden und es fröstelte ihn am feuchten Rücken.

Bestand er das Probespiel, so ging es ihm durch den Kopf, würde sich ein langer, steiniger Weg ebnen. Der damit verbundene Erfolg würde ihm die finanzielle Möglichkeit bieten, sich eine Existenz als freier Musiker zu schaffen, seine Fantasie ging dahin, in diesem Orchester, an der Seite der vertrauten Kollegen, all das zu erleben, was ihm bisher versagt gewesen war.

Seine Gedanken schweiften ab. Mit einem Mal waren Erinnerungen da, lange Vergessenes schien wie auf dem Bildschirm eines Fernsehapparates im messingglänzenden Trichter seiner Trompete sichtbar zu werden. Gedankenverloren starrte er zu Boden und nahm das Gewusel und die hektische Geschäftigkeit, mit der die Kollegen nun wieder schwierige Passagen probten, nicht mehr wahr. Krondorf stellte die Trompete unter dem Notenpult auf dem Ständer ab und lehnte sich zurück. Seine Gedanken kamen ins Rollen und er versuchte, sich zu entspannen. Noch einmal wanderten seine Gedanken nach Bernsdorf. Unzählige Bilder kamen auf ihn zu, eine ganze Reihe von Jahren tat sich plötzlich vor ihm auf und über sein blasses Gesicht, welches sich im Glanz des Instrumentes spiegelte, huschte die Andeutung eines Lächelns.

Endlich würde er heraustreten aus dem Mief der kleinen Tanzband, mit der er schon von Beginn seines Studiums an unterwegs war. Unendliche Kilometer hatte er seitdem mit altersschwachen Fahrzeugen von Auftritt zu Auftritt bewältigt. Oft kam er spät nach einer Notreparatur seines uralten IFA F9 mit ölverschmierten Händen am Spielort an, jedoch nie zu spät. Stunden vor Beginn einer Show wurden Podeste, Notenständer, zentnerschwere Mischpulte, Gitarrenverstärker und Scheinwerfer, eben das gesamte Equipment, treppauf, treppab von den Musikern selbst zur Bühne gebuckelt. Wie sollte man danach, durchgeschwitzt und mit schmerzenden Muskeln einen Soundcheck souverän absolvieren, geschweige denn vernünftige Töne aus der Trompete herausbekommen?

Sein Mittun wurde gut bezahlt, doch die musikalischen Wirkungsstätten beschränkten sich immer nur auf die Umgebung seiner Heimatstadt. Bernsdorf war ein kleines, dreckverschmiertes Industrienest, in dem sich junge Männer ihre Gesundheit ruinierten, wenn sie in den ehemaligen Solvaywerken, einer Feuerverzinkerei, der Lackfabrik oder den Zementwerken am Rande der Stadt in Nienburg beschäftigt waren. An Übes Bierkeller hingegen erinnerte er sich gerne. Zwar hatte die Kneipe gegenüber dem Bernsdorfer Bahnhof einen schlechten Ruf und schien nie so recht zu laufen und doch traf er sich regelmäßig dort auf einen Schwatz mit den Freunden. Unten im Keller hockten ein paar Rentner und Schichtarbeiter, die quarzten das niedrige Gewölbe so voll, dass Krondorf meinte, die Schnitzel und sauren Eier in der Glasvitrine sähen deswegen so bläulich und uralt aus. Das Bier aber war gut. Der Wirt, ein alter mürrischer Knabe, geriet manchmal schon nach dem zweiten Bier ins Dösen und vergaß die nächste Bestellung auf ihrem Deckel anzustreichen ....

Jäh fuhr Krondorf zusammen, – eine kräftige Stimme hatte ihn aus seinen Erinnerungen zurück in die Gegenwart und wieder hinein in den kleinen Probenraum befördert.

»Jetzt nehmt mal das neue Arrangement von Herrn Krondorf heraus«, der Alte blätterte in seinen Partituren.

Krondorf hatte es geahnt und war gut vorbereitet. Ein ausgesprochen schwieriges Stück für die Trompeter lag nun auf den Pulten. Der »Trumpet Blues« von Harry James. Nur keine Schwäche zeigen, dachte er, während ihm ein Schweißtropfen über die Stirn lief, jetzt nicht!

»Herr Krondorf, das Solo im Mittelteil übernehmen Sie dann mal«, rief der Alte ihm aufmunternd zu.

Und es ging los – diese Band war großartig!

Alle Musiker waren Absolventen der Dresdner und Leipziger Musikhochschule. Musiker, deren langjährige Erfahrung im Zusammenspiel mit allen Größen der aktuellen Musikszene nichts zu wünschen übrigließ.

Vor seinem Solo sah er sich noch einmal um, dann legte er los. Die Posaunisten reckten begeistert ihre Instrumente in die Luft und bliesen ihm mit festlichem Glanz direkt ins Gesicht. Der einmalig homogene Sound der Dresdner Trompeter war berühmt, die Saxofone woben ihm dezent einen warmen Klangteppich. Das Schlagzeug trieb die Rhythmusgruppe voran, der Kontrabass grummelte und das Klavier unterstützte mit klaren sparsamen Einwürfen brillant sein Solospiel.

FF hatte das Talent, die spezifischen Fähigkeiten seiner Musiker genau zu erkennen, verstand es, sie zu lenken und vereinte dadurch die unterschiedlichsten Charaktere zu einem Ganzen.

»Das Arrangement ist gut – Ihr Solo auch!«, resümierte der Alte am Ende des Stücks, hielt inne und dachte kurz nach: »Bekommt die Nummer 145!«

Größer hätte das Lob nicht sein können. Krondorfs »Trumpet Blues« landete im Repertoire des Orchesters und er im Trompetensatz. In diesem Moment wurde ihm klar, dass sich sein Traum erfüllt hatte.

***

Man kann einen Teil des Volkes die ganze Zeit täuschen, und das ganze Volk einen Teil der Zeit. Aber man kann nicht das gesamte Volk die ganze Zeit täuschen.

Abraham Lincoln

Die erste Konzertreise mit dem Orchester führte Krondorf nicht in den Westen, sondern nach Erfurt, in die thüringische Bezirksstadt.

Die Fahrt war lang und unbequem. Trübe und neblig lag die kleine Ortschaft Hörsel zwischen Gotha und Eisenach vor ihnen. Hier hatte die Konzert- und Gastspieldirektion des Bezirkes Erfurt für das Orchester Quartier gebucht. Der betagte Ikarus-Bus quälte sich von Eisenach die Hörselberge hinauf und hatte sichtlich Schwierigkeiten, in eben jenem Dorf, welches den Bergen seinen Namen gab, anzukommen.

Die Unterkunft erschien Krondorf wie ein dreckiges, billiges Absteigequartier, noch mieser als die berüchtigten Arbeiterwohnheime in der Hauptstadt Berlin, vor denen ihn die Kollegen bereits gewarnt hatten.

Das kleine Restaurant im Erdgeschoss schien seit Wochen nicht mehr in Betrieb gewesen zu sein, wahrscheinlich waren sie die einzigen Gäste im Haus, denn die Zimmerschlüssel hatte Busfahrer Herbert vorab am Nachmittag aus dem Nachbarort heranschaffen müssen.

Alle Zimmer befanden sich im ersten Stockwerk des Hauses, welches sich, wie sich herausstellte, Pension und nicht Hotel nannte. Links und rechts eines langen Ganges teilten sich die Zimmer in gerade und ungerade Nummern.

Am Ende des Flurs befanden sich eine Dusche und eine Toilette.

»Also mindestens zu zweit in ein Zimmer und das Klo auf dem Gang«, murrte jemand leicht gereizt.

Schließlich versuchten sie schlecht gelaunt, den Abend einigermaßen erträglich zu gestalten. Vorn am Gang entdeckten sie eine kleine Sitzecke. Der Tisch machte einen stabilen Eindruck und schnell fand sich die eingeschworene Skatrunde zusammen. Das mitgeschleppte Bier verfehlte seine Wirkung nicht. Bald wurde es laut auf dem Gang, und niemand registrierte die scheppernde Klingel an der Pensionstür. Erst als jemand von außen kräftig mit den Füßen gegen Tür trat, trollte sich einer nach unten und öffnete.

Draußen warteten die Tänzerinnen des tschechischen Ballettensembles, welches mit dem Orchester gemeinsam auf Tournee war. Aus purem Geiz hatte die Konzertagentur die Mädchen nicht, wie üblich, im komfortablen Erfurter Interhotel einquartiert, sondern ebenfalls in diese Hütte verfrachtet. Nun, sie brachten wenigstens Nachschub mit, freilich kein Bier, dafür aber Sekt und Wein. Ausgelassen freuten sich die Jungs über den netten Besuch, die trübe Atmosphäre des Wirtshauses bekam im Beisein der Mädchen einen freundlichen Glanz. Eifrig rückten sie die restlichen Stühle aus den Zimmern an den Skattisch. Krondorf hatte einen guten Lauf, er bekam ordentliche Karten und ihm gelang Runde um Runde.

Als er eine sanfte Berührung in seinem Nacken spürte, sah er sich um und blickte in das Gesicht eines sektlaunig kichernden Mädchens. Wie selbstverständlich umfasste sie seinen Hals von hinten und streichelte sein Kinn.

»Du bist Glückspilz«, sagte sie, »ich heiße Mascha«. Ihr Akzent erregte ihn.

»Wahrscheinlich, weil du in meine Karten guckst«, antwortete er und spürte ein wohliges Kribbeln im Genick.

»Los«, vernahm er die Stimme eines Freundes, der die beiden mit lüsternem Blick beobachtete, » wir spielen jetzt um was Richtiges.« Er war nicht mehr nüchtern und schaute das Mädchen mit glasigen Augen an.

»Wie meinst du das?« Krondorf mischte neu und gab die Karten aus.

»Na siehste nicht, was hier los ist?«, warf jetzt der dritte Mann ein, und flüsterte: »Die braucht was zum Bumsen.«

Auch Krondorf hatte schon kräftig einen sitzen, packte das Mädchen am Arm und zog es zu sich her. Sie setzte sich auf seinen

Schoß, legte den Kopf zurück und schaute ihn an. Die herumstehenden Kiebitze grölten:

»Jetzt geht's lo-os, jetzt geht's lo-os!«, während die übrigen Mädchen rhythmisch in die Hände klatschten.

Ehe sich Krondorf versah, hatte ihn Mascha heftig geküsst, dabei stieß sie ihm ihre Zunge in den Mund.

»Oh, là, là«, sein Freund rappelte sich hoch und winkte das Mädchen zu sich herüber.

»Küss mich«, stammelte er. »Ich bin doch der verzauberte Prinz, und nicht der da«, setzte er lachend hinzu und zog sie auf seine Knie.

Es schien ihr nicht unangenehm, denn sie blieb sitzen, schlang einen Arm um seinen Hals, und sah leidenschaftlich zu Krondorf herüber.

»Na gut«, Krondorf deutete ihren Blick als Aufforderung und sagte mit schwerer Zunge: »Spielen wir um sie!«

Unter lautem Gejohle bedrängten die Übrigen das Mädchen, welches sich zierte und quengelte, dann aber, von ihren Freundinnen lautstark ermutigt, kicherte und auf den Tisch krabbelte. Nun wurden die Karten auf dem rücklings liegenden, vor Lachen zappelnden Mädchen neu gemischt.

Krondorf war schlagartig wieder nüchtern. Die nächste Runde würde es zeigen, er oder der Posaunist.

Einer von beiden würde sie ins Bett holen. Erregt und schwitzend wechselte er die Karten auf der Hand. Sortierte erneut, schob, tauschte, steckte sie wieder zurück. Mit gespreizten Fingern hielt er die Karten, schob sie übereinander und strich mit den Daumen über die Kanten.

Am Ende deckte der Freund sein Blatt auf, zählte vor und Krondorf sah, dass er verloren hatte.

»Noch Fragen?«, grinste ihn der Sieger an und zog das Mädchen am Arm vom Tisch. »Komm, dann wollen wir mal!«

Krondorf war geschockt und versuchte zu begreifen, in welche Situation er sich beinahe gespielt hatte. Natürlich wäre es irgendwann herausgekommen, gleich auf der ersten Fahrt ein Treuebruch und dann zu Hause die Wut der Ehefrau. Nein, es war gut so, wie es nun war.

Tuschelnd verschwanden die Mädchen, grinsend die letzten Musiker.

Ein unmissverständlicher Blick seines Freundes gab ihm zu verstehen: »Das Zimmer ist jetzt tabu für dich.« Aufgekratzt und nicht abgeneigt, dieses Abenteuer auszukosten, verschwand das Mädchen am Ende des Flurs im Bad.

Als sie zurückkam lehnte Krondorf unschlüssig am Türrahmen. Mit zusammengezogenen Pupillen, schmal wie die einer jagenden Katze, schlüpfte sie an ihm vorbei und zog die Tür hinter sich zu. Unruhig und besiegt stapfte er im Gang auf und ab und stellte sich vor, was hinter der Tür passieren würde.

Verstohlen sah er sich um. Die Kameraden waren verschwunden. Jetzt lauschte er doch, das Ohr dicht an das dünne Türholz gepresst. In seinem Kopf startete das Gedankenkarussell: Mit nassen Haaren und einem Hauch von abgespültem Duschbad würde sie sich auf den Freund werfen. Die Hände fassten wahrscheinlich gerade dessen Kopf, griffen ihn im Nacken und drehten ihn auf die Seite. Ihre Lippen zausten seine Ohren, knabberten im Nacken. Sie leckte seinen Hals und endlich griffen ihre Hände an seinen Hüften entlang unter das Bettzeug.

Sicher würden ihre Erwartungen nicht enttäuscht werden. Es pochte und brodelte unter ihren Fingern. Krondorfs Gehirn malte sich aus, wie sich der Posaunist schweißnass gegen ihre Hüften stemmte. Aufrecht, die Hände fest um seine Arme gepresst, saß sie auf ihm, hob und senkte rhythmisch ihren Körper.

Unzählige Gedankensplitter rasten durch seinen Kopf, keinen davon konnte er jetzt gebrauchen. Er lauschte nach drinnen. Zufrieden? Bist du jetzt zufrieden, fragte er sich. Gewissensbisse und aufkommende Kopfschmerzen machten das lustvolle Stöhnen des Mädchens, welches leise nach draußen drang, nicht erträglicher. Ungeschützt hätte er sie nach einem billigen Sieg im Kartenspiel genommen. Was wäre passiert, wenn er sie geschwängert hätte?

Was wäre, wenn sie ihn angesteckt hätte, infiziert mit irgendetwas?

Was wäre wenn? Nüchternheit und Kälte sollten sich nun eigentlich in seinem Kopf ausbreiten, wie sonst immer. Es war ja nichts passiert. Aber es dauerte länger. Das schlechte Gewissen nahm einen Umweg, kam zurück. Wollte sich nicht verjagen lassen. Nahm Platz im Kopf, ganz vorne. Saß da und blieb. Hannes Krondorf schloss die Augen und zwang sich, nicht weiterzudenken.

Sein Herz wurde hart wie Stein, Steine kennen keine Liebe.

***

Als Leutnant Weimann vor ein paar Minuten seinen Fehler entdeckt hatte, überlegte er fieberhaft, wie er das Problem lösen könnte, zugleich bemerkte er eine Notiz auf seinem Schreibtisch: »Was treibst du mit K.S.?«

Das war Kathrin Leitmanns Handschrift, da war er sich sicher. Aber wie hatte sie diese Notiz unbemerkt auf seinen Schreibtisch bringen können?

Also gleich zwei Probleme, dachte er missmutig und schenkte sich einen Kaffee ein. Er hatte der Tussi von der Künstleragentur doch das Auto besorgt, obwohl sie ihn nicht rangelassen hatte. Na gut, es war nicht der gewünschte Lada, aber immerhin ein 353, da musste der Durchschnittsbürger im Normalfall 18 Jahre drauf warten. Er ließ sich auf seinen Stuhl fallen. Das eigentliche Problem aber war dieses Orchester. Wieso hatte Schalck-Golodkowski ihn persönlich zu der Sitzung beordert, bei der die Scholz brav ihre Gewinnerwartung heruntergerattert und der fette Wanst Falkner ihm begeistert die Schultern getätschelt hatte?

Nein, da musste etwas anderes dahinterstecken, hatte er doch im Auftrag von Schalck-Golodkowski bisher mit ganz anderen Summen jongliert.

Was hatte es mit dem Zettel auf seinem Schreibtisch auf sich, war es eine Aufforderung oder gar eine Drohung? Hatte er übersehen, dass Kathrin L. und K.S. sich besser kannten, als es seine Recherchen über beide ergaben? Wenn ja, was ließ sich daraus herleiten?

Herleiten – das war das Schlagwort, mit dem er groß geworden war.

»Wir sind Schild und Schwert der Partei«, hatte sein Vater ihm immer eingebläut, und: »Es lässt sich alles aus dem Zeitgeschehen erklären, du musst nur die Zusammenhänge erkennen und herleiten.«

Wenn es nur so einfach wäre, dachte er und augenblicklich fiel ihm seine Schulzeit ein: Die 8. Klasse auf der Polytechnischen hatte er geschafft, dann wurde der Leistungsnachweis für die Erweiterte Oberschule fällig, Geschichte, Geografie und vor allem natürlich Staatsbürgerkunde, da war er gut. Aber seine Leistungen in Mathe, Physik, Chemie und Englisch reichten nicht zum Übergang auf die Erweiterte. Das stieß dem Vater, der sich bis dahin wenig um seine schulischen Erfolge gekümmert hatte, übel auf und wieder klangen ihm seine Worte in den Ohren: »Wie, was?«, hatte er ihn abgekanzelt, »der

Sohn des ersten Sekretärs der Kreisleitung der SED schafft den Übergang auf die Erweiterte Oberschule Karl Marx nicht, und die anderen aus deiner Klasse haben alle erforderlichen Nachweise erbracht?«

Weimann holte sich einen Kaffee.

Ich hab doch meinen Weg gemacht, versuchte er sich zu beruhigen, wenn er sich auch eingestehen musste, dass sein Vater damals die Abteilung Volksbildung unter Druck gesetzt und ihm dadurch den Weg zur EOS geebnete hatte.

Er drehte den Notizzettel zwischen den Fingern.

»Herleiten, herleiten, was soll sich denn aus diesem Satz herleiten. Höchstens Eifersucht«, resümierte er und begann eine Runde um den Schreibtisch zu drehen.

Die Kathrin, dachte er bei sich, die hat sich ihren Lada redlich verdient, und ein frivoles Lächeln huschte über sein Gesicht. Aber mit der Scholz war ja nichts gelaufen. Widerwillig dachte er an den verkorksten NVA-Ball, und ihm fiel ihr Seitenhieb während des Referats ein:

»Alle infrage kommenden Reisekader wurden bereits durch die zuständigen Stellen überprüft, wie Sie sicherlich wissen«, hatte sie gesagt, und sie hatte noch eins draufgelegt. »... sollte sich eine diesbezügliche Einschätzung allerdings als unzutreffend erweisen, so liegt das nicht in der Zuständigkeit der Künstleragentur.«

Das galt ausschließlich ihm, ihm persönlich.

Und sogleich fiel ihm sein erstes Problem wieder ein und er nahm noch einmal den Vermerk seines Vorgesetzten zur Hand: »Unverzüglich«, las er, »wird Bericht erwartet, wie es zu den anmaßenden Äußerungen einer Vertreterin der Künstleragentur kommen konnte, Einschätzungen des Ministeriums bezüglich der Überprüfung von Personen hinsichtlich deren Zuverlässigkeit auf in Aussicht gestellte Reisetätigkeit ins NSW in Frage zu stellen.«

Unmöglich konnte er zugeben, dass dieser Idiot, der während des Referates von K.S. die dämliche Frage »Was ist, wenn einer abhaut?« gestellt hatte, ein Genosse seiner Abteilung gewesen war. Gab er es zu, würde der Minister ihm den Arsch aufreißen, gab er es nicht zu, würde er einen anderen Sündenbock finden müssen.

Irgendetwas stimmte mit der Scholz von der Künstleragentur nicht – und mit diesem Orchester auch nicht, aber was?

***

»Wenn ihr erst mal im Westen seid, – euch hilft keiner!«

Das saß. Langsam drehte der Alte den Kopf. Schlagartig war Ruhe im Bus. Gespannt schauten alle nach vorne zu ihm.

Mit sichtlichem Vergnügen erhob er sich vorsichtig und genoss die Wirkung dieses Satzes. Leicht schaukelte und holperte der Bus auf der Autobahn. An der senkrechten Haltestange direkt hinter dem Fahrer hielt er sich fest. Mit einem tiefen kurzen Schnapper sog er laut vernehmlich die Luft zwischen den geöffneten Lippen ein, wobei die Unterlippe sich über die Oberlippe schürzte.

Eine launige Angewohnheit, die signalisierte: Herhören, jetzt wird es ernst.

Auf dem Weg zu einem Gastspiel fast am Ziel angelangt, nahm keiner mehr Notiz vom herrlichen Wetter des Spätherbstes, uninteressant waren jetzt die bevorstehenden Auftritte im größten Kulturhaus der Region und vergessen die Vorzüge der Übernachtungen in einem Interhotel.

»Wir fahren im Dezember nach Westberlin«, – er machte eine Pause – »zu ›Menschen-Tiere-Sensationen‹«.

»... Unglaublich, – also doch, – ich fasse es nicht, – wir haben's geschafft ...«, die freudigen Kundgebungen überstürzten sich, waberten durch den engen Busgang nach vorn und wieder zurück, schwirrten von Bank zu Bank, wechselten sich mit Verblüffung und Begeisterung ab. Mit lautem Zischen öffnete Krondorf eine Flasche Bier.

Oft hatte der Alte ihnen von dieser Veranstaltung erzählt, ja geschwärmt. Seit Jahren war »Menschen-Tiere-Sensationen« der Höhepunkt zum Jahreswechsel in der Westberliner Deutschlandhalle. Die Betreiber des Messegeländes, die »Ausstellungen – Messen – Kongresse GmbH« und der Schweizer Nationalzirkus Knie stellten unter dem Berliner Funkturm eine Zirkus-Varieté-Show zusammen, deren Mitwirkende sich wie das Who is who der internationalen Artistik und Tierdressur las.

Mindestens ein Preisträger des Zirkusfestivals von Monaco wurde verpflichtet. Man lud Schauspieler und Entertainer ein, die sich moderierend das Mikrofon weitergaben. Und natürlich brillierten auch Artisten des Staatszirkus der DDR und aus der Sowjetunion mit zirzensischen Höchstleistungen. Nun gehörte also auch das Orchester zu den »dem Staat Devisen schaffenden Unternehmen«. Gleichsam allerdings zu einem, welches den »Devisen Schaffenden« ausbeutete. Hier wurde der Kapitalismus in seiner Urform begreifbar.

Nicht etwa die Künstleragentur der DDR hatte diesen Vertrag zustande gebracht, sie organisierte nur das Prozedere beim MfS – nein, die guten alten Verbindungen des Alten zu seinen ehemaligen Geschäftspartnern und Agenturen im Westen aus der Zeit vor dem Mauerbau hatten das Kunststück vollbracht, den stets devisenklammen DDR-Behörden die neuerliche Einnahme in Valuta schmackhaft zu machen. Vorher mussten allerdings 16 Musiker aus der

DDR zu überprüften Karteikarten der Stasi, sogenannten Sicherungsvorgängen, werden, an deren Ende die »Reisekaderaufklärung« positiv beschieden sein sollte. Überprüft bedeutete nun auch für Krondorf, dass das MfS mit Hilfe von Auskunftspersonen, im Stasijargon kurz AKP genannt, das Umfeld des Betroffenen abgraste. Diese AKPs konnten der Nachbar, der Hausbuchführer oder sogar der beste Kumpel sein. Die Stasi erfand Legenden, mit deren Hilfe inoffizielle Mitarbeiter umherschlichen, Nachbarn befragten, Erkundungen einzogen, sich andienten und so Vertrauen erschlichen. Sie beschnüffelten alles Mögliche und erstellten daraus einen operativen Vorgang zum Objekt der Beobachtung. Die Aussagen der AKPs wurden sodann in der Stasiakte des Betroffenen minutiös abgelegt.

Und Krondorf bekam eine solche Beurteilung, mit der seiner Reisefähigkeit nichts mehr im Wege stand.

Wie immer vor einem Auftritt in Berlin trafen sie sich Mitte Dezember im Hotel unter den Linden, doch diesmal stand das Treffen unter besonderen Vorzeichen. Tatsächlich sollten sie zum ersten Mal den Ostteil Berlins in westlicher Richtung verlassen dürfen. Jetzt kam Kerstin Scholz ins Spiel. Sie übergab dem Alten einen Packen nagelneuer blauer Reisepässe der Deutschen Demokratischen Republik, trat mit allwissendem Lächeln im eisigen Gesicht hinter den zunächst stehenden Stuhl und genoss dabei sichtlich die Verlesung der Namen derer, die ihren Pass erhielten.

»Stefan, Andreas, Dieter, …«, der Alte rief ihre Namen auf und jeder nickte dankbar beim Empfang des begehrten Papiers.

Jetzt konnte es losgehen, ab in den Westen, den goldenen.

***

Unruhig erwartete Kerstin Scholz diesen einen Anruf.

Ihr Chef Falkner hatte versprochen, die Sache zu bereinigen, doch graute ihr vor dem Gespräch. Und nun klingelte endlich das Telefon.

Es war ein heißer, sonniger Tag, die Luft stand förmlich in der kleinen fensterlosen Diele ihrer Marzahner Einraumwohnung. Nur, wenn sie Durchzug machte, die Fenster in Küche, Bad und Wohnzimmer, welches sie auch als Schlafzimmer nutzte, gleichzeitig aufriss, gab es einen kühlenden Windzug, der allerdings dann die Gardinen hinaus in die Weiten der zehnten Etage blies.

»Falkner«, tönte es vom anderen Ende durch den Hörer.

Kerstin Scholz stellte sich vor, wie ihr Chef schwitzend, in kurzen Hosen und Unterhemd an der verglasten Veranda-Schiebetür stand und sich mit einem Taschentuch den Schweiß vom Nacken wischte.

Die Villen am Majakowski-Ring in Berlin-Niederschönhausen, wo Falkner seit Kurzem wohnte, waren alle mit einer modernen Klimaanlage ausgerüstet, so dachte sie jedenfalls, bis Falkner sie einmal einlud. Der Besuch in seiner Villa, die er mit schlechtem Geschmack und viel Geld zum Spießerpalast aufgedonnert hatte, belehrte sie eines Besseren.

»Kerstin Scholz am Apparat«, meldete sie sich brav und voller Erwartung, was nun kommen würde.

»Wie bereits gesagt«, schnaufte Falkner, »dieser Weimann hat ein Fass aufgemacht, weil sein Chef ihm den Arsch aufgerissen hat, entschuldigen Sie meine Ausdrucksweise«, korrigierte er sich umgehend und redete weiter. »Ihre Bemerkung, meine Liebe, die Genossen des MfS hätten bei einem erfolgreichen Fluchtversuch eines Musikers usw. bla, bla bla …«, er machte eine Pause und schien etwas zu trinken. »… die Genossen des MfS hätten dann im Vorfeld nicht gut genug gearbeitet, ist diesem Weimann aber mächtig auf die Füße gefallen.«

»Aber das habe ich doch gar nicht gesagt!«, wandte Kerstin Scholz ein.

»Gesagt nicht, aber gemeint schon«, fiel Falkner ihr ins Wort, »das haben doch alle kapiert.«

»Dieser junge Kerl vom MfS hat ja mit seiner dämlichen Frage ...«, sie redete nicht weiter.

»Es tut mir leid«, mehr wusste sie nicht zu sagen und hoffte, dass Falkner eine Lösung gefunden hatte.

»Ich habe an höchster Stelle insistiert, habe dem Genossen Stellvertretenden klarmachen können, dass an keiner von uns bisher organisierten Reise ins NSW ein Fluchtversuch stattgefunden hat, geschweige denn negativ-feindliche Aktivitäten seitens eines Künstlers im NSW zu verzeichnen gewesen sind.«

Falkner holte tief Luft: »Der Genosse Stellvertretender«, mahnend klangen jetzt seine Worte, »hat mir wohlwollend zugehört!«

»Und ... was wird mit mir?«, warf Kerstin Scholz ängstlich ein.

»Es gibt für alles eine Lösung, wenn Falkner sich der Sache annimmt.« Es schien ihr, als würde er nun väterlich im Ton.

»Zum Glück hatte ich ihre Aufzeichnungen dabei und als ich dem Genossen Stellvertretender ihre zu erwartenden Devisenerträge präsentierte, gab es ein ›Sehr gut, sehr gut, Genosse Falkner‹ von ihm.«

»Und Weimann, rührt der jetzt noch weiter in der Sache herum?«

»Der Weimann musste zum Rapport und ist gerügt worden, das ist ihm natürlich sauer aufgestoßen.«

»Und wie geht es jetzt weiter?«

»Es gibt immer eine Lösung, muss ich mich wiederholen?«

Jetzt verfiel er wieder in seinen Chefton und sagte: »Sie bleiben als Betreuerin auf allen zukünftigen Reisen des Orchesters am Platz und werden demnächst einen Termin bei Weimann bekommen, er wird dann alles Weitere mit Ihnen besprechen.«

»Danke, ich danke Ihnen sehr«, flüsterte sie.

»Dann Wiederhören, bis morgen« brummelte er und legte den Hörer auf.

***

Checkpoint Charlie – in diesem Namen schwang alles mit, was traumhaft klang: Grenzenlose Freiheit, Ku'damm, Gedächtniskirche, Café Kranzler, Wilmersdorfer Straße und die Siegessäule.

Ihr Bus fuhr langsam bis zur ersten Sperre. Rechts, ein wenig hinter einer Mauer versteckt, ein Koloss von Metallzaun auf Rollen. Sicher konnte man diesen blitzschnell ausfahren, die Straße versperren, um dem Republikflüchtling ein Bein zu stellen, es ihm zu brechen, um ihn dann auf ewig im Stasiknast Bautzen verschwinden zu lassen, durchfuhr es Krondorf.

»Hallo, hallo, guten Tag« – jeder war bemüht, gelassen und unbekümmert, ja abgeklärt, den Gruß des Grenzers, der in den Bus stieg, zu erwidern. Es war geschafft, diese letzte Hürde würden sie auch noch nehmen.

»Die Pässe bitte«, tönte der Soldat fröhlich in die Runde. Und Reihe für Reihe wurden sie von hinten nach vorne gegeben.

Schon war man das kostbare blaue Stück wieder los. Der Soldat stapelte alle nacheinander in einer kleinen Holzkiste auf und verschwand im Häuschen, beschützt von bewaffneten jungen Grenzsoldaten links und rechts der Fahrbahn, welche so schmal war, dass sie dem Ikarus-Bus kaum Platz für eine ungehinderte Geradeausfahrt ermöglichte.

Was passiert jetzt? Atemlose Stille in den Reihen. Werden »Sichtvermerke«, die mit blauem Druck den Ausreisestempel genehmigten, durchleuchtet, mit Schablonen übereinandergelegt und auf Echtheit überprüft? Ratlosigkeit und Ungewissheit machte sich breit, denn keiner ahnte, was sich hinter den Milchglasfenstern der Baracke abspielte. Woher sollten sie auch wissen, dass nun ein Passkontrolleur das Reisedokument unter eine fest installierte Kamera legte, die das Bild ins Stabsgebäude zur weiteren Bearbeitung übertrug. Anschließend kamen die Dokumente zum Identitätskontrolleur, der die Übereinstimmung der kontrollierten Person mit dem vorliegenden Passbild anhand mehrerer genau definierter Kriterien wie Augenabstand, Nasen- und Ohrenform überprüfte. Von wem auch sollten sie erfahren haben, dass alle Mitarbeiter in diesem Bereich in operativer Psychologie geschulte, hauptamtliche MfS-Mitarbeiter waren?

Einer allein stand in unerschütterlicher Weisheit vorn beim Fahrer und blickte gelassen auf seine Musiker.

Dann – endlich – die Weiterfahrt, über Mauerstraße hin zur Straße des 17. Juni, rundherum um die Siegessäule, dann links auf den Messedamm, schließlich erblickten sie rechts die Deutschlandhalle.

Zu Tausenden strömten die Westberliner regelmäßig in die größte Mehrzweckhalle der Stadt und besuchten mit Kind und Kegel die prächtigsten Veranstaltunge

Neben »Holiday on Ice« oder dem berühmten Sechstagerennen gastierten hier die Rolling Stones, Queen und vor Jahren auch Jimmy Hendricks. Besonders aber weckte »Menschen-Tiere-Sensationen«, die Show mit den großen Dimensionen, bei den Berlinern schöne Erinnerungen, waren sie doch als Kinder schon mit Eltern und Großeltern in der Weihnachtszeit nach Charlottenburg gepilgert.

»Nicht auf den großen Parkplatz!«, kommandierte Kerstin Scholz, »um die Halle herum, fahren Sie an den Seiteneingang!« Sie stand im Mittelgang des Busses und erteilte Anweisungen.

»Ihre Garderoben befinden sich im Keller. Die Tagesspesen in Valuta erhalten Sie im Voraus für die gesamte Spielzeit nach der Probe in der Garderobe von Herrn Fleischer«. Sie sah sich um und nickte dem Alten gönnerhaft zu.

»Ist meine Garderobe etwa auch im Keller?«, fragte der Alte ungläubig.

»Alle Mitwirkenden, ausnahmslos alle, müssen die Sportlerkabinen als Garderobe nutzen«, blaffte Scholz und schob arrogant nach: »Wir sind hier schließlich nicht im Palast der Republik!« Damit stürmte sie aus dem Bus und verschwand durch eine Blechtür.

Nach und nach stiefelten die Musiker hinterher und ihnen wehte der Dunst von Tiermist, Sägespänen und frisch gefettetem Lederzeug entgegen.

Auf Anhieb erinnerte sich Krondorf, denn das war der Geruch des Zirkus, wie er ihn aus der Kindheit kannte. Heu- und Strohballen türmten sich an den Seitenwänden, eine Schubkarre voller Mist dampfte im Gang, Gabeln, Schaufeln und ein großer Vorschlaghammer hingen in Schlaufen an einem stabilen Holzgestell. Daneben baumelten Helme mit ledernem Nackenschutz und auf dem Fußboden stauten sich unzählige Feuerlöscher.

Sie verließen den Vorraum, schlugen eine Zeltbahn zurück und standen plötzlich vor einer Elefantenherde. Sechs riesige Dickhäuter schaufelten mit dem Rüssel große Portionen Heu ins Maul und kümmerten sich nicht im Geringsten um die Neuankömmlinge, während diese sich mit dem Rücken zur Wand und weichen Knien an ihnen vorbeistahlen.

Unter der Erde fanden sie schließlich entlang eines Flures die Sportler Kabinen, kühle und kahle Kammern, die mit einer Liege, einem Tisch und zwei Stühlen ausgestattet waren. Nachdem sie ihre persönlichen Sachen verstaut hatten, besichtigte Alfred Fasch, der Kabinenwart der Deutschlandhalle, ihre spärlichen Unterkünfte und staunte nicht schlecht, als er die mitgebrachten Kochplatten, Tauchsieder und Tütensuppen der auf Selbstversorgung eingerichteten Musiker zu Gesicht bekam.

»Denkt an meine Halle, Jungs!«, mahnte er nachdenklich,

»brennt mir ja nichts an!« Dann verließ er kopfschüttelnd den langen Gang und verschwand hinter einer schweren Brandschutztür.

In der Halle hatten man dem Orchester zwischen den beiden Sattelgängen einen exponierten Platz auf der großen dreiteiligen Bühne zugedacht.

Ganz oben richteten sich die Trompeter und neben ihnen die Posaunisten auf einfachen Metallrohrstühlen ein.

Darunter, auf der zweiten Etage, kramten die Saxofonisten diverse Ständer und Utensilien hervor und stellten ihre Flöten und Klarinetten darauf ab.

Um eine gute Sicht auf das Geschehen in der Manege und in die Spitze der Hallenkuppel zu haben, stand Andreas, der zweite Schlagzeuger, ganz außen, leicht erhöht am Rand auf einem kleine Extrapodest. Mit einer kleinen Trommel und mehreren Crashbecken ausgestattet, würde er alle spannenden Momente des Programms mit Trommelwirbel und Beckenschlägen dramatisch untermalen. Neben ihm, am Steinway-Flügel, saß Horst, der Pianist.

In Zentrum der Bühne jedoch stand das Schlagzeug, geschmückt mit den Initialen des Chefs.

Und wie so oft, wenn sich ein Mensch ins richtige Licht setzt, hatte der Alte auf der untersten Ebene ein großes Dirigentenpult postiert und beanspruchte damit die gesamte Breite der Etage für sich allein.

Während die ersten Artisten bereits probten, ertönte Louis Knie, der Nachfolger einer gestandenen und über Jahrzehnte erfolgreichen Schweizer Zirkusdynastie, mit lauter Stimme:

»Ludwig, die Postamente für die Elefanten müssen hereingeschafft werden, die Musiker sollen doch erst mal einen Kaffee trinken!«

Ludwig Lehnert, Manegenchef des Circus Busch-Roland und Herr über unzählige Helfer aus aller Herren Länder, erteilte daraufhin seine Anweisung mit lauter Stimme, erst in Englisch, dann auf Französisch und zu guter Letzt auf Arabisch. Er war von Anfang an dabei gewesen, als Paula Busch ihren gleichnamigen Zirkus über das Kriegsende hinwegrettete. Ludwig Lehnert reiste mit ihr zu Gastspielen durch Deutschland und Europa, bis eine Fusion mit dem Bremer Circus Roland die bis dahin aufgetretenen finanziellen Schwierigkeiten des Circus Busch lösen konnte. Seitdem firmierte der Zirkus unter dem Namen Busch-Roland.

Die Organisatoren der Show »Menschen-Tiere-Sensationen« in der Deutschlandhalle vertrauten Louis Knie, vertrauten seinem untrüglichen Gespür für szenisch-zirzensische Abläufe, Clownerie und Spannungsaufbau, und Louis Knie wiederum bediente sich der Hilfe erfahrener Zirkusleute und des Equipments des Circus Busch-Roland unter der Regie von Ludwig Lehnert.

Dicht am Manegenrand auf einem kleinen Tischchen aufgestellt, stand eine Kaffeemaschine und spie in schierer Unendlichkeit fortwährend ihren braunen Saft aus. Obwohl die Ausmaße der Halle riesig waren, verströmte die kleine Maschine würzigen Kaffeeduft, der sich wie ein Nebelhauch über der Manege ausbreitete. Jacobs, Tchibo, Dallmayr – sie kannten die Namen aus der Westwerbung, welcher Kaffee es auch immer war, er schmeckte großartig.

Nach und nach wurden die Noten ausgeteilt, nun galt es, prima vista – also vom Blatt – die bekanntesten Artisten der Welt mit zauberhaftem Bigband-Sound zu begleiten.

Die Stars der Manege hatten für sich oder ihre Tiernummern spezielle Arrangements mitgebracht, die immer aufwendig auf den Höhepunkt der jeweiligen Nummer hin arrangiert waren und den Musikern höchste Konzentration abverlangten.

Als besondere Attraktion des laufenden Programms wurde der Auftritt des sowjetischen Meisterjongleurs Sergej Ignatow angekündigt. Der einzige Artist, der elf Ringe gleichzeitig in der Luft bewegen konnte, war gerade mit dem »Silbernen Clown« des Internationalen Circus Festivals von Monaco ausgezeichnet worden.

Nur, er hatte keine Noten mit.

»Das können Sie spielen nicht, was Sergej für Musik hat«, radebrechte ein kleiner Mann, dessen scharf geschnittener, kantiger Kopf unmissverständlich seine russische Herkunft aufzeigte. Die schweren Hände waren bis zu den mittleren Fingergelenken mit kleinen Haarbüscheln bewachsen und ragten wie klobige Steine aus den Ärmeln. Er hielt den wulstigen Nacken hinauf zum Haaransatz nach vorne gestreckt, aus den Ohren wuchsen kleine Haarborsten und aus dem offenen Hemdkragen stachelte ein loses Bündel weißblonder Haare heraus. Sein kantiger Unterkiefer schien von unzähligen Boxhieben gerade gedroschen worden zu sein und verlieh ihm ein martialisches Aussehen.

Während Sergej Ignatow mit einer wunderbaren Regelmäßigkeit, scheinbar mühelos und sanft, seine Ringe mit der Leichtigkeit von Vögeln in die Luft klettern ließ, fuchtelte der grobe Russe mit den Armen am Alten vorbei in Richtung Regiebrücke und gab den Tontechnikern Anweisungen.

»Sergej hat Musik, die muss spielen vom Band.«

Dem Alten stieg die Zornesröte ins Gesicht, seine Augenbrauen standen dicht zusammen, seine Lippen waren nur noch ein Strich.

»Ja, was ist denn das für eine besondere Musik, die wir nicht spielen können?«, entgegnete er in heftigem, beinahe grobem Ton, mühsam an sich haltend. Seine Augen funkelten. Gleichzeitig erschienen zwei senkrechte Furchen über seiner Nase.

»Das ist Stück von Chopin.« Der Russe nahm seinen filzigen Hut vom Kopf und wischte sich über das Gesicht und den kahlen Schädel. Seine gerötete Nase machte den Eindruck, als würde er sie öfter reichlich tief ins Glas stecken.

»Ha«, tönte der Alte, »nun, welches denn?«

»Das ich weiß Namen nicht, aber Technik soll Band spielen«, war die herablassende Antwort des Russen und erneut stocherte er mit seinen unansehnlichen Händen in der Luft herum.

»Das ist doch das Nocturne Eb-Dur«, erwiderte der Alte nach kurzem Anhören des Bandes und verriet nun mit keiner Miene mehr seinen Zorn.

Eine einzige Handbewegung von ihm unterband jede weitere Diskussion, ohne zu überlegen drehte er sich um und rief, sodass es alle in der Halle hören mussten: »Horst, spiel doch unserem sowjetischen Freund das Stückchen mal vor«.

Daraufhin verschränkte er die Arme und blickte in die erstaunten Gesichter, wie jemand, der seines Erfolges sicher ist. Und Horst, der bislang unbeteiligt auf seinem Klavierhocker wie immer mit den Beinen gebaumelt hatte, begann ohne zu zögern und ohne Noten auf dem Steinway-Flügel zu spielen. Mühelos glitten seine Finger über die Tasten, als ob Schmetterlinge, vom hellen Klang erfüllt, von Blüte zu Blüte schwärmten, ein wenig herauf und auch wieder herunter, von Ton zu Ton, schwarze und weiße Tasten verwoben sich zu einem bezaubernden Nocturne von Frédéric Chopin. Plötzlich war es still in der riesigen Deutschlandhalle. Der Meisterjongleur Sergej Ignatow stand verlegen im Manegenrund und begann umständlich seine Ringe zu ordnen.

»Na, das hätten wir dann ja auch im Kasten«, resümierte der Alte nicht ohne Stolz unter dem Applaus der umstehenden Artisten.

Missverständnisse ähnlicher Art waren vorprogrammiert. Der spanische Artist Arturo Segura sollte als nächster proben. Er entstammte einer uralten Seiltänzerdynastie, deren Glanzzeit bereits im 16. Jahrhundert begonnen hatte.

Segura war berühmt für die verwegensten Sprünge auf dem wackligen Schwungseil, er machte Kopfstand und bewegte sich so wippend auf dem Seil vorwärts.

Der Höhepunkt: ein doppelter Salto Mortale, bei dem sein Körper scheinbar gewichtslos den Eindruck der absoluten Schwerelosigkeit hinterlässt. In der Zirkuswelt sprach man vom Nonplusultra der Drahtseilakrobatik.

Freilich musste sich auch ein berühmter Seiltänzer in der Deutschlandhalle etwas Besonderes einfallen lassen, obgleich er mit seinem Schlappseil bereits die ganze Welt bereist hatte, denn das Berliner Publikum war von den besten artistischen Darbietungen jahrelang regelrecht verwöhnt worden.

Als die Probe begann, wendete sich der Alte vom Orchester ab und sah zu Arturo Segura hinüber, um sich den Rhythmus seiner Nummer anzusehen. Bei Raubtiernummern zum Beispiel verlangte man vom Orchester Rumbas, Foxtrotts oder Märsche, alles was zu den speziellen Bewegungen der Tiere passte. Kniffliger hingegen waren die Pferdenummern, bei denen die Tiere scheinbar zur Musik tanzten, doch in Wirklichkeit gab das Pferd den Takt vor und das Orchester folgte ihm. Und wenn irgendetwas passierte, ein Pferd strauchelte, der Dompteur seine Raubtiergruppe nicht wie gewollt unter Kontrolle bekam, oder dem Clown fiel eine wunderbare Stegreifnummer ein, dann würde das Orchester improvisieren, um die Situation zu retten.

Bei Artisten wie Arturo Segura sollten die Einsätze allerdings auf die Sekunde genau stimmen.

Segura, sich seiner Qualitäten durchaus bewusst, begann mit einem klassischen Entree und wollte die Gefährlichkeit seines Auftritts noch mit einem vorsichtigen Abtasten der Seilspannung, gleichsam einem klassischen »en pointe« seiner Füße simulieren.

»Jetzt fehlt nur noch das ›Tutu‹«, unkte Andreas, der ahnte, was auf ihn zukam, denn der Artist sah zu Andreas hinüber und deutete an, dass er jeden seiner angeblich unsicheren Schritte mit einem leisen »tack-tack« von der kleinen Trommel untermalt haben wollte. Andreas indes meinte es besonders gut und setzte, während Segura das Seil prüfte, dem geforderten »tack-tack« noch einen kleinen Trommelwirbel voran – »drrrrrr-bumm-tack-tack«.

Nun ging's los, denn der Spanier brach unwillig ab und brummelte:

»Bitte! Nur ›tack-tack‹ – nicht ›drrrrrr-bumm‹, worauf Andreas antwortete: »Ok, mach ich.«

Jedoch prüfte der Spanier beim folgenden Mal die Beschaffenheit des Seils nicht mit der Fußspitze wie zuvor, sondern stakste gleich wie eine Ballerina los.

Jetzt war das zuvor gewünschte »tack-tack«, welches Andreas pflichtbewusst klopfte, natürlich falsch und der Spanier brach erneut ab.

»Andre, – bitte! Nicht ›tack-tack‹, wenn ich schon auf Seil, sondern ›drrr-tack-tack‹, wenn ich schon auf Seil!«

Andreas sah sich unschlüssig um, seine Freunde grinsten hämisch.

»Ok«, rief er dem Spanier zu, »mach ich.«

Segura begann von Neuem, diesmal allerdings mit einem Sprung auf das Seil.

Nun konnten »tack-tack« und »drrr-tack-tack« wieder nur verkehrt sein, und Andreas illustrierte den gewagten Sprung wütend mit einem Crash über alle ihm zur Verfügung stehenden Instrumente, woraufhin der Spanier erneut abbrach und beleidigt zum Alten sah. Der freilich vertiefte sich leise schmunzelnd in seine Partituren.

Je weiter jedoch die Proben fortschritten, umso deutlicher zeigte sich die Routine, mit der das Orchester seine Qualität unter Beweis stellte. Alsbald ergaben sich auch freundschaftliche Kontakte zu den Artisten. Zu Chico del Mauro etwa, dem schnauzbärtigen Marokkaner, der von Haus aus waschechter Berliner war und in mindestens acht Sprachen fluchen konnte. Chico del Mauro stolzierte mit einem buntem Fantasie-Kostüm, einem übergroßen Turban auf dem Kopf und Oberarmen so kräftig wie die Schenkel einer Kuh, in das Manegenrund. Nach einem überaus ansehnlichen Entree mit viel Firlefanz, bei dem er Feuer spie und sich mit lodernden Fackeln die Arme versengte, spuckte er ungeniert ins Sägemehl, um brennendes Lampenöl, das heruntertropfte, zu löschen.

Die gruselige Neugier, mit der viele Menschen Abnormitäten zu sehen lieben, machte er sich zunutze und stach zu guter Letzt zwei etwa 40 cm lange, mit dem Durchmesser einer Stricknadel vergleichbare Eisenstäbe durch seine Oberarme. Diese Eisenstäbe ließ er dann sehr zum Entsetzen des Publikums aneinander klirren, wobei kein

Tropfen Blut floss. Augenzwinkernd wandte er sich am Ende seiner Show hoch zum Musiker-Podest und rief unter dem donnernden Applaus des Publikums in breitem berlinerisch:

»Nee, det sind keene Hülsen da reinoperiert, det sind keene Casablancapflaumen, det is alles echt! Wenn Ihr wollt, zeije ick Euch nachher meine Arme!« Und unter ungläubigem Staunen präsentierte Chico del Mauro im Sattelgang den verblüfften Musikern die unpräparierten, blau unterlaufenen Armbeugen, durch die er sich zweimal am Tag die Eisen steckte.

Freddy Quinns Auftritt allerdings ließ manche Zirkusshow, die sie bisher gesehen hatten, in eher blassem Licht erscheinen.

Stehend auf dem Kutschbock eines Planwagens, der einem bunten Italowestern entliehen schien, kutschierte Freddy Quinn zu Beginn jeder Vorstellung sechs aufgeregt trippelnde Appaloosahengste in die Halle, gefolgt von den einmarschierenden Artisten. Das Chapiteau erlebte nun ein Bild, das in seiner Farbenpracht, seiner Vielfältigkeit und Romantik jedermann begeisterte.

Der Geruch von Sägemehl, welcher durchdrungen vom Dampfen des Pferdemists aus den Stallungen herüber wehte, das Glänzen des aufpolierten Lederzeugs auf Pferd und Reiter, die Pracht der Kostüme, all dies ließ Krondorf staunend vergessen, dass seine Kollegen bereits den Marsch »Zirkus-Zirkus« bliesen und der Entreeclown in die Manege stolperte. Nach wenigen Sekunden winkte der Alte jedoch die Musik wieder ab und bedeute dem ersten Saxofonisten des Orchesters, mit dem Solo »Send in the Clowns« zu beginnen.

Mucksmäuschenstill war es plötzlich in der Halle, als ein Scheinwerferstrahl, kreideweiß wie das Leuchten des Mondes, in die Manege fiel und der Clown den Reflexen des Strahles tollpatschig hinterhertaumelte, um sie einzufangen. Jetzt wickelte er das Licht vorsichtig mit seinen Händen zusammen, um es ja nicht zu brechen, steckte es behutsam in einen Sack und trug es davon.

Wie alle Künstlernaturen hatte Krondorf ein kompliziertes Seelenleben, war häufig Gemütsschwankungen zwischen Moll und Dur, Überschwang und Melancholie ausgesetzt. Nichts war ihm geschenkt worden und jetzt, in diesem Moment, gab er alle Zurückhaltung auf und die Tränen schossen ihm in die Augen. Was spielte das Saxofon da gerade? »Send in the Clowns?«

Das Musical, aus dem das Lied stammte, hatte er noch nie gesehen und doch kannte er den Inhalt des Stückes, welches von Menschen erzählt, die am Anfang scheinbar mit den falschen Partnern zusammen sind und am Ende doch alles gut ausgeht. Wie gut das alles auch auf ihn passte.

Leise summte er die Melodie mit: »Schnell, schickt die Clowns herein.

Ist es nicht großartig? Ist es nicht schräg? Schnell, schickt die Clowns herein. Ach, – schon gut, die sind ja schon da!«

Verschämt sah er sich um, zog ein Taschentuch aus der Hose und wischte sich über die Nase, und als er sicher war, dass keiner der Kollegen von ihm Notiz nahm, auch die Tränen aus den Augen.

Nach der großen Pause, kurz vor dem Ende der klassischen Raubtiernummer mit dem Sprung durch Feuerreifen und dem gefährlichen Rachentrick, als die Tierpfleger die Löwen und Tiger durch den Laufgang heraustrieben, trat Freddy Quinn, vom Publikum unbemerkt unter der Seitentribüne hervor an die Abspannung der Masten heran, zwischen denen das Hochseil gespannt war. Freddy Quinn, der österreichische Schauspieler und Schlagersänger hatte jede Menge Zirkuserfahrung und als Artist viele Jahre selbst ein Wanderleben geführt. In den Programmheften der Deutschlandhalle plakatierte man den Sänger als die spektakuläre und ungesicherte Sensation auf dem Hochseil. Während Requisiteure die hohen Käfiggitter auseinanderhoben und einer nach dem anderen die schweren Teile herausschleppte, stand der Prinzipal Louis Knie in prächtiger Livree, weißen Reiterhosen und schwarzem Zylinder auf dem Kopf vor dem Orchesterpodium und kündigte die außergewöhnliche Attraktion an. Indes verfolgte ein Lichtstrahl den an der Strickleiter hinaufkletternden Artisten, bis er in unglaublicher Höhe von 20 Metern ein kleines Podest unterm Kuppeldach erreichte. Als das Licht in der Halle gedämpft wurde, verstummte das Stimmengewirr im Publikum, welches eben noch unruhig und laut die Getränkeverkäufer herangewunken hatte, um den zappelnden Kindern Limonade, Hot Dogs, Zuckerstangen und Popcorn zu kaufen.

Nur von einem Scheinwerfer angestrahlt und ganz in bläuliches Licht getaucht, wagte Freddy, die lange Balancierstange vor sich hertragend, singend den ersten Schritt.

»O, mein Papa war eine wunderbare Clown, o mein Papa, war eine große Künstler.«

Er sang den ersten Vers ohne Begleitung.

»Papa wie ein Pfeil, sprang hinauf auf die Seil. Eh la hopp, eh la hopp, eh la hopp!«

Das Publikum hielt den Atem an, die Musiker reckten die Köpfe nach oben, um nichts zu verpassen. Endlich erreichte Freddy das Podest auf der anderen Seite und tosender Applaus übertönte das einsetzende Orchester.

Der Alte winkte zu Freddy herauf, der winkte lachend zurück und verbeugte sich hoch oben nach allen Seiten vor seinem Publikum. Als der stürmische Applaus abebbte, hangelte er sich mit beiden Händen am Seil, die Beine leicht vorgestreckt, Hand um Hand, Sprosse um Sprosse an der Strickleiter wieder nach unten. Obwohl er nun völlig erschöpft hätte hinauslaufen können, drehte er sich nochmals um und bat die Musiker, sich zu erheben, um seinen Dank entgegenzunehmen.

Wie so oft in letzter Zeit schweiften Krondorfs Gedanken ab, Erinnerungen an seine Kindheit wurden wach: War er elf oder zwölf Jahre alt gewesen? Er wusste es nicht mehr genau. Kam ein Zirkus in die Stadt, rannten die Jungen hin, um beim Aufbauen zu helfen. Jede Hand wurde gebraucht, Zeltplanen auseinandergerollt, Seile gespannt, dicke eiserne Pflöcke eingeschlagen und Bänke geschleppt, Wasserleitungen in Stallungen verlegt, Sägemehl aus großen Lkw-Anhängern in Schubkarren geschaufelt und in die Tierzelte gekarrt. Die Jungen machten sich leidlich unabkömmlich, um eventuell als Dank eine Freikarte einzuheimsen.

Bald richteten Traktoren mit Hilfe langer Stahlseile die Hauptmasten auf, Kabel und Scheinwerfer wurden hinaufgezurrt.

Am Kassenwagen blinkte bereits die Leuchtreklame: »Circus Busch«.

Etwas abseits schützten stabile Bretterverschläge die Löwen des berühmten Dompteurs Hanno Coldam vor neugierigen Besuchern. In deren Nähe ließ man die Jungen nicht.

Krondorf erinnerte sich, wie er über den Platz hinweggeschaut hatte. An einem dieser Wagen wuchtete ein hübsches Mädchen schwere Gerätschaften in die Höhe, welche wie riesige Kohlenschaufeln aus dem Heizungskeller eines Kraftwerks aussahen und dirigierte sie in den schmalen Spalt zwischen Gitter und Fußboden eines Käfigwagens. Sie trug eine hellgraue Hose, einen Pullover und eine dunkelblaue Wollmütze.

Mit einer Gießkanne füllte sie jetzt frisches Wasser in die Behälter. Ein bewegliches Gitter zwischen den einzelnen Segmenten des Wagens trennte die Tiere voneinander.

Mit großem Kraftaufwand, jedoch keinesfalls unbeholfen, schob sie ein Segment nach dem anderen auf und zu, während die Löwen unruhig im hinteren Teil des Wagens maunzten, ehe sie in ihre vorgesehenen Abteile eingelassen wurden.

Wie muss es erst bei einer Fütterung zugehen, dachte Krondorf. Voller Bewunderung stand er in der Nähe des Sattelganges und beobachtete das Mädchen. Augenblicklich verliebte er sich. Jetzt rief sie ein fröhliches»Ich bin gleich fertig, Papa« in Richtung eines seitlich stehenden Wohnwagens.

Er überlegte, bis zur Vorstellung waren es noch gut zwei Stunden. Auch wenn man bis dahin im Pferdezelt helfen könnte, putzen und striegeln, anschirren, eventuell durfte man sogar ein Pferd bis zum Sattelgang führen, all das schien nicht so erstrebenswert, wie dieses Mädchen kennenzulernen.

Mit einem langen Atemzug ging er zügig an den Reihen der abgestellten Zirkuswagen entlang. Vereinzelt gab es Lücken, zwischen denen er kurz abtauchte und um die Ecke schielte. Schließlich entdeckte er sie neben einem Wagen. Sie hatte eine Decke auf die Wiese gelegt und ein Buch hervorgeholt. Er zitterte ein wenig bei dem Gedanken, nicht zu wissen, was er ihr sagen sollte. Doch fast automatisch spulte sein Gehirn Dinge ab, die er über Raubtierdressuren in Zirkusreportagen gelesen hatte. Abgelenkt von ihrem Buch schaute sie auf, legte das Buch zur Seite und lächelte ihn neugierig an.

»Was willst du?«

»Ooch, nichts.« Er zögerte einen Moment. »Was liest du da?« Sie gab ihm keine Antwort.

Sicher war er sich seiner Sache nicht. Er hob den Kopf und streckte ihr die Hand entgegen.

Ohne seine Hand zu nehmen, nickte sie ihm freundlich zu: »Setz dich doch!«

Hannes blickte ein paar Sekunden ins Leere, dann hockte er sich auf die Decke und griff nach ihrem Buch.

»Hallo, was soll das?«, fragte sie und zog das Buch beiseite.

»Entschuldige«, stammelte Hannes und stand wieder auf.

»So war's ja nicht gemeint«, sie blinzelte ihn schelmisch an. »Du kommst hierher, ich kenne dich gar nicht, dann willst du mein Buch, wer bist du eigentlich?«

»Ich habe dich vorhin bei den Löwen gesehen«, stammelte er und hockte sich wieder auf die Decke. »Ich bin Hannes, sind das deine, die Löwen?« Er zögerte, sah ihr in die Augen und war hin und weg.

»Die Löwen«, sagte sie nicht ohne Stolz, »gehören dem Zirkus, dem Staatszirkus, und natürlich meinem Vater, der ist nämlich der Dompteur, und ich bin Marcella«. Sie stand auf, deutete eine Verbeugung an und reichte ihm den Handrücken zum Kuss. Hannes wurde es heiß und kalt. Was war das für ein Mädchen? Er rappelte sich hoch, hielt ihre Hand und wusste nichts damit anzufangen. Marcella lachte laut.

»Du bist ein lustiger Kerl, natürlich musst du meine Hand küssen!« Dabei sah sie ihm so tief in die Augen, dass er taumelte und seine Knie weich wurden. Ehe er sich's versah, hatte sie ihre Hand schon wieder weggezogen.

»Warum lachst du?«, fragte er unsicher.

»Weil du so herrlich niedlich bist!«

Jetzt schämte er sich wegen seiner verliebten Unbeholfenheit.

Marcella griff nach dem Buch und gab es ihm. Der abgegriffene Einband war aufgeschlagen.

»Hans Stosch Sarrasani«, las er, »Durch die Welt im Zirkuszelt«.

»Da steht alles drin, was du über den Zirkus, den richtigen, den alten, wissen musst«, sagte sie und warf ihren Kopf übermütig zurück.

Hannes blätterte die ersten Seiten auf.

»Und hinten, die alten Fotografien …«, sie nahm ihm das Buch wieder aus der Hand und trat dicht an ihn heran.

»Schau hier, da sind Fotos von den besten Artisten und Tierlehrern drin, die es zu Beginn des 20. Jahrhunderts gegeben hat. Der Zirkusgründer Hans Stosch, der begann als Stalljunge in einem kleinen Wanderzirkus, war fleißig und zuverlässig, und wurde Stallmeister!«

Marcella sah in triumphierend an: »Von seinen ersten Ersparnissen kaufte er sich einen Affen, einen Hund und ein Schweinchen«, sie blätterte weiter und hielt Hannes ein Foto unter die Nase. »Und er entwarf für sich selber und die Tiere Kostüme, – jede freie Minute dressierte er mit unheimlichem Fleiß seine kleine Tierfamilie, baute sich sein Dasein auf …«

Marcella hielt einen Moment inne: »…dann brauchte er nur noch einen Namen für sich und seine Nummer«. Verträumt schaute sie Hannes an:

»Zirkus Sarrasani«. Sie macht eine Pause, sah vielsagend in die Luft und drehte eine kleine Pirouette. »Unser Leben gehört dem Zirkus!«

Dann stupste sie Hannes so heftig in die Seite, dass er schwankte und sich an ihr festhielt.

In diesem Moment öffnete ein Mann die Wagentür und rief sie herein. Das musste ihr Vater sein.

»Komm mich morgen besuchen«, flüsterte sie eilig und stand auf.

»Aber«, er stockte, »ihr baut doch morgen ab und zieht weiter!«

»Ja, aber bis in das nächste Kaff soll es nicht weit sein, sagt mein Vater.« Im Nu war sie oben an der Tür.

Er meinte, noch ein lustiges Augenzwinkern zu sehen, dann verschwand sie im Wagen.

Sein Herz schlug bis zum Hals hinauf und wieder herunter. Der Kopf schien die aufsteigenden Wellen, die ihm sein Kreislauf bescherte, nicht verkraften zu wollen, ihm war schwindelig vor lauter glücklicher Dusseligkeit.

Morgen, dachte er, morgen war Montag und er konnte vielleicht die Strecke mit dem Fahrrad strampeln, wenn er überhaupt wusste, wo der nächste Spielort war.

Krondorf hätte sich gerne weiter erinnert, doch ein heftiger Stoß seines Trompeterkollegen, der bereits zur nächsten Auftrittsmusik ansetzte, brachte ihn schmerzhaft in die reale Zirkuswelt zurück.

Der Bruder des Prinzipals, Carlo Knie, war mit seiner Dressur an der Reihe. Zsavo, ein Nashornbulle zog inzwischen gemütlich seine Kreise in der Manege. Die Posaunisten beschrieben mit tiefsten Tönen und im Rhythmus dieses Urviehs die Atmosphäre einer afrikanischen Savanne. Ab und zu hatten die Trompeter wie eine Horde wild gewordener Affen auf ihren Instrumenten herumzuquietschen. Dumpfe Trommelrhythmen und entsprechende Lichtsequenzen ließen die Morgensonne Afrikas in der Deutschlandhalle aufgehen.

Um der Stimmung auch einen eigenen tierischen Höhepunkt zu verleihen, stellte das Nashorn seinen Schwanz aufrecht in die Höhe und ließ ihn anschließend lustig über dem Hintern hin- und herkreisen. Was nun kam, konnte keinen Musiker mehr ernsthaft musizieren lassen.

Wohlwissend brach der Alte mit großem Brimborium sein Dirigat ab, die Posaunisten klopften sich laut lachend und prustend auf die Schenkel, hievten ihre Instrumente in die Ständer und hielten sich die Hand vor den Mund.

Alle kannten es, denn es gehörte zur Show. Regelmäßig während der Nachmittagsvorstellung verteilte das Nashorn Zsavo seine mittlerweile gut verdaute Morgenmahlzeit in einem kolossalen Strahl grün und dickflüssig mit Hochdruck hinten heraus in die Manege.

Mütter hielten den Atem an, Kinder kreischten vor Entsetzen, ungläubig suchten Omas verlegen nach Parfüm getränkten Schnupftüchern in ihren Handtaschen. Jedoch nur um bald darauf umso herzerfrischender mit ihren Enkeln über das Nashorn zu lachen.

Carlo Knie tat nun so, als müsse er anstandshalber die Darbietung abbrechen und trieb unter tosendem Applaus das Nashorn aus der Manege.

In diesem Moment verloschen die Scheinwerfer in der Halle und bläulich schimmernder Nebel waberte unter den Musikern hindurch aus dem Sattelgang über das Sägemehl.

Ein gedämpftes »Ah« der Bewunderung ging durch die Zuschauerreihen. Es galt Mary-José Knie, die soeben auf einem blütenweißen Araberhengst in einem ebenso strahlend weißen eleganten Anzug im Lichtkegel der Scheinwerfer in die Manege ritt. Zu ihren enganliegenden Reithosen trug sie hochglanzpolierte, schlankgeschnittene schwarze Dressurstiefel. Nach einer Runde in tänzelndem Schritt brachte sie den Hengst mit einer Pirouette in der Mitte der Manege zum Stehen und setzte den Zylinder zur Begrüßung ab.

Während das Pferd nun nach vorne schritt, hob es die Vorderbeine abwechselnd bis fast zur Waagerechten an und setzte diese wieder gestreckt ab.

Am Manegenrand angekommen, scharrte der Schimmel artig mit dem rechten Vorderhuf und nickte mit dem Kopf den Takt dazu. Jetzt griff die Reiterin in eine Satteltasche und unter tosendem Applaus flatterten zierliche weiße Tauben um sie herum, schwirrten begleitet vom Licht der Scheinwerfer weit nach oben in die Hallenkuppel, drehten ein paar Runden, kamen zurück und landeten auf einer silbernen Krone, die Mary-José während des

Rundflugs der Tauben mit dem Zylinder auf ihrem Kopf getauscht hatte.

Die Darbietung war allein der Begleitung mit dem Klavier vorbehalten. Krondorf setzte die Trompete ab und lehnte sich auf seinem kleinen Orchesterstuhl zurück. Die Eleganz, mit der Reiterin und Pferd in vollkommener Harmonie einige Serpentinen au Passage, den Diagonalschritt oder die Piaff, also die schwierigsten Passagen der Dressurreiterei, bewältigten, hatte etwas an sich, das ihn augenblicklich wieder zurück in seine Kindheit führte, zurück zu Marcellas Zirkus.

Der nächste Standplatz des Circus Busch damals war Köthen gewesen, das »Kaff«, von dem Marcellas Vater gesprochen hatte.

Wenn Hannes Marcella wieder sehen wollte, dann bedeutete es, etwa 40 km mit dem Fahrrad zu bewältigen.

Etwa zwei Stunden hin und zwei Stunden zurück, so hatte er geplant, Gegenwind außer Acht gelassen.

Zweifellos konnte er erst nach der Schule los, wenn alles gut ging, wäre er zwischen der Nachmittag- und Abendvorstellung in Köthen.

»Komm mich morgen besuchen«, wieder klang es in seinen Ohren. Des Frühlings ganze Fülle schien sich in dieser Einladung zu verbergen.

Also trat er in die Pedale, Wind und Gegenwind waren eher Flügel als Hindernis. Und wie geplant erreichte er das Zirkuszelt. Wie am Vortag lag Marcella auf einer Decke neben dem Wagen ihres Vaters und las in einem Buch. Um zu ihr zu gelangen, musste Krondorf diesmal allerdings über den Absperrzaun klettern.

»Hallo, Marcella«, begrüßte er sie, schweißnass von der Fahrt, streckte die Hand vor und lächelte erwartungsvoll.

Doch das Déjà-vu blieb aus. Sie betrachtete ihn genervt, wusste anscheinend nichts mehr von ihrer vortäglichen Einladung und verschwand, die Decke unter den Arm geklemmt, im Wagen ihres Vaters.

Etwa eine Stunde brauchte er auf der anderen Seite des Zaunes. Er hockte auf dem Boden und versuchte einzuordnen, was ihm widerfahren war.

Auf der Rückfahrt kamen ihm schließlich die Tränen. Immer wieder blies der Wind sie zurück in sein Gesicht, hoch zu den Augen. Dahin, wo sie herkamen. Bis es keine Tränen mehr gab.

Vom Bahnhof Zoo die Joachimsthaler vor bis zum Café Kranzler, dann rechts um die Ecke, jetzt den Kurfürstendamm rauf.

»Lady in red ...«, durch die Lautsprecherboxen des Audi 80 schmuste sich Chris de Burgh in Krondorfs Ohren. Seine Augen glänzten im Widerschein der Lichterketten des vorweihnachtlichen Berlins. Heute Abend fuhr er nicht mit dem Bus zum Musizieren in die Halle. Der Tag nach anstrengenden Proben war endlich frei für private Unternehmungen. Heute saß Krondorf auf dem Beifahrersitz eines Mittelklassewagens, eines Audi 80 – was für ein Gefühl! Im Armaturenbrett, unter dem Stereoradio bewunderte Krondorf einen blinkernden Equalizerbooster.

Thomas Hansch lenkte das große Auto mit geschickter Hand durch das Gewusel des Kudamms. Thomas war eigentlich Lehramtsstudent, jobbte aber im Nebenerwerb bei einer Westberliner Dienstleistungsfirma und arbeitete für diese in den beiden letzten Wochen des Jahres als Shuttlebusfahrer für die Artisten von »Menschen-Tiere-Sensationen«. Er hatte Krondorf zu einer Spritztour eingeladen.

Thomas war ein umgänglicher junger Mann, immer besorgt um die Bedürfnisse aller ihm Anvertrauten.

Und Thomas wusste um das Dilemma der im Westen engagierten Ost-Künstler. Sie wurden von der Künstleragentur der DDR mit Tagesspesen von fünf DM West ruhiggestellt und erhielten ihre Gage bei Rückkehr im Osten in DDR-Währung. Sie litten unter notorischer Knappheit an Westkohle. Diesen ungerechten Zustand müsse man unbedingt beenden, meinte Thomas und hatte immer einen brauchbaren Vorschlag parat:

»Watt kiekste so uff den ollen Equalizer?«, sagte er und tippte Krondorf mit dem Zeigefinger in die Seite. »Det Ding kriegste bei Bilka am Zoo schon für schlappe 100 Piepen.«

Er drückte auf ein paar kleine Tasten und schon veränderte sich der Sound aus den Boxen, sodass Krondorf meinte, nicht auf dem Beifahrersitz, sondern inmitten eines Konzertsaales zu sitzen.

»Und wenn de dann det Teil mit rüber zu Euch in die Zickenzone nimmst«, er überlegte einen kurzen Moment und fuhr fort, »wie war nochmal der Kurs von West nach Ost?«

Sie hielten kurz an der Ampel Wilmersdorferstraße und ein paar hochhackige Schönheiten stolzierten an ihnen vorbei über die Straße in Richtung Nachtclub Eden.

»Die sind nischt für dich«, ermahnte Thomas den ungläubig auf die aufgemotzten Schönheiten glotzenden Krondorf, »det sind alles Transen, da haste jarnischt von, äh, wie war noch ma der Kurs bei euch?«

»1:10«, stotterte Krondorf.

»Jut«, meinte Thomas, »denn haste doch schon ma eurem Devisenguru, dem Schalck-Golodkowski wat abjeguckt.« Die Ampel schaltete auf Grün und sofort beschleunigte Thomas seinen Audi mit heulendem Motor so stark, dass Krondorf in den Sitz gedrückt wurde.

Während links neben ihnen ein wildes Hupkonzert ertönte, zeigte Thomas lässig einem hinter ihm zurückbleibenden Ford Mustang den ausgestreckten Mittelfinger aus der heruntergelassenen Scheibe.

»Wo war'n wer stehen jeblieben?«, lächelte Thomas den verdutzt dreinschauenden Krondorf an.

»Bei einem Kurs von 1:10«, antwortete Krondorf, der sich wieder gefasst hatte.

»Na also.« Thomas fingerte sich eine Marlboro aus der Brusttasche, drückte den Zigarettenanzünder rein und sagte: »Denn nimmste die janze Schoose mit und vertickerste se in Honeckers Himmelreich für 1000 Ostmärker, det is doch jut, oder?«

Thomas erwartete keine Antwort, ein Blick in das Gesicht von Krondorf bestätigte ihm, das war Musik in den Ohren des Trompeters, so klar, wie der Sound aus den 100 Watt starken Lautsprecherboxen des Audis.

Manchmal brachte Thomas in der Pause zwischen den beiden Veranstaltungen von »Menschen-Tiere-Sensationen« einen Sixpack Bier und zwei dampfende Grillhähnchen aus dem nahegelegen Wiener Wald mit nach unten in die Garderobe zu Krondorf.

Heißhungrig puhlte der sich dann einen Bissen von dem duftenden Hähnchen ab.

Während auf dem Gang vor der Garderobe ein ständiges Kommen und Gehen herrschte, stand Thomas auf, zog die Tür zu und sagte:

»Wenn ick mir so recht entsinne, kannste doch am Bahnhof Friedrichstraße, da bei euch, – der is doch noch im Osten – im Intershop zollfrei Zijaretten koofen.«

Er sah Krondorf fragend an, doch der war nur mit seinem Hähnchen beschäftigt.

»Eh!«, er stupste ihn an, »hier jeht et um et Jeschäft, mein Lieber, hörst du überhaupt zu?«

»Oh, entschuldige bitte!«, Hannes zuppelte eine unter den Hühnerknochen liegenden Papierserviette hervor und wischte sich die fetttriefenden Finger ab.

»Ja, klar«, antwortete er, brach ein Streichholz ab und stocherte sich ein paar Fleischreste aus den Zähnen.

»Zigaretten aus dem Intershop Friedrichstraße, die soll ich mitbringen.«

Thomas schmunzelte und fuhr beruhigt fort:

»Bring ma Zijaretten mit, am besten Marlboro und Pall Mall. Ick saare dir, die sin da ville billijer als wie hier.«

Krondorf wusste nicht so recht, was er damit meinte, und machte ein blödes Gesicht.

»Ick nehm euch allet ab, wa. Un zu een orndlichen Preis.« Lachend verfolgte er, wie Krondorf eine Flasche Berliner Pils an der Tischkante öffnete und auf einen Zug herunterstürzte.

Thomas erläuterte die private Handelsspanne des Zigarettenexportes: Eine Stange Pall-Mall-Zigaretten, welche man als DDR-Bürger zollfrei in den Westen ausführen durfte, kostete im Intershop an der Friedrichstraße 22 Westmark. Im Westteil Berlins weiterverkauft brachte sie auf dem Schwarzmarkt 30 Westmark. Die rauchenden Angestellten der Deutschlandhalle, glücklich über die Einsparung von 10 DM, denn der reguläre Einkaufspreis im Westteil der Stadt lag bei 40 DM, würden sich dank Thomas' Vermittlung in kurzer Zeit zu dankbaren Abnehmern entwickeln. Jetzt drückte Thomas Krondorf einen Umschlag in die Hand:

»Das hier ist Vorschuss, da brauchste nich ma was von deinem knappen Budget zu investieren.«

Krondorf staunte nicht schlecht, als er in den Umschlag sah und 100 DM in kleinen Scheinen entdeckte.

Zum Grenzübertritt nutzen die Musiker den S-Bahnhof Friedrichstraße, weil der nur wenige Minuten von ihrem Quartier, dem Christlichen Hospiz am Schiffbauer Damm entfernt war. Vor den eigentlichen Zugang zum S-Bahnhof hatten die DDR-Behörden auf dem Bahnhofsvorplatz ein separates Gebäude zur Pass- und Zollkontrolle errichtet, welches die Berliner wegen der unzähligen Abschiede von Verwandten mit treffsicherer Schnauze Tränenpalast tauften. Nach Pass-, Gesichts- und Zollkontrolle ging es für Krondorf täglich treppauf, treppab durch ein Labyrinth von unterirdischen Gängen, die ihm Angst machten. Jede Biegung, jede nicht gleich einsehbare Kreuzung war bewacht von Volkspolizisten. Breitbeinig, die Daumen lässig vor dem Bauch in das Lederkoppel gesteckt, schüchterten die Vopos schon durch ihre bloße Erscheinung alle Vorübereilenden ein. Mit Argusaugen überwachten sie misstrauisch jedes kleinste Detail, zogen willkürlich noch einmal Passanten aus den Reihen der Grenzgänger und brachten sie in mit Stahltüren bewehrte Nebenräume. Dort durchfingerten sie dann zum wiederholten Male das Gepäck.

Irgendwann jedoch erreichte Krondorf immer die eine Treppe nach oben auf den Bahnsteig, von dem die S-Bahn, noch vom sozialistischen Hoheitsgebiet aus, zum Bahnhof Zoo nach Westberlin fuhr. Nun stand er vor dem bewussten Kiosk. Als einziger Übergang nach Westberlin mit grenzüberschreitendem Fern- und S-Bahnverkehr war der Bahnhof Friedrichstraße schon seit vielen Jahren der bevorzugte Standort des zollfreien DDR-Handels. Neben dem Geschenkdienst- und Kleinexport namens »Genex GmbH« sowie den Intershops im Inneren des Landes waren auch diese Verkaufsstände eine Erfindung des genialen Devisenbeschaffers der DDR, Alexander Schalck-Golodkowski. Er besorgte mit seinem Bereich Kommerzielle Koordinierung (KoKo), der dem Ministerium für Außen- und Innerdeutschen Handel zugehörig war, Devisen, die wiederum den Ankauf von westlichem Know-how und Spezialtechnik ermöglichten und so die marode DDR-Wirtschaft am Überleben hielten.

Krondorf wusste es von seinem Vater, die DDR betrieb seit den 1960er-Jahren auch einen regen Menschenhandel mit dem Verkauf von Häftlingen an die Bundesrepublik. Eingefädelt von eben jenem Schalck-Golodkowski mimte der DDR-Rechtsanwalt Vogel, den Honecker zum »Beauftragten des Generalsekretärs für humanitäre Fragen« ernannt hatte, das Feigenblatt der Unschuld und gab dem miesen Geschäft einen regulären Anstrich.

Als Krondorf sich die Auslagen des Kiosks ansah, klangen die wütenden Worte seines Vaters wie eine Mahnung in seinen Ohren:

»Die Schweine verkaufen nicht nur unser Schweinefleisch in den Westen, nee, nee, diese Schweine verkaufen unser Menschenfleisch in den Westen. 30.000 DM bekommen die pro freigekauftem Häftling von der Bundesregierung. Da muss ja die Stasi zwangsläufig die Leute von der Straße wegfangen und einsperren, damit die Regierung sie anschließend in den Westen verscherbeln kann. Einfacher kann man doch dieses lukrative Geschäft gar nicht handhaben.«

Unwillkürlich drehte sich Krondorf um, es war ihm, als hätte sein Vater laut geredet, und kleine Schweißperlen rannen über seine Stirn. Hatte jemand neben ihm gestanden, Kerstin Scholz etwa? Aber da war niemand, kein Mensch weit und breit am Kiosk außer ihm.

Dieses Geschäft, was du hier vorhast, dachte er bei sich, ist zwar auch eine Schweinerei, aber nur eine ganz kleine. Anhand von Thomas' Erklärungen hatte er das System des zollfreien Handels schnell kapiert. Im Intershop-Kiosk auf dem Bahnsteig konnte man Spirituosen und Zigaretten kaufen, die Schalcks Kommerzielle Koordinierung vorher zu günstigen Großhandelspreisen im Westen erwarb und damit Regelungen zur Erhebung der Mehrwertsteuer im Westen umging, um sie mittels der pendelnden Reisenden mit Gewinn wieder in den Westen zurück zu verkaufen.

Das »Geschäft zu gegenseitigem Vorteil«, wie Thomas es nannte, entwickelte sich bald und Krondorf kam mit den Lieferungen nicht mehr hinterher. Die steigende Nachfrage der Mitarbeiter der Deutschlandhalle verführte ihn eines Tages, die Umsätze zu steigern und statt der einen erlaubten zollfreien Stange Zigaretten zwei zu kaufen, was konnte schon passieren? Er war ja noch im Osten.

Voller Zuversicht bestieg er mit zwei Stangen Marlboro in der Tasche die S-Bahn. Umso mehr war er überrascht, als er von zwei zivilen Beamten im Zug, der bereits den Osten der Stadt verlassen hatte, aufgefordert wurde, sich auszuweisen und am Lehrter Bahnhof mit ihnen wieder auszusteigen.

Natürlich war dem Westberliner Zoll das Treiben der Brüder und Schwestern aus dem Osten nicht verborgen geblieben.

Auf dem Bahnsteig musste Krondorf seine Umhängetasche von der Schulter nehmen.

»Sie kennen die Bestimmungen der Einfuhr von Waren nach Westberlin?«, fragte ihn ein Beamter, während der andere ihm die Tasche abnahm.

»Äh, ja, ich darf Zigaretten einführen und eine Flasche Schnaps«, stotterte Krondorf. Er wusste nicht, wie das hier jetzt möglich sein konnte.

Hatten sie ihn schon beim Einkaufen am Bahnhof Friedrichstraße beobachtet, überlegte er und ihn überkam ein ungutes Gefühl. Für einen Moment überfiel ihn Panik.

»Das ist nicht ganz richtig«, verbesserte ihn der Beamte und förderte aus Krondorfs Tasche zwei Stangen Marlboro zutage.

»Sie dürfen eine Stange Zigaretten und einen Liter Alkohol pro Grenzübertritt zollfrei ausführen«, er sah ihm ernst in die Augen. »Sie haben hier aber zwei Stangen Zigaretten!«

»Ich dachte«, wollte Krondorf sich rechtfertigen, obwohl er genau wusste, was er durfte und was nicht, »ich dachte, statt einem Liter Alkohol könnte ich eine zweite Stange ...«

»Denken und wissen sind auch bei uns in der Bundesrepublik Deutschland ein zu beachtender Unterschied«, fiel ihm der Zöllner ins Wort.

Allein bei der Vorstellung, diese Geschichte hier könnte Kerstin Scholz erfahren, wurde Krondorf heiß und kalt.

Unmissverständlich machten ihm die Beamten noch einmal klar, dass zwar eine Stange Zigaretten zollfrei eingeführt werden dürfe, aber eben nicht eine zweite. Entweder er entrichte pro überschüssige Zigarette die fällige Zollabgabe oder verschicke die zweite Stange per Post zurück in die DDR.

Krondorf entschied sich für die günstigere Variante und fuhr, wiederum in einem Mittelklassewagen, diesmal allerdings in einem Fahrzeug des Westberliner Zolls und ohne Musik, zum Postamt Tempelhof. Dort stellte ihm ein freundliches junges Mädchen einen Pappkarton auf den Tresen und schäkerte ungezwungen mit dem Beamten, während Krondorf unter Aufsicht eine Stange Marlboro umständlich verpackte.

»Da sind dann noch 4,80 DM für Porto und Verpackung fällig«, der Zöllner begutachtete die Adresse, die Krondorf aufgeschrieben hatte.

»Nach Dresden«, sagte er belustigt, »nach Dresden, das hatte ich auch noch nie«. Er wandte sich dem Mädchen hinter dem Tresen zu. »... immer nur nach Polen oder Rumänien!« Dabei sah er ihr verschmitzt in die Augen, schob das Paket über den Tresen und verließ freundlich grüßend mit Krondorf das Postamt.

Es war Silvester geworden und die aufregenden Tage der Show »Menschen-Tiere-Sensationen« gingen zu Ende. In alter Tradition traf sich die ganze Zirkusfamilie am letzten Tag zum Abendessen und fröhlichen Beisammensein. Aus diesem Grund wurde eines der vielen Restaurants in der Halle reserviert. Fähnchen in den Länderfarben der mitwirkenden Artisten schmückten die Tische. Die bunte Zirkusgesellschaft plapperte fröhlich und Sektgläser klingelten. Ein berauschendes Gefühl bemächtigte sich der eintretenden jungen Musiker. Sie verschafften sich einen kurzen Überblick. Die Tische quollen über von Flaschen und Gläsern. Auf großen Platten türmte sich gebratenes Geflügel, Steaks brutzelten in Pfannen, die von Köchen mit großen weißen Mützen an den Seitengängen hin und her geschoben wurden. Ständig wuselten Kellner mit bunten Tüchern um den Hals zwischen den Gästen umher, räumten ab und tafelten frisch auf. Girlanden baumelten von den Deckenlampen, in der Nähe einer kleinen Tribüne funkelten die elektrischen Kerzen eines prächtig geschmückten Weihnachtsbaumes.

Es gab nur noch wenige freie Sitzplätze und schließlich stellte sich heraus, ein DDR-Fähnchen gab es gar nicht.

Am Ende des Raumes erblickten sie den Alten, der gerade einen Witz erzählt haben musste, denn Louis Knie, der ihn von der Seite betrachtete, bog sich vor Lachen. Zwischen den beiden saß Kerstin Scholz, schwenkte ein Sektglas in der Hand und prostete dem Alten zu.

Schließlich entdeckte der Alte seine Musiker und winkte ihnen fröhlich zu. Aber er winkte sie nicht heran, denn freie Plätze an seinem Tisch gab es nicht. Was sollte das bedeuten? Unschlüssig, ob sie zu den Stehtischen gehen oder gleich wieder abhauen sollten, sahen sie sich noch einmal um. Unmut machte sich breit. Waren sie überhaupt eingeladen? Wenige Momente zuvor noch waren sie Teil eines großen Ganzen gewesen, Teil einer Show, die doch nur im Zusammenspiel mit ihnen und ihrem lebendigen Orchester großartig hatte sein können. Noch vor wenigen Minuten schien der Himmel im Westen offen wie ein goldenes Tor, beleuchtete die Siegessäule als Wahrzeichen Berlins den Weg in die Freiheit.

Da hatten sie nun all die Abende über dem Sattelgang gesessen, hatten nicht nur Staub und Dreck, den die Tiere aufwirbelten, wenn sie unter ihnen in die Manege preschten, durch ihre Instrumente bis tief hinein in die Lungen geatmet, nein sie hatten auch klaglos die diskriminierende Entlohnung durch die Künstleragentur der DDR akzeptiert. Schließlich ließ man sie ja in den Westen.

Und doch hatten sie all die Abende, während Kerstin Scholz ihre sauer verdiente Westgage rüber in den Osten schleppte, wie Aschenputtel auf der Tribüne gesessen und von außen auf die glänzende Welt geschaut, die nicht die ihre werden wollte und in die man sie nicht hineinließ. Kein Mensch kümmerte sich um sie, tief enttäuscht fiel ihnen nichts Besseres ein, als abzuziehen.

Am nächsten Morgen reisten sie von Berlin aus weiter an die Ostsee, diesmal allerdings nicht nach Rügen, sondern an die Flensburger Förde, nach Glücksburg.

Endlich begannen die Proben für Krondorfs erste West-Tournee. Ein Weggefährte des Alten aus vergangenen Wiener Zeiten, der Holländer Lou van Burg, hatte Kollegen aus ebenso vergangenen Zeiten zu einem »So wird's nie wieder sein«-Revival eingeladen.

Mr. Wunnebar, wie Lou van Burg wegen seines Akzents genannt wurde, produzierte schon seit 1958 eine Familienquizshow im österreichischen Fernsehen, zu der das Orchester Fips Fleischer bis zum Mauerbau 1961 für jede Veranstaltung nach Wien verpflichtet wurde. Onkel Lou hatte immer noch großen Erfolg mit seinen Nostalgie-Tourneen und so plante das Zweite Deutsche Fernsehen einige Lou-van-Burg-Shows mit dem sympathischen Tausendsassa.

Seit 40 Jahren auf der Bühne und auf den Bildschirmen zu Hause, war Mr. Evergreen, wie er nun auch genannt wurde, eine geliebte »Antiquität«, die mit temperamentvollen Shows tausende Fans begeistern konnte.

Das Veranstaltungsmanagement oblag nun im Jahr 1982, wie auch schon damals in Wien, der »Pallas Concert & Gastspieldirektion« von Charly Buchmann aus Nürnberg.

An diesem frühen Morgen stiegen sie nicht in ihren klapprigen Ikarus-Bus, nein, für diese Tournee bestiegen sie einen Bova Futura. Mr. Wunnebar hatte standesgemäß einen holländischen Bus geordert. Eine Kaffeebar, Kühlschrank und Bordtoilette gehörten neben einer Klimaanlage zur Luxusausstattung.

Wenn auch die Deutschlandhalle durch ihren Namen den Eindruck erweckte, man befände sich im Westen, so lag sie doch nur im Westsektor der geteilten Stadt Berlin, umzingelt von einer Mauer, mitten in der DDR.

Jetzt betrat Krondorf in Glücksburg erstmals bundesdeutschen Boden.

Zum Frühstück im Hotel empfing ihn ein freundlicher Herr am Stehpult und bat um seine Zimmernummer. Krondorf nannte sie und der freundliche Herr trug umgehend mit wichtiger Miene und einem dicken Füllfederhalter etwas in das vor ihm liegende Buch.

Was Krondorf bei ihrer späten Ankunft am Vorabend im Hotel nicht mehr hatte sehen können, überwältigte ihn nun durch seine unglaubliche Schönheit: Die Fenster des Frühstücksraumes reichten vom Fußboden bis zur Decke und das Licht der Morgensonne schien selbst den hintersten Winkel des Raumes zu erhellen.

Auf schneeweißen Tischdecken standen silberne Kännchen, silbernes Besteck war neben teures Geschirr gelegt, in kleinen Blumenvasen dufteten Freesien, es roch nach frischen Semmeln, Rührei mit Speck und richtigem Kaffee. Auf schmalen Tischen an den Seiten des Raumes stapelten sich in metallenen Etageren Südfrüchte, die er noch nie gesehen hatte, geschweige denn ihre Namen kannte.

Auf hölzernen Tabletts türmten sich diverse Käsesorten und Wurst, flankiert von Keramiknäpfchen, aus denen lange Löffel ragten, mit denen man Marmelade oder Schokoladenaufstrich auf die Brötchen schmierte. Er konnte es kaum glauben: Vier, fünf, sechs verschiedene Brotsorten zählte er, die man mit einem bereitliegenden Messer aufschneiden konnte.

Winzige bunt bedruckte Pappschachteln machten Appetit auf Cornflakes, und frisch gepresste Säfte standen in großen Karaffen bereit.

Er fand den Alten mit einigen Kollegen an einem Fenstertisch inklusive Blick über die Ostsee hinüber zum Schloss Glücksburg. Angeregt unterhielten sie sich.

Freddy, der dem Alten nun schon seit mehr als 30 Jahren ein treuer Begleiter war, schlurfte mit zittrigen Händen an seinem Kaffee.

Freddy war das Urgestein des Orchesters, von 1947 an mit dem Alten auf Reisen. Er stammte aus dem sächsischen Hohenstein-Ernstthal und durfte seinen »Meister« als Einziger duzen.

Seit 1947 behauptete er, das Zittern seiner Hände käme keinesfalls vom übermäßigen Alkoholgenuss oder gar den wechselnden Frauenbekanntschaften. Ganz im Gegenteil, er vergaß nie zu betonen, in seiner Jugend mal mit Quecksilber gespielt zu haben, und daher käme das unglaubliche Zittern. Immer wieder erzählte er diese Geschichte, wenn seine tattrigen Hände eine Tasse nicht ruhig halten konnten und er das Tischtuch vollkleckerte, und immer wieder nahmen die Jungs ihm seine Quecksilber-Pointe lachend vorweg. Jetzt hatte Freddy Krondorf entdeckt und winkte ihn heran. Eine Zeit lang zögerte der, doch dann setzte er sich, während der Kellner einen Haufen Zeitungen auf den Tisch legte. Neugierig griffen die Musiker danach. Krondorf hatte die Bild-Zeitung erwischt, der Spiegel wäre ihm lieber gewesen, den blätterte aber der Chef auf.

»Bundeskanzler Schmidt stellt die Vertrauensfrage«, und »›Polonäse Blankenese‹ von Gottlieb Wendehals auf Platz 1«, las Krondorf auf der Titelseite und legte das Blatt wieder weg. Ein Stapel zusammengetackerter A4-Blätter weckte seine Aufmerksamkeit mehr. Das musste der Tourneeplan sein. 30 Veranstaltungen, las er, an 30 verschiedenen Orten, kreuz und quer durch die Bundesrepublik Deutschland. Und das in fünf Wochen. Schnell überschlug er die Gage in Ost, da kam ein erstaunliches Sümmchen zustande. Und noch wichtiger 350,00 in West zusätzlich. Endlich hatte die Künstleragentur die Tagesspesen auf 10 DM erhöht. Bei einem Umtauschkurs von 1:10 West- in Ostgeld konnte einiges davon zu Hause gut »umgerubelt« werden. Frühstück hatten sie im Hotel immer inklusive. Vom Frühstücksbuffet so viel wie möglich im mitgebrachten Plastikbeutel bunkern und sich nicht erwischen lassen, so war Freddys Ratschlag. Mittagessen fiel wegen der langen Busfahrten aus. Jede Menge »Suppina-Rindfleisch Tütensuppe« und »Ungarische Suppe mit Hörnchen« hatte Krondorf im Reisegepäck mitgenommen. Die Suppen konnten vor den Veranstaltungen in der Garderobe mit einem kleinen Tauchsieder heiß gemacht werden. »Filinchen« und »Burger Knäckebrot« für den Hunger zwischendurch, notdürftig mit Bier aus den Aldi- oder Penny-Märkten ergänzt, mussten Ausgaben in Devisen ersetzen und als Lebensmittel reichen. So war der Plan. Ab und zu würden sie ja auch mal von einem Veranstalter zum Abendessen eingeladen werden, tröstete sie der Alte und meinte damit ihre mageren Einkünfte in Devisen. Allerdings hatten sie die Silvesterfeier in der Deutschlandhalle in anderer Erinnerung. Aber im Westen war ja alles besser, machte sich Krondorf Mut.

Die Holstenhalle in Neumünster, ihrem ersten Auftrittsort nach zwei langen Probetagen in Glücksburg, belehrte sie schnell eines Besseren. Obwohl sich die Garderoben für die Musiker nicht wie in der Deutschlandhalle in den Katakomben unter der Erde befanden, waren sie keineswegs besser ausgestattet. Einfache niedrige Holzbänke unter langen Reihen von Kleiderhaken neben ein paar Handwaschbecken waren vielleicht für ein paar Sportler zum Umziehen gut, konnten aber keinesfalls ihrer teuren Bühnengarderobe Platz zum Entknittern bieten. Es gab weder Tische zum Ablegen von Instrumenten und Notenmappen, noch Stühle.

Hannes öffnete die Tür zum Nebenraum. Neugierig traten die anderen heran. Sie trauten ihren Augen nicht. Was war das denn? Eine lange Dachrinne aus feinstem Edelstahl erstreckte sich in Kniehöhe an der gesamten gegenüberliegenden Wand. Auf der anderen Seite des Raumes standen mehrere Klosettbecken, von halbhohen Klapptüren verdeckt.

»Wie im Kindergarten«, bemerkte einer trocken.

»Oder der Eingang zu einem Western Saloon«, spottete ein anderer.

»Das da ist die Pickelrinne«, erklärte Freddy und zeigte auf den glänzenden Abfluss. Alle schwiegen wie vom Blitz getroffen.

»Eine Pissrinne aus Edelstahl?«, fragte Krondorf verblüfft. Aus Edelstahl machte man doch höchstens teure Abwaschbecken, wie er sie aus dem Neckermann-Katalog kannte.

Den Alten hatte es noch schlimmer erwischt. Zwar durfte er nebenan allein in eine Umkleidekabine, jedoch war sie nicht besser möbliert. Aus alter Eitelkeit reiste er nicht wie seine Musiker mit einem Kleidersack, sondern mit großem Koffer. Ständig hielt er Vorträge über die Vorzüge des Koffers gegenüber dem Kleidersack. Im stabilen Koffer werde die Bühnengarderobe nicht geknittert, und, wie er es so oft beobachtet habe, verstauten die Musiker ja noch allerhand Krimskrams zusätzlich in den Kleidersäcken, das könne ja nicht gut sein für die wertvolle Bühnengarderobe.

Jetzt traf es ihn hart, denn auf dem Fußboden wollte er seinen Koffer nicht aufmachen.

Unterdessen packten die Musiker nebenan ihre mitgebrachten Kochutensilien aus und richteten sich ein. Nicht, dass sie schadenfroh gewesen wären, aber sie vernahmen doch mit einiger Genugtuung das laute Schimpfen des Alten. Weil es keiner wagte, hinüberzugehen, wartete man ab. Sie kannten ihn nur zu gut, er würde umgehend die Garderobe verlassen und seinen alten Kumpel Charly Buchmann aufsuchen, um sich zu beschweren. Lange mussten sie nicht warten. Die Nachbartür schlug krachend an die Wand. Wütend verschwand der Alte am Ende des Ganges. Jetzt trauten sie sich herüber.

»Seht euch das an«, sagte einer und deutete hinter die Toilettentür.

Ihnen bot sich ein Anblick des Jammers. In dem Toilettenraum lag der Koffer aufgeklappt auf der Klobrille, der Deckel lehnte am Spülkasten. Den schwarzen Smoking musste der Alte schon mal herausgenommen haben, aber wie zur Beweissicherung hatte er ihn wieder in den Koffer gezwängt. Das Smoking Hemd rutschte langsam aus dem Kofferdeckel, in welchem es eigentlich von zwei Gummis in Form gehalten werden sollte. Die edlen Lackschuhe standen links und rechts vom Klo.

»Das müssen wir fotografieren«, schmunzelte Krondorf, und holte seinen Fotoapparat von nebenan.

Auch wenn sie den Alten im Moment etwas bedauerten, hielt sich ihr Mitleid in Grenzen. Allzu oft fühlten sie sich benachteiligt. Keinem war klar, wie die Abrechnung ihrer Gage wirklich funktionierte. Bekam der Alte im Gegensatz zu ihnen sein Geld doch komplett in Westwährung ausgezahlt? Wieso fuhr er zu Hause in Leipzig ein Sportcoupé VW Scirocco 112 PS, mit dem er gern prahlte, wenn doch vom DDR-System protegierte Künstler eigentlich nur einen VW Golf oder Citroën bekamen? Keiner wagte es, solche Überlegungen laut zu äußern. Niemand wusste, wem er sich damit anvertrauen konnte. Die Stasi ließ nicht 16 Musiker in den Westen reisen, ohne wissen zu wollen, was jeder Einzelne neben seinem eigentlichen Job noch so trieb. Einer war der Zuträger, das war auch Krondorf klar. Nur wer? Einer von ihnen musste »Schild und Schwert der Partei« sein. Einer musste, abgesehen von Kerstin Scholz, den ständigen Kontakt zur Stasi halten. Vielleicht war es der Alte selber?

Unterdessen gingen sie zurück in ihre Garderobe, die Show begann in einer Stunde und sie wollten sich vorbereiten. Auf der Bühne im Saal wurde bereits Lou van Burgs Showtreppe aufgestellt. Links und rechts davon werkelten Techniker an den Notenpulten für das Orchester und den Chor. Etwa 1000 Besucher hätten Karten erworben, teilte das Management an einer Pinnwand stolz mit.

Und dann ging es los. Da es in der Sporthalle keinen Vorhang gab, marschierten die Musiker nacheinander, wie die Knaben des Dresdner Kreuzchores zu ihren Plätzen. Freundlicher Applaus begrüßte sie und stolz wie ein Hahn erschien als vorläufig letzter der Alte. Wie immer nestelte seine rechte Hand am linken Manschettenknopf, während er sich verbeugte. Daraufhin einmal angesprochen, meinte er, das würde ihn »sympathisch rüberkommen lassen«. Böse Zungen behaupteten allerdings, er wolle damit nur den Brillanten im Manschettenknopf zeigen, um anzugeben.

Jetzt war es Zeit, mit der Erkennungsmelodie die Show zu eröffnen. Der Alte wandte sich zum Orchester und zählte ein:

»A one, a two, a one, two, three, four«. Dabei stieß er die Arme hoch in die Luft und schnippte den Takt dazu. Grinsend wandte sich Krondorfs Trompeterkollege zur Seite. Während er das Instrument kurz von den Lippen nahm, flüsterte er:

»Mit jedem Fingerschnipp zählt der Alte das Geld, das wir für ihn verdienen.«

Krondorf prustete los und hatte vor lauter Lachen Mühe, dem Schlussakkord mit einem hohen Ton das Sahnehäubchen aufzusetzen. Eine spannungsvolle Pause folgte, denn jetzt erschien »Onkel Lou« auf der Showtreppe, die von der Bühnenmitte aus nach unten führte.

Wie immer hatte er sich perfekt in Schale geworfen und trug einen schwarzen Smoking mit seidener Weste und dazu passender Fliege. In seiner Brusttasche steckte ein weißes Taschentuch. Onkel Lou besaß das unwirkliche, fast künstliche und doch so lebenslustig gute Aussehen, welches man bei alternden Stars findet, deren Glanzzeit eigentlich vorüber war, ihr Stern aber ungebrochen weiter strahlte. Leichtfüßig tänzelte er trotz seiner unerhörten Leibesfülle vom oberen Podest die breiten, mit Teppich belegten Stufen im Rhythmus der Musik herab, hielt sich ab und an am chromglänzenden Geländer fest, während das unvermeidliche Goldmedaillon auf seiner Brust lustig im Takt auf und ab hüpfte.

»Guuten Abend, meine Damen, guuten Abend, meine Herren«, sang er, während sein holländischer Akzent das

»Guuuten« jedes Mal lustig in die Länge zog. Strahlend rief er mit weit geöffneten Armen in die Halle: »Servus Neumünster« und 1000 Fans brüllten begeistert zurück:

»Servus Lou!«

Das hatte Krondorf nicht erwartet. 1000 Fans, sie mussten alle weit über 60 Jahre alt sein, applaudierten schon nach dem Opening im Stehen.

»Ihr seid wunnebar«, rief Onkel Lou und zwinkerte dem Publikum zu: »Setzt euch, setzt euch, oder soll ich etwa auch zwei lange Stunde am Stück stehen!«

Jetzt ging es Schlag auf Schlag, Willi Hagara, Bruce Low, Bata Illic, Mona Baptist und Ivo Robic. Das wollten die Leute hören, eine Stunde nonstop, dazwischen immer wieder Onkel Lou, jede Sekunde Showmaster und musikalischer Tausendsassa, die Musiker kamen kaum zum Luftholen.

Schließlich waren sie mit ihrem eigenen Show-Block an der Reihe. Kurz vor der Pause, so der Plan der Veranstalter, sollten sie dem Publikum nochmal richtig einheizen, Appetit auf die guten alten Zeiten machen. Und natürlich auf Bier, Würstchen und CDs, die es draußen im Foyer an den Verkaufsständen reichlich gab, um dem Management noch zusätzlich Geld in die Taschen zu spülen.

Sie begannen ihren Block wie immer mit »Pennsylvania 6-5000«, nur kurze Zeit später wippten die Füße der Gäste in den Reihen. Kaum zu glauben, dachte Krondorf, mit Glenn-Miller-Musik lockte man in der DDR niemand mehr hinter dem Ofen hervor. Darüber nachzudenken, war keine Zeit. Damen, die schon aufgestanden waren, um an der Toilette nicht anstehen zu müssen, kehrten um. Der Alte stolzierte nach vorne, reckte die Arme in die Höhe und schnipste wie immer mit den Fingern im Takt. Es hatte Zeiten gegeben, da hatte sich Krondorf nicht so recht getraut, ein Solo vorn am Bühnenrand zu spielen. Manchmal überwog der Stolz, ein anderes Mal das Unbehagen. Keiner wollte von den Kollegen eine Rampensau genannt werden, schon gar nicht stellte man sich mit Volksmusikern auf eine Stufe, denn deren Geschunkel am Bühnenrand war ihnen zuwider.

»Guckt euch diesen Künstler an«, frotzelte der Alte dann gewöhnlich, wenn einer nicht so recht nach vorne wollte, »wahrscheinlich schämt er sich!«

Und etwas lauter fuhr er dann fort:

»Ihr spielt nicht für eure Kollegen, die bezahlen euch nicht, da könnt ihr das Blaue vom Himmel herunterdudeln.« Dann hielt er einen Moment inne:

»Die Frau Müller, die da unten sitzt, die hat bezahlt und dafür will sie auch was sehen und nicht nur hören!« Und ungehalten setzte er noch einen drauf: »Schämt sich etwa Max Greger, wenn er bei »Night train« auf den Knien liegt und sein Saxofon röhren lässt?«

Was dann gewöhnlich folgte, kannte Krondorf mittlerweile auswendig. Der Alte würde sich in Rage reden. Dutzende Male hatte er ihnen eingebläut, dass das Beurteilungsvermögen von Kritikern begrenzt sei, und noch vielmehr das von Musikerkollegen, die doch nur vom Neid zerfressen wären usw. Dann kniff der Meister gewöhnlich die Augen zusammen und legte nach:

»Nur zwei Prozent unserer Zuhörer haben Musik studiert, aber alle anderen haben zwei gesunde Augen im Kopf und ein Recht auf eine gute Show«. Anfangs half es nicht, doch nach und nach begriffen sie, dass er gerade hier im Westen recht hatte. Und schließlich schaffte er es irgendwie, ihnen diese Scheu zu nehmen.

Inzwischen brüllte der ganze Saal die berühmte Telefonnummer des New Yorker Hotels »Pennsylvania 6-5000« im Rhythmus des Orchesters mit.

Der Alte kannte eben das Einmaleins des Showbusiness. Er wusste, wie man sich vor dem Publikum bewegte, wie man den Kontakt zu den Zuschauern herstellte und aufrechterhielt. Jetzt drehte er sich zu seinem Schlagzeuger um und bedeutet ihm, die Band voranzutreiben, seine Jungs, die an ihren Instrumenten schwitzten, wie eine Herde vor sich her zu jagen. Wie ein Raubtier auf der Jagd erspürte er den entscheidenden Moment des erfolgreichen Zugriffs, fühlte, wann die Tänzer das Tanzen vergessen würden und sich an den Bühnenrand drängelten.

»Jetzt nur noch ›In the Mood‹ oben drauf und dann haben wir die Leute.« Mit einladender Geste winkte der Alte die Saxofonisten nach vorne. In einer Reihe standen sie, schwenkten die Instrumente im Rhythmus nach links und rechts und bliesen sich die Seele aus dem Hals.

Krondorf wusste, jetzt kam sein großer Auftritt. Von hinten drängelte er sich während des Schlussthemas zwischen den Saxofonen durch nach vorne an den Bühnenrand, setzte die Trompete an, hob sie weit in die Luft und blies die letzten Töne bis zum schwindelerregend hohen Schlußton hinauf. Und das Publikum tobte. Gewohnt gekonnt nahm der Alte den Applaus entgegen, griff sich ein Mikrofon und verabschiedete die Gäste in die Pause:»Wenn wir jetzt zehn Minuten Pause machen und nach fünfzehn Minuten zurückkommen, hoffen wir, dass Sie sich eine halbe Stunde gut unterhalten haben.« Das war erprobt, funktionierte immer und er hatte die Lacher auf seiner Seite.

»Seht ihr«, stolz wandte er sich an seine Jungs, »lasst euch nie die Show stehlen.«

Lou van Burg, der von der Seitenbühne aus alles aufmerksam beobachtet hatte, lächelte zufrieden und winkte ihnen zu. Dann wendete er sich an Kerstin Scholz, die neben ihm stand und auf einem Zettel Notizen machte:

»Eure Jungens, die sind doch einfach wunnebar!«

Voller Eindrücke und hundemüde landete Krondorf wieder im Hotel. Sein Kollege Siggi, ein waschechter Merseburger Junge, teilte mit ihm das Zimmer und saß schon auf dem Bett.

»Morgen ist Reisetag«, prostete Siggi ihm mit einer Büchse Bier in der Hand zu.

»Lasst dir's schmecken«, antwortete Krondorf, »irgendwo habe ich auch noch was zum Trinken«. Er kramte in seiner Reisetasche und brachte zwei Büchsen Paderborner Bier hervor, bei Aldi das billigste, was zu haben war, aber immerhin– es schmeckte nach Bier.

***

Kerstin Scholz hatte sich für den Termin bei Weimann in Schale geworfen. Ihr Chef Falkner ließ am Telefon keinen Zweifel daran, dass es für sie nur diesen einen Termin im Ministerium gab, und beorderte sie am Reisetag des Orchesters von Neumünster zurück nach Berlin.

Unsicher, weil sie nur in etwa ahnte, was auf sie zukommen würde, parkte sie ihren Wartburg nicht direkt an der Kreuzung Ruschestraße/Normannenstraße, sondern etwas weiter weg.

Sie hatte noch Zeit, wollte ein paar Schritte gehen, um sich zu sammeln. Was konnte Weimann von ihr wollen und warum hatte Falkner nicht mal eine klitzekleine Andeutung gemacht.

Sie wusste, dass ihre Position nach dem Vortrag im Ministerium Weimann gegenüber schwach war. Der Auftritt des Orchesters bei »Menschen-Tiere-Sensationen« war jedoch ein finanzieller Erfolg gewesen und die direkt nachfolgende Tournee mit Lou van Burg noch erfolgreicher, zum einen für das Renommee des Orchesters und zum anderen für die Einnahmen in harter Währung. Mehrere westliche Agenturen hatten den Kontakt zu ihr aufgenommen und Interesse an weiteren Tourneen mit dem Orchester angekündigt. Sie hatte sich nichts vorzuwerfen, doch wahrscheinlich hatte sie ihn während ihres

Vortrages kompromittiert, ohne zu ahnen, welche Konsequenzen dies nach sich zog, Aber sie würde ihren Job nicht verlieren, das hatte Falkner betont.

»Also dann«, dachte sie, während der Soldat im Schilderhaus ihre Papiere überprüfte, »hinein in die Höhle des Löwen«.

»Bitte warten Sie einen Moment«, der Soldat nahm einen Telefonhörer von der Wand und wechselte ein paar Worte, dabei drehte er ihr den Rücken zu.

»Ein Genosse wird Sie in das Haus 1 bringen«, sagte er und reichte ihre Papiere zurück.

Im gleichen Moment erschien ein junger Soldat mit Offiziersschulterstücken auf dem Uniformhemd, der Soldat im Schilderhaus knallte die Hacken zusammen und machte Meldung. Mein Gott, dachte Kerstin Scholz, ist das ein Ministerium oder ein Kasernenhof?

»Bitte kommen Sie«, der junge Offizier deutete mit einer einladenden Geste auf das riesige Gebäude vor ihnen.

»Der Genosse Weimann erwartet Sie bereits«.

Sie durchquerten den Eingangsbereich, erreichten den Fahrstuhl und der Offizier begleitet sie bis zur dritten Etage.

»Sie werden im Zimmer 302, hinten rechts, erwartet«.

Er grüßte kurz, legte dabei die rechte Hand seitlich an die Stirn und wandte sich wieder dem Aufzug zu.

Nicht zum ersten Mal ging sie in einem muffigen Korridor an Türen mit vielen Namensschildern vorüber, heute jedoch stand sie zum zweiten Mal vor der Tür mit dem Schild »Ltn. Weimann«, aber diesmal befand sich die Tür nicht im Ministerium für Kultur, sondern in der Zentrale des Ministeriums für Staatssicherheit.

Sie riss sich zusammen und klopfte an die halb offenstehende Tür.

»Kommen Sie rein, Genossin Scholz«, vernahm sie die Stimme aus dem Zimmer und nach kurzem Zögern trat sie ein.

Augenblicklich waberte ihr eine Wolke seines Rasierwassers entgegen und sie traute sich kaum, Luft zu holen.

Leutnant Weimann stand am Fenster und lächelte sie freundlich an, dann kam er auf sie zu und gab ihr die Hand zur Begrüßung.

»Nehmen Sie bitte Platz«, er rückte den Stuhl vor seinem Schreibtisch zurecht und fragte:» Kaffee?«

»Danke, gerne«, antwortete sie und bemühte sich, ihre Unsicherheit hinter einem kurzen Lächeln zu verbergen.

»Na, wie läuft denn der schicke Wartburg aus Eisenach?«

Weimann goss ihr eine Tasse Kaffee ein und schob Kondensmilch und Zucker dazu.

»Ähm. Ja, danke«, Kerstin Scholz musste sich erst räuspern, um antworten zu können, »...ich bin recht zufrieden damit.« Auf so eine belanglose Frage war sie nicht vorbereitet gewesen.

»Na, dann kommen wir mal zur Sache«, Weimann änderte seinen Ton, er klang jetzt dienstlich.

»Die Veranstaltungen des Orchesters in Westberlin verliefen unseren Erwartungen gemäß erfolgreich.« Er sah sie prüfend an. »Bisher ohne besondere Vorkommnisse«, fügte er hinzu und ließ sich in seinen Sessel fallen.

Aha, dachte sie, jetzt kommt eine Retourkutsche.

»Entgegen mancherlei Ansichten, wir würden unsere Aufträge zur Abwehr negativ-feindlicher Aktivitäten nicht immer korrekt erfüllen, haben unsere Organe in Vorbereitung Ihrer Tätigkeit in Westberlin«, er sah ihr jetzt direkt in die Augen, langte unter seinen Schreibtisch, zog ein paar Papiere hervor und hob die Stimme, »hervorragende Arbeit geleistet.«

Kerstin Scholz setzte sich aufrecht und antwortete:

»Auch wir von der Künstleragentur, und natürlich der Genosse Falkner, danken Ihnen herzlich dafür.«

Sie hatte sich vorgenommen, ihm keinen Angriffspunkt zu liefern und sah ihm freundlich ins Gesicht.

»Ich wurde«, Weimanns Ton war im Gegensatz zu ihrer Geste nicht freundlich, »in einer persönlichen Auswertung mit dem Genossen Stellvertretenden Minister«, bei dem Wort »persönlich« hob er die Stimme erneut, »auf zusätzliche Maßnahmen hingewiesen, die sich im Zuge Ihrer kommenden Reisen erforderlich machen.«

»Wir konnten für dieses Jahr einige umfangreiche Tourneen in die BRD, nach Österreich, Frankreich und Holland vertraglich vereinbaren«, sagte Kerstin Scholz und lächelte ihn hoffnungsvoll an.

»Hören Sie«, sagte Weimann, »darüber sind wir bestens informiert«. Sein Ton klang nun etwas versöhnlicher.

Kerstin Scholz überlegte, was jetzt kommen konnte, doch Weimann schwieg eine Weile und musterte sie ausgiebig.

Dann zog er eine Packung Zigaretten hervor und bot ihr eine an.

»Danke«, antwortete sie, ließ sich Feuer geben, schlug selbstsicher die Beine übereinander und sah zum Fenster hinaus. Es war ihr nicht möglich, abzuwägen, wie er sie an diesem Morgen einschätzen würde, deshalb wollte sie all ihre Fähigkeiten zur Geltung bringen, umwerfend aussehen und sich gewandt ausdrücken.

Vielleicht, dachte sie, kommt er jetzt auf den verpatzten Abend nach dem Ball zu sprechen, und wie in einem Augenblick der telepathischen Gedankenübertragung paffte Weimann gedankenversunken ein paar Wölkchen in die Luft und sagte:

»Damals, nach dem Sie mir einen Korb gegeben haben, konnte ich trotzdem, und ganz uneigennützig, einiges für Sie in die Wege leiten«.

Er stand auf und öffnete das Fenster. Die Sonne brach sich einen schmalen Korridor durch den Dunst des vollgerauchten Zimmers und ein Hauch von frischer Luft strömte herein.

Er lässt nicht locker und will dich vögeln, schoss es Kerstin Scholz durch den Kopf, diesmal hat er scheinbar einen Trumpf in der Hand. Sie lächelte entwaffnend.

Weimann nahm ungerührt die Papiere vom Schreibtisch zur Hand und begann vorzulesen:

»Der Minister schlägt vor, im Ergebnis der Klärung vorliegender operativ bedeutsamer Anhaltspunkte für feindlich-negative Aktivitäten von Kunst- und Kulturschaffenden unter Missbrauch der großzügig geschaffenen Reisemöglichkeiten, den operativen Vorlauf ›Orchester‹ anzulegen.«

Er inhalierte einen Zug aus der Zigarette, blätterte um und las weiter: »Grundlage und Ansatzpunkt für die Arbeit in diesen Kreisen ist die Gewinnung von Personen für die Zusammenarbeit mit unserem Organ«.

Während Weimann las, rutschte Kerstin Scholz nervös auf ihrem Stuhl herum, als könnte sie so eine angenehmere Sitzposition finden.

Mit einem Seitenblick registrierte Weimann diesen kleinen Moment ihrer Nervosität und setzte seinen Vortrag fort:

»Das erfordert unter Zuhilfenahme von Inoffiziellen Mitarbeitern die tiefgründige Aufklärung der vom Gegner benutzten und missbrauchten Kontakte, vor allem der Rückverbindungen ehemaliger DDR-Bürger.«

Kerstin Scholz, die nun wusste, worauf er hinauswollte, betrachtet hilflos ihre Schuhe und sagte:

»Ich weiß nicht, ich fühle mich irgendwie unwohl dabei.«

Weimann hielt einen Moment inne, um den Augenblick ihrer Schwäche auszukosten, dann konterte er:

»Unwohl habe ich mich beim Gespräch mit dem Genossen Stellvertretenden gefühlt.«

Kerstin Scholz spürte die Feindseligkeit in seinen Worten und zog es vor, erst mal nichts zu sagen.

»Es ist erforderlich«, Weimann dozierte ausdruckslos weiter, »die Suche, Auswahl und Gewinnung Inoffizieller Mitarbeiter noch stärker unter dem Gesichtspunkt vorzunehmen, in die Personenkreise einzudringen, die als Inspiratoren oder Organisatoren politischer Untergrundtätigkeit Verbindungen zu gegnerischen Kräften aufnehmen, sowie Zollvergehen planen«.

»Sie wollen mich als IM haben?« Kerstin Scholz sah ihn ungläubig an.

»Der Genosse Stellvertretender«, Weimann blätterte ein paar Seiten weiter, »der Genosse Stellvertretender ordnet an, dass vorrangig Personen einzusetzen bzw. zu gewinnen sind, die sich beruflich mit Fragen der Kunst und Kultur beschäftigen, sowie als ständige Reisekader bereits in der das MfS interessierenden Umgebung tätig sind.«

Er sprach die Worte mit Präzision und ließ Kerstin Scholz, die nachdenklich dreinschaute, dabei nicht aus den Augen. Dann sagte sie:

»Mir gefällt es trotzdem nicht.«

»Es wird Ihnen gefallen müssen«, warf Weimann ein, »es führt kein Weg an unserem Ministerium vorbei, es sei denn, Sie wollen in die Provinz verbannt werden, Ihre Privilegien als Reisekader der Künstleragentur der DDR in Berlin gegen den harten Stuhl einer Konzert- und Gastspieldirektion in der Pampa, sagen wir mal«, er holte genüsslich Luft, »in Suhl oder Gera, tauschen.«

»Aber«, fiel ihm Kerstin Scholz ins Wort, »der Genosse Falkner hat mir versprochen, dass ...«

»Der Genosse Falkner«, Weimann kam hinter seinem Schreibtisch hervor und lief hinter ihr auf und ab, »der Genosse Falkner hat mir im Gespräch Ihre volle Kooperationsbereitschaft zugesichert.«

Obwohl ihr Verstand auf Hochtouren arbeitete, schien ihr Körper zusammenzusacken. Was hatte Falkner hinter ihrem Rücken zugesagt, etwa dass sie freiwillig ein IM werden würde?

Reiß dich zusammen, dachte sie und wollte aufstehen, doch ihr fehlte die Kraft dazu.

»Ich muss bei Ihnen doch nicht mit der Tür ins Haus fallen«, Weimann erfasste sofort, gleich würde sie ihren Widerstand aufgeben und schlug einen freundlichen Tonfall an. »Die Anordnungen des Ministers sind immer auch in jedem speziellen Fall interpretierbar«, behutsam berührte er mit einer Hand Kerstin Scholz Schulter, die unmerklich zusammenzuckte.

»Verstehen Sie mich nicht falsch«, beeilte er sich zu sagen und ließ die Hand auf ihrer Schulter liegen. »Wir haben nicht viel Zeit, Sie müssen doch morgen Abend wieder bei Ihrem Orchester in Bielefeld sein?«

Unverhohlen trat er jetzt auf sie zu und seine Augen leuchteten:

»Wir könnten noch heute bei einem gemütlichen Abendessen alle Einzelheiten gemeinsam besprechen«.

Kerstin Scholz verspürte eine übermächtige Regung, diesen nach billigem Rasierwasser stinkenden Hurenbock am Hemd zu packen und ihm ins Gesicht zu spucken, doch sie hatte keine Kraft mehr, zögerte einen Moment, dann sagte sie zu.

***

Gut 300 Kilometer und einige Stunden auf der Autobahn lagen noch vor ihnen, als sie auf dem Hotelparkplatz im Bus warteten. Ein stürmischer Regen peitschte gegen die Fenster. Robert, der Fahrer von Charly Buchmanns Agentur aus Nürnberg, sah unwillig auf die Uhr und blickte fragend zum Alten.

»Was ist los«, brummelte der Alte, »auf wen warten wir denn?« Er drehte sich zur Seite und zog die Augenbrauen hoch, jedoch alle seine Musiker saßen bereits brav auf ihren Plätzen.

»Lou, Willi und Bruce fehlen noch«, antwortete Bata Illic, die Schlagerlegende aus Jugoslawien, »die sind bei dem Wetter wahrscheinlich wieder mit ihrem Outfit nicht fertig geworden«. Er drehte sich um und kalauerte:

»Habt keine Angst, denn der Bata ist mit euch.« Dabei sprach er das B seines Vornamens hart wie ein P aus, sodass Bata in seinem deutsch-jugoslawischen Kauderwelsch wie »Pater« klang. Alle lachten, Robert kicherte und drückte auf die Hupe. Zur gleichen Zeit öffnete sich die Hoteltür und drei Herren traten mit gesenkten Köpfen aus dem Foyer, den Mantelkragen hoch gegen den Wind gestellt. Irgendetwas hatten sie noch zu besprechen, denn sie blieben trotz des schlechten Wetters draußen vor dem Bus stehen. In der einen Hand hielt jeder ein kleines Reisegepäck, die andere Hand drückte fest auf den Kopf, als schienen sie ihre Frisuren vor dem Sturm schützen zu wollen. Darauf aufmerksam geworden, glotzten alle aus den Busfenstern.

»Was haben die denn zu bequatschen, was wir nicht hören sollen?«, maulte einer von hinten.

»Und was is eijentlich mit deehn ihre Köppe«, erkundigte sich Siggi im finstersten anhaltinischen Dialekt. »Ham die etwa Angst, dass der Wind ihnen die Birne wegbläst?«

»Das sind doch alles Perückenträger«, versuchte der Alte schmunzelnd das Gelächter zu übertönen und ging nach vorne zur Bustür, um Onkel Lou beim Einsteigen behilflich zu sein.

Auch für Siggi war diese Tournee die erste Reise in den Westen. Zusammen mit Krondorf hatte er in Leipzig das Probespiel bestanden, war indes um einiges älter als Hannes, jedoch wesentlich unbedarfter als dieser. Siggi hatte das Herz auf dem rechten Fleck und hielt nie mit seiner Meinung hinterm Berg. Nun saßen sie nebeneinander auf einer komfortablen Zweierbank im Westbus. Man konnte einen Sitz sogar um einige Zentimeter in Richtung Mittelgang verschieben, um mehr Platz zu haben, was Siggi mit der lakonischen Bemerkung kommentierte:

»Wenne das bei unsen alten Ikarus-Bus inne Zone erfinden willst, biste een Neuerer, mit ne orntliche Prämie, awwer eehm leider nur in Ostmark«. Beide lachten und fläzten sich in die bequemen kapitalistischen Reisebussitze, aus denen sie sich am Ende der Tournee wieder in die sozialistische Wirklichkeit herausräkeln würden müssen. Was waren drei Stunden Busfahrt? Krondorf las jedes blaue Autobahnschild, fotografierte die Ankündigung der kommenden Abfahrt Hamburg, lichtete die Köhlbrandbrücke ab. Nach geraumer Zeit kam Soltau. »Heidepark« las er im Vorüberfahren, dann Hannover. Siggi schlummerte schon eine Weile neben ihm und begann zu schnarchen.

»Willst du denn gar nichts sehen vom gelobten Land?«, lachte Krondorf und stupste ihn an.

»Ich muss mich ausruhen, damit ich für die vielen Nutten im Westen ooch was zu bieten habe«, knurrte Siggi und schnarchte weiter. Krondorf stand auf und schlängelte sich im Mittelgang nach vorne. Vorbei am Alten, zwischen dessen Sitz und dem Fenster eine Flasche Jack Daniels unter der Armlehne klemmte. Der Alte schlief fest. Weiter vorbei an Onkel Lou, der mit seiner Sekretärin im Arm kuschelte, eine Reihe weiter vorne rechts und links vom Gang saßen Bruce und Willy. Bruce war über einem Pornoheft eingenickt, Willy blätterte in der neuesten Ausgabe des Spiegel. Vorn beim Fahrer, direkt neben dem Einstieg gab es einen Sitz, der sich herausklappen ließ.

»Setz dich«, nickte Robert ihm freundlich zu, »da bin ich hier vorne nicht so alleine, wenn hinten alle pennen.«

Dankbar klappte Krondorf den Notsitz herunter und hatte nun freie Sicht durch die mächtige Frontscheibe. Die nächste Abfahrt kündigte Minden an, immer weiter ging es nach Südwesten. Endlich: Bielefeld 100 km, las er da. Wie viele Filme hatte er eigentlich mit? Sechs Stück, immerhin Farbfilme, Orwocolor, je Film 24 Bilder. Er musste sich beschränken, wenn er dann in München, am Ende der Tournee noch ein Foto machen wollte.

»In Bielefeld haben wir ein tolles Hotel«, fing Robert an, der sich unterhalten wollte. »Sonst ist da nichts los«, kicherte er und machte eine eindeutige Handbewegung.

»Heute Abend die Show in der Oetker-Halle, und morgen sind wir ja schon in Dortmund in der Westfalenhalle«, erwiderte Krondorf, der in Gedanken an das Treffen mit seinem Onkel Heinz dachte. Onkel Heinz lebte als freischaffender Journalist mit seiner Familie in Bielefeld. Und war genau genommen gar nicht sein richtiger leiblicher Onkel. Onkel Heinz war angeheiratet und der Onkel seiner Frau. Er wollte nicht mit Robert darüber sprechen. Keinesfalls darüber, dass der Onkel ihn an der Konzerthalle abholen würde, das ging niemanden etwas an. Robert indes plauderte munter drauflos

»In Dortmund, ja in Dortmund, da sind die Mädels locker drauf«, mit einem vielsagenden Blick wandte er sich an Krondorf,

»da musst du aber aufpassen, die aus Rumänien und Russland und so, die sind zwar billig, aber da holste dir was, und wenn du nicht aufpasst, haut dir der Lude noch eins über die Schnauze und dann …«

Krondorf hörte gar nicht mehr zu. Mit seinen Gedanken war er zu Hause in Bernsdorf, wo seinerzeit die ganze Familie herbeigeeilt war, damit beim Ausfüllen seines Antrages zum Reisekader der DDR keine Fehler gemacht wurden.

»Arierpass«, hatte sein Vater abfällig bemerkt, als er das Antragsformular überflogen hatte, »genau wie der Arierpass bei den Nazis, da mussten wir auch bis ins siebte Glied nachweisen, dass kein Deutscher sein Blut mit einem Juden vermischt hat«. Der Vater schüttelte den Kopf, schien alarmierende Vorstellungen zu haben, warnte, sagte das Schlimmste voraus:

»Werden denn die Deutschen niemals schlau?« Sogleich verbesserte er sich: »Ich meine natürlich die ostdeutschen Sozialistischen, die Besserwisser-Friedenskämpferdeutschen«, er hob die Hand und drosch auf den Tisch.

»Hier geht's doch nur um ein ganz normales Recht auf Freizügigkeit, um eine ganz normale Reise.«

»Beruhige dich, Walter«, warf Hannes Mutter damals ein, »es nützt doch nichts, wir müssen dem Hannes jetzt die Papiere ausfüllen helfen.«

»Soll ich Tante Ingrid und Onkel Hermann in Hamburg mit eintragen in die Spalte bei den engen Verwandten?«, hatte Krondorf unsicher gefragt.

»Natürlich musst du das«, warf sein Bruder ein, »Tante Ingrid ist Muttis Schwester, das werden die Stasifritzen sicher wissen, und wenn du sie nicht angibst, haben sie dich schon und du fährst nicht in den Westen.«

»Dann führste wahrscheinlich gleich in Bautzen ein«, grollte sein Vater, »wegen Angabe falscher Tatsachen, das kennen wir doch alles.«

Während Hannes seinen Gedanken nachhing, hatte Robert unbekümmert weiter geplaudert und nahm nun das Bordmikrofon zur Hand:

»Verehrte Fahrgäste«, schnarrte es durch den Bus, »in wenigen Minuten erreichen wir die Dr.-Oetker-Halle«, er räusperte sich und lachte.

»Bitte stellen Sie Ihre Rückenlehnen wieder in die senkrechte Ausgangsposition.«

Krondorf klappte seinen Notsitz hoch und klopfte Robert auf die Schulter.

»Danke«, sagte er und verkrümelte sich wieder nach hinten.

Inzwischen waren die Schläfer aufgewacht, rappelten sich aus den Sitzen hoch, rieben die Augen und kämmten sich durch die Haare. Langsam bog der Bus von der Straße ab zum Bühneneingang der Konzerthalle. Nebenher lief eine auffällig geschminkte Frau und winkte freundlich zu den Insassen herauf. Auf ihrem üppigen Busen wippte ein buntes Medaillon, an den Ohren klapperten große Ringe, über der Schulter hatte sie ein buntes Tuch verknotet, das sie nun auseinanderschlug und heftig damit herum wedelte.

»Siehste«, sagte Siggi, der wir gebannt aus dem Fenster glotzte, »hawwe ich dich's nicht jesaht, da is se schonn, die erste Nutte, die wartet nur off uns«. Irgendwer lachte laut.

»Halt die Klappe«, raunzte Krondorf ihn an und wies mit dem Finger nach vorne. Bata Illic hatte sich neben Robert vor dem Einstieg postiert und gestikulierte aufgeregt nach draußen.

»Robert«, rief er, »halt an, lass mich raus, das ist meine Frau!« Er begann laut zu singen:

»Du bist mein Sonnenschein, lass mich nie mehr allein«, und alle im Bus fielen grölend ein: »Mi-ca-ee-la-aha«

Siggi glotze wie eine Eule. Ohne ein Wort zu sagen, kramte er seine sieben Sachen zusammen und drängelte sich an Hannes vorbei zum Ausstieg.

***

Währenddessen sah Kerstin Scholz aus dem Fenster des Interzonenzugs von Berlin nach Bielefeld und versuchte, mit halbwegs klarem Kopf den gestrigen Tag Revue passieren zu lassen.

Der Ärger mit Weimann begann am Vormittag im Ministerium. Nachdem er sie mehr als eine Stunde bearbeitet hatte, war sie eingeknickt und hatte einem gemeinsamen Abendessen zugestimmt. Dann hatte sie Kathrin Leitmann angerufen und mit ihr im Gebäude des Zentralrates der FDJ Unter den Linden einen Kaffee getrunken und um Rat gefragt. Danach war sie nicht viel schlauer, denn ihre Freundin riet ihr mit einem unverschämten Lachen auf den Lippen, sein Angebot nicht auszuschlagen. Sie, Kathrin, würde nach wie vor von seinen Verbindungen profitieren, wenn er auch ab und zu eine Gegenleistung – »Du weißt schon« – verlange.

»Ich kann sein Rasierwasser nicht ab, ich glaub ich muss kotzen, wenn er mich anfasst«, seufzte Kerstin Scholz niedergeschlagen.

»Wenn ihr auf dem Zimmer seid, gehst du mit ihm gleich duschen, da steht er drauf, und wenn du ihm dann unter der Dusche einen Gefallen tust ist er anschließend nicht mehr so aggressiv und riecht auch noch gut.«

Jetzt musste auch Kerstin Scholz lachen.

Am Abend hatte Weimann sie ins Palasthotel eingeladen. Das Hotel diente dem MfS als Kontaktort, war ausschließlich auf westliches Publikum ausgerichtet und konnte von DDR-Bürgern eigentlich nicht genutzt werden, das wusste Kerstin Scholz.

Während des Abendessens hatte Weimann ihr in aller Kürze erklärt, welche Erkenntnisse dem MfS über das Orchester zur Verfügung standen.

Er hatte noch keine Namen genannt, nur, dass Zollvergehen geplant waren. Und er hatte ihr unmissverständlich zu verstehen gegeben, dass der Vorgang »Orchester« auf Anordnung des Ministers umgesetzt werden würde, auf welchem Weg auch immer. Er hätte bei entsprechendem Entgegenkommen ihrerseits allerdings die nötigen Mittel, sie nicht umgehend als IM verpflichten zu müssen, sondern könne sie als Verbindungsglied zu einem noch zu werbenden IM unter den Musikern einsetzen.

Dann hatte er sie angelacht und sich vom Portier einen Zimmerschlüssel geben lassen.

***

Nachdem sie in der Bielefelder Oetker-Halle ihre Garderoben bezogen hatten, war noch Zeit bis zum Soundcheck. Krondorf trottete zum Pförtner und bat ihn, ein Telefonat führen zu dürfen.

»Na klar, junger Mann«, frotzelte der dicke Wachmann, »wenn's nicht grad zu eurem Oberboss, dem Mielke ist …?« Grinsend schob er einen Apparat durch das kleine Schiebefensterchen.

Krondorf kramte den Zettel mir der Adresse von Onkel Heinz aus seinem Portemonnaie und wählte die Nummer.

»Nein, nein«, beteuerte er und sah sich dabei vorsichtig um, »ich werde hier von einem Bekannten abgeholt«. Der Wachmann hatte sich inzwischen eine Zigarette angezündet und wendete sich seinen Monitoren zu. Er schien kein wesentliches Interesse am Verlauf des Gesprächs zu haben.

Während Krondorf noch dem Rufton lauschte, klopfte ihm unvermittelt jemand auf die Schulter. Erschrocken drehte er sich um und knallte mit dem Hörer an das Glas der Pförtner Loge.

»Langsam, langsam, junger Mann«, vernahm er die Stimme des Wachmanns aus der Stube.

»Anrufen musste nicht mehr!« Onkel Heinz stand neben ihm, nahm den Hörer und schob den Apparat zurück durch das Fenster.

»Mann, Onkel Heinz, hast du mich erschreckt«, entfuhr es Krondorf und er begrüßte ihn mit einem kräftigen Handschlag.

»Wieso bist du denn schon hier?«, erkundigte er sich.

»Na, hör mal«, Onkel Heinz legte ihm einen Arm um die Schulter und zog ihn von der Pförtnerstube weg.

»Jetzt lass mal das ›Onkel‹ weg, für dich bin ich Heinz«, er strahlte ihn an. »Bei uns im Westen lebt ein Journalist von eigenen Recherchen, nicht von irgendeinem Beschluss alter Männer aus dem Politbüro.« Er lachte herzlich.

»Ich habe natürlich bei eurer Agentur angerufen und mich nach der ungefähren Ankunft des Busses erkundigt.« Sie waren ein paar Schritte gegangen. »Ich freue mich so, dass es geklappt hat und wir dich hier sehen können, wie viel Zeit hast du?«

Irritiert sah sich Krondorf um, hatte ihn jemand beobachtet?

»In einer halben Stunde ist Soundcheck«, Krondorf sah auf seine Uhr, »das dauert gewöhnlich so um die 30 Minuten, das Konzert ist um 19:30 Uhr, eine Stunde vorher muss ich im Haus sein.« Er überlegte kurz. »Jetzt ist es kurz nach zwei, drei Stunden habe ich nach der Anspielprobe auf jeden Fall.«

»Dann komm, Tante Gisela wartet im Auto da drüben. Sie will dir unbedingt gleich Guten Tag sagen, wir wollten hier vor der Halle keinen großen Bahnhof machen.«

Nach ein paar Schritten bemerkte Krondorf den großen Audi 100, aus dem Tante Gisela mit beiden Händen herauswinkte, dann riss sie die Wagentür auf und umarmte Krondorf herzlich.

»Lass dich ansehen, du siehst prima aus! Kannst du mit zu uns nach Hause kommen?« Vor lauter Begeisterung schwang sie seine Arme hin und her.

»Nun lass den Jungen mal wieder los«, beruhigte Heinz seine Frau, »wir können ihn nachher zum Kaffeetrinken abholen.«

»Ich muss jetzt zurück zur Anspielprobe«, verlegen drehte sich Krondorf ein wenig zur Seite. »Danke, bis nachher, ich freue mich«. Dann trabte er zurück in die Halle.

Pünktlich um drei verließ er die Halle und stieg zu Heinz in den Audi.

»Jetzt gibt es erst mal einen Kaffee zu Hause und dann erzählst du mir, was du für euch da drüben besorgen sollst.« Vielsagend sah Heinz seinen Pseudoneffen an: »Ich weiß doch, wie's bei euch mit der Versorgung aussieht.«

Krondorf sah aus dem Fenster, sie befuhren eine breite glatte Straße, waren aber immer noch in der Stadt. Sein Blick glitt auf die Armaturen hinter der Lenksäule. Die Tachometernadel zitterte bei 75 km/h leicht hin und her.

»Warte mal«, Heinz hatte seinen Blick bemerkt und blinzelte ihm zu, »das ist eigentlich auch bei uns nicht erlaubt«. Er drosselte die Geschwindigkeit. »Wir machen noch einen kleinen Schwenk auf die Autobahn, da kann ich ein bisschen aufdrehen.« Im Nu erreichten sie die Auffahrt Rheda-Wedenbrück.

»Mach dir's bequem!«, zwinkerte Heinz ihm sichtlich vergnügt zu und beschleunigte den großen Audi in kurzer Zeit auf 180 km/h. An der Seitenscheibe flogen Sträucher vorbei. Überhaupt nicht laut, die Kiste, bei der Geschwindigkeit, dachte Hannes, gleichzeitig fiel ihm das unangenehm hässliche Rasseln der Steuerkette seines Ladas bei Tempo 120 ein. Entspannt ließ er sich in die Rückenlehne fallen und genoss den Geschwindigkeitsrausch, wenn auch nur auf der Beifahrerseite. In der Zwischenzeit hatten sie die nächste Abfahrt erreicht, er konnte das Schild nicht lesen, denn Heinz bremste den Wagen brutal ab. Hannes rutschte etwas nach vorne, dann fing ihn der Gurt ab. Verschmitzt sah Heinz zu ihm herüber.

»Das ist der Turbokapitalismus«, grinste er, »wahnsinnig schnell, aber mit den entsprechenden Sicherheitssystemen.« Krondorf nickte anerkennend.

»Sag bloß nichts Tante Gisela von unserer kleinen Spritztour, wir sind gleich da.« Sie bogen in eine Nebenstraße und Heinz parkte den Wagen vor einem kleinen Reihenhaus.

»Ab und zu lass ich auch mal die Sau raus«, flüsterte er ihm zu und schloss die Haustür auf. Drinnen duftete es nach Kaffee und frisch gebackenem Kuchen.

»Erzähl, erzähl«, voller Wissbegierde drückte Tante Gisela Hannes in einen Sessel und legte ein Stückchen Erdbeertorte auf. »Jetzt hat es endlich geklappt, dass du reisen darfst!«, sie sah ihm glücklich in die Augen. »Und, wer oder wie?«, fragend sah sie zu Heinz. »Musst du dir jetzt jedes Wort überlegen, was du im Orchester sagst? Ach, ist das nicht alles furchtbar, dass sie euch nicht einfach mal zur Verwandtschaft rüberfahren lassen, es sei denn, die Verwandtschaft stirbt grade oder, wie in deinem Fall, wenn ihr Westgeld für diesen Saustaat wieder mit zurückbringt ... möchtest du Sahne auf den Kuchen obendrauf?«

»Reg dich nicht auf«, beruhigte Heinz, »jetzt ist er doch erst mal hier«. Er machte eine kurze Pause dann kam er zur Sache:

»Jetzt, wo ihr die alte Bude gekauft habt, das Haus da am Stadtrand, da brauchst du doch allerhand, was es bei euch nicht gibt, jedenfalls nicht im Arbeiter- und Bauernparadies und nicht für euer Geld?« Forschend sah er Hannes an.

In Verlegenheit gebracht, stierte Hannes auf seinen Teller.

Wenn man, wie er, die Schäbigkeit der Tagegelder kannte und mit dem Preis einer Currywurst am Imbissstand in Westberlin verglich, so wurde das, worum ihn andere beneideten, rein kaufmännisch betrachtet, zu einem Beruf, in dem er eigentlich Prostitution betrieb. Zwar prostituierte er sich nicht mit seinem ganzen Körper, aber eben hier im Westen mit seiner musikalischen Begabung.

»Komm nur, heraus mit der Sprache, wir sind doch eine Familie«, machte ihm Heinz Mut.

»Naja, ich würde schon gern mal in einem Baumarkt herumstöbern, und mir 'n paar Ideen holen, wie man bauen könnte und vor allem, mit welchem Handwerkszeug und mit Fittings und Kupferrohr und ...«

»Na, das sollte doch eine unserer leichtesten Übungen sein!«

Heinz schob seinen Kuchenteller zurück und stupste Hannes mit der Faust in die Seite: »Wann fahrt ihr morgen weiter? Nach Dortmund sind es nur gut 100 km.«

»16:00 Uhr ist Abfahrt.« Hannes nahm einen Schluck Kaffee und sah dankbar zu Tante Gisela.

»Siehst du, ich bin morgen um 11:00 Uhr am Hotel, da müsstet ihr doch gefrühstückt haben?«

»Na klar«, antwortete Hannes, »wir spielen doch nicht zum Tanz bis in die Frühe!«

»Wir fahren morgen Vormittag zu ›Bauhaus‹, dann sehen wir weiter.«

Auf dem Weg zurück im Auto lachte Heinz und fragte:

»Wie habt ihr das eigentlich gemacht, ich bin doch gar nicht ersten Grades mit dir verwandt und du kannst trotzdem reisen?«

»Naja«, Hannes überlegte kurz und begann zu erklären.

»Die haben natürlich eine totale Überprüfung gemacht, Eltern, Geschwister, Tante, Onkel«, bei »Onkel« warf er Heinz einen schelmischen Blick zu. »Und das Allerwichtigste«, Hannes schob sich den Automatikgurt auf seiner Schulter zurecht, »wir mussten alle Verwandten angeben, die im Westen leben, und ob jemand dabei ist, der abgehauen ist«.

Hannes verbesserte sich sofort lachend:

»Ich meine natürlich, ob jemand dabei ist, der die DDR eventuell illegal verlassen hat.«

Heinz schüttelte ärgerlich den Kopf und brauste auf: »Illegal! Die meinen also, jemand, der das Arbeiter- und Bauernparadies unter Lebensgefahr in irgendeinem Kofferraum oder Gepäcknetz eines Interzonenzuges verlassen hat«, wieder schüttelte er verständnislos den Kopf und polterte weiter, »und all die vielen, die abhauen wollten und denen dabei von einer Mine oder Selbstschussanlage ein Bein oder gar der Kopf abgetrennt wurde? Solltest du die auch aufschreiben?«

Obwohl sich Hannes seines Onkels sicher sein konnte, wurde ihm plötzlich unbehaglich. Diskussionen dieser Art waren in der DDR gefährlich.

Der »ungesetzliche Grenzübertritt«, wie er im Strafgesetzbuch der DDR hieß, wurde mit Freiheitsentzug geahndet, und den »ungesetzlichen Grenzübertritt« als »abhauen« zu bezeichnen, konnte am falschen Ort zur falschen Zeit bereits Sanktionen nach sich ziehen.

Aufmerksam musterte er Heinz von der Seite. Heinz würde ihn schon nicht in der morgigen Bild-Zeitung mit der Schlagzeile »Ost Musiker packt aus« in die Pfanne hauen, überlegte er kurz, denn dann wären alle Reiseträume erledigt und er auch.

Heinz schien seine Gedanken zu erraten und sagte in vertraulichem Ton:

»Du musst dir keine Gedanken machen.« Er klopfte Hannes versöhnlich auf das Knie: »Ich bin doch nur ein pensionierter Wirtschaftsjournalist, schreibe überhaupt nicht mehr und bin überdies nicht daran interessiert, dich oder euer ganzes Orchester zu kompromittieren.«

»Sie haben ab und zu im Haus dumme Fragen gestellt«, Hannes lehnte sich wieder entspannt zurück, »so ähnlich wie ›Na, da haben Sie aber wieder ein dickes Paket bekommen, wir haben es für Sie angenommen, war ja keiner zu Hause bei Ihnen, sind bestimmt Sachen für die Kinder drin? Ihre Frau geht wohl wieder arbeiten?‹ Dabei wussten wir genau, dass mit dem Umweg über die Nachbarn nur die Anzahl der Westpakete an uns im Haus publik gemacht werden sollte, Wissen ist Macht und Neid schürt Unbill, die kann ja von der Stasi ausgenutzt werden.«

Er musste lachen:

»Immer nur die Westpakete landen bei den Nachbarn, die anderen müssen wir selbst bei der Post abholen. Erstaunlich, oder?«

»Wenn aber alle wissen, dass ihr Westkontakte, sogar Verwandtschaft, hier habt, wieso lassen sie dich dann trotzdem fahren?«, hakte Heinz nach.

»Eigentlich kommt es nur darauf an, dass der Staat ein Pfand in der Hand behält, damit ich zurückkomme und nicht versuche, die Familie nach einer Flucht nachzuziehen.« Hannes machte eine nachdenkliche Pause.

»Das Faustpfand, meine Bürgschaft sind meine Frau und meine Kinder.«

Inzwischen waren sie auf dem Parkplatz eines großen Einkaufszentrums angelangt.

Heinz zog ein Päckchen Marlboro aus der Brusttasche und runzelte die Stirn.

»Ich weiß«, fuhr Hannes fort und legte ihm die Hand auf den Arm, »deshalb habe ich dich ja auch in der Arier-Liste nicht mit aufgeführt!« Er lachte und meinte es eher im Scherz, doch Heinz entgegnete:

»Diese ganze Sache stinkt dermaßen zum Himmel!« Wütend zog er an seiner Marlboro.

»Euch lassen sie doch nur fahren, weil ihr eure Westgage schön brav dem Staat abliefern müsst. – Kleinvieh macht auch ist Mist«, fügte er an, dann schnallte er sich ab.

»Die Bundesregierung hat bis zum heutigen Tag ungefähr 30.000 politische Gefangene aus den Gefängnissen der Stasi freigekauft, für satte 3 Milliarden DM.« Er sah Hannes an: »Und was lassen sie euch davon?«

»Ich weiß nicht, wie hoch unsere Gagen hier sind«, grübelnd öffnete Hannes die Wagentür, »wir kriegen ja die Kohle in Ost, die wir im Osten auch für eine Veranstaltung bekommen.« Dann ergänzte er kleinlaut: »Plus 10 DM Tagesspesen.«

»Aber für die Ostkohle könnt ihr eben nicht kaufen, was man eigentlich braucht und die Bonzen stecken das Westgeld in ihre dicken Volvos.« Heinz holte tief Luft:

»Und diese Ungerechtigkeit schützen sie an der Grenze noch mit Minen und Stacheldraht und dann predigen sie euch Wasser und saufen den Wein selbst aus.« Er war außer sich.

Hannes sah sich verlegen auf dem Platz um. Eine alte Gewohnheit bemächtigte sich seiner, stand etwa jemand hinter ihnen?

Heinz schmiss die angerauchte Zigarette auf den Boden und trat sie aus, dann musterte er Hannes von oben bis unten und meinte:

»Lass uns da mal reingehen.« Er hakte Hannes unter und deutete mit dem Arm auf eine große Glasfront gegenüber, die sich beim Näherkommen auf wundersame Art und Weise von alleine öffnete.

Heinz bemerkte Hannes Erstaunen und schmunzelte.

»Ich habe nicht ›Sesam öffne dich‹ gesagt, du etwa?« Beide mussten lachen und betraten eine große Halle.

An einer Reihe Kassenautomaten, vor denen kleine Fließbänder liefen, blieben sie stehen. Ungläubig starrte Hannes an den hohen Regalwänden zur linken und rechten Seite entlang, auf denen sich chromblitzende Armaturen, Wasch- und Toilettenbecken, Badewannen, Werkzeuge und kleine handliche Maschinen aller Art stapelten.

»Ich fasse es nicht!«, entfuhr es ihm. »Alles an einem Ort, in Hülle und Fülle, im Überfluss, das glaubt mir doch drüben kein Mensch!« Was er sah, übertraf alles, was er in Zeitschriften über Bau und Ausbau jemals gesehen hatte.

»Los, rein mit dir.« Heinz schob ihn an den Kassen vorbei eine Schranke hindurch, die sich, wie eben auch die große Eingangstür, von selbst öffnete.

»Schau dich in Ruhe um, ich gehe erst noch mal eine rauchen«.

Dabei nickte er ihm aufmunternd zu und schlenderte zurück durch die große Glastür auf den Parkplatz.

Hannes versuchte, sich zurechtzufinden. Eine große Schautafel »SUPER SALE« gegenüber warb mit Angeboten des Tages und Prozentrabatten auf alle Sanitär-Erzeugnisse. Verstohlen kramte er seinen Einkaufszettel aus der Hosentasche und versuchte, einen Plan zu machen.

»Flexibles Kupferrohr, halb Zoll, auf der Rolle, 15 m«, las er und weiter, »alle Fittings in Kupfer, halb und viertel Zoll und entsprechende Übergangsfittings, Fliesenzange, Winkelschleifer, Videabohrer in allen Größen und ...«

Er faltete den Zettel wieder zusammen.

Das kriege ich so nie hin, dachte er unentschlossen und sah sich um. Fünfzehn unterschiedliche Winkelschleifer lagen fein säuberlich im Regal vor ihm. AEG bot vier, Bosch hatte auch vier, davon zwei zum halben Preis, Miele zwei, Siemens drei und von einer japanischen Marke, die er noch nie gehört hatte, gab es zwei Maschinen.

»Wer soll denn hier entscheiden, welches Ding was taugt und welches nicht?«, murmelte er verwirrt.

Hannes kratzte sich am Kopf, hob die erste Maschine an und starrte auf ein kleines in Metall geprägtes Schild, das im Griff eingelassen war.

»Alle Tools kompatibel mit anderen Maschinen«, buchstabierte er aus verschiedenen technischen Angaben, die er nicht verstand, von dem winzigen Schild.

Außer ihm war kein Mensch im Markt zu sehen. Von Heinz schien keine Hilfe zu kommen, der stand draußen am Auto und unterhielt sich mit einem Wachmann.

Kurz entschlossen zog Hannes seine Practica-Kamera hervor und begann die einzelnen Maschinen zu fotografieren.

Das wird mir bei der Auswahl zu Hause helfen, dachte er, unsere Handwerker werden schon wissen, welche Maschine sie zu Hause haben wollen und in der Zickenzone nicht kriegen.

Und außerdem, so stellte er sich weiter vor, sollen die zu Hause mal ein winziges Beispiel für den real existierenden Fortschritt in einer freien Marktwirtschaft zu sehen kriegen.

Während er fotografierend die Regale entlanglief, bemerkte er schnelle Schritte hinter sich. Mit einem Wachmann im Schlepptau packte ihn ein Mann in Baumarktkluft am Arm und herrschte ihn an:

»Was machen Sie hier mit dem Fotoapparat? Wie Sie sicher wissen, ist illegale Preisaufzeichnungen zu Wettbewerbszwecken verboten!«

Ehe Hannes etwas erwidern konnte drehte der Baumarktmitarbeiter sich zu dem Wachmann um und sagte:

»Los, Mann, kontrollieren Sie ihn!«

»Nun mal langsam mit den jungen Pferden«, konterte der, »ich dachte, Sie haben mich wegen eines Ladendiebs geholt?«

»Illegale Preisaufzeichnung ist beinahe gleichzusetzen mit Ladendiebstahl«, geiferte der Baumarktmann und griff nach der Kamera. »Den Film her, und zwar sofort!«

»Langsam, langsam«, der Wachmann schob sich zwischen Hannes und den schimpfenden Mann.

Dann drehte er sich zu Hannes um und sagte:

»Sie sind doch der Neffe von dem Journalisten da draußen, aus der Zone, oder?«

»Äh, ... ja«, stammelte Hannes verlegen, »ich wollte nur mal unseren Leuten drüben zeigen, was es eigentlich so alles gibt und was bei uns nicht und was man eigentlich haben mü... «

»Das behaupten hier alle Spione von der Konkurrenz«, fiel ihm der Baumarktmensch ins Wort, »ich will sofort den Film!« Wieder langte er nach der Kamera.

Wie zum Beweis seiner Unschuld kam just in diesem Moment Heinz herein, er hatte seine Zigarette ausgeraucht und das drohende Ungemach im Inneren des Marktes bemerkt.

»Nun lassen Sie mal den Jungen in Ruhe und nehmen Sie gefälligst die Finger von der Kamera«, forsch sah er den Baumarktmitarbeiter an. »Das ist mein Neffe aus der DDR und das hier ist mein Presseausweis!« Umständlich fingerte er eine vergilbte Karte aus der Brieftasche und wedelte mit ihr vor seiner Nase herum.

»Und wenn Sie nicht wollen, dass Ihr Foto morgen in der Bild-Zeitung ist«, fuhr er fort, »dann geben Sie jetzt Ruhe!« Und um seine Drohung zu verstärken, setzte er noch eins drauf.

»Da würde dann die Schlagzeile stehen: ›Bielefelder Baumarkt drangsaliert Besucher aus der Ostzone!‹«

Das reichte, der Wachmann grinste und verschwand hinter der nächsten Regalzeile, während der Baumarktmann hilflos die Hände rang und unverständliches Zeug brabbelte.

Heinz nahm Hannes am Arm und zog ihn Richtung Ausgang.

»So was haben wir doch im Griff«, versuchte er Hannes zu beruhigen, der nun gar nicht mehr wusste, wie ihm geschah.

»Wenn das diesmal auch ein bisschen schiefgegangen ist«, seufzte Heinz und zog ein Briefkuvert aus der Innentasche seines Mantels hervor, »so ist das noch lange kein Beinbruch!«

Hannes drehte sich zu ihm und wollte eine Entschuldigung loswerden, wusste aber nicht so recht wie.

»Lass man«, Heinz schüttelte den Kopf, dann zog er einen blauen Geldschein aus dem Umschlag und drückte ihn Hannes in die Hand.

»Du hast ja deinen Film noch«, schmunzelte er, »und der blaue Schein von Tante Gisela und mir wird dir beim nächsten Einkauf sicher eine bessere Hilfe sein, als ich es diesmal war.«

»Und«, fuhr er fort, »der Adler auf der Rückseite, das ist der Bundesadler mit seinen ausgebreiteten Schwingen, der symbolisiert das Staatsbewusstsein der Deutschen, und zwar aller Deutschen, in West und Ost!«

Hannes konnte es kaum glauben, Heinz hatte ihm einen Hunderter in die Hand gedrückt.

***

»Herein«, rief Tom überrascht, als es an der Tür klopfte.

Es war weit nach Mitternacht, eigentlich wollte er längst im Bett sein, hatte sich dann aber doch noch die Flasche Wein aus der Minibar genehmigt. Der Tanzabend war besser verlaufen, als erwartet, die Oetker-Halle war rappelvoll gewesen, wie immer hatten sie mit Glenn-Miller-Musik begonnen, die Tanzfläche hatte sich schnell gefüllt und seine anfängliche Anspannung war allmählich von ihm abgefallen.

Zufrieden hatte der Alte von der Bühne in den Saal geschaut, Titel um Titel angesagt. Einige Paare setzten sich, vom vielen Jive-Tanzen müde geworden, nach »Chattanooga choo choo« an ihre Tische, aber nur, um gleich wieder aufzustehen und eng umschlungen zur »Moonlight Serenade« ihre Runden auf der Tanzfläche zu drehen.

Wie jeden Abend, wenn die Leute müde wurden, holte der Alte ihn, Tom, dann nach vorne, kündigte den Max Greger des Orchesters an und Tom legte los, auf den Knien ließ er den Teufel aus dem Saxofon, röhrte sich die Seele aus dem Hals, das Publikum stampfte die Füßen im Rhythmus von »Night Train« ins Parkett und tobte.

Verlegen wich Tom einen Schritt von der Bühnenkante und sah hilfesuchend zum Alten, der schob ihn wieder nach vorne, trat einen Schritt zur Seite und nötigte ihn mit ausgestrecktem Arm endlich zu einer Verbeugung.

Das war natürlich abgesprochen und verfehlte seine Wirkung nie. Die Tänzer sammelten sich vor der Bühne, bedankten sich mit begeistertem Applaus und forderten Zugabe um Zugabe.

Sogar die Scholz hatte mal keine Notizen gemacht, sondern frenetisch von der Seite aus applaudiert.

Es lief gut wie immer, wenn nur die Schwierigkeiten zu Hause nicht wären. Er war todmüde, lag in Unterhose auf dem Bett und hatte nicht mit Besuch gerechnet.

Es klopfte noch einmal.

Tom erhob sich und staunte nicht schlecht, als er die Zimmertür öffnete.

Ihm gegenüber, in der Mitte des Flures, strahlte ihn Kerstin Scholz an und hielt eine Flasche in der Hand.

»Mögen Sie Sekt?«, fragte sie und schob ihn, ohne eine Antwort abzuwarten zurück ins Zimmer.

»Äh, weiß nicht, hab lange keinen getrunken.« Er war so überrascht, dass ihm nichts anderes einfiel.

Schnell warf er einen prüfenden Blick hinaus auf den Gang. Es war kein Mensch weit und breit zu sehen. Kerstin Scholz blickte sich kurz im Zimmer um, lächelte gewinnend, sah ihn neckisch an und stellte die Flasche auf den Fußboden. Dann griff sie nach seinen Händen, schlenkerte sie fröhlich hin und her, sah ihm im in die Augen und schloss die Tür mit einem Fußtritt.

Tom versuchte, einen klaren Gedanken zu fassen und räusperte sich:

»Ähm – mal langsam, wie soll ich das verstehen, was gibt's denn zu feiern?«

Völlig überrumpelt schob er sie ein wenig von sich.

»Na, Ihr Erfolg heute Abend, das Saxofon-Solo, ich konnte mich gar nicht wieder einkriegen.« Sie griff nach der Flasche, hielt sie ihm kokett hin und fragte: »Gibt's hier Gläser?«

»Ich zieh mir erst mal was an.« Tom ging zur Türgarderobe und streifte sich lose ein Hemd über.

»Machen Sie das doch mal auf, Tom«, drängelte sie und nestelte am Verschluss der Flasche.

Tom nahm ihr die Flasche ab, stellte sie auf den kleinen Nachttisch und sagte:

»Ich hol mal Gläser.«

Inzwischen setzte sich Kerstin Scholz auf den einzigen Stuhl im Raum und schlug die Beine übereinander. Sie trug eine hautenge Jeans, darüber ein bunt bedrucktes, locker schlabberndes T-Shirt.

Tom klemmte die Flasche zwischen die Beine, rödelte den Draht ab und presste seinen Daumen auf den Korken.

»Los, schenken Sie ein«, sie stand wieder auf und hielt ihr Glas schräg unter die Flasche, »so was müssen wir doch feiern.«

Langsam gab er den Korken frei, der sogleich mit einem lauten Plopp gegen die Zimmerdecke flog. Dann stießen sie mit den Gläsern an und mit den ersten Schlucken verflog Toms Verlegenheit.

Warum nicht, dachte er, und musterte sie von oben bis unten. Bei bestimmten Frauen riecht man einfach, wozu sie da sind, ganz gleich, wie sie sich verkleidet haben, überlegte er. Wie lange würde sich ihm seine eigene Frau noch verweigern, zetern und Theater machen wegen der geschmuggelten Pornokassetten, die zu Hause lagen? Ansehen wollte sie die Filme nie, schlich aber zu ihm ins Schlafzimmer, wenn er für den Verkauf Kopien anfertigte, tat dann so, als würde sie nicht hingucken und attackierte ihn mit bösen Beschimpfungen, kanzelte ihn ab, wie eklig diese Filme doch seien und weswegen natürlich auch er ein Schwein sei.

Nein, Kerstin Scholz war sicher anders, keine Schönheit, dafür aber attraktiv auf ihre Art und mit einer ansehnlichen Oberweite. In ihrer Nähe lag viel mehr, als es das Glas Sekt in der Hand versprach.

Sie spürte an seinem Blick, an was er dachte, machte einen Schritt auf ihn zu, legte den rechten Arm um seine Schulter und sagte:

»Heute habe ich unser Publikum beneidet, ich hätte auch tanzen wollen, wie die Paare da unten im Saal, sehen Sie, so«, dabei drehte sie sich in seine Hüfte, schob ihn ein wenig hin und her, beschrieb mit dem linken Bein einen Halbkreis, wobei sich der rechte Fuß auf der Stelle bewegte und stand direkt vor ihm.

Mit einem kleinen, unmerklichen Ruck zog sie ihn an sich und legte den Kopf an seine Schulter.

»Ich würde jetzt nichts Unvernünftiges tun«, stammelte Tom und dachte, wenn du es schaffst, sie rumzukriegen, wirst du oben anfangen sie zu streicheln, bis sie vor Verlangen bebt, dann tut sie alles, was du willst. Er verspürte den starken Drang, sie zu vögeln – als trotzige Rache des verprellten Ehemannes, dem die Frau Askese auferlegte, jede Intimität versagte und ihn somit zur Selbstbefriedigung nötigte. Jetzt könnte er das Tier freilassen, dessen Sehnsüchte zu dieser späten Stunde in seiner Hose erwachten.

»Entspann dich«, sie legte ihm eine Hand auf die Lippen und zog ihn zum Bett.

»Was haben Sie vor, ich weiß nicht so recht«, stammelte er hinter ihrer Hand.

»Psst«, machte sie, »halt den Mund!« Im Nu hatte sie ihr T-Shirt hochgezogen und kuschelte ihre nackten Brüste an seinen Oberkörper.

»Wenn du Saxofon spielst«, flüsterte sie und knabberte an seinem Ohr, »dann macht es mich rasend vor Verlangen, von mir bekommst du alles, was du zu Hause nicht kriegst.«

Alles geschah so schnell. Warum ich, woher wusste sie … und wie sollte das hier ausgehen? Plötzlich kribbelte es in seinen Beinen, er zitterte vor Erregung. Während sie ihr T-Shirt über den Kopf zog und auf die Erde warf, redete sie weiter auf ihn ein:

»Hab keine Angst, was wir machen, wird nie jemand erfahren.«

Sie schob ihn aufs Bett. Er taumelte und plumpste rücklings in die Kissen.

»Ich brauche es genauso wie du«, ihr Atem ging jetzt schneller und während sie ihn küsste, schob sie ihre Zunge zwischen seine Lippen.

Sie ließ noch einmal von ihm ab und zog sich nackt aus, dann beugte sie sich über seine Unterhose.

Er sah in ihr Gesicht, kaum merklich funkelten ihre Augen, das Gesicht schien beinahe maskenhaft unbewegt, doch als sie zufasste, verzerrte es sich leicht und ihre Mundwinkel sanken verächtlich nach unten. Es war ein Blick, der einen Menschen offenbarte, für den sowohl Sex als auch Verrat so selbstverständlich wie das tägliche Brot waren. Aber es war ihm egal.

Als er aufwachte, war er allein und rekelte sich wohlig im Bett. Er hatte alles, wonach er sich sehnte, von ihr bekommen.

»Wenn du möchtest, können wir öfter zusammen sein«, hatte sie ihm geschmeichelt. Verruchtes und zugleich Erschreckendes empfand er bei diesem Versprechen. Es geht nur um ihren Körper, redete er sich ein, ich bin ein freier Mann. Trotz aller intimen Nähe keimte ein Zweifel, er konnte ihre Maske nicht enthüllen.

Von Bielefeld ging es über Dortmund nach Regensburg.

In der bayrischen Domstadt schien Onkel Lou ein Heimspiel zu haben, an drei Tagen vier Konzerte, Freitagabend, Sonnabend 17:00 und 21:00 Uhr und Sonntag früh Matinee an der Donau, alles ausverkauft.

Seit 1961 lebte Krondorfs Großmutter in Regensburg. Als Rentnerin war sie im September, unmittelbar nach dem Mauerbau aus dem anhaltinischen Bernsdorf zu ihrer Tochter nach Bayern übergesiedelt. Die Großmutter war für den damals sechsjährigen Hannes eine Erscheinung aus einer völlig anderen Welt gewesen. Sie war sehr groß, hager und der Blick aus ihren hellen blauen Augen war lieb und forschend zu gleich. Ihre Sprache klang in seinen Ohren hart und spitz, aber sehr gebildet. Und sie konnte Märchen erzählen und vorlesen! Alte bekannte auch, aber meist selbst erdachte Märchen. Krondorfs Geschwister rangelten sich dann auf der großen Wohnzimmercouch im Elternhaus um den besten Platz, jeder wollte ganz nahe bei der Oma sitzen und schrie deshalb so laut er konnte: »Platz besetzt für Oma!«

Sie erzählte dann mit sehr ruhiger, beinahe monotoner Stimme. Manchmal verfiel sie mitten in einer Geschichte zum Erstaunen der hingerissen zuhörenden Enkel in einem Anflug von Erinnerungen ins Plattdeutsch ihrer norddeutschen Vorfahren, gleichermaßen zurück in ihre eigene Kindheit, die sie im Süden Dänemarks verlebt hatte. Auf ihre scheinbar kühle Art brachte sie die Romantik des Abenteuerlichen ins Haus. War eine Geschichte zu Ende, bettelten die Enkel um Nachschub und die Großmutter berichtete von kleinen und großen Havarien, von Tropenhitze und Eiseskälte und erstaunlichen Sitten und Bräuchen fremder Völker. Gerne und mehrmals erzählte sie von der Verlegung des ersten Telefonkabels quer durch den Atlantik, nicht ohne Stolz verwies sie dann auf ihren Vater, der als Ingenieur an diesen und ähnlichen Aktionen beteiligt gewesen war.

Hannes Großmutter war in ihrem 90. Jahr, als ihm der Tourneeplan den Stopp in Regensburg bescherte.

Am Abend holte ihn sein Cousin an der Isarhalle ab. Mit einem schicken VW legten sie die Strecke bis zu Großmutter und Tante in ein paar Minuten zurück.

Die Wohnung in der Isarstraße hatte sich Krondorf allerdings ganz anders vorgestellt. War er soeben noch Teil eines unruhigen, hektischen Tourneelebens gewesen, so betrat er nun ein romantisch verklärtes, gemütliches Zuhause. Erst bemerkte er die Großmutter gar nicht, so sehr überwältigte ihn die behaglich heimelige Atmosphäre, die das große Wohnzimmer auf ihn ausübte. Rechts neben der Tür, von edler Holztäfelung gerahmt, stand in einer Nische die Chaiselongue, von der die Tante manchmal berichtet hatte. Eigentlich diente sie als Gästebett, doch seit der Übersiedlung der Großmutter nach Regensburg war die Chaiselongue ihr Wach- und Schlafplatz.

»Hannes, mein Hannes«, vernahm er eine schwache Stimme aus der Nische und wandte sich um.

Am erhöhten Kopfende der Chaiselongue, mit ein paar dicken Kissen im Rücken, lehnte ein altes Mütterchen. Hannes erschrak, wie lange hatte er die Großmutter nicht gesehen und wie hatte sie sich verändert! Als große stattliche Dame, immer mit feschem Hut auf dem Kopf hatte er sie in Erinnerung gehabt, noch vor wenigen Jahren hatte sie noch regelmäßig die Familie in Bernsdorf besucht. Wenn sie sich mit der Taxe vom Bahnhof nach oben in die Bergstadt fahren ließ, gab es immer ein großes Tamtam vor dem Pfarrhaus auf dem Kirchplatz, denn der Fahrer musste auf Großmutters Geheiß solange hupen, bis die versammelte Familie ihr die Aufwartung machte. Den Fahrern war das peinlich, bald jedoch sprach es sich herum, dass die »Pfarrerische aus dem Westen« für das »ganze Gepranze« wie sie es nannten, jedes Mal eine großzügige Entlohnung in West zahlen würde.

Die Tante brachte einen Tee:

»Du musst uns alles erzählen!«, munterte sie Hannes auf.

»Setz dich zur Oma!«

Hannes hockte sich an das Ende der Couch und musterte die Großmutter. Ihre Augen waren getrübt, von einem milchigen Schleier beschattet und wanderten suchend umher.

Die schmalen, bläulich geäderten Hände zupften unruhig an der warmen Decke auf ihren Knien.

»Gib mir deine Hand«, bat sie und beugte sich nach vorne.

Hannes streckte ihr beide Arme entgegen und erschrak über die Kühle, die sich bei der Berührung ihrer Hände auf ihn übertrug.

Natürlich wusste er von ihrer totalen Erblindung, wusste auch von der aufopferungsvollen Pflege durch die Tante, die keinen anderen Lohn dafür erwartet, als dass sie ihre alte Mutter ab und an lächeln sah. Und sogleich erschütterte ihn die Vorstellung, dass die Großmutter tagein, tagaus in Dunkelheit und Stille so daläge, nur Dunkelheit und Stille, sonst nichts.

»Rück näher ran, komm her zu mir!« Die Großmutter zog ihn zu sich und er meinte ein schelmisches Lachen auf ihrem Gesicht zu erkennen.

»Platz besetzt für Oma, weißt du das noch?«, ungeahnt frisch klang nun ihre Stimme, während sie kräftig auf das Polster ihrer Couch klopfte. »Du und deine Geschwister «, fuhr sie fort, »ihr habt euch immer laut gezankt, wenn es um die besten Plätze neben mir auf dem Sofa ging, damals bei euch zu Hause in Bernsdorf.«

Hannes konnte es kaum glauben, 90 prall gefüllte Lebensjahre saßen da vor ihm, und sie erinnerte sich an jede Kleinigkeit, die viele Jahre zurücklag.

Ab und zu hatten die Eltern etwas von den Diskriminierungen erzählt, denen die Großeltern unter jedwedem Regime ausgesetzt gewesen waren. Sie führte die Kinder durch das Labyrinth der Familiengeschichte bis hin zu den Tagen des jüdischen Urgroßvaters, eben jenem, der als Ingenieur an der Verlegung des ersten Atlantiktelefonkabels nicht unerheblich beteiligt gewesen war. Die Großmutter durfte während der Nazidiktatur nicht mehr unterrichten, da sie Halbjüdin war und nach dem Krieg ereilte ein ähnliches Schicksal den Großvater. Die Kommunisten suspendierten ihn als

Studienrat und Rektor des Karlsgymnasiums, weil er nicht in die Kommunistische Einheitspartei eintreten wollte.

Inzwischen war Cousin Thomas dazugekommen und hatte eine Flasche Sekt in der Hand.

»Das müssen wir begießen«, sagte er freudig und drückte der Großmutter ein Glas in die Hand. Während er den Draht vorsichtig aufdrehte, warf er Hannes einen aufmunternden Blick zu:

»Du wirst schon sehen, deine und meine Großmutter, also unsere Großmutter eben, die lässt nichts anbrennen!«

»Mach‘s nicht so spannend«, erwiderte die Großmutter, hielt das Glas schräg in der Hand und fuhr vorsichtig mit dem Zeigefinger über den Rand. Eine Runde, zwei Runden kreiste der knöcherige Finger am Rand entlang, dann leckte sie ihn an und setzte die Runden fort.

Schon bald erklang ein leiser, schwirrender Ton und ihre trüben Augen zappelten nach oben an die Decke des kleinen Refugiums, als würde der sphärische Klang nun auch optisch für sie wahrnehmbar.

Sie rutschte ab vom Rand, leckte erneut den dünnen Finger an, suchte die Kante des Glases und ein neuer Ton entfaltete sich, blühte langsam auf, zirpte und zwitscherte, ehe er sich in höhere Gefilde aufschwang und drohend, wie der warnende Ton einer Sirene, den Raum durchdrang. Das Glas schien sich kreischend zu wehren gegen die Vergewaltigung. Langsamer wurden jetzt die Kreise und brachten leise, wohlklingende gläsern flirrende Schwingungen hervor, dann plötzlich wieder kreiste der Finger schneller, um gleich wieder langsamer seine Runde zu drehen, und immer änderte sich das Schwirren und Klirren.

Hannes hatte Angst, das Glas könnte die Spannung nicht aushalten, würde in kürzester Zeit auseinanderbersten, und die Scherben würden der Großmutter spitz in die Finger fahren. Die Großmutter lachte und rief:

»Lasst die Gläser klingen – jetzt schenk schon ein!«

Mit einem Geschirrtuch unter dem Arm trat die Tante ins Wohnzimmer, legte es über die Knie der Großmutter und zuppelte es zurecht.

»Das müssen wir feiern«, die Großmutter raffte sich aus ihren Kissen hoch und prostete in Hannes Richtung.

»Hol schon mal das Zigarrenkästchen vom Opa aus dem Schränkchen«, bat sie Thomas.

Aus einer großen Schublade kramte Thomas eine braune Schachtel hervor und legte sie der Großmutter in die Hand.

»Schau sie dir genau an«, sagte sie und reichte die Schachtel Hannes weiter, »das ist feinstes Balsaholz!« Behutsam strich Hannes über den Deckel und bewunderte einen aufgemalten prächtigen Viermaster, spürte mit den Fingern den darunter eingeprägten Schriftzug nach und las »Sumatra Zigarren«. Fragend sah er Thomas an, wollte die Oma jetzt mit ihm eine Zigarre rauchen? Thomas lachte und schwenkte vielsagend sein Glas in der Hand.

Die Oma nahm ihm die Schachtel wieder aus der Hand und erklärte:

»Der Opa hat nur echte Sumatras geraucht, Zigarren, die noch auf der Insel gefertigt wurden«. Sie hielt die Schachtel schräg nach oben, als ob sie sie nun besser sehen könnte und schnipste mit dem Daumen gegen das Holz.

»Weit her, mit dem Schiff kamen sie aus Indonesien«, gedankenverloren machte sie eine Pause.

»Ja, wenn der Opa noch leben würde«, Hannes spürte, wie ihre Stimmung umschwang. Ihre Stimme wurde nachdenklich:

»Erst haben ihn die Nazis und dann die Kommunisten fertiggemacht.«

Und wie um ihre traurigen Gedanken zu verscheuchen, fuhr sie verächtlich fort: »Heute schmeißen sie den Tabak aus aller Welt in Plastikschachteln zusammen und schreiben ›Sumatra‹ drauf.«

Sie knipste an dem kleinen Messingverschluss herum und lächelte Hannes an:

»Jetzt woll'n wir doch mal sehen, was in dem Schächtelchen steckt.«

Sie hob den Deckel etwas an, doch nur soweit, dass sie ihren Daumen dazwischenschieben konnte.

»Ihr habt doch ein altes Haus gekauft, da drüben im Osten, du und dein Bruder?« Fragend sah sie mit ihren trüben Augen in Richtung Hannes und fuhr fort: »Und du hast drei Kinder und Christian zwei, stimmt's?«

»Ja«, stammelte Hannes und schaute zaghaft zur Tante. Die nickte ihm amüsiert zu und meinte zur Oma gewandt:

»Du machst es aber spannend!«

»Dann seid ihr nach Adam Riese neun dort drüben«.

Die Oma ließ den Deckel aufschnappen und winkte Thomas heran.

»Für jeden einen Schein, du weißt schon, einen blauen!«

Thomas nahm die Kiste an sich und zog schmunzelnd einen Geldschein heraus und gab ihn der Oma, es war ein Hunderter. Sie knisterte ihn liebevoll zwischen den Händen hin und her, glättete ihn sorgsam und legte ihn dann vor sich auf das Betttuch.

»Na nimm schon, das ist ja erst Nummer eins«, die Oma lächelte sichtlich vergnügt und schien Hannes' Zögern zu ahnen.

»Jetzt den nächsten und den nächsten! Thomas, komm, mach, kram die richtigen Scheine heraus!«

Schließlich lagen neun Hundertmarkscheine vor Hannes und er zögerte, sie an zu fassen.

Sollten 900 Westmark allein für ihre beiden Familien sein?

Er war ja nicht Omas einziges Enkelkind, doch nun nahm sie ihn am Arm und sagte in vertraulichem Tonfall:

»Die kannst du guten Gewissens allesamt einstecken, mein Junge, es wird die Zeit kommen, da werden auch deine Geschwister ohne Not hierherkommen können, und sollte ich dann ausnahmsweise nicht mehr da sein«, sie machte eine kleine Pause und begann herzlich über ihren eigenen Witz zu lachen, »dann kannst du jedem einzelnen deiner Geschwister verraten, wo der Opa die Zigarren für sie versteckt hat.«

Voller Dankbarkeit verabschiedete sich Hannes von seiner Großmutter und der Tante, die ihn in den Arm nahm. Bisher hatte sie nicht viel geredet, doch nun sagte sie voller Wehmut:

»Irgendwann kommt das alles wieder ins Lot, die können euch nicht auf ewig einsperren« Damit schob sie ihn hinaus, hielt die Autotür auf und bat Thomas: »Jetzt los mit euch, es ist schon dunkel, sonst kommt ihr noch zu spät.«

Wie schon auf der Hinfahrt legten sie die Strecke bis zur Halle in wenigen Minuten zurück. Thomas meinte es gut und lenkte den VW über einen schmalen Weg bis hin vor den seitlichen Bühneneingang. Zwei große Scheinwerfer beleuchteten eine Verladerampe neben der Pförtnerloge. Hannes wollte schon aussteigen, als er durch die Glastür der Pförtnerloge Kerstin Scholz kommen sah.

»Ach du Scheiße«, entfuhr es ihm und er duckte sich in das Polster.

»Fahr zurück, bitte«, flehte er Thomas an, deutete mit dem Kopf in Richtung Bühneneingang und verkroch sich so tief es ging im Fußraum des Beifahrersitzes.

Thomas schien sofort zu verstehen, legte den Rückwärtsgang ein, fuhr zurück auf den großen Parkplatz vor der Halle und stellte den Motor ab.

»Kannst wieder hochkommen.« Er zog Hannes an der Schulter nach oben und wies mit dem Finger in Richtung Bühneneingang.

»Von dort aus kann dich hier im Auto keiner ausmachen«, beruhigte er ihn. »Wovor hast du dich denn so plötzlich verstecken müssen?«

Hannes sah prüfend durch die Windschutzscheibe und antwortete:

»Das war die Scholz, die eben aus dem Haus ...«. Er konnte nicht weiterreden, denn was er sah, verschlug ihm die Sprache. Kerstin Scholz hatte sich eine Zigarette angezündet und ging unruhig vor dem Bühneneingang auf und ab. Einen Augenblick später kam ein junger Mann aus der Glastür, sah sich prüfend um und umarmte die Scholz, die sich ihm aber gleich wieder entzog.

»Das kann doch nicht wahr sein«, entfuhr es Hannes, der meinte auf dem schwarzen Sakko des jungen Mannes die goldenen Buchstaben »FF« erkannt zu haben, »mit wem hat die denn hier ein Verhältnis?«

Obwohl der Weg zum Seiteneingang erleuchtet war, konnte er den Mann nicht erkennen, zu schlecht war die Sicht aus dem Auto heraus.

Jetzt schlenderten beide den schmalen Weg nach vorn, kamen näher, blieben am Haupteingang stehen und wechselten ein paar Worte. Dann steckte sich der junge Mann eine Zigarette an. Im Schein des aufflackernden Streichholzes erfasste Hannes ein schmales Gesicht, konnte aber nicht ausmachen, zu wem es gehörte. Es könnte Tom gewesen sein, sicher war er sich nicht. Der junge Mann sah sich jetzt nach allen Seiten um dann fasste er Kerstin Scholz mit beiden Händen an der Hüfte, als ob er sie zum Tanz führen wollte. Diesmal ließ sie es geschehen, ergriff seine Arme und zog ihn an sich.

»Mach doch mal deine Scheinwerfer an«, Hannes war mutig geworden, und zupfte Thomas, der die Szenerie gespannt verfolgte, am Ellenbogen. Jetzt wollte er Gewissheit.

Thomas schaltete die Zündung ein und ein heller Lichtkegel flutete den Parkplatz bis hin zum Haupteingang der Halle. Als hätten die beiden ihre Entdeckung geahnt, verschwanden sie als Silhouetten, deren Konturen sich im hellen Licht der Scheinwerfer dunkel abhoben und zum Bühneneingang eilten.

Hastig öffnete Hannes die Wagentür: »Ich muss da hinterher«, er stieg aus, wollte schon losrennen, doch dann drehte er sich noch einmal um und sagte:

»Danke für alles! Wenn das einer meiner Kollegen war«, nachdenklich sah er Thomas an, »was kann das dann bedeuten?«

»Mach mal nicht die Pferde scheu«, Thomas schaute ihn aufmunternd an. »Entweder sie hat ihn, oder er hat sie in der Hand, wenn sie zusammen …«, er lachte verschmitzt, dann ließ er den Motor an, zog die Beifahrertür zu und winkte ihm zum Abschied durch das Seitenfenster.

Nachdenklich trottete Hannes zum Bühneneingang, stieg die Treppe hinauf und machte sich auf den Weg zu den Musikergarderoben.

Wie immer war Onkel Lou bester Laune, er hatte die Tür zu seiner Garderobe offen gelassen und winkte Krondorf herein. »Komm rein, min Jung«, rief er und klopfte ihm lachend auf die Schulter. »Du kommst mir wie gerufen.«

Krondorf sah sich kurz um, der Meister war alleine in der Garderobe. Onkel Lou schien seine Gedanken zu erraten.

»Die Christine ist grade mal raus«, er deutete vielsagend zum Kühlschrank neben dem Schminktisch, »da kann ich dir mal einen ausgeben.« Er schob die Tür mit dem Ellenbogen zu, angelte eine Flasche Sekt aus dem Kühlfach, fummelte umständlich den Korken heraus und schenkte zwei Gläser randvoll ein.

»Die Christine, die passt aber zu sehr auf mich auf, dabei ist doch ein lecker Schlückchen nur gut für die Gesundheit!«

Dabei lachte er so herzlich, dass das goldene Medaillon auf seiner Brust hin- und herwippte. Fröhlich prostete er Krondorf zu, der verlegen an seinem Glas nippte und gar nicht wusste, wie ihm geschah.

»Ihr seid alle so wunnebar«, Lou sah ihm in die Augen,

»ihr spielt so großartig, eigentlich ich möchte ich euch immer um mich haben.« Er trank das Glas in einem Zug aus und schenkte sich neu ein.

»Trink mal, min Jung.« Er ließ sich mit all seiner Leibesfülle in den Schminkstuhl fallen und musterte Krondorf aufmerksam.

»Ich hab da mal mit eurem Chef gesprochen, ich plane im kommenden Herbst noch mal eine umfangreiche Tournee, diesmal durch ganz Westeuropa«, träumerisch betrachtete er sich im Spiegel, »und das wird dann wohl meine letzte sein.«

Er drehte sich zu Krondorf:

»Und ich möchte das nur mit euch machen.« Krondorf war gespannt, was nun kam.

Onkel Lou zog einen Briefbogen aus der Brusttasche und reichte ihn Krondorf.

»Die Telefonnummer dort«, er faltete den Zettel auseinander, »die ist von meiner holländischen Agentur.«

Er nickte Krondorf aufmunternd zu.

»Nimm das mal an dich, solange ihr noch hier im Westen seid, ruf dort an.«

Krondorf nahm den Zettel und glotzte in sein Sektglas.

»Aber«, stammelte er, »was hat der Alte, ich meine unser Chef, gesagt? Wieso soll ich dort anrufen und nicht er?«

Er trank einen Schluck Sekt.

»Ich habe doch mit dem Management gar nichts zu tun, das läuft doch über die Scholz und die ...«

»Genau das ist das Problem«, unterbrach ihn Onkel Lou, »der Fippes berichtete mir von den unsäglichen Bedingungen, unter denen ihr hier arbeiten müsst. Gage in Ostmark und das richtige Geld streicht dieser Honecker ein.« Er lachte verbittert:

»Und ich weiß, wie viel die Scholz bei Charly Buchmann für jede Show hier im Westen abrechnet.«

Krondorf nickte:

»Eine ungefähre Vorstellung davon habe ich auch.«

»Siehst du«, sagte Onkel Lou, »das Geld habt ihr erspielt und deshalb sollte es auch in eure Taschen wandern. Der Fippes, der kann nicht die ganze Band in den Westen entführen.« Er kicherte. »Obwohl er das gerne täte, aber wenn sein erster Trompeter sich mal umhört, wer hierbleiben würde ...?« Lou machte eine bedächtige Pause und schenkte ihre Gläser nach.

Verdattert schaute Krondorf zur Tür, er meinte Schritte und Stimmen davor gehört zu haben.

»Ich weiß nicht recht«, unzählige Gedanken schossen ihm durch den Kopf, er wollte ein paar Worte sagen, bekam aber nichts heraus. Eben noch das Erlebnis mit der Scholz auf dem Hof, jetzt das Angebot von einem der beliebtesten Showmaster der Welt. Warum gerade er? Hilflos blickte er Onkel Lou ins Gesicht, der seine Beklommenheit bemerkte.

»Lass dir Zeit«, er rappelte sich aus dem Stuhl hoch und schob Krondorf zur Tür.

»Glaub mir, ich meine es ehrlich, ihr habt Besseres verdient, mir reichen sieben Musiker, stell vier Leute im Rhythmus und drei Bläser zusammen und ich garantiere euch Arbeit ohne Ende.«

Er zeigte auf die Telefonnummer: »Du bist doch der Arrangeur vom ganzen Unternehmen, Fippes ist des Lobes voll von deinen Künsten, du wirst der Chef, ruf dort an und du wirst sehen, ich verspreche dir nicht zu viel.« Damit schob er ihn zur Tür hinaus.

Den Abend auf der Bühne verbrachte Krondorf im Wechselbad der Gefühle. So verlockend das Angebot auch war, wenn er das Angebot annahm, würde er seine Familie im Stich lassen, und welchem Kollegen konnte er denn trauen? Er warf einen Blick zum Alten, als könnte der ihm Auskunft geben. Doch der schnippte wie jeden Abend mit den Fingern und sonnte sich im Erfolg seiner Band. Ein Blick zur Seitenbühne ließ ihn erkennen, dass die Scholz wie immer auf einem Zettel herumkritzelte, dann sah sie auf die Bühne und ihre Blicke trafen sich.

Für einen Moment schien sie ihn aufmerksam zu mustern.

Quatsch, dachte Krondorf, du siehst schon Gespenster, und widmete sich wieder seinem Instrument.

In der Pause ging er auf den Hof und versuchte seine Gedanken zu ordnen.

Wer kam in Frage, als zweiter Bläser nur Siggi, der war absolut zuverlässig, aber wollte er auch im Westen bleiben, mit all den Risiken für die Daheimgebliebenen?

Bei den Posaunen wurde es schon eng. Und welchen Saxofonisten sollte er mitnehmen. Eigentlich Tom, überlegte er, den würde er gerne mitnehmen, aber was war, wenn tatsächlich Tom es gewesen war, der sich heimlich mit der Scholz traf und sicher auch mit ihr ins Bett ging? Das Risiko war viel zu groß, Tom würde zwischen den Laken sicherlich plaudern.

Die Pause war zu Ende und der zweite Teil lief wie immer grandios, zum großen Finale holte Onkel Lou jeden Solisten einzeln nach vorne und mit großer Geste verbeugte er sich vor seinem Publikum.

Mit einer eleganten Pirouette, die ihm wegen seiner Leibesfülle keiner zutraute, drehte er sich zum Alten und winkte die gesamte Band nach vorne an den Bühnenrand. Dann rief er zum Publikum ins Mikrofon: »Das sind alle meine Jungens, sind die nicht wunnebar?« Der Saal tobte und Krondorf meinte, dass Onkel Lou ihm listig zublinzelte.

Am Abend auf dem Zimmer zog er Siggi ins Vertrauen.

»Übermorgen ist Reisetag, wir fahren doch mit Onkel Lou nach Wien«, meinte Siggi gelassen, »lass uns auf der Fahrt in Ruhe überlegen.«

***

Unschlüssig zerknüllte Kerstin Scholz den kleinen Zettel mit der Adresse in ihrer Hand. Der Taxifahrer hatte sie vor der Haustür mit der angegebenen Nummer abgesetzt, nun musterte sie die Klingeltafel mit den vielen Namen, zögerte aber noch, auf den einen, ihr angewiesenen Knopf zu drücken.

Weimann hatte ihr genaue Instruktionen erteilt, wie sie sich beim Betreten der konspirativen Wohnung im Operationsgebiet verhalten musste und wie sie sich zur Gewährleistung der Geheimhaltung beim Wohnungsinhaber, welcher der Stasi den Raum bereitstellte, legitimieren sollte.

Der Wohnungsinhaber werde selbst als »Inoffizieller Mitarbeiter zur Sicherung der konspirativen Wohnung« geführt, hatte Weimann ihr versichert. Am genannten Ort könne sie von dessen Telefon detaillierten Bericht absetzen.

Jetzt drückte sie den Klingelknopf und vernahm aus der Gegensprechanlage eine Männerstimme.

»Ja, bitte, wer ist da?«

»Guten Tag, Jürgen, hier ist Gertrud, ist meine Schwester schon wieder abgereist?«

Ein Klacken deutete an, dass der Gesprächspartner aufgelegt hatte, im nächsten Moment summte der automatische Türöffner und Kerstin Scholz trat in den Hausflur.

Im zweiten Stockwerk hielt ihr ein freundlicher, älterer Herr die Wohnungstür auf und bat sie herein.

»Machen wir's kurz, Genossin«, er trat zur Seite und wies ihr den Weg in einen kleinen Raum, welcher den Eindruck eines lange nicht benutzten Kinderzimmers machte.

»Ich bin Jürgen«, er verbeugte sich linkisch und reichte ihr die Hand. »Hier ist der Apparat, möchten Sie einen Kaffee?«

»Ja, danke, sehr gerne.« Kerstin Scholz nickte ihm dankbar zu und zog einen Notizblock aus ihrer Handtasche.

»Ich werde mich dann mal zurückziehen.«

Jürgen stellte ihr ein rundes Tablett mit Kaffeekännchen, Milch und Zucker auf das Telefon Tischchen und schloss die Tür hinter sich.

Kerstin Scholz griff nach dem Telefonhörer und wollte schon die erste Nummer wählen, als sie noch einmal innehielt.

Was machst du hier eigentlich?, grübelte sie und goss sich eine Tasse Kaffee ein.

Die ganze Palette, wie sie gegen feindlich negative Aktivitäten vorzugehen habe, sei in Erwägung zu ziehen, hatte Weimann ihr erklärt, angefangen von der Herausarbeitung von Straftatbeständen nach dem Strafgesetzbuch bis hin zu Ordnungswidrigkeiten. In der Hauptsache aber seien Verstöße gegen staatliche Auflagen, insbesondere Zoll und Devisenvergehen zu ermitteln.

Sie trank einen Schluck Kaffee und versuchte ihre Gedanken zu ordnen. Sie hatte Kerstin Leitmanns Rat befolgt und Weimann beim Duschen, wenn auch mit Widerwillen, einen Gefallen getan. Danach war er beinahe zärtlich gewesen und hatte im Bett erstaunliche Fähigkeiten bewiesen. Und er hatte Wort gehalten, sie nicht als Inoffiziellen Mitarbeiter zu registrieren, sondern sie zu einem Gesellschaftlichen Mitarbeiter Sicherheit zu machen.

Was sie da unterschrieb, erschien nicht so aggressiv, wie der Text, den er ihr damals vorgelegt hatte. Diesmal hatte es wesentlich moderater geklungen:

»Wir erwarten von Ihnen eine aktive, vertrauliche und von gegenseitiger Verantwortung getragene Zusammenarbeit zur weiteren Stärkung und Festigung unserer sozialistischen DDR.

Aufgrund Ihres Staatsbewusstseins und Ihrer Bereitschaft zum Schutz unserer sozialistischen Errungenschaften berufen wir Sie zur Wahrnehmung demokratischer Rechte bei der Ausübung der Schutzfunktion zu einem Gesellschaftlichen Mitarbeiter Sicherheit.«

»Du wirst dem Ministerium nur bei der Beschaffung von Informationen über Persönlichkeiten des öffentlichen Lebens behilflich sein«, hatte er ihr auf den Weg gegeben.

Das hier aber war etwas anderes, denn in der Regel wurden Gesellschaftlichen Mitarbeiter Sicherheit (GMS), das wusste sie von Falkner, dem sie sich offenbart hatte, nicht bei der direkten Bearbeitung »feindlich negativer Personen« in konspirative Methoden einbezogen. Gerade aber saß sie in Bielefeld in einer konspirativen Wohnung und bemühte sich, ihre Gefühle unter Kontrolle zu bringen.

Weimann besaß mehr Macht, als sie zugeben wollte.

Mit ihrer Unterschrift verband er Hörigkeit, von der sie sich mit einer gemeinsamen Nacht glaubte, freigekauft zu haben.

Obwohl er im Bett ganz umgänglich war, spürte sie kein Bedürfnis, das noch einmal mit ihm zu wiederholen. Selbst wenn er sie erpresste und sie würde nachgeben, was änderte das, die Abhängigkeit bliebe. Von Zweifeln geplagt legte sie den Hörer beiseite.

Wie schlechten Mundgeruch empfand sie den üblen Geschmack von Unfreiheit, Gängelei und Bevormundung. Das Spinnennetz, das Weimann begonnen hatte um sie herum zu weben, klebte bereits an ihr.

Was konnte er jetzt noch von ihr wollen, sie hatte all ihre Fähigkeiten zur Geltung gebracht, umwerfend ausgesehen und dadurch mit leichtem Spiel einen Musiker geködert und wenn Tom mitspielte, hatte sie die geforderte Quelle. Tom sah gut aus, hatte rabenschwarzes Haar, war groß, schlank und ein wildes Tier im Bett. Mit ihm besaß sie ein Spielzeug, das ihr sogar Spaß machte. Wollte sie ihre intime Zweisamkeit nicht der Kälte des eigentlichen Auftrages opfern, erschien es nicht ratsam, Weimann heute schon die Wahrheit zu sagen. Zwar hatte sie Tom ins Bett gekriegt, hatte aber noch lange nicht vor, ihn einzuweihen. Sie wollte ihr neues Spielzeug genießen, bevor sie es abschöpfte und im Auftrag von Weimann zerstörte. Sie zweifelte nicht an dem, was sie da tat, aber was geschah, wenn er nicht bereit war, für Weimann zu spitzeln?

In dem Moment, wo sie den Hörer wieder aufnähme, würde sie Tom verraten und dem MfS ausliefern. Und kooperierte er nicht, das hatte Weimann klargestellt, so käme man mit subtiler psychologischer Einflussnahme noch immer zum Ziel.

»Was soll ich mir darunter vorstellen?«, hatte sie naiv gefragt.

»Hast du ihn geworben und er macht einen Rückzieher, werden wir jede seiner kleinen Schwächen ausnutzen, wir werden ihn zersetzen, bei den Musikern diskreditieren, ihn in Verdacht bringen, Kontakt mit uns zu haben, wir werden um sein Haus schleichen, systematisch seine Familie terrorisieren, notfalls seine Bewegungsfreiheit einschränken und ihn als Reisekader sperren, alle Maßnahmen zusammengenommen lösen zwangsläufig eine tiefe, seelische Krise aus, glaub mir, da haben wir unsere Erfahrungen. Er wird kooperieren.«

Die Erkenntnis kam unmittelbar. Wenn sie jetzt seinen Namen preisgab, obwohl sie noch gar nicht wusste, ob er zu einer Mitarbeit bereit war, dann verlangte Weimann unverzüglich Berichte. Ich muss ihn hinhalten, dachte sie, ihn und Tom hinhalten, wenn ich noch ein bisschen Spaß mit meinem Spielzeug haben will.

Und mit der Wahrheit brauchst du es auch nicht so genau zu nehmen, machte sie sich Mut, du findest schon Argumente, die eine Zeitverzögerung rechtfertigen. Die Typen vom MfS sind auch nur Leute, deren grundsätzliche Einstellung dem Leben gegenüber die ist, mit allen Mitteln ihre Macht und Stärke zu beweisen, und zwar mit allen Mitteln. Von A-Z, von A wie Angst bis Z wie Zersetzung.

Nein, Tom würde sie nicht so schnell hergeben.

Es klopfte und Jürgen fragte von draußen:

»Klappt es nicht mit der Verbindung?«

»Doch, doch«, sie sah erschrocken zu Tür, und räusperte sich, sie hatte einen Frosch im Hals, »ich musste nur erst meine Notizen ordnen, es dauert noch einen Moment«.

Sie griff nach dem Hörer und wählte eine Nummer in Holland, von der sie automatisch nach Berlin verbunden werden würde.

Nachdem sie die vereinbarten Sätze zu ihrer Legitimation in den Hörer gesprochen hatte, vernahm sie die Stimme von Weimann:

»Wie sieht's aus?«

»Zu einer freundlichen Begrüßung kann sich der Herr wohl nicht hinreißen lassen!«

Erbost über seine unpersönliche Art klopfte sie mit dem Kugelschreiber auf der Sprechmuschel herum.

»Was ist denn mit der Verbindung los?«, vernahm sie am anderen Ende.

»Kommen wir zu den Details«, erwiderte sie schnippisch und log im Stasijargon, ohne auf eine Antwort zu warten:

»Das Objekt konnte unter zielgerichteter operativer Bearbeitung und das konsequente Klären erster Hinweise auf die beabsichtigte Transferierung nicht zugelassener Artikel in die …«

»Moment, Moment«, unterbrach sie Weimann,»was redest du denn da für ein Zeug?«

Unbeirrt trug Kerstin Scholz weiter dick auf:

»… auf die beabsichtigte Transferierung nicht zugelassener Artikel in die DDR und unter Androhung strafrechtlicher Maßnahmen überzeugt werden, einer Zusammenarbeit zuzustimmen.«

Sie machte eine Pause, lehnte sich zurück und wartete auf die Wirkung ihrer Worte.

»Wie, - äh was für eine Transferierung war denn geplant?«, fragte Weimann und wirkte irritiert.

»Also, pass auf«, begann sie, »es bleibt ja dem größten Trottel nicht verborgen, dass die Musiker Geschäfte machen, um ihre Gagen aufzubessern.«

»Was für Geschäfte?«, warf er nun ungeduldig ein.

»Wenn du mich dauernd unterbrichst, verliere ich den Faden.«

Dich werde ich ein wenig zappeln lassen, dachte sie und knickte das Telefonkabel zwischen Daumen und Zeigefinger vergnügt hin und her, sodass es in der Leitung bei ihm in Berlin entsetzlich knacken und knistern musste.

»Was ist denn bei dir los«, entfuhr es ihm, »so eine miese Verbindung gab es noch nie!«

In diesem Augenblick hörte sie Jürgens Stimme und blickte zur Tür.

»Wart mal einen Moment«, sie legte die Hand über die Sprechmuschel und sagte: »Herein!«

Mit einem weiteren kleinen Tablett vor dem Bauch betrat Jürgen den Raum und musterte sie neugierig.

»Ich dachte, weil es anscheinend länger dauert …«, er nahm das alte Kaffeekännchen vom Tisch und sah sich prüfend im Raum um, »könntest du noch einen Espresso gebrauchen?«

»Oh ja, danke! Wie entzückend!«, Kerstin Scholz sog den Duft von heißem, starkem Kaffee genüsslich ein, dann nahm sie die Hand von der Muschel und sagte zu Jürgen, sodass es auch Weimann hören musste:

»Danke, wir sind in wenigen Minuten hier fertig.«

»Was heißt hier, in wenigen Minuten fertig«, polterte es aus der Leitung, »und mit wem redest du da?«

»Also«, fuhr sie unbeirrt fort, »du selbst hast mir von euren Erkenntnissen über derartige Transaktionen berichtet, schon vergessen?«

Sie wartete keine Antwort ab, nahm ihren Notizblock zur Hand und fügte frech an:

»Ich zitiere dich jetzt mal wörtlich: ›Es ist erforderlich, die Suche, Auswahl und Gewinnung Inoffizieller Mitarbeiter noch stärker unter dem Gesichtspunkt vorzunehmen, in die Personenkreise einzudringen, die als Inspiratoren oder Organisatoren politischer Untergrundtätigkeit Verbindungen zu gegnerischen Kräften aufnehmen, sowie Zollvergehen planen, ich wiederhole, Zoll-ver-geh-en planen.‹ Zitat Ende.«

Sie reckte sich und genoss für einen Augenblick den Vorteil, vermutlich lief er jetzt am anderen Ende puterrot an, doch er schwieg.

»Die Musiker sammeln ihre Tagesgagen, um dann irgendwelche hochwertigen technischen Geräte einzukaufen. Die Sachen verstecken sie in ihren Kleidersäcken, Instrumentenkoffern usw., dann verscherbeln sie die Dinger in der DDR, – wahrscheinlich für einen immensen Gewinn.«

»Und, wer ist es?«, kam es kurz und knapp aus der Leitung.

»Ein Danke für den erfüllten Auftrag fällt dir wohl nicht ein«, murrte sie gekünstelt. Dann flüsterte sie:

»Ich muss aufhören, der Genosse drängelt, hat wohl Angst wegen seiner Telefongebühren, alle Einzelheiten dann, wenn wir zurück sind.«

Erleichtert ließ sie den Hörer auf die Gabel sinken, sammelte ihre Sachen ein, bedankte sich bei Jürgen für den guten Kaffee und verließ die Wohnung.

***

»Znojmo, Znojmo?«, Krondorf schaute von seinen Blättern auf, sah aus dem Fenster und las das Ortsschild rechts am Straßenrand noch einmal halblaut. Wie immer, wenn sie stundenlang im Bus saßen, hatte er einen Bogen Notenpapier auf den Knien und bearbeitete einen neuen Titel für das Orchester.

Krondorf besaß nicht nur ein umfassendes musikalisches Wissen, sondern hatte sich im Lauf der Jahre auch die entsprechenden handwerklichen Fähigkeiten des Arrangierens angeeignet.

Da er nun sehr viel Zeit mit Reisen zubrachte, waren seine Aktivitäten während der langen Busfahrten notwendigerweise begrenzt.

Wenn sie nicht gerade schliefen, unterhielten sich die Kollegen, spielten Karten, aßen und tranken. Krondorf jedoch hockte mit einem Bleistift in der Hand, die Walkman-Kopfhörer in die Ohren gestöpselt und einem Blatt Partiturpapier auf den Knien möglichst alleine, hörte Musik ab, notierte wichtige Phrasen und fertigte danach die neuen Partituren.

Schnell hatte es sich herumgesprochen, dass er mittlerweile auch große orchestrale Instrumentierungen, wie z.B. die des James Last Orchesters, heruntertransformieren konnte, passend auf die Besetzung kleinerer Orchester, ohne dass dabei wesentliche Klangeinbußen entstanden. Die Nachfrage nach seinen Spezialarrangements war groß, da es die Original-Arrangements der aktuellen Hits, wenn überhaupt, nur im Westen gab.

Znojmo, dachte er nun, das klingt aber sehr tschechisch, ich denke wir fahren nach Wien?

Kopfschüttelnd beugte er sich wieder über seine Partitur.

Morgen Abend würden sie in Tulln, der Blumenstadt an der Donau, nur wenige Minuten von Wien entfernt, das Orchester auf der Hauptbühne beim Ball der österreichischen Partei SPÖ sein, und wie so oft fiel dem Veranstalter in letzter Minute ein, dass er noch besondere Noten für einen besonderen Auftritt brauchte. Eiskalt hatte der Alte vor der Abfahrt aus Regensburg verhandelt und einen Eilzuschlag für das Arrangement vereinbart.

Jetzt kam Krondorfs Begabung, ohne jegliche Hilfsmittel, nur anhand einer Melodiestimme ein komplettes Bigband-Arrangement in kürzester Zeit erstellen zu können, ins Spiel. Und diese Begabung verschaffte ihm ab und an ein zusätzliches, nicht unerhebliches Nebeneinkommen. Heute würde es sich richtig lohnen, denn der Alte hatte ihm von dem Zuschlag in harter Währung vorgeschwärmt.

Krondorf lehnte sich im Sitz zurück, in seinem Kopf kreisten die Gedanken um das Gespräch in Onkels Lous Garderobe. Und als ob sich dessen Satz »Du bist doch der Arrangeur vom ganzen Unternehmen« bestätigte, hatte er schon wieder einen extra Auftrag bekommen.

»Du wirst der Chef, ruf dort an und du wirst sehen, ich verspreche dir nicht zu viel«, klangen Onkel Lous Worte wieder in seinen Ohren, tja, tatsächlich fühlte er sich einen Augenblick lang wie unabkömmlich. Natürlich gab es bei solchen Aufträgen ein paar kleine Dinge zu beachten, z.B., dass der Alte sich einen nicht unerheblichen Teil dieses Zuschlages in harter Währung als Vermittlungsprovision einstecken würde. Krondorf war's egal, wenn der Alte das Geld auch noch ungesehen an Kerstin Scholz vorbei in Krondorfs Tasche bugsierte, konnte er mit seiner Bearbeitung die schmalen Tagesspesen aufbessern, während die Kollegen versuchten, die Nacht im Bus mit einer Flasche Wilthener Weinbrand und Skatspiel herumzubringen.

Er sah auf seine Armbanduhr. Es war ein Uhr nachts.

Ein Blick nach vorn zeigte ihm, der Alte schlief fest, auf dem Sitz dahinter rappelte sich Kerstin Scholz gerade aus dem Polster und begann ihre Haare zu kämmen.

Krondorf schlängelte sich nach vorne und sagte wie zu sich, aber so, dass es Kerstin Scholz hören musste:

»Das sieht aber hier jetzt nicht wie der Grenzübergang nach Salzburg aus, oder?«

»Nein«, sagte sie sofort streng und sah ihn prüfend an, »haben Sie nicht mitbekommen, dass wir nicht über München, sondern die weitaus kostengünstigere und auch kürzere Strecke via Prag und Bratislava gefahren sind?«

»Nein«, antwortete Krondorf und wollte schon erklären, dass er die ganze Fahrt schließlich an einem Arrangement für den kommenden Auftritt in Tulln gearbeitet hatte, ließ es aber mit Blick auf die zu erwartende extra Gage bleiben und starrte aus dem Fenster.

In diesem Moment näherte sich, nach nunmehr fünf Stunden mühseliger Fahrt, ihr Bus dem hell erleuchteten slowakisch-österreichischen Grenzübergang Znojmo.

Die Scholz rüttelte den Alten wach, drehte sich um und wendete sich an die Musiker:

»Bitte halten Sie Ihre Papiere zur Kontrolle bereit!«

Mehr trunken vom Bier als vom Schlaf vernahmen die Musiker ihre Anweisung aus dem vorderen Teil des Busses. Schon hielt der Fahrer an einer Sperranlage und ein Grenzer verlangte das Aussteigen ausnahmslos aller Insassen zur Überprüfung der Personalien, während ein zweiter mit geschulterter Kalaschnikow um den Bus herumstrich.

Verschlafen stolperte der Alte hinter Kerstin Scholz aus dem Bus und wie eine Schafherde trotteten die Musikanten ihrem Leithammel nach. Jetzt erst schien der Alte zu begreifen, was vor sich ging. War es Willkür der Grenzsoldaten, dass alle aussteigen mussten? Oder normales Prozedere im slowakischen Grenzalltag?

Bei der Überprüfung der Pässe von Stenek und Otto veränderte sich mit einem Mal die Mine des Grenzsoldaten und er winkte seinen Begleiter zu sich heran.

Hilfesuchend blickte der Alte zu Kerstin Scholz, die daraufhin mit dem Grenzsoldaten ein paar Worte auf Russisch wechselte und dabei dem Alten bedeutete, Ruhe zu bewahren.

Jedoch verbesserte der taghell beleuchtete Kontrollpunkt die Laune des Alten keineswegs. Er hatte versucht, die Leiden einer Busfahrt ins Böhmische mit einer Flasche Jack Daniels aus dem Intershop zu lindern. Nun stand auch er, ins Glied aufgereiht wie ein Pennäler, vor dem Bus und wurde von slowakischen

Grenzern beäugt und mit dem Passbild abgeglichen. Welche Schmach ...

»Kdo je šéf? … Wer ist der Chef«?

Wenigstens das haben sie drauf, dachte Krondorf und sah zu, wie der Chef sich seinen Pass zurückholte und wieder einsteigen durfte.

Die anderen trotteten hinterher.

»Pan Leczek, Pan Brehm, vystupte z autobusu! Herr Leczek, Herr Brehm, steigen Sie wieder aus!«

Diese Aufforderung klang nicht freundlich und gar nicht nach sozialistischem Bruderland.

»Vezměte si zavazadla venku. - Bringt euer Gepäck nach draußen.«, lautete der erneute Befehl, dessen Bedeutung Stenek Leczek sofort erfasste.

»Da kommt was auf uns zu«, vielsagend deutete er mit einem Kopfnicken in Richtung Grenzer an, dass er das Schlimmste ahnte.

»Was soll das jetzt wieder?«, unwillig stöhnte der Alte auf und ließ die beiden mit ihrem Gepäck an seinem Sitz vorbei wieder aussteigen.

»Ist das eine Zollkontrolle?«, fuhr er Otto Brehm an, »habt ihr etwa irgendwelches Zeug dabei?«

Ohne eine Antwort abzuwarten, fiel ihm Kerstin Scholz ins Wort.

»Es gibt hier eine unterschiedliche Auffassung über die Gültigkeit von Visa.«

»Wie bitte?«, der Alte richtete sich auf.

»Mehr oder weniger«, versuchte Kerstin Scholz zu beschwichtigen, »die slowakischen Genossen sind der Meinung, dass die beiden Herren kein gültiges Visum zur Ausreise aus der Tschechoslowakischen Republik haben. Ich werde das klären.«

Während Otto und Stenek mit Sack und Pack in einer Baracke verschwanden, stand sie auf, ging zur Bustür nach vorne und winkte den Grenzer mit der Kalaschnikow zu sich heran.

Währenddessen stakste der Alte missmutig den engen Mittelgang des Busses nach hinten zu seinen Musikern.

»Ich weiß auch nicht, was hier abgeht«, versuchte er den vielen Fragen auszuweichen.

»Die Scholz wird es klären«, damit wandte er sich wieder um, ging nach vorn, ließ sich in seinen Sitz fallen und langte nach der Flasche Jack Daniels.

Inzwischen hatte sich an der Bustür zwischen Kerstin Scholz und dem Soldaten ein heftiger Disput mit Händen und Füßen entwickelt, jedenfalls entnahmen die Musiker aus den unfreundlichen Gesten des Grenzers, dass die Angelegenheit keiner einvernehmlichen Lösung entgegenstrebte.

Sollten sich Steneks schlimmste Befürchtungen bewahrheiten? Beide, Otto und Stenek, hatten ein gültiges »Visum zur Ausreise aus der DDR in alle Staaten«, aber aus slowakischer Sicht anscheinend nicht zur Ausreise aus der ČSSR nach Österreich.

Stenek Leczek, Posaunist und gebürtiger Tscheche, Otto Brehm, Trompeter und geboren in Kasachstan, waren seit mehr als 20 Jahren DDR-Bürger. Otto war der Einzige im Orchester, in dessen Reisepass unter der Rubrik Nationalität: »Deutsch« eingetragen war.

Bei Krondorf stand nur: »DDR«

Beiden war nie die Ausreise in den Westen verwehrt worden. Unglaublich, wollten die Waffenbrüder jetzt ein Exempel statuieren?

Scheinbar hatte der Grenzer Kerstin Scholz mit einigen saftigen Flüchen zu verstehen gegeben, dass die Diskussion jetzt für ihn beendet sei, denn er ließ sie einfach in der offenen Tür stehen und drehte erneut eine Runde um den Bus.

»Was ist jetzt mit den beiden«, der Alte zappelte nervös auf seinem Sitz herum, lehnte sich dann aber doch zurück und machte ein bedenkliches Gesicht.

»In dieser Frage müssen wir uns wohl darauf einigen, dass wir uns uneins sind«, entgegnete Kerstin Scholz schnippisch und fuhr fort. »Ich kann hier nichts erreichen, die slowakischen Behörden ...«

»Soll das heißen, dass mein erster Posaunist und mein Trompeter«, der Alte redete sich in Rage, »soll das heißen, das diese Kümmeltür...«

»Bitte beruhigen Sie sich«, die Scholz drehte sich nervös zu den Musikern um, »mir sind hier die Hände gebunden.«

»Soll das heißen«, polterte der Alte unbeirrt weiter, »dass diese Kerle meine beiden Musiker nicht ausreisen lassen?«

Jetzt mischte sich Krondorf ein:

»Chef, wenn die Tschechen die beiden nicht rauslassen wollen«, provokativ wandte er sich an Kerstin Scholz, »dann muss doch die Künstleragentur die Sache klären, die Künstleragentur hat doch die Visa für uns alle besorgt!« Während die anderen begeistert applaudierten, warf ihm Kerstin Scholz einen bitterbösen Blick zu und schüttelte entschlossen den Kopf:

»Ich kann hier nichts mehr tun!«

Leczek und Brehm tauchten aus der Baracke nicht mehr auf, die Soldaten forderten den Bus zur Weiterfahrt auf, zwangen ihn aus der Kontrollstelle heraus und der Alte musste seine beiden Musiker hilflos in der unwirtlich nächtlichen Grenzübergangsstelle zurücklassen.

»Na bitte«, murmelte Krondorf, »kaum sind wir im Osten, kann uns hier der letzte Grenzer schikanieren.« Und lauter sagte er: »Gestern noch im gelobten Land der Star, heute in der Pampa der letzte Arsch.«

Sprachlos sahen ihn die anderen an, suchten Blickkontakt zum Chef.

»Scheiße«, fluchte der, von der Situation völlig überfordert, und blickte empört zu Kerstin Scholz.

Zwei Musiker weniger auf der Bühne, dachte er, und die Künstleragentur rechnet die volle Anzahl Musiker ab, ist das deren Kalkül?

Der Situation machtlos ausgeliefert, beugte er sich zu seiner Reisetasche herunter, kramte eine neue, volle Flasche Jack Daniels hervor und nahm verlegen einen großen Schluck. Dann wandte er sich um, hob die Unterarme nach oben und drehte beide Handflächen nach außen. Was meinen sollte: Seht her, hier bin auch ich machtlos, ich, der die Spielchen dieser Typen eigentlich kennt. Seht mich an, ich habe euch den Weg in den Westen geöffnet, aber gegen die Willkür slowakischer Grenzer ist kein Kraut gewachsen.

Und um seine Hilflosigkeit vollends zu überspielen, tat er, was er bisher noch nie getan hatte, und reichte die Flasche nach hinten.

Eigentlich fehlen nur noch die blutenden Nagelmale im Inneren seiner Handflächen, dachte Krondorf sarkastisch bei sich und versuchte, noch ein paar Noten aufs Papier zu bringen, doch es gelang ihm nicht.

***

Beim Ball der Sozialistischen Partei Österreichs, dem gesellschaftlichen Höhepunkt der Saison im kleinen beschaulichen Örtchen Tulln, nahe Wien, bestritten jedes Jahr mehr als 100 festlich ausstaffierte Debütanten die Eröffnungszeremonie.

Krondorf schaffte es erst in den letzten Minuten vor der Probe, Frederic Chopins Polonaise in A-Dur auf die Pulte der Musiker zu legen.

Umso größer empfand er das Lob des Zeremonienmeisters zur Klang- und Takttreue seines Arrangements, wenn auch der Alte das Lob vorn an der Bühnenkante für sich einheimste.

Lange nach Mitternacht erst stolperten sie in ihren Bus, der sie zum Hotel brachte. Krondorf krachte sich aufs Bett und sah zu Siggi herüber, der genüsslich eine Büchse Bier in der Hand hielt.

»Was meinst du, Siggi«, Krondorf rappelte sich noch mal auf, »wem können wir nach der Aufregung an der Grenze in Znojmo, wem können überhaupt noch trauen?«

»Na, mir natürlich!« Siggi schüttelte verständnislos den Kopf und öffnete mit lautem Zischen das Bier.

»Tom kannste ooch trauen, der is in Ordnung, du weest doch, dass der so ville Jeschäfte macht mit Pornos und so, awwer der hat ja soville Probleme zu Hause«, er räusperte sich und sah Krondorf vielsagend an. »Seine Alte, die lässt ihn schon lange nich mehr ran, er sacht, sie hat keen annern Kerl, und trotzdem klappt's nich.«

Er setzte die Bierbüchse an und nahm einen großen Schluck.

»Und dem dicken Onkel Lou kannste ooch trauen, awwer das nützt uns jarnischt, wenn mer nich wissen, ob wir ahn Spitzel unner uns hamm.«

Er langte in seine Reisetasche und holte noch eine Büchse Bier hervor.

»Willste ooch eene, ich hawwe noch zweeje inne Tasche?«

»Ne, lass mal«, Krondorf stand auf und ging zur Tür.

»Du willst doch jetzte nich noche ma los?«, Siggi setzte sich mitleidlos aufs Bett und rollte mit den Augen.

»Ich muss mir noch mal die Beine vertreten, morgen geht's nach Hause, da muss ich einen klaren Kopf haben.« Krondorf drückte die Klinke herunter und verschwand auf dem Korridor.

Der dicke Teppich in der Mitte des Flurs dämpfte seine Schritte. Wie ein weggesperrtes Tier stapfte er den Gang zum Fahrstuhl hin und wieder zurück, hin und zurück, ohne einen klaren Gedanken fassen zu können. Vorbei an seinem und Siggis Zimmer trabte er in entgegengesetzter Richtung, nahm den nächsten langen Korridor rechts ab und landete wieder vor einem Fahrstuhl.

Neben der Tür zum Treppenhaus vernahm er aus der Nähe zwei Stimmen. Er ging dem Geräusch nach und hielt an einer Zimmertür, die vor seiner Nase im Windzug des langen Korridors hin und her pendelte. Drinnen ging es lustig zu, eine Frauenstimme kicherte und Gläser klingelten aneinander.

Du bist doch kein Spanner, dachte er bei sich, wollte schon weitergehen und doch überkam es ihn, herauszufinden, wer zu so später Stunde, genau wie er, noch munter war.

»Jetzt mach schon«, drängelte eine junge Männerstimme etwas weiter entfernt, vielleicht vom Balkon oder aus dem Bad.

Krondorf trat einen Schritt näher an die offene Tür und vernahm ein verhaltenes Kichern:

»Ihr jungen Kerle habt's immer so eilig«.

Den Tonfall erkannte er sofort. Das war Kerstin Scholz, kein Zweifel. Diese Stimme, die falsch war und log, die jedem misstraute und in jedem einen Betrüger sah, die Stimme vor der alle kuschten, gehörte zu Kerstin Scholz, da gab es keinen Zweifel.

Jetzt waren die Geräusche eindeutig.

»Mach schneller«, keuchte der Mann und stöhnte, während Krondorf versuchte, an den wenigen Worten die Männerstimme zu erkennen.

Er stand wie betäubt und lauschte, bis ein kräftiger Windzug die Tür mit einem Knall zuwarf.

Hastig verschwand er über den langen Gang zurück zum eigenen Zimmer und goss sich aus der Minibar einen starken Whisky ein, trank das Glas aus, fiel ins Bett und schlief wie ein Stein.

***

»Na bitte, jetzt haben wir auch einen passenden Namen für den Vorgang ›Orchester‹«, zufrieden lächelnd schob Leutnant Weimann eine Schachtel Peter Styvesant über den Schreibtisch, »den taufen wir jetzt mal in ›Trompeter‹ um. Probier mal eine, die sind aus dem Palasthotel.«

»Aus dem Palasthotel?«, Kerstin Scholz fingerte sich eine Zigarette aus der Schachtel, zog sie unter der Nase entlang und sog genüsslich den Duft des aromatischen Tabaks ein.

»Aus dem Palasthotel?«, fragte sie nach. »Du hast doch sonst andere Quellen!« Sie steckte die Zigarette zwischen die Lippen und machte einen Schritt auf ihn zu.

»Hin und wieder treffe ich dort jemanden, erinnerst du dich etwa nicht?«

Weimann kam um den Schreibtisch herum, zündete ein Streichholz an und gab ihr Feuer.

Kerstin Scholz überspielte diese kleine Anzüglichkeit mit einem kalten Lächeln und antwortete

»Nein«. Dann zog sie ein A4-Blatt aus ihrer Aktentasche, legte es auf den Schreibtisch, ging zum Fenster und öffnete es.

»Sprechen wir von unserem neuen Freund, dem Trompeter«, schlug er vor. »Spielt er denn auch Trompete?«

»Hier sind seine Daten, der IM-Vorlauf ›Orchester‹, ich meine natürlich ›Trompeter‹, kann jetzt in einen regulären IM-Vorgang umgewandelt werden.«

»Gute Arbeit, gute Arbeit«, Weimann griff Kerstin Scholz am Arm und zog sie zu sich heran.

»Hat wohl nicht sonderlich viel Mühe gemacht, scheint ja ein junges Kerlchen zu sein?« In seiner Stimme lag ein eifersüchtiger Unterton.

»Lass das bitte«, wehrte sie sich, »er wird dir keine Probleme machen.«

Sie sah in forsch an und beugte sich vor, um die Zigarette im Aschenbecher auszudrücken.

»Er besitzt das Vertrauen der Musiker und kann euch interessante Einblicke in die Finanzlage seiner Kollegen sowie die Planung ihrer Transaktionen während der Aufenthalte im NSW vermitteln.«

Sie stand auf und bemerkte beiläufig

»Allerdings hat er noch nicht unterschrieben.«

Weimann überflog den Text.

»Er hat noch Skrupel seinen Kollegen gegenüber«, sie angelte sich eine weitere Peter Stuyvesant aus der Packung.

»Da werden wir ein bisschen nachhelfen müssen, wenn er schon Bereitschaft signalisiert hat.« In Weimanns Stimme war ein aggressiver Unterton zu hören.

Er ließ sich in seinen Sessel fallen und sagte:

»Wir verpassen ihm eine Legende, mit der er sich in Zukunft als kritischer Oppositioneller zu erkennen gibt.«

Er dachte nach.

»Bei passender Gelegenheit lenkt er dann das Gespräch mal auf die Spinner von ›Schwerter zu Pflugscharen‹, Blues Gottesdienste und solche Aktionen und wenn wir die Musiker bei der nächsten Schmuggelaktion hochgehen lassen, muss er mit hochgehen, das lenkt jeden Verdacht von ihm ab.«

Weimann steckte sich eine Zigarette an und grinste zufrieden.

Ruhig und gemessen bemerkte Kerstin Scholz:

»Es gibt noch ein kleines Problem, da ist noch ein Musiker, der spielt tatsächlich Trompete«, sie setzte sich und schloss für einen Moment die Augen, »und tanzt mir dauernd auf der Nase herum.«

»Wie meinst du das?«

»Du weißt doch, dass wir auf der Reise nach Wien einige Probleme mit den tschechischen Grenzbehörden hatten«,

sie steckte sich ebenfalls die zweite Zigarette an.

»Ähm,- ja«, druckste Weimann verlegen, »wir hatten da keinen Einfluss, ihr hättet andere Visa für die beiden besorgen müssen.«

»Hätten, hätten«, entgegnete Kerstin Scholz schnippisch, »wer ahnt denn so was, die beiden, die man festgehalten hat, reisen sonst immer ohne Probleme, überall in der Welt!«

Sie stippte nervös mit der Zigarette auf dem Aschenbecher herum.

»Jedenfalls hat mich dieser Fatzke, ich meine den echten Trompeter, vor dem ganzen Orchester im Bus lächerlich gemacht.«

»Oh, oh«, höhnte Weimann, »wie das denn?«

»Lass deinen Zynismus«, herrschte sie ihn an und erläuterte kurz, wie Krondorf ihr die Verantwortung für das Verhalten der Grenzer in die Schuhe schob.

»Außerdem«, setzte sie fort, »scheint er mich dauernd zu belauern, beobachtet mich und plant anscheinend irgendetwas Größeres.«

»Etwas Größeres?«, Weimann hörte interessiert zu.

»Ich weiß noch nichts Genaues. Die Trompete«, sie musste selbst lachen, »die Trompete hat berichtet, dass der richtige Trompeter sich immer wieder mit den gleichen Leuten absetzt und …«

»Und?«, unterbrach Weimann, schloss das Fenster und setzte sich hinter seinen Schreibtisch.

Kerstin Scholz schlug die Beine übereinander, zuppelte die Bügelfalten ihres Hosenanzuges zurecht und schaute ihm kokett in die Augen:

»Wie sieht es denn eigentlich mit einem Lada aus?«

»Bekommst du, bekommst du!« Weimann drückte eine Taste auf seinem Telefon und wies die Sekretärin an, nicht zu stören.

Dann zog er aus der Schreibtischschublade einen Aktenordner, schlug die erste Seite auf und las vor.

»Im Interesse der zuverlässigen Sicherung und maximalen Unterstützung der Politik der Partei werden für hervorragende Leistungen beim Schutz der Errungenschaften unseres sozialistischen Arbeiter- und Bauernstaates«, er sah sie erwartungsvoll an, »... aus dem Sonderkontingent der Partei- und Staatsführung usw. usw.« Es machte ihm Spaß, sie auf die Folter zu spannen: » ... ein Lada 1200 Kombi ...« Er nickte verständig zweimal mit dem Kopf und machte ein eindrucksvolles Gesicht.

»Ach ja, hier unten stehen noch die Neuzugänge, ... weiterhin ein Citroën Pallas GSA ... und ein Mazda 323.«

Kerstin Scholz schwieg, sie saß, die qualmende Zigarette zwischen den Lippen, ernst da und überlegte.

Auf einmal war alles möglich, sie ließ sich vom Ministerium vereinnahmen und plötzlich bekam sie das Wunschauto, konnte sogar wählen zwischen Citroën und Mazda, ohne dafür mehr tun zu müssen, als ein paar Informationen abzuliefern und ab und an mit Weimann zu vögeln.

Was war das für eine Welt? Für einen neuen Wartburg oder Trabant musste der DDR-Bürger eine Bestellung beim staatlichen Autohandel »IFA« aufgeben und im Normalfall zehn Jahre bis zur Auslieferung warten, dadurch verteuerten sich die Preise für einen Gebrauchten auf das Doppelte und der Schwarzmarkt blühte.

Noch gar nicht lange her, da hatte sie die Berufung ins MfS unterschrieben, doch bald gemerkt, dass es sie fertigmachte, von Weimann ständig unter Kontrolle gehalten zu werden. Mit einem Mal kamen ihr wieder Bedenken. Wenn die Dinge so normal waren, wie sie geschahen, waren dann Lüge, Betrug und Bespitzelung nicht schon längst banale Normalität und somit legitime Bestandteile ihres Lebens geworden? Sie hatte unterschrieben, doch schlich sich mit der Unterschrift ein ekliger Virus in die vermeintliche Eigenständigkeit ihres Alltags, ein Krankheitserreger, der mit jedem Zugeständnis, das sie Weimann machte, ein Stück ihrer Freiheit gierig verschlang.

Machte sie sich nicht gerade jetzt wieder zu Weimanns Hure, wegen eines schicken Autos? Wie lange konnte das alles so weitergehen?

»Du sagst ja gar nichts?« Weimann kam hinter dem Schreibtisch hervor und blieb vor ihr stehen.

Sie zerquetschte die Zigarette im Aschenbecher. Als sie aufstand, hatte ihr Gesicht etwas Katzenhaftes, dann warf sie alle Hemmungen über Bord.

»Danke«, sagte sie, während ihre Hände durch seine Haare wuschelten. »Der Lada reicht mir vollkommen.«

»Ich wusste es«, Weimann zog sie an sich, diesmal ließ sie es geschehen, und sagte:

»Du könntest dich mal um einen Hannes Krondorf kümmern.« Dann erwiderte sie seinen Kuss.

***

Vor dem Gastspiel in Hamburg lagen ein paar freie Tage für die Musiker und Rainer, Krondorfs Nachbar, lud Hannes ein, mal wieder für ein paar Stunden zusammenzusitzen, wie sie es schon lange nicht mehr getan hatten, gemeinsam Musik zu hören und den einen oder anderen Whisky zu trinken. Rainer, der aus seiner Abneigung zur DDR-Politik keinen Hehl machte und vor zwei Jahren einen Ausreiseantrag gestellt hatte, besaß Krondorfs volles Vertrauen.

»Bist du endlich mal wieder zu Hause«, begrüßte Rainer Hannes freudig an der Tür, zog ihn sofort ins Wohnzimmer und zeigte auf eine Vitrine: »Da, hol mal Gläser, ich mach uns inzwischen 'ne Flasche auf.«

Er ging in die Küche und kam mit einer Flasche Whisky im Arm zurück.

»Wie lief's denn in Wien?« Rainer schenkte die Gläser voll und prostete ihm zu.

»Ach, naja, Wien ist schon schön, aber viel haben wir nicht davon zu sehen gekriegt, wir haben ja in Tulln gespielt und sind am nächsten Morgen auf eigene Faust, der Siggi und ich, mit der Bahn kurz mal reingefahren.« Hannes schnüffelte am Whisky und drehte das Glas anerkennend im Licht der hereinscheinenden Abendsonne.

»Dann waren wir für eine halbe Stunde im Prater, haben eine Bratwurst gegessen, eine Maß getrunken und das war's auch schon.«

»Wenn ich nur erst so weit wäre«, Rainer machte ein trauriges Gesicht. »Mensch, Wien! Mir würde fürs Erste schon Westberlin oder das Aufnahmelager in Gießen reichen.«

Krondorf roch nochmal an seinem Glas, nippte genussvoll daran und fragte:

»Wie weit ist es denn mit deinen Papieren?«

»Wie weit?«, Rainer lachte laut auf. »Die lassen mich hängen, du weißt ja, genau seit zwei Jahren läuft mein Ausreiseantrag und seitdem bekomme ich immer nur Ablehnungen.«

»Mach mir kein schlechtes Gewissen!« Krondorf trank den Whisky aus, schüttelte sich ein wenig und fuhr dann fort: »Mann, der ist aber gut!«

»Den hast du mir doch von deiner letzten Reise mitgebracht, weißt du das nicht mehr?« Rainer schob ihn auf das Sofa und ließ sich neben ihm in die Polster fallen.

»Los, erzähl, was gibt's Neues im ›Goldenen Westen‹?« Jedoch wartete er keine Antwort ab, sondern zog unter einem Stapel Zeitungen ein Briefkuvert hervor, mit dem er Hannes vor der Nase herumfuchtelte.

»Ich habe eine dringende Bitte an dich«, er stand auf, setzte sich wieder und stand wieder auf. Ohne weiterzusprechen, lief er wie ein gefangenes Raubtier im Zimmer auf und ab, wechselte den Umschlag von einer Hand in die andere und konnte nicht eine halbe Minute stillstehen, geschweige denn Hannes, der ihn fragend ansah, erklären, um was es sich handelte.

»Jetzt setz dich doch mal her zu mir«, nörgelte Hannes.

»Was ist denn das für ein Brief?«

»Das ist unser letzter Versuch, den Arschlöchern Dampf zu machen, wir müssen hier raus.«

Rainer sprach laut und aufgeregt, dabei drohte er zuweilen mit der Faust gegen einen imaginären Widersacher im Raum.

»Der Brief hier muss nach Bonn ins Auswärtige Amt, dass ich ihn nicht mit der Post schicke, kannst du verstehen, oder?«

Hannes ahnte, welche Art der Postzustellung Rainer ihm zudachte und holte tief Luft.

Ungeachtet dessen redete Rainer weiter:

»Wir müssen die Politiker und die Öffentlichkeit in der Bundesrepublik erreichen. Die müssen uns helfen, sollen sie nur erfahren, wie wir hier schikaniert werden, nur weil wir aus dem Land raus wollen. Die DDR verstößt ständig gegen die Erklärung von Helsinki, die haben doch in der Schlussakte unterschrieben, dass sie die Menschenrechte und Grundfreiheiten achten.«

Er sprang wieder auf und schaute Hannes an:

»Ich habe hier aufgelistet, womit mich dieser Arbeiter- und Bauernstaat seit vielen Jahren traktiert: Keine Zulassung zum Abitur, weil ich nicht in der FDJ war, dann durfte ich nicht studieren, dann das Berufsverbot als Bildhauer, weil ich einen Ausreiseantrag gestellt habe ...«

Hannes unterbrach ihn:

»Mich musst du nicht agitieren, ich weiß das alles, aber so ein Brief, wenn sie den bei mir finden ...«. Weiter fand er keine Worte und drehte nachdenklich das leere Glas in der Hand.

Eine Weile saßen sie schweigend nebeneinander, Rainer kaute an den Fingernägeln.

»Na klar, ich mach's, wird schon irgendwie gehen.«

Hannes tätschelte Rainers Kopf und hielt ihm das Glas hin.

»Ich kann den Brief von Hamburg aus zu meinem Onkel nach Bielefeld schicken, wenn der den Umschlag nochmals umtütet und mit einem entsprechenden Anschreiben und Absender vom Journalistenverband versieht, bekommt die Sache sicher mehr Gewicht.«

»Danke«, sagte Rainer, »manchmal vergesse ich fast, wie clever du bist. Das ist jetzt der letzte Versuch, wenn dann nichts kommt, versuche ich es über die Botschaft in Berlin oder Prag, ich lass mich einbuchten, nur weg hier, die kaufen doch alle frei, hab ich gehört, stimmt doch, oder?«

»Ich habe keine Ahnung«, erwiderte Krondorf wahrheitsgemäß, »ich habe mal in der Bild-Zeitung was über einen Konsistorialrat Stolpe von der Kirche und den Rechtsanwalt Vogel in Berlin gelesen, die sollen wohl den Freikauf regeln, auch mein alter Herr hat mal von Summen bis zu 30.000 DM pro Person gesprochen, die auf Honeckers Generalsekretärssonderkonto gehen, aber wie es genau läuft und wen die Bundesrepublik mit Westkohle aus dem Knast freikauft, weiß ich auch nicht.«

»Diese Vögel in Berlin!« Rainers Gesicht nahm einen verächtlichen Zug an, dann schenkte er nach, trank einen Schluck und schob das Glas zwischen Zeige- und Mittelfinger auf dem kleinen Couchtisch hin und her.

»Ich muss dir auch was erzählen«, begann Krondorf und stellte sein Glas ab. »Im Orchester passieren komische Dinge.« Er lehnte sich zurück und berichtete Rainer vom Vorfall an der tschechischen Grenze.

»Und euer Alter hat die beiden tatsächlich in der Pampa stehen lassen?«, warf Rainer ein und sah ihn ungläubig an.

Krondorf nickte.

»Du wirst es nicht glauben, aber es kommt noch besser! Nicht mal die Scholz von der Künstleragentur konnte es verhindern. Der Alte hat sie angeschnauzt, sie solle gefälligst etwas unternehmen, aber es half nichts.«

Rainer schwieg.

»Und jetzt pass auf!« Krondorf setzte sich hoch:

»In Regensburg hat die Scholz mit einem von uns auf dem Parkplatz vor der Halle rumgeknutscht.«

Er hielt Rainer sein leeres Glas vor die Nase und sagte:

»Komm, gib noch einen aus!«

»Die Namen, erst die Namen!« Rainer lachte, stellte sich in Volkspolizeimanier mit gespreizten Beinen vor ihm auf und wiederholte im Verhörton:

»Nennen Sie die Namen, Krondorf!« Dann goss er ihre Gläser randvoll.

»Das ist es ja eben, ich saß mit meinem Cousin im Auto und es war schon dunkel, als die beiden nacheinander rauskamen. Aber ich habe unser Logo, die beiden goldenen »F« auf seiner Jacke gesehen.«

»Und du hast nicht rausgekriegt, wer es war?«

»Nein, bis heute nicht«, sagte Krondorf trotzig, »aber nach dem Konzert bin ich im Hotel noch über die Gänge getigert, weil ich nicht einschlafen konnte und da stand eine Tür auf und weißt du, was sich dahinter abspielte?«

»Nö, keine Ahnung«, antwortete Rainer und grinste.

»Hast du etwa jemanden beim Bumsen belauscht?«

»Genauso ist es! In dem Zimmer hat die Scholz mit einem Kerl rumgemacht, dauernd gekichert und ihm einen geblasen.«

»Woher weißt du das so genau«, fragte Rainer erstaunt, »warst du drinnen?«

»Nee«, antwortete Krondorf verlegen, »aber die Geräusche, die nach draußen drangen, waren eindeutig. Ihre Stimme habe ich erkannt, die hat gegurrt wie ein Täubchen, der Kerl hat voll rumgestöhnt und kaum geredet, deshalb weiß ich nicht, wer es war.«

Rainer klappte den Mund auf und zu:

»Das bedeutet, dass sie mit einem von euch vögelt, und im Bett«, er machte eine Pause, schüttelte wütend den Kopf und redete sich in Rage, »du weißt schon, wie man so schön sagt: Wenn der Schwanz wächst, ist der Verstand im Arsch – und dann plaudert man aus dem Nähkästchen.«

Er sah Krondorf direkt in die Augen.

»Ihr habt eine Wanze unter euch.«

»Genau das denke ich auch und es kommt noch schlimmer.«

»Mein Gott«, Rainer stöhnte laut, »war doch eigentlich klar, die lassen euch doch nicht unbeobachtet in Feindesland herumtoben.«

»Pass auf«, Krondorf machte eine ernste Miene, »ich habe drüben ein Angebot bekommen und mit der deutschen Agentur von Lou van Burg in Wiesbaden telefoniert.«

Während Krondorf redete, sackte Rainer in sich zusammen.

»Was hast du denn, ist dir schlecht?« Er packte Rainer am Kinn und sah in ein kreidebleiches Gesicht.

»Nein, nein, es geht schon wieder.« Rainer stand auf und lief ein paar Schritte hin und her.

»Wenn ich dich richtig verstehe«, begann er, »dann bist du eher für immer drüben als ich und mein letzter echter Freund …«. Er konnte nicht weiterreden, wandte sich ab und trommelte mit den Fäusten gegen die Wand.

»Was machen diese Schweine nur mit uns?« Er drehte sich zu Krondorf und packte ihn an der Brust.

»Lass das, bitte«, beruhigte ihn Krondorf, »ich sagte doch, es kommt noch schlimmer.«

Er löste sich aus Rainers Griff und ging zum Fenster.

»Lou van Burg lud mich neulich in seine Garderobe.« Krondorf fummelte nervös am Fensterknauf, öffnete einen Spalt und sog die kühle Abendluft ein. Dann drehte er sich zu Rainer und berichtete ausführlich über das Gespräch hinter der verschlossenen Garderobentür.

»Na und, was ist da jetzt so furchtbar dran?« Rainer starrte ihn ungläubig an.

»Furchtbar ist, dass ich mich nicht entscheiden kann, soll ich bei der nächsten Reise drübenbleiben, dort eine eigene Band gründen und unter den Fittichen von Onkel Lou endlich richtig Geld verdienen und dafür meine Familie im Stich lassen und damit wahrscheinlich schärfsten Repressalien aussetzten?«

»Wenn du mir die Entscheidung überlassen würdest …«, Rainer hatte sich wieder gefangen und lachte Krondorf frech ins Gesicht,

»ich würde nicht eine Sekunde zögern. Geld hast du doch dann genug, dann machst du auf Familienzusammenführung.«

Er langte nach der Whiskyflasche und trank einen Schluck daraus.

»Haben wir doch grade besprochen, unsere Arbeiter- und Bauernmacht scheut vor keiner Schweinerei zurück, das Geld, was sie mit Menschenhandel verdienen, stinkt auch in der kommunistischen Schatztruhe nicht!«

Angewidert hielt er Krondorf die Flasche hin.

»Und«, seine Augen durchforschten Krondorfs Gesicht, »du musst dich auf diese Weise nicht mal einsperren lassen.«

Resigniert ließ er sich auf die Couch fallen, steckte sich eine Zigarette an und rauchte mit einem finsteren Ausdruck auf dem Gesicht.

Krondorf goss sein Glas voll, korkte die Flasche zu und schob sie beiseite, aber nicht außer Reichweite.

»Aber, wenn sie meine Kinder ins Heim stecken?«

Er kippte das Glas in einem Zug hinter, auf seinen Wangen brannten kleine rote Flecken.

»Und meine Frau einbuchten?«

»Vergiss es, vergiss den ganzen Scheiß!« Rainer hatte bereits einen sitzen und angelte den Whisky wieder hervor.

»Lass uns mit unserem alten Freund«, sein Zeigefinger tippte auf das Etikett der Flasche, »spazieren gehen.«

Er tätschelte Krondorfs rote Wange und schenkte neu ein.

»Weißt du, wie kompliziert so ein Gebilde, so ein Staat funktioniert?«, fragte Krondorf unverhofft und lallte bereits ein wenig.

»Ich kann's mir so ungefähr vorstellen.« Auch Rainer hatte mit dem Sprechen mittlerweile Mühe.

»Und hast du mal die Zehen an deinen Füßen beobachtet, wenn du über so etwas Schwieriges wie Staat und so nachdenkst?«

»Nee«, entgegnete Rainer nach kurzer Überlegung, »ich habe meistens Strümpfe an.«

»Egal«, sagte Krondorf, »wenn ich was ganz, ganz Schwieriges gefragt werde, so im Bett, so was wie ›Liebst du mich?‹, oder so ähnlich«, er wurde von einem entsetzlichen Rülpser unterbrochen, »dann bin ich ja meistens nackt.« Er kicherte und stammelte: »Dann glotzt mich eben der große Zeh an und …«

»Ey, was redest du da für 'n Scheiß?«, lachte Rainer.

»Eben quatschst du mir noch den Staat in die Ohren und jetzt kommst du mit deinen Bettgeschichten?«

Hannes ließ sich nicht abbringen:

»Das ist es ja grade, der Staat ist wie eine Familie, sollte er wenigstens sein«, verbesserte er sich. »Und bei so einer schwierigen Frage«, er sah Rainer ins Gesicht, »guck ich mir meine Füße an und dann klebt der große Zeh wie unangreifbar an der Bettrückwand, während die vier kleinen aufgeregt hin und her tanzen.«

Während Rainer verständnislos den Kopf schüttelte, zog er einen Strumpf aus, grunzte vor Vergnügen und sagte:

»Dann stell mir jetzt doch jetzt mal so eine schwierige Frage.«

Krondorf dachte nach.

»Weißt du«, er nahm wieder einen kräftigen Schluck aus der Flasche und brabbelte, »wie kompliziert es ist, so einen Staat zu beschützen, vor uns beiden zum Beispiel zu beschützen?«

Er klatschte Rainer, der mit seinen Socken beschäftigt war, so kräftig auf den Rücken, dass dieser nach vorne über fiel.

»Stell dir vor, vor uns beiden schützen, wie schwierig, … der mächtige Staat«, er lachte hysterisch, »vor uns beschützen, weil er sich seiner Macht nicht sicher ist!«

Er kippte den letzten Tropfen aus seinem Glas hinunter.

»Und was hat das jetzt mit meinen Zehen zu tun?« Rainer hatte sich wieder hochgerappelt, hockte auf dem Teppich und streckte Krondorf einen nackten Fuß entgegen.

»Die Staatsmacht braucht Sicherungssysteme«, radebrechte Krondorf und griff sich Rainers Fuß.

»Hier, die vier kleinen, die so zappeln, das sind wir«, er tippte jeden einzelnen Zeh an. »Wir zappeln, weil wir die Schnauze voll haben, aber wir zappeln nur.«

Er machte eine nachdenkliche Pause, stierte mit glasigem Blick auf Rainers Zehen und fuhr fort:

»Und der große hier, der große Zeh, das ist der Moloch, das ist die Staatssicherheit.«

Er sah Rainer aufmerksam an:

»Die vier kleinen hier zusammen, die könnten doch …, aber nein, die Stasi steht wie fest in die Erde gemeißelt hier vorne, der Staat hat die Stasi, die ihn beschützt. Uns lassen sie zappeln, nur ein bisschen zappeln, damit wir die Schnauze halten.«

Er ließ Rainers Fuß los und begann leise zu singen:

»Einigkeit und Recht und Freiheit, für das deutsche Vaterland.«

»Danach lasst uns alle streben, brüderlich mit Herz und Hand«, fiel Rainer ein. Er stand auf und umarmte Krondorf und beide hatten Tränen in den Augen.

»Lass uns das besiegeln!«

Rainer wankte zum Wohnzimmerschrank, kramte in einer Schublade und stellte ein Fässchen Füllertinte auf den Tisch.

»Was hast du vor?«

»Ich muss noch was suchen«, stammelte Rainer und verschwand in der Küche.

Krondorf setzte sich wieder und hatte Mühe, die Augen offen zu halten. Rainer kam mit einer Stecknadel zurück und schob seinen Hemdsärmel nach oben.

»Pass auf«, sagte er und schien wieder völlig nüchtern.

»Ich fange an.« Er schraubte das Tintenfässchen auf und tunkte die Nadel ein.

»Für die wichtigsten Worte der deutschen Nationalhymne«, er hielt kurz inne und überlegte, dann hob er die Nadel prüfend gegen die Deckenlampe.

»Die richtige deutsche, die hat ja wenigstens Worte, und unsere beschissene DDR-Hymne?«, er verzog verächtlich das Gesicht.

»Aus lauter Schiss vor uns haben sie das ›Deutschland, einig Vaterland‹ gestrichen und alles drumherum auch!«

Er konnte sich gar nicht wieder einkriegen und fluchte:

»Verdammte Jauche, nur Musik, und die ist auch noch geklaut!«

Krondorf saß am Tisch und versuchte, Rainers Ausführungen zu folgen.

»Also, für die wichtigsten Worte«, wiederholte Rainer, »je einen Stich«.

Damit setzte er die Nadel auf den Arm und drückte sie tief unter die Haut. Ein kleiner Klecks roten Bluts trat aus, dann färbte sich der Einstich dunkelblau. Krondorf traute seinen Augen nicht.

»Das war für ›Einigkeit‹, jetzt kommt ›Recht‹«, wieder tauchte er mit der Nadel in das Fässchen und stach sich in den Arm, »und jetzt für ›Freiheit‹.« Drei dunkelblaue Einstiche färbten seinen Arm.

»Jetzt du!«

Krondorf konnte sich kaum auf den Beinen halten und krempelte unbeholfen den linken Hemdsärmel hoch.

»Ich hab so was noch nie gemacht«, stotterte er, »aber es wird schon irgendwie gehen.«

»Du machst für ›brüderlich, Herz und Hand‹«, kommandierte Rainer und hielt ihm die Nadel hin.

Krondorf schwankte erheblich, brachte es aber trotzdem fertig, sich die drei kleinen Einstiche beizubringen.

»Das da«, Rainer zeigte stolz auf Krondorfs Arm, »das da, und das hier auf meinem Arm«, er winkelte den linken Arm an und drückte seine geballte Faust auf die Brust, sodass die frische Tätowierung prall hervortrat, » das ist unauslöschlich, das kann niemals entfernt werden, also kann es uns auch keiner nehmen.«

Er torkelte zur Schrankwand und kramte eine Schallplatte aus dem Regal.

»Hier, das passt genau«, er fummelte die schwarze Scheibe aus der Hülle und hielt sie Krondorf vor die Nase.

»Supertramp, ›Famous last Words‹, die habe ich dir mal mitgebracht«, nickte Krondorf.

»Ja, und weißt du noch, welchen Titel wir damals dauernd abgespielt haben?«

»Und ob, ›It's raining again, too bad I'm losing a friend‹«, begann Krondorf zu singen.

Rainer drehte die Hülle in den Händen und ließ den Kopf hängen.

»Ich war in der Schule nicht die große Leuchte, aber im Englischunterricht war ich gut. Den Text habe ich damals sofort übersetzt und gehofft, er wird uns nie einholen.«

Während er redete, schaltete Krondorf den Plattenspieler ein und legte die Scheibe auf.

»Es regnet wieder, es ist zu traurig, dass ich einen Freund verliere«, übersetzte Rainer betrübt, während Roger Hodgsons hohe Falsettstimme aus den Boxen tönte.

»Du bist alt genug, sagen manche Leute«, zitierte er weiter und lief im Zimmer hin und her, »alt genug, die Zeichen zu lesen – und dich auf und davon zu machen.«

»Hör auf zu jammern!«, Krondorf nahm seinen Kumpel in den Arm und lächelte: »Du weißt genau, wie der Text weitergeht, nämlich folgendermaßen – ›Komm schon, kleiner Kämpfer, es gibt keinen Grund aufzugeben, steh wieder auf‹«.

»Wenn das nur so einfach wäre«, resümierte Rainer entmutigt.

Krondorf streifte seinen Hemdsärmel herunter, öffnete die Zimmertür und sagte:

»Ich mach mal los, muss nach Hause.«

Doch Rainer hielt ihn auf:

»Wenn du drüben bist«, er versuchte sich zu sammeln, »wenn du drüben bleibst, meine ich, du kannst dich auf mich verlassen, ich kümmere mich um deine Leute!«

»Das weiß ich!« Krondorf tippte auf die frische Tätowierung, legte seinen Arm um Rainers Schulter und zog ihn fest an sich.

»Come on, you little fighter, get back up again«, summte er ihm ins Ohr. »Kein Grund aufzugeben, steh wieder auf«, wiederholte er und schnappte sich den Umschlag.

»Morgen fahren wir nach Hamburg, ich rufe meinen Onkel von dort aus an, vielleicht, wir werden sehen, ... wir sind Blutsbrüder«.

Damit ging er nach draußen.

***

Leutnant Weimann stand auf und schob die Jalousie des Aktenschrankes nach oben, nahm aus einer Lade einen A4-Hefter, entfernte das Gummiband und legt den Hefter vor sich auf den

Schreibtisch. Dann setzte er sich und ließ seinen Rücken kräftig gegen die Lehne seines fetten Ledersessels knallen, die ihn sogleich sanft zurück nach vorne beförderte.

Er zog eine Zigarette aus der Packung und steckte sie in den Mund.

»Krondorf, Hannes Krondorf«, murmelte er vor sich hin, »wenn der Krondorf, von dem die Scholz geschwafelt hat, der Krondorf ist, der mit mir in einer Klasse ... der Pfaffensohn ...?« Er öffnete den Hefter auf seinem Schreibtisch, zog das erste Blatt heraus und las:

»Rundschreiben Nr. 78, Absender: Ministerrat der Deutschen Demokratischen Republik, Ministerium für Staatssicherheit, der Minister.

Anschrift: Diensteinheiten, Leiter

Betreff: Zweite Ergänzung zum Schreiben vom 25. November.

Die Gesamtheit aller auf zentralen Entscheid im Zusammenhang mit der Verhinderung der weiteren Herstellung der staatsfeindlichen Schrift ›Grenzfall‹ und den Ereignissen um die Zionskirche und deren ›Umweltbibliothek‹ bisher realisierten Maßnahmen ...«. Eigentlich wollte er nicht weiterlesen, dieses bürokratische Deutsch, er drehte sich um und sah zur Wanduhr, dann wanderte sein Blick hinüber zu den Urkunden neben der Tür, ganz oben baumelte zwischen dem ersten Platz im Pistolenschießen und der Medaille der Waffenbrüderschaft in Gold eingerahmt der Wimpel des Ministeriums, seines Ministeriums. Darauf der starke Arm mit dem Sturmgewehr AK-47, dem aufgepflanzten Bajonett und der wehenden DDR-Fahne.

Schild und Schwert, dachte er voller Stolz und las weiter im Rundschreiben des Ministers.

»Genossen! Immer größere Bedeutung für die weitere Qualifizierung der vorbeugenden Verhinderung, Aufdeckung und Bekämpfung politischer Untergrundtätigkeit erlangt für uns die Erweiterung stabiler inoffizieller Positionen in kirchlichen Kreisen.«

»Kirchliche Kreise, Krondorf, Hannes Krondorf ...«, sprach Weimann laut, sah vom Text auf, zog an seiner Zigarette und blies kleine Rauchwölkchen an die Decke.

Dann drückte er auf eine Taste seines Telefons und vernahm die Stimme seiner Sekretärin.

»Ich brauche ein paar Akten aus dem Archiv, von der Abt. HA XX / 4, von ...«, er überlegte kurz, »... Bezirksverwaltung Halle, Sept. 1970.«

»Von der Kirche?«, sie schien verdutzt, »dazu brauchen wir aber eine VAO und die Erlaubnis von der XII!«

»Ich weiß«, seine Stimme klang leicht gereizt, »schreiben Sie irgendetwas von Junge Gemeinde und Blues Gottesdienste und so und dann noch Nachermittlung aus operativen Vorgängen, Herleitung und Durchführung erneuter Maßnahmen, Sie wissen schon, die VAO reiche ich nach, falls es in der Registratur Fragen geben sollte.«

Bei dem Wort ›Herleitung‹ lächelte er kurz, bedankte sich, dann schob er noch kurz nach:

»Bitte umgehend, wie unser Genosse Minister immer so treffend sagt«. Er wusste, dass seine Sekretärin diese kleine Anspielung verstehen würde, und legte auf.

»Geeignete IM in Schlüsselpositionen der Kirche einschleusen«, murmelte er vor sich hin, »interne Informationen gewinnen, und dann aufräumen in dem Pfaffenladen, so kann man es auch einfacher ausdrücken.« Er schob seinen Sessel ein wenig nach hinten, steckte eine neue Zigarette zwischen die Lippen, wippte vor und zurück und machte sich ein paar Notizen.

Wenig später klingelte sein Telefon und er hörte die Stimme seiner Sekretärin:

»Für eine erste Recherche war keine VAO nötig, sie ergab einen Kopfzeilentreffer jeweils in der BV Leipzig und KD Bernsdorf.«

»Na, das ist doch schon mal was«, zufrieden schob Weimann seine Papiere beiseite.

» Und wie sehen die Treffer aus?«

»1970, ein operativer Vorgang ›Spinne‹, mehr nicht.«

»Danke«, antwortete Weimann und dachte kurz nach, »dann fangen wir doch mal in Bernsdorf an«.

Er unterbrach die Verbindung und tippte die Durchwahl zur Kreisdienststelle Bernsdorf ein.

»Wintersturm 19«, meldete sich eine Stimme am anderen Apparat.

»Sommerhitze 20«, flachste Weimann zurück, lachte und prustete los:

Mann, Alfred, hast du meine Nummer immer noch nicht im Kopf, dass du dich mit deinem Dienstellen-Code meldest?«

»Weimann!«, kam es vom anderen Ende. »Immer schön den Dienstweg einhalten, der Klassenfeind schläft nicht!«

»Genau deshalb rufe ich dich an, Alfred, ich brauche ein

Paar Informationen.«

»Ach, ja«, tönte es missmutig aus der Leitung, »weshalb solltest du mich sonst anrufen?«

»Wie wäre es mit einem Kaffee in deinem Kaff?«

»Suchst du Streit oder treibst du dich hier irgendwo in der Nähe herum?« Das klang schon etwas freundlicher.

»Ich werde in den nächsten Tagen bei dir vorbeikommen, wie wäre dann ein Kaffee im Haus der Freundschaft?«

»Geht so, wenn's keine Ewigkeit dauert«, damit legte er auf.

Wenige Tage später begrüßte Leutnant Weimann Alfred Böhm im Bernsdorfer Haus der Freundschaft mit einem Handschlag und setzte seine freundlichste Mine auf:

»Vergiss die alten Geplänkel, Alfred!«

Weimann winkte den Kellner heran und bestellte zwei Kännchen Kaffee.

»An deinem Verbleib hier in Bernsdorf und dem Ausbleiben deiner Versetzung nach Leipzig habe ich nach wie vor keinen Anteil, glaub es mir bitte – endlich!«

»Aha, und jetzt, wo du es nach Berlin geschafft hast, brauchst du ein paar, und wie es scheint private, Informationen aus der Provinz, oder wie soll ich deinen Anruf verstehen?«

Alfred schien genervt, und Weimann wusste, dass er, wenn er etwas auf dem inoffiziellen Dienstweg bei Alfred Böhm erfahren wollte, wesentlich mehr Geduld aufwenden musste, als üblich. Alfred Böhm war Oberleutnant, ihm eigentlich Vorgesetzter, aber eben nur Oberleutnant in untergeordneter Dienststelle in Bernsdorf, während er im Ministerium in Berlin Leutnant war.

»Komm zur Sache!« Alfred Böhm gab sich kurz angebunden.

»Es gab damals eine Ermittlung«, Weimann überlegte einige Sekunden und fuhr fort, »eine Ermittlung 1970, die im operativen Vorgang ›Spinne‹ der Abt. XX der BV Leipzig behandelt wurde«.

»Na, aber Leipzig und HA XX und 1970, das ist doch jetzt wirklich dein Ressort«, fiel ihm Böhm ins Wort.

»Ja, bitte warte ab«. Der Kellner brachte den Kaffee. Weimann wusste genau, was Alfred meinte. Es war den Kreisdienststellen strikt untersagt, eigenständig personen- oder vorgangsbezogene Arbeiten zu realisieren, alles musste mit der Hauptabteilung XX abgestimmt werden.

Schon deshalb hatte er während der Herfahrt einen Zwischenstopp in der BV Leipzig eingelegt, um an Ort und Stelle bereits etwa zum Vorgang »Spinne« herauszufinden.

Aber er hatte in Leipzig noch etwas anderes erledigt. Etwas Persönliches. Eine eigene Recherche.

Die Bezirksverwaltung Leipzig war einheitlich strukturiert, wie alle Verwaltungen auf Kreis- und Bezirksebene. In Leipzig residierte Generalleutnant Hummitzsch, ein alter Haudegen, der schon seit 1957 Leiter der BV Leipzig war.

An ihn war ohne besondere Referenzen nicht heranzukommen. Aber Weimann wollte Zugang zu den Karteikarten und, wenn er dort fündig würde, auch zum Archiv.

Unter Hummitzsch saß die AKG, die Auswertung- und Kontrollgruppe, mit über 50 Mitarbeitern. Dort liefen alle Informationen zusammen, wurden verdichtet und an die SED-Bezirksleitungen weitergeleitet. Hier kannte er keinen.

Der nächste Weg wäre zum Stellvertreter Aufklärung gewesen, die Abteilung XV beschäftigte sich mit Spionage, vor allem auf wirtschaftlichem und militärischem Gebiet – aber das kam nicht in Frage.

Im Hauptgebäude angelangt, hatte er den Belegungsplan im Treppenhaus studiert.

Abt. XVIII: Sicherheitsüberprüfungen von Reise-, Auslands- und Verhandlungskadern. IV. Etage, Zi. 428.

Das ist mein Ding, schoss es ihm durch den Kopf, hier kann ich doch anknüpfen, herleiten, Bernsdorf, Pfaffen, Orchester, irgendwie kriege ich dann schon die Kurve.

Vor der Tür 428 ordnete er noch mal seine Uniform, kramte einen kleinen Stielkamm aus der Gesäßtasche und zog einen exakten Scheitel. Dann klopfte er an.

Es war leichter als gedacht. Mit Blick auf seinen Dienstrang und der Angabe, eine Recherche im Auftrag des Ministeriums zu führen, verschaffte ihm der Diensthabende Zugang zu den operativen Vorgangskarteien. Hier kannte Weimann sich aus, war doch die letzte Schulung an der Universität des Ministeriums in Potsdam noch keinen Monat her.

Er brauchte nicht lange zu suchen. Ordnungskriterium war das Jahr der Anlage eines operativen Vorganges. Innerhalb eines Jahrganges wurden die Karteikarten nach laufenden Nummern sortiert. Beiden Zahlen vorangestellt wurde die Angabe des sogenannten Registrierbereichs, eine römische Zahl, die Hinweise darauf liefert, welcher Bereich des MfS bzw. welche Bezirksverwaltung die Erfassung vorgenommen hatte. Der Name der betreffenden Person wurde auf diesen Karteikarten nicht genannt, stattdessen erschien der Deckname. Erst die Kombination der Informationen aus Personenkartei und Vorgangskartei ermöglichte den Zugang zu den registrierten archivierten Unterlagen. Wurde ein Vorgang von der jeweils zuständigen Diensteinheit des MfS abgeschlossen und eine Archivierung verfügt, war auf der Karteikarte auch die Archivsignatur verzeichnet, unter der man die Akte finden konnte.

Es dauerte nicht lange und er hielt das gelbe Kärtchen mit der Registernummer VII 4126/69, in der Hand.

»Decknamen: ›Pirol‹

IM-Kategorie / Delikt: § 149 StGB«

Ganz rechts außen am Rand, unter dem Namen des Mitarbeiters fand er die Archiv Nummer – »5208/69«.

In der Abt. XII, wo alle beendeten Vorgänge zur Ablage kamen, egal ob sie Täter oder Opfer waren, händigte man ihm die Akte ohne Weiteres aus und er stieg ins Auto.

Um Kerstin Scholz bei der Stange zu halten, musste er nur noch Informationen direkt aus der Kreisdienststelle Bernsdorf bekommen, irgendwo mussten da noch Akten sein, das sagte ihm sein Instinkt.

Alfred Böhm war ein schwieriger Mensch, den zu verstehen und sich mit ihm auseinandersetzen zu müssen, wahrscheinlich Weimanns Bestimmung war. Doch nun hatte er die gesuchten Papiere neben sich gut verstaut in der Aktentasche auf dem Nachbarstuhl liegen. Sie waren das Druckmittel, Alfred Böhm in die Spur zu schicken.

Missmutig erschien jetzt ein Kellner am Tisch, und tauschte den vollgerauchten Aschenbecher aus.

»Danke.« Weimann nickte ihm zu und fuhr fort:

»Nach unserer Erkenntnis gab es auch damals hier in Bernsdorf Aktivitäten zur Bildung einer staatsfeindlichen Gruppe mit konspirativen Arbeitsmethoden, mit dem Ziel des systematischen Austausches feindlich negativer Literatur, der politischen Bildung und Diskussion und der Organisierung einer sogenannten Reformbewegung von unten, sowie ...«

Alfred Böhm unterbrach ihn:

»Hör auf mit dem Zeug von vor zwölf Jahren, meinst du nicht, dass wir heute andere Sorgen haben hier in der Provinz?«

Weimann ließ nicht locker:

»Bitte hör mir zu, Alfred, zum Verbindungskreis, der mehrere 100 Personen umfasste ...

Wieder unterbrach in Alfred:

»Dass ich nicht lache, du meinst doch nicht im Ernst, mehrere 100 Personen hier aus meinem Kaff Bernsdorf?« Aus dem wütenden Unterton Böhms meinte Weimann immer noch die Schmach Alfreds heraus zu hören, nicht nach Leipzig versetzt worden zu sein.

»Nein, nicht 100«, beschwichtigte Weimann, »aber es gehörten bei euch solche Personenkreise dazu, wie negativ-dekadente Jugendliche, ich meine hier die sogenannten Tramper mit Interesse für Musikrichtungen wie Blues und Jazz und negativ eingestellte Schüler der EOS, die sich in der Jungen Gemeinde herumtreiben und allesamt den real existierenden Sozialismus ablehnen.«

»Gehörten solche Personenkreise«, äffte Alfred ihn nach, »gehörten, ich habe dich doch richtig verstanden, das ist doch der Schnee von vor mehr als zehn Jahren! Was willst du von mir?«

»Ich brauche die operativen Vorgänge ab 1970.«

Stille.

»Bist du wahnsinnig?«, jetzt schrie ihn Alfred an.

»Du weißt genau, dass diese Akten in der BV Halle liegen und ich da nicht ran darf, sondern, wenn überhaupt jemand, nur einer von euch, aus euren Berliner Ministeriumssesseln heraus.«

»Beruhige dich bitte, Alfred, beruhige dich«, besorgt sah sich Weimann in der Gaststätte um. Außer dem Kellner, der lustlos an der Pendeltür zur Küche auf irgendetwas wartete, war an diesem frühen Nachmittag keiner im Raum.

Weimann wusste, jetzt musste er die letzte Karte ausspielen.

»Alfred, nur du und ich wissen heute noch, was damals 1969 in, du weißt schon wo, gelaufen ist, und …«, er machte eine kunstvolle Pause, »das sollte doch auch so bleiben, oder?«

»Fängst du jetzt schon wieder damit an?« Alfred wollte aufstehen und gehen.

»Nienburg.« Mehr brauchte Weimann nicht zu sagen und Alfred ließ sich wütend auf seinen Stuhl zurückfallen.

»Hör zu«, sagte Weimann freundlich, »ich weiß, dass ich mich auf dich verlassen kann«.

Er hob seine Tasse und trank einen Schluck:

»Wenn ich die Akten aus eurem Keller auf dem Tisch habe, dann ist die Sache in Nienburg mit dem kleinen Luder ein für alle Mal vergessen«.

»Wie willst du denn das anfangen?« Zweifelnd sah Böhm Weimann an, stocherte in seiner Kaffeetasse herum und zeigte sich doch plötzlich kooperativ.

»Was genau brauchst du an Akten und Namen, welche nicht schon in Leipzig oder Berlin zentral erfasst sind?«

»Du weißt wie ich,« Weimann gab sich versöhnlich, »dass ich 1973 in diesem Kaff Bernsdorf, in dem Kaff, indem du jetzt ›Schild und Schwert‹ der Partei bist, zur Schule gegangen bin.«

»Ja, und weiter?«, reagierte Böhm heftig. »Dein Alter war damals erster Vorsitzender unserer Partei, du weißt, was ich meine?«

Ohne auf diese Äußerung einzugehen, fuhr Weimann fort:

»Irgendeine Verbindung von damals, aus diesem Personenkreis heraus, muss es zur Erweiterten Oberschule und einem Orchester in Leipzig geben. Die IM-Berichte von damals liegen doch noch bei euch.«

Der Kellner schlurfte heran, blieb am Tisch stehen und zuppelte ein wenig an der Vase mit den künstlichen Blumen herum.

»Haben die Herren sonst noch einen Wunsch?«

Nachdenklich fingerte Böhm eine Packung F6-Zigaretten aus der Hemdtasche und streckte sie Weimann hin.

»Danke, nein.« Mit einem Seitenblick auf den Kellner schob Weimann die angebotene Zigarette zurück.

»Dann würde ich jetzt gerne kassieren«, genervt stierte der Kellner zur Decke und stöhnte laut.

Weimann drückte ihm fünf Mark in die ausgestreckte Hand und bedeutet ihm, zu verschwinden.

»Rauchst du immer noch dieses entsetzliche Zeug?« Angewidert kramte er in seiner Aktentasche, brachte eine Packung Peter Stuyvesant hervor und hielt sie Böhm vor die Nase.

»Du meinst also …«, schmunzelte Böhm und fingerte sich eine Stuyvesant aus der Packung, dann steckte er sie an, »du meinst also, dass ich dem Klassenfeind bei seinem niederträchtigen Versuch«, er bedachte Weimann mit einem kritischen Blick, »bei seinem Versuch, mich mit kapitalistischem Rauchzeug zu beeinflussen, ein Schnippchen schlagen werde?«

Weimann wartete einen Moment, dann beugte er sich über seine Aktentasche und zog einen braunen Ordner hervor.

»Beschluss für das Anlegen eines Operativvorganges«, las Böhm verdutzt darauf und mit einem Mal brach ihm der Schweiß aus.

»Registernummer XV 4128 / 69, Name und Vorname: Böhm, Alfred.«

Böhm starrte auf die Akte.

»Gründe für das Anlegen des Vorgangs:

A. Böhm war von 1965–1968 Angehöriger der Deutschen Volkspolizei und wurde kurz nach seiner Entlassung straffällig nach § 149. Sexueller Missbrauch von Minderjährigen …«

»Du hast meinen Vorgang von 1969?«, ungläubig zog er den Ordner zu sich heran.

»Ja.« Weimann nickte zustimmend und antwortete:

»Alfred, ich brauche dich jetzt und ich vertraue dir, kein Mensch kann jemals mehr etwas über Nienburg in Erfahrung bringen, wenn du die Akte hast. Beantrage deine dir längst zustehende Versetzung nach Leipzig«, er machte eine Pause und sah Alfred an. »Die Akte gehört dir.«

Auf einmal war alles wieder da, Böhm sank auf seinem Stuhl zurück. Es gab einige Geschichten aus der Jugend, die sich in seinem Gedächtnis festklammerten und ab und an wieder verschwommen auftauchten, jedoch gelang es ihm meistens, die Klammern zu lösen und die Erinnerung zu verdrängen. Aber jetzt, hier im Haus der Freundschaft, offerierte ihm der alte Widersacher Weimann plötzlich seine Akte und schon tauchten sie wieder auf, erschienen die alten Geschichten klar wie Fotos, sauber aufgeklebt in einem Album, vor seinen Augen. Die Scheidung, die Zementwerke in Nienburg und sein Kumpel Franz, bei dem er, obwohl der ihm manchmal seltsam vorgekommen war, so oft Luft abgelassen hatte, gequatscht hatte über seine Zeit bei der Polizei, über die Ungerechtigkeiten bei der Wohnungsvergabe und überhaupt, dass alles Scheiße sei. Bald darauf hatte Franz begonnen, ihm Fragen zu stellen. Harmlose Fragen zuerst, die er, Alfred, ein wenig zu eilfertig beantwortet hatte.

Und Franz hatte damals über die Aussichten in der Zukunft der DDR gesprochen und davon, dass sich bald alles ändern würde, man müsse nur Geduld haben und wenn er, Alfred, aktiv bei den Organen mitarbeiten würde, hätte er auch bald eine Wohnung und zwar eine im Neubau mit Fernheizung. Die Sicherheitsorgane bräuchten jeden Mann.

Doch Alfred hatte bestimmt abgelehnt, er hatte genug von der Uniform.

Und dann war da auch noch Herbert gewesen, mit dem er ab und an einen saufen gegangen war, und Herbert hatte ihm von dem kleinen Luder vorgeschwärmt, das hinter der letzten Halle durch den Zaun kroch und in den Geräteschuppen kam, zu dem nur er, Herbert, Zugang habe, – und dieses Luder mache es für ganz wenig Geld.

Eines Tages nach Feierabend hatte Herbert ihm vielsagend zugezwinkert und bedeutet, mitzukommen. Alfred folgte ihm damals und trat hinter der Halle durch ein klappriges Maschendrahttor. Der Draht war schadhaft und wies stellenweise Löcher auf. Alfred schloss es hinter sich und befand sich auf einem langen, mit Schotter bestreutem Weg, der von unzähligen Radspuren durchfurcht war und längsseits der Hofmauer zu einem niedrigen, schuppenähnlichen Gebäude führte.

Irgendwo dort hinten war Herbert plötzlich verschwunden.

Langsam bewegte sich Alfred in Richtung des mit Asbestplatten verkleideten Gebäudes, wich den tiefen Pfützen aus und löste vorsichtig den rostigen Überwurf vom Schloss eines großen Rolltors, dann schob er es auf.

Drinnen war es stockdunkel, nur irgendwo gegenüber schimmerte ein schwacher, bläulicher Lichtschein durch die Ritzen einer Bretterwand.

Langsam gewöhnten sich seine Augen an die Dunkelheit und er tastete sich an Paletten mit Baumaterial und ausrangierten Gerätschaften vorbei, dem funzeligen Schimmer entgegen, bis er die Bretterwand erreichte und dahinter ein leises Kichern vernahm. Er stieß eine klapprige Tür auf und sah nach. Ein junges Mädchen lag allein und halb ausgezogen auf einer schäbigen Matratze, lächelte und winkte ihn zu sich heran.

»Setz dich zu mir«, flüsterte die Kleine und streckte ihm die Hand entgegen, »ich weiß, was du möchtest.«

Irgendwo in Alfreds Hinterkopf hatten Alarmglocken geläutet. Die ist doch kaum 15, dachte er, mach dass du wegkommst, doch während er noch überlegte, hockte sie sich hin, zog ihn zu sich heran und öffnete mit geschickten Fingern seine Gürtelschnalle.

Du kleines Biest, schoss es ihm durch den Kopf, Kind und Hure auf einmal, dir werd ich's zeigen.

Er kam nicht mehr dazu, seine Hose herunterzulassen, denn im selben Moment stürmten zwei Polizisten herein, eine Hand packte seinen Arm und drehte ihn auf den Rücken, sie zerrten ihn aus dem Schuppen und verfrachteten ihn in einen Polizei-Wartburg.

Nach kurzer Fahrt holten sie ihn in der Bernsdorfer Liebknechtstraße aus dem Auto, kaum war er im Gebäude des MfS, wurde er angebrüllt und die Tür einer Einzelzelle war hinter ihm ins Schloss gekracht. Als er aufbegehrte, drohten sie ihm Prügel an.

Seit diesem Tag hatten die Genossen ihn in der Hand. Mit einer Verpflichtungserklärung, so hatte man ihm versichert, wäre die Sache nach § 149 StGB der DDR ein für alle Mal aus der Welt. Und er hatte alles unterschrieben, wollte nicht in den Knast, hatte begriffen, dass er nun das Beste daraus machen müsste, war noch mal zur Schule in Potsdam gegangen und saß mittlerweile auf einem Sessel, von welchem man die Dinge anordnen konnte, mit denen er damals erpresst worden war, ohne sich selbst die Finger schmutzig zu machen.

Den Verdacht, Weimanns Vater hätte bei der Sache in Nienburg die Hände im Spiel gehabt, konnte er nie ganz ausräumen, auch jetzt, so viele Jahre später nicht. Und Alfreds Verdacht war nicht unbegründet, denn Weimanns Vaters war weitläufig mit dem Herbert verwandt, der ihn seiner Meinung nach in die Falle gelockt hatte. Herbert und Franz, damals noch unter bürgerlichem Namen Karl Bauer und Felix Neuschuh, das hatte Böhm, der nun selbst an der Quelle saß, im Nachhinein herausgefunden, lernten sich vor dem Mauerbau im oberfränkischen Hof in einem billigen Puff kennen. Karl als Türsteher und Felix als Vertreter des Gesundheitsamtes, der die regelmäßige Gesundheitsüberprüfung der Mädels und die Sauberkeit der Separees zu überwachen hatte. Bald jedoch offenbarte sich Felix bei Karl auch als Freier mit extravaganten Wünschen, die Karl ihm in williger Gefolgschaft und aus Angst vor der Amtsautorität in einem kleinen Nebenraum erfüllte.

Obwohl beide 1960 wegen sexuellen Missbrauchs Schutzbefohlener von der Sittenpolizei hochgezogen wurden, Karl hatte die minderjährigen Mädchen besorgt, in den Puff geschafft, und nicht nur Felix, sondern nach und nach auch seinen Amtskollegen sowie höheren Bediensteten mit gleichen Neigungen ins schmutzige Bett gelegt, gelang es ihnen, sich noch vor einem Gerichtsverfahren in die damalige Ostzone nach Thüringen und weiter nach Sachsen-Anhalt abzusetzen, wo sie sich mit Bauernschläue und erpresserischem Wissen über das Gesundheitsamt dem MfS andienten. Dort schöpfte man ihre umfangreichen Kenntnisse ab und leitete die Berichte an die Hauptverwaltung Aufklärung in Berlin weiter. Anschließend bekamen beide neue Identitäten, wurden Bürger der DDR mit festem Wohnsitz und einem Arbeitsplatz in den Zementwerken Nienburg und damit für immer vor einem Zugriff der westdeutschen Behörden geschützt.

Böhm hatte zwar später hin und wieder nach dem Verbleib eines Aktenvermerks über sich geforscht, war dabei auch auf Karteikarten der beiden DDR-Neu-Bürger Bauer und Neuschuh gestoßen, aber nichts deutete mehr auf deren Identitäten Herbert und Franz hin. Es gab keinen einzigen Beweis. Herbert und Franz waren unauffindbar geworden, wie vom Erdboden verschluckt und schienen mit seiner eigenen Akte und durch den Tod von Weimanns Vater ebenfalls gestorben zu sein. Nichts hatte er je über sich und Nienburg gefunden.

Und jetzt lag die Akte, die eigentlich nicht existierte, vor ihm.

Argwöhnisch beobachtete er Weimann, dann griff er zu und schlug den Deckel auf.

»Dem Beschluss zur Anlage eines OV ging eine Operative Personenkontrolle voraus, in deren Maßnahmen der B…«

Alfred schob den Stuhl zurück, klemmte den Ordner unter seine Achsel und grinste:

»Morgen melde ich mich bei dir.«

Sie verabschiedeten sich vor der Tür der Kneipe und gingen, beide große, aromatische Wölkchen in die Luft paffend, nach verschiedenen Seiten auseinander.

Wie erwartet, läutete am folgenden Tag das Telefon auf Weimanns Schreibtisch.

Er ließ es noch zweimal klingeln, dann nahm er ab.

»Genosse Weimann«, vernahm er die Stimme seiner Sekretärin, »die KD Bernsdorf ist am Apparat, ich stelle durch«.

»Danke«, antwortete er, »ich möchte nicht gestört werden!«

Dann sah er, wie der grüne Knopf auf seiner Tastatur aufleuchtete und bestätigte mit einem kurzen Gegendruck.

Jetzt war die Leitung frei:

»Ich hab da was für dich«, knurrte Alfred am anderen Ende der Leitung, »weiß aber nicht, ob es das ist, was du suchst.«

»Jetzt schieß mal los«, erwiderte Weimann und zündete sich eine Zigarette an. Dann klemmte er den Telefonhörer zwischen Kopf und Schulter und zog ein Blatt Papier aus der Schreibtischschublade.

»Ich habe in den Akten von 1970 eine Beurteilung gefunden. Es handelt sich um die Einschätzung eines IM, der unter dem Decknamen ›Seminar‹ in unserer Diensteinheit eingesetzt war.«

»Und weiter?«, drängelte Weimann.

»Es war geplant, dass der IM perspektivisch in negativen kirchlichen Kreisen eingesetzt wird bzw. seine bereits bestehenden Kontakte in dieser Richtung weiter ausbaut.«

»Was heißt ›war geplant‹?« Weimann zog ungeduldig an seiner Zigarette.

»Gibt es denn keinen Auskunftsbericht von ihm über Bluesgottesdienste in der Kirche, irgendwas mit Musik, Jazzmusik und so was?«

»Mein lieber Freund«, Alfred versuchte betont ruhig zu bleiben und sprach weiter. »Das sind 'zig Seiten hier, soll ich das alles vorlesen, oder möchtest du lieber doch den offiziellen Dienstweg und ich faxe dir die ganze Akte?«

»Schick sie mir her.« Weimann überlegte einen Augenblick, sein privates Interesse an K.S. durfte nicht mit dieser Sache hier in Verbindung gebracht werden.

Er ruderte zurück und bat Böhm um einen Moment Geduld.

»Schick sie bitte an folgende Adresse«, sagte er zu Alfred und buchstabierte ihm den Code des zentralen Archivs.

»Wenn du die Akte gleich absendest, hole ich sie mir sofort dort selber ab.« Er wollte schon auflegen, schickte dann aber noch ein Danke hinterher.

Er wusste, Böhm würde Wort halten und die Akte sofort losschicken.

Der Tresen am Empfang des zentralen Archivs war unbesetzt, auf einem Tischchen daneben stand das Faxgerät und sprudelte gerade jede Menge Papier aus. Aus dem Nebenraum vernahm er lustiges Geschnatter. Anscheinend verzehrten die Mädchen aus der Registratur gerade ihre Mittagsstullen. Weimann wartete das letzte Blatt ab, schnappte sich den Stapel und überflog schon auf dem Weg zurück zum Fahrstuhl das Deckblatt:

»Reg.-Nr.XIII 224 / 70; A 6 / 125 / AQ 7731

Beurteilung über IM-Art: IMV, Deckname: ›Seminar‹«

Als er die Tür zum Vorraum seines Büros öffnete, stürmte ihm schon seine Sekretärin entgegen.

»Schon der zweite Anruf vom Genossen Stellvertretender!«

Vorwurfsvoll sah sie ihn an:

»Ich wusste ja gar nicht, wo Sie waren, Sie sollen unverzüglich zurückrufen.«

»Mach ich, Genossin, mach ich, unverzüglich«, sanft schob er sie zu ihrem Schreibtisch und ehe er die Tür zu seinem Büro hinter sich zuzog, schaute er ihr treuherzig in die Augen.

»Ich wähle mich dann direkt zum Genossen Stellvertretender ein«, damit ließ er sie mit ihrer Aufregung allein und machte die Tür zu.

»Der IM wurde 1968 für die inoffizielle Zusammenarbeit mit dem MfS auf der Grundlage der Überzeugung gewonnen und bis 1978 durch die DE KD Bernsdorf und Abt. XIX der BV Halle gesteuert«, las er weiter.

Naja, dachte Weimann, da haben wir doch schon mal was!

»1978 erfolgte die Übernahme des IM durch die BV Leipzig, Abt. XX/4 und der Einsatz auf der Linie ›Evangelische Kirche‹«.

Weimann stand auf und ging zum Fenster. Scheiße, dachte er, wenn die BV Leipzig ihn übernommen hat, sind auch seine Berichte dort gelandet. Aber wieso ist diese Einschätzung dann noch bei der KD Bernsdorf?

Er schob die Kopien zusammen, ordnete den Stapel quer zwischen beide Daumen und Zeigefinger und klopfte nervös damit auf dem Tisch herum.

Lies erst mal weiter, beruhigte er sich im Stillen und wendete die Papiere nacheinander um.

»Der IM zeigte bisher bei der Realisierung seiner Aufträge eine hohe Bereitschaft. Mit Eigeninitiative und operativer Beweglichkeit verankerte sich der IM im kirchlichen Bereich.

Die Informationen der Quelle trugen bedeutsam zur operativen Lageeinschätzung auf Linie bei, waren konkret und erwiesen sich in der Vergleichsarbeit als zutreffend.«

»Tja, die Informationen der Quelle hätte ich auch gerne, genau diese Informationen!«, grummelte Weimann vor sich hin und las ungeduldig weiter.

»Im operativen Auftrag des MfS und unter Nutzung operativer Möglichkeiten nahm der IM Mitte 1979 eine Tätigkeit als kirchlicher Mitarbeiter auf.«

Nichts, das ist nichts, gar nichts, ich brauche ein paar Namen, dachte er wütend.

Enttäuscht stand er auf und wollte schon die Papiere in seinem Aktenschrank verstauen, als ihm auf dem letzten Blatt eine handschriftliche Notiz ins Auge fiel.

»Trotz staatlicher Unterweisung zur Einstellung religiös verbrämter politischer Veranstaltungen besonders ›Gottesdienst einmal anders‹, bei denen zur Anlockung des Publikums auch Jazzgruppen eingesetzt, Filme vorgeführt wurden usw. führt der Pfarrer diese Veranstaltungen weiter durch. Mit raffinierten Formen und Methoden wird versucht, besonders jugendliche Kreise zu erreichen. Des Weiteren probiert der Leiter der Jungen Gemeinde, Oberschüler für den Aufbau einer Combo mit Gitarren und Schlagzeug zu gewinnen, mit dem Ziel, Jugendliche von der gesellschaftlichen Arbeit abzuhalten und in die ›Junge Gemeinde‹ zu integrieren.«

Weimann steckte sich eine Zigarette an.

»Naja, hier ist ja doch noch was mit Musik«, murmelte er.

Er hob den Telefonhörer ab und wählte die Nummer des stellvertretenden Ministers.

***

Auf der Fahrt nach Hamburg hielten sie an der Raststätte Walsleben.

»Macht ja nich so lange«, ermahnte Busfahrer Herbert in unverwechselbarem anhaltinischem Dialekt die Musiker, »sonst bin ich weg un ohne euch auffem nächsten Parkplatz, das sare ich euch«.

Das war ihm wichtig, da macht er sich gern groß, denn an der nächsten Ausfahrt, wenige Kilometer nach der Raststätte, an der sie sich im Moment noch befanden, forderte ein Wegweiser die Bürger des sozialistischen Arbeiter- und Bauernstaates unmissverständlich auf: »Letzte Ausfahrt: DDR-Kfz – rechts«.

Dort war der »Herbert-Parkplatz«, sein Stammplatz. Herbert besaß nämlich nur die Erlaubnis, den Ikarus-Bus bis hin zu jener folgenden und damit letzten Ausfahrt vor dem Grenzübergang zu steuern. Wenige Meter vor dem eigentlichen Grenzübertritt in die Bundesrepublik, östlich der Ortschaft Zarrentin, führten Mitarbeiter des MfS, getarnt in Uniformen der Grenztruppen, eine Vorkontrolle durch. Jetzt durfte nur noch passieren, wer Westdokumente besaß, oder eben ein Devisen bringender DDR-Musiker mit gültigem Ausreisestempel. Diesen wichtigen Stempel hatte Herbert, der Busfahrer, allerdings nicht.

Wie immer, wenn das Orchester auf der Transitautobahn Richtung Norden fuhr, erwartete sie auf dem »Herbert-Parkplatz« der moderne BOV80-Reisebus der Buchmannschen Agentur samt Fahrer Robert und einem erlesenen technischen Equipment der Firma Grundig an Bord.

Wie gewohnt würden Herbert und Robert dann Instrumente und Kleidersäcke vom Ostbus in den Kofferklappen des Westbuses verstauen, während der Alte, Kerstin Scholz und die Musiker ihre persönlichen Habseligkeiten in den Gepäcknetzen über ihren Sitzen unterbrachten.

Herbert war es egal, dass sie anschließend ohne ihn weiter Richtung Vorkontrolle fuhren, waren sie erst weg, konnte er in Ruhe seine Stullen auspacken.

Anfangs staunten die Musiker über dieses seltsame Prozedere nicht schlecht und ließen ihren Frust wegen der Umladerei beim Alten ab.

»Seid doch froh«, bemerkte dieser und warf Kerstin Scholz einen scheelen Seitenblick zu, »dass wir nicht die gesamte Strecke mit dem Ikarus durch die Gegend rumpeln müssen.«

In Vorfreude auf dieses, ihm heilige Picknick im Grünen spornte Herbert die Musiker beim Aussteigen noch mal an, ihr Geschäft in der Raststätte schleunigst zu erledigen und ebenso schnell wieder zurückzukommen.

Für gewöhnlich blieb der Alte im Bus sitzen. Erfahrungsgemäß wurde er bei solchen Gelegenheiten erkannt und litt sehr darunter, dauernd zu hören, was sich die Leute über ihre angeblich gemeinsamen Erlebnisse zusammenfantasierten, während sie ihn mit Fragen belästigten:

»Mensch, Fips, weißte noch, wie wir zusammen in Zwickau einen genascht haben?«

Das war eine eher biedere Anmache. Peinlich war es, wenn sich Passanten mit ihm verbrüdern wollten. In einem Fall behauptete ein älterer Herr sogar, er hätte mit dem Meister zusammen im »Gelben Elend«, dem Bautzener Stasiknast, die gleiche Zelle geteilt.

Alles Gerede, alle Mutmaßungen entsprangen immer noch der alten Geschichte, Fips hätte auf der Rückreise von einer Tournee durch den Nahen Osten Rauschgift in die DDR geschmuggelt und wäre dafür eingebuchtet worden. Wenn Gerüchte dieser Art ihn auch bei gewisser Klientel interessant machten, so hatte er die Nase voll von alldem, was über ihn geredet wurde. Nie hatte er irgendwo einsitzen müssen, nur der Umstand, dass man das Orchester nach dem Ende eines langjährigen Vertrages mit dem Deutschen Fernsehfunk nicht mehr so oft auf dem ostzonalen Bildschirm sah, befeuerte die seltsamsten Spekulationen.

Also versäumte der Meister nichts, wenn er im Bus blieb und machte gewöhnlich stattdessen ein Nickerchen.

Viel zu bieten hatte die Mitropa Raststätte Walsleben sowieso nicht. Bockwurst mit Brötchen, ungenießbaren Kaffee, ein aufgewärmtes Schnitzel mit Kartoffeln, meist vom Vortag, und immer waren Weiß- oder Rotkraut als Gemüsebeilage die Standards der Speisekarte. Der Gipfel gastronomischer Bemühungen bestand zweifellos aus russischer Soljanka, von den Musikern spöttisch »fröhliche Wochenendübersicht« genannt.

Wie immer erübrigte sich ein längerer Aufenthalt, sie ergänzten schnell den Biervorrat und nutzten die kurze Pause zum Toilettengang.

Der Weg zum Klo war weit, am Ende eines langen Ganges schlug ihnen schon der Geruch von Urin, künstlichem Zitronenaroma und billiger Seife entgegen.
Auf einem kleinen Tischchen zwischen den Türen zur Herren- und Damentoilette stapelten sich in bunten Packungen Sanex-Kondome, Badusan-Flüssigseife und Zitronenkernseife, welche die Toilettenfrau zum Kauf anbot. Die Alte war so bucklig, dass sie nicht viel höher als über die Tischkante sehen konnte. Die Musiker stießen die halbhohen Klosetttüren mit den Füßen auf, um eine halbwegs saubere Kabine zu finden, jedoch hatten die Kloschüsseln keine Brillen und waren so von Schmutz verkrustet, dass sie angewidert die Türen zuknallten. Es blieb nur Gelegenheit zum Pinkeln, wobei sie auf der Hut waren, nicht in die

Pissepfützen zu treten, die sich unter den Urinalen in den zerschlissenen Fußbodenfliesen sammelten. Während die Musiker herausstürmten, hielt die Alte den Kopf über ihren Tisch gesenkt und brummelte, ohne die Jungs anzusehen etwas Unverständliches vor sich hin, dann hob sie den Kopf und sah Krondorf, der als letzter herauskam, ins Gesicht. Sie durchbohrte ihn mit einem Blick:

»Eure Pisse stinkt wie Jauche zum Himmel!«, stieß sie hervor, sogleich unterbrach jedoch ein schrecklicher Hustenanfall ihr Gebrabbel und die paar 10-Pfennig-Münzen, die auf einem kleinen Plastikteller vor ihr lagen, tanzten lustig hin und her.

Jetzt wurschtelte sie sich hoch. Ihre Haare waren grau wie die Wände des Autobahnklos, ihr vergilbter Kittel hatte sein ursprüngliches Weiß längst verloren und allmählich die Farbe der Hose eines Klempnermeisters angenommen. Während sie an der Kante des wackligen Tischchens Halt suchte, krümmte sich ihr Rücken wie ein Brückenbogen. Nun blickte sie den vorbeieilenden jungen Männern hinterher.

»Euch alle«, wieder schüttelte sie ein Hustenanfall, »die ihr denkt, ihr könnt hier durchrennen, ohne zu bezahlen«, jetzt wackelte das klapprige Tischchen bedenklich unter ihren zittrigen Händen, »euch alle soll der Teufel holen!«

Wieder beutelte sie ein Hustenanfall, doch sie geiferte weiter:

»Früher hätt's das nicht gegeben!«

Die Musiker saßen längst wieder im Bus, als sie ihnen hinterherdrohte und verächtlich auf den maroden Betonfußboden spuckte. Dann setzte sie sich und zählte die wenigen Groschen, die auf dem Teller lagen.

Herbert steuerte so schnell es der klapprige Ikarus-Bus zuließ, die letzte Ausfahrt vor der Grenze an – seine Ausfahrt!

In Gedanken war er schon am Treffpunkt und sah sich aus einer Vorratsklappe den kleinen Campingtisch hervorkramen, das erste Bier öffnen und seine Stullen auspacken.

Doch diesmal kam es anders. Siggi, seines Zeichens brillanter Meister auf dem Saxofon, andererseits leider auch ein anerkannter Meister der Vergesslichkeit, hastete nach vorn zum Fahrersitz und stammelte:

»Herbert, ich habe meinen Ozelot in der Raststätte in Walsleben hängen lassen!«

»Was haste hängen lassen?« Herbert drehte sich ungläubig um:

»Haste etwa een Karnickel mitjehabt, oder was soll das sin?«

»Nein, Mensch, Herbert, du musst noch mal umdrehen, ich habe meinen Pelz, meinen Wintermantel in der Raststätte hängen lassen!«

»Das musste mit 'n Chef, klären«, erwiderte Herbert erbost, »wenn ich hier 'ne Runde drehe, da ham wer jelei de Stasi off'm Hals.« Unter keinen Umständen wollte er seine Pause mit Stulle und Bier verspätet einnehmen.

Der Alte, von der Unruhe im Bus wachgeworden, hatte den Disput mitbekommen und schaltete sich schlaftrunken ein:

»Herr Krahneburg«, er redete ihn im Gegensatz zu seinen Musikern nie mit dem Vornamen an, »natürlich drehen Sie noch mal um, wir haben Winter und ich kann auf meinen Saxofonisten nicht verzichten!«

Er schmunzelte und blinzelte Kerstin Scholz an, die den Vorfall mürrisch registrierte und sich ein paar Notizen machte.

Dann wandte er sich an Siggi:

»Das kostet aber was!«

Widerwillig nahm Herbert die Ausfahrt und steuerte auf der entgegengesetzten Fahrbahn erneut die Raststätte an. Wenig später hastete Siggi aus dem Bus, um seinen Wintermantel zu holen. Inzwischen war der Alte wieder eingenickt und hinten im Bus spielte man wie eh und je Karten. Nicht mal Kerstin Scholz fiel es auf, dass Herbert mit den Worten »Dehm Siggi were ichs jetze zaijen« wieder von der Raststätte wegfuhr, die Autobahn überquerte, und auf der Gegenfahrbahn seiner Pause zusteuerte, allerdings ohne auf zu Siggi zu warten.

Der staunte nicht schlecht, als er mit seinem Mantel unter dem Arm das Raststättengebäude verließ: Der Bus war weg. Herbert jedoch, inzwischen auf der Gegenfahrbahn in Höhe der Raststätte wieder angelangt, hielt an und rief scheinheilig nach hinten:

»Mensch, guckte ma raus, iss das da drüben nich der Siggi, ham wer den etwa in de Raststätte verjessen?«

Inzwischen hatte Siggi den Bus auf der anderen Fahrbahn entdeckt und stürmte in größter Angst los. Den Mantel wie Fledermausflügel über dem Kopf ausgebreitet, überwand er die Autobahn wie ein strammer Soldat die Eskaladierwand. Unter großem Gejohle öffnete Herbert die vordere Bustür und schnauzte den atemlos Hereinstolpernden an:

»Mensch, Siggi, bei eener Haare weren wir dich jetzte awwer weg jewesen.«

Angewidert wendete sich Kerstin Scholz dem Alten zu und sagte:

»Die Künstleragentur wird im Falle Ihres Fahrers eine Entscheidung treffen.«

Der Alte schüttelte erstaunt den Kopf und fragte:

»Wie meinen Sie das, was soll das bedeuten?«

»So, wie ich es gesagt habe.« Sie warf den Kopf zurück und herrschte ihn an:

»Der Mann ist doch untragbar!«

Im Congress Centre Hamburg erwartete sie eine neue Herausforderung. Nach dem einstündigen Auftritt des Jochen Brauer Sextetts würden sie zum Tanz aufspielen.

Davor hatte niemand Angst, aber Jochen Brauer mischte seine Show erfolgreich seit Jahren mit Sketchen, exzellenter Komik und verpackte seine Musik in spezielle Choreografien. Alle seine Musiker waren außer hervorragenden Instrumentalisten auch talentierte Schauspieler.

Trotz redlicher Mühe konnte der Alte seine Mannen für eben diese Mischung aus Musik, Show und Komik nie so recht begeistern. Krondorf ahnte, was im Laufe des Abends auf sie zukommen würde.

Er vernahm die Worte des Alten, der in der Garderobe laut referierte, bereits auf dem Gang:

»Heute Abend, meine Herren«, der Alte unterbrach seine Rede, als Krondorf eintrat, und schmiss ihm einen empörten Blick zu.

»Heute Abend haben wir Gelegenheit, die Besten der Besten zu sehen!«

Die Musiker kannten den folgenden Text zur Genüge und traten verlegen von einem Bein aufs andere.

Das hielt den Alten nicht davon ab, weiter zu dozieren:

»Oft genug habe ich euch erklärt, was ich von hervorragend improvisierten Soli halte.« Er zog rücklings einen Stuhl heran und setzte sich auf die Lehne.

»Alles zu seiner Zeit und am rechten Platz«, fuhr er versöhnlich fort.

»Wir haben damals mit Kurt Henkels beim Wettbewerb in Paris den zweiten Platz belegt, weil es ausschließlich um Jazz ging. Um gute Arrangements und tolle Solisten, nicht um Show und Tanzmusik, den zweiten Platz hinter dem Duke«, verträumt spielte er mit dem Brillantring am linken kleinen Finger, redete sich aber umgehend wieder in Rage.

»Nur zwei Prozent unserer Zuhörer haben Musik studiert, aber 98 Prozent sehen, wenn ...«

»... ihr keine geputzten Schuhe anhabt«, fielen die Musiker gelangweilt ein.

»Genau das ist es, schaut euch die Jungs von Jochen Brauer gründlich an, die schämen sich nicht und zaubern Klamauk auf die Bühne, heute Abend will ich jeden von euch mal vorne an der Rampe sehen!«

»War's das?«, murmelte Tom vor sich hin, doch der Alte hatte es mitbekommen.

»Das eine will ich dir sagen, Tom«, fuhr er ihn wütend an, »du kannst mir beim ›Night train‹ das Blaue vom Himmel herunterdudeln auf deinem Saxofon, aber Show machen, die Leute anmachen, einen ganzen Abend lang begeistern, jeden einzelnen von euch präsentieren, als kämt ihr gerade aus New York und damit die Oma Müller aus dem Sessel holen, das mach immer noch ich und das müsst ihr alle noch lernen!«

Er sah zornig in die Runde und ging zur Tür:

»Ich bin umringt von Amateuren!« Kopfschüttelnd verließ er den Raum und schmiss die Tür von außen zu.

»Mann, das hättste awwer jetze stecken lassen können«, blaffte Siggi Tom an. »Der Alte war doch schon sauer genug!«

»Bin ich Clown oder Musiker?«, antwortete Tom gereizt.

»Ständig diese Beleidigungen, ich habe es satt.«

Unbeherrscht knallte er sein Saxofon in den Koffer.

»Wenn de daheeme Probleme hast«, Siggi baute sich vor ihm auf, »kannste se nich hier ablassen, Mann. Denn jehe doch ma innen Puff, hier jibts doch an jede Ecke eenen.«

»Halt die Klappe!«, schnauzte Tom zurück »Ihr habt doch alle keine Ahnung.«

»Worum geht's denn hier?« Kerstin Scholz musste schon eine Weile in der Tür gestanden haben und ging auf Siggi zu.

»Ach nischte, wir ham das jetz schon unner uns jerejelt«, antwortete er und beschäftigte sich mit seinem Instrument.

»Und was ist mit Ihnen, Tom?« Kerstin Scholz sah Tom kritisch an.

»Herr Fleischer erwähnte eben sehr ungehalten Ihren Namen.«

Tom drehte sich zu ihr, wollte etwas erwidern, sagte aber nichts.

»Sie wissen doch«, Kerstin Scholz schaute sich selbstgefällig um, »Sie können sich mit all Ihren Sorgen an mich wenden, dafür bin ich doch hier.«

Sie machte einen Schritt auf Tom zu und sagte dann zu allen gewandt:

»Wir erwarten heute Abend den höchst möglichen Einsatz von Ihnen allen«, sie nahm ihren Notizblock vor, blätterte eine Seite auf und tat, als ob sie etwas nachlese.

»Nach Jochen Brauer zu spielen, muss eine Ehre für uns sein.« Dann sah sie wieder zu Tom, lächelte ihn an und ging hinaus.

»Die hat uns gerade noch gefehlt!«

Krondorf vergewisserte sich, dass die Scholz nicht noch auf dem Gang stand, dann äffte er sie nach:

»Nach Jochen Brauer zu spielen, muss eine Ehre für uns sein, für uns alle«, wiederholte er. »Als ob sie mitspielen würde, die blöde Kuh, das kann doch nicht wahr sein«, ereiferte er sich.

»Lass man jut sin«, Siggi klatschte Krondorf gutmütig auf die Schulter, »wie die hier rumscharwenzelt, die brauch vielleicht ooch ema was zwischen de Beene, die jehört ma offn Tisch jelecht und denn orntlich hochjeleiert.« Er konnte sich ein Grinsen nicht verbergen und nickte vielsagend mit dem Kopf zu Tom:

»Du hast doch ein Einzelzimmer!«

***

Sehr früh am Morgen waren sie aufgebrochen, über 500 km lagen vor ihnen auf der Fahrt zum Karneval nach Mannheim, oder besser zur Fastnacht, wie es in der Region um den Rhein-Neckar heißt.

Beim Einsteigen registrierte Krondorf, dass statt ihres Stammfahrers Herbert ein fremder Fahrer hinter dem Lenkrad saß.

Krondorf schlängelte sich an Kerstin Scholz, die, wie immer, hinter dem Alten saß, vorbei und fragte zum Alten gewandt:

»Was ist denn heute mit Herbert los, ist der jetzt in Rente?«

Noch ehe der Alte antworten konnte, äußerte Kerstin Scholz mit Blick in die hinteren Reihen des Busses:

»Herr Krahneburg ist vom Kraftverkehr Bitterfeld zu anderen Aufgaben beordert worden, der Genosse Teich«, sie deutete mit einem Nicken zum Busfahrer, »wird uns in Zukunft zusammen mit dem Genossen Birkner unterstützen.«

In diesem Moment stieg ein zweiter junger Mann ein, der sich diensteifrig an den Alten wandte:

» Alle Schotten dicht, wir können starten.«

Krondorf sah den Chef ungläubig an, doch der beachtete ihn nicht, schob sich den schmalen Gang an ihm vorbei und ließ sich in seinen Sitz fallen.

Der Bus fuhr an, Krondorf schwankte zwischen den Sitzreihen nach hinten und rutschte neben Siggi:

»Was ist denn heute los, weißt du, wo Herbert ist?«

Siggi zog die Schultern hoch und antwortete verächtlich:

»Wahrscheinlich hat ihn die alte Kuh von der Agentur da vorne rausgeschmissen, ist mir auch recht, der hätte mich doch letztens glatt auf der Autobahn stehen gelassen.«

»Na, na«, versuchte Krondorf ihn zu beruhigen, »Herbert hat all die Jahre noch keinem was zu Leide getan.«

Er rüttelte Siggi freundlich an der Schulter:

»Mach mal halblang, und die Sache auf der Autobahn, mit deinem Mantel, da warste doch selber schuld.« Brummig schob Siggi Krondorfs Hand von der Schulter:

»Und wenn schon, so was kann der mit mir nicht machen.«

Krondorf verstaute seinen Rucksack unter dem Sitz und meinte:

»Nee, nee, das muss andere Ursachen haben, der Alte lässt doch Herbert nicht so einfach fallen, der ist von Anfang an dabei, schon beim Fernsehorchester in den 60ern war Herbert der Fahrer.«

Siggi schien kein Interesse an einer weiteren Aufklärung zu haben und schaute gelangweilt aus dem Fenster. Krondorf sah sich um. Die Skatspieler hatten ihr Blatt auf der Hand, andere packten bereits die Bemmen-Büchsen aus, also schien es keinen so recht zu interessieren, warum Herbert nicht mehr fuhr und der Alte so einsilbig war.

Von mir aus, dachte Krondorf kopfschüttelnd, zog ein Blatt Notenpapier aus dem Rucksack und skizzierte eine Melodie, die ihm gerade durch den Kopf schwirrte.

Das Engagement in Mannheim weckte hohe Erwartungen bei den Musikern. Die Rheingoldhalle im Stadtteil Neckarau bot zusammen mit allen Sälen des Kongresszentrums Mannheim gut 2500 Personen Platz zum Feiern und Tanzen. Zwei Tage waren sie engagiert und das bedeutete, auf Augenhöhe gegen die Großen des Westgeschäftes anzutreten.

Und so kümmerte es keinen, dass die fremden Busfahrer nach dem Grenzübergang in den Westen nicht durch Robert, den Fahrer der Agentur Buchmann, abgelöst wurden, es kümmerte keinen, dass sie nicht in den schicken Westbus umstiegen, wie sonst immer, und es schien keiner zu bemerken, dass sie mit ihrem schäbigen Ikarus-Bus weiter über die Westautobahn nach Mannheim ruckelten.

Am späten Nachmittag durchstreifte Krondorf die Rheingoldhalle, passierte die unzähligen Gänge zwischen den Sälen und erwiderte hier und dort eine freundliche Begrüßung. Schließlich fand er nach ein paar Minuten den großen Ballsaal.

Ringsherum wuselte es von schwarzgekleideten, archaisch aussehenden kräftigen jungen Männern, die eine schier undurchschaubare Menge von Kisten mit Scheinwerfern, Notenpulten, Kabeln und Mikrofonen ordneten und auf Podeste verteilten. Noch war kein Probenbeginn absehbar und so vertiefte er sich in die vielen Zettel mit Anweisungen und Uhrzeiten, die angepinnt an einer großen Tafel unübersehbar inmitten des Saales zu lesen waren.

»Orchester FF, Soundcheck 16:00 Uhr, erste Tanzrunde 20:30 Uhr«

Also noch viel Luft. Er las weiter und ihm stockte der Atem: »17:00 Uhr Aufbau Band Gilbert Bécaud, 24:00 Uhr Mitternachtsshow«

Waren sie etwa das Vorprogramm von »Monsieur 100.000 Volt«?

Gewaltig, dachte er und stürmte zurück zur Garderobe. Noch während er lief, überkam ihn ein ungutes Gefühl. Würden die Kollegen diese Nachricht so begeistert aufnehmen wie er? Wann eigentlich hatten sie, die Musiker des berühmten Orchesters FF, eine eigene Mitternachtsshow im Westen gestalten dürfen? Wenig später stand er vor der Garderobentür und vernahm das Gedudel der übenden Saxofonisten. Die Trompeter waren nicht zu hören, hatten sich wie immer Schalldämpfer in die Stürzen gestopft, um nicht den Unmut der anderen auf sich zu ziehen. Allein die Posaunisten hielten es nie für nötig, vor der Veranstaltung ein paar Töne zu blasen.

Noch einmal hielt er kurz inne, dann klinkte er die Tür auf. Der Raum war voller Zigarettenrauch, Bierdunst und anderen üblen Gerüchen. Viel zu klein für 16 Musiker dachte er, und sah sich um.

Die Veranstalter hatten vorgesorgt und inmitten der kleinen Garderobe etliche Kästen Bier, Säfte sowie diverse Weine aufgestapelt.

Immerhin, dachte Krondorf, die Menge reicht aus, ein Militärblasorchester außer Gefecht zu setzen. Manchmal erschien es ihm, dass die Veranstalter darauf bedacht waren, ihr oft unsicheres Auftreten in der eleganten westlichen Welt mit ein wenig gesponsertem Alkohol aufmöbeln zu müssen. Und wieder einmal fiel ihm auf, wie primitiv sie, gemessen am Westen, doch in der Zone lebten.

Der Alte war nicht da, er hatte sicher eine separate Umkleidemöglichkeit bekommen. Sepp, der zweite Posaunist, saß mit dem Rücken zur Tür, ihm zur Seite Andreas, der seine Gitarre zwischen den Beinen festhielt.

Krondorf ahnte Schlimmes, als sich ihm beide zuwandten. Mit glasigem Blick versuchte Sepp ihn anzulächeln, doch unvermittelt kippte sein Kopf zur Seite und eine Bierflasche krachte auf den Fußboden. Andreas stieß ihn lachend an, langte nach hinten und angelte für beide eine neue Flasche aus dem obersten Kasten.

»Kennste die Mannheimer Schule?« fragte er, ohne klarzumachen, wen er eigentlich ansprach. Der Posaunist nickte bedächtig, als er mit lauter Stimme entgegnete:

»Na klar, Mann, wir sind doch in Mannheim, oder?«

Beide lachten schallend.

Interessiert gesellte sich der erste Posaunist, ebenfalls mit einer Flasche Bier in der Hand, leicht schwankend zu ihnen.

»Die Mannheimer Schule«, begann er sich einzumischen, »gibt es schon seit …«, er hielt einen Moment inne, »anno 1700, jedenfalls so ungefähr …«

Während er sich etwas Bierschaum vom Bart wischte, fuhr er fort:

»Die war«, ein leichter Rülpser unterbrach seinen Vortrag, »eine berühmte …«, er brachte das Wort ›Kompositionsschule‹ nicht mehr vollständig heraus, »eine Schule mit Mozart und so«.

Dann versuchte er weiterzusprechen, doch es kam nur noch unverständliches Gebrabbel. Schließlich überließ er nach kurzer Überlegung die beiden anderen ihrem Schicksal.

»Dann werden wir eben die Mannheimer Kompositisschule«, auch Andreas fiel das Sprechen zunehmend schwerer, »in Mannheimer Trinkschule umbenennen.«

Sein clownhaftes Jungengesicht bemühte sich, treuherzig zu sein, während Sepp dröge vor sich hin glotzte.

Plötzlich lachten beide auf, als ob Andreas einen kolossalen Witz gemacht hätten.

Innerhalb eines Augenblicks hatte Krondorf die Situation erfasst. Er blieb in der Tür stehen und malte sich aus, was hier noch alles wegen des Alkohols passieren würde. Die drei sahen dermaßen mitgenommen aus, eine musikalische Darbietung war von ihnen kaum noch zu erwarten.

Was sollte er tun? Den Alten suchen und ihn vorsichtig auf das sich anbahnende Dilemma vorbereiten?

Der stand sicher selber mit dem Glas in der Hand auf irgendeinem Flur, umringt von neugierigen Presseleuten. Gut zwei Stunden hatten sie noch Zeit bis zum Soundcheck im Ballsaal. Krondorf stürmte durch den Raum und riss die Fenster auf.

»Seid ihr vollständig bescheuert?«, raunzte er die Betrunkenen an, »wir stehen heute Abend mit Gilbert Bécaud auf der Bühne!«

Durch sein Geschrei aufmerksam geworden, bedeuteten ihm die Saxofonisten, schon vor einer Stunde ein Gespräch mit den drei Schnapsnasen versucht zu haben. Allerdings aussichtslos, wie man ja sah.

Unerwartet wurde ihnen Hilfe zuteil. Zwei in schwarz gekleidete kräftige junge Männer mit »Service Backstage«-Schildern am Revers und Basecaps auf dem Kopf rollten einen Hubwagen in die Garderobe.

Im Nu waren die Kästen aufgeladen und so wortlos wie sie kamen, verschwanden die beiden mit ihrer alkoholischen Fracht. Krondorf atmete auf. Eine Fügung des Schicksals?

Oder eine Anordnung der allgegenwärtigen Kerstin Scholz? Wer konnte ihr einen Hinweis gegeben haben?

Und plötzlich, unvermittelt waren die alten Gedanken wieder da. Gab es einen Spitzel unter ihnen?

Es war im Moment egal. Mit vereinten Kräften überredeten sie die drei recht mitgenommen Kollegen zu einem Ausnüchterungsspaziergang an der frischen Luft.

Endlich hatten sie ihre letzte Tanzrunde absolviert, die Galagäste stolperten entspannt und voller Vorfreude auf die Mitternachtsshow zurück an ihre Plätze.

Krondorf wollte nicht in die Garderobe. Seine Kollegen waren abgetaucht, teils aus Müdigkeit, teils aus Desinteresse. Unvorstellbar für ihn, dass sie einen der größten Entertainer, Mr. 100.000 Volt, nicht erleben wollten!

Verdeckt von einem schmalen Schal, der als Sichtblende direkt an der Seitenbühne hing, wollte er das Geschehen im Saal und auf der Bühne hautnah verfolgen.

Gilbert Bécaud kam, sang und parlierte herzerfrischend mit dem Publikum, das über seine bon mots vergnügt lachte. So schien es Krondorf jedenfalls, denn er war der französischen Sprache keineswegs mächtig.

Der gläserne Flügel des Stars war in Höhe der Tastatur etwa 30 cm angehoben worden und damit in Schieflage positioniert. So konnte Mr. 100.000 Volt stehend auf den Klaviertasten herumhämmern: »La place Rouge était vide«. Das Publikum klatschte begeistert, als er in einer kurzen Pause außer Atem nach Luft schnappte und dabei die obligatorische Zigarette zwischen den Lippen aufglimmen ließ.

Aber das war nicht alles. Was dem Publikum im Saal verborgen blieb, saugte Krondorf hinter der Rampe wie ein Schwamm auf. Diese Show war perfekt, jede Handbewegung, jedes Augenzwinkern, die Drehung zur Seite, ein kurzes Verweilen im Text, alles schien eine besondere Bedeutung zu haben. Hatte der große Chansonnier etwa eine Liedzeile verwechselt, vielleicht sogar vergessen? Nie kam Unsicherheit auf, immer reagierte die Band, wie von Zauberhand gelenkt, auf alle launischen Eingebungen des Meisters. Und immer war er der Souverän, der Maître de Plaisir.

Krondorf konnte nicht alles einordnen. Noch nie war er einem Superstar so nah gewesen, und doch so weit weg, er spürte, dass er wie ein Blinder von den bunten Farben des Frühlings träumte; versteckt hinter einem Vorhang.

»La place Rouge était vide. Devant moi marchait Nathalie. Il avait un joli nom, mon guide Nathalie«

Auf dieses Lied hatten alle gewartet hatten, es räumte den Saal auf. Die Gäste sprangen von ihren Stühlen und drängelten sich zwischen den Tischen nach vorn an den Bühnenrand. Dort sangen sie lautstark und textsicher mit. Jeder Vers wurde zur Hymne, seriöse Herren vergaßen Herkunft und Smoking, rissen die Hände hoch wie ihre Enkel auf einem Rockfestival. Leichte Persianerpelze, die bis dahin auf Schultern von einflussreichen Damen geruht hatten, verabschiedeten sich mit flottem Schwung nach unten, während nach oben gereckte, schmuckbereifte Hände das toupierte Haar im Takt rauften.

Bécaud stürmte nach den letzten Takten von der Bühne. Er hatte sich völlig verausgabt. Auf der Seitenbühne wartete ein bildhübsches junges Mädchen mit einem locker über den Arm geworfenen Handtuch, sie hielt ein randvolles Glas Whisky in der einen Hand, in der anderen qualmte eine frisch angezündete Zigarette.

Unglaublich, was Krondorf jetzt sah. Konnte er seinen Augen trauen? In Sekundenschnelle nahm Bécauld einen Zug aus der ihm an den Mund gehaltenen Zigarette, kippte den Whisky hinunter und wischte sich mit dem Handtuch den Schweiß von der Stirn. Dann hustete er entsetzlich und spuckte ungerührt auf den Fußboden. Ebenso schnell war er zurück auf der Bühne.

Noch einmal stimmte er »Nathalie« an. Im Stehen traktierte er den Flügel. Das Publikum tobte, verlangte Zugabe um Zugabe. Er gab sie ihnen, verzichtete jedoch nie auf die Zutaten, welche die junge Frau ihm an der Seitenbühne bereithielt.

Anderntags wurden sie auf der Rückreise vom DDR-Zoll komplett gefilzt. Wie immer prüfte man ihre Dokumente am Grenzübergang, nahm Stichproben im Kleidersack von diesem und jenem. Doch plötzlich änderte sich das Prozedere der Zöllner.

Wie von unsichtbarer Hand gelenkt, als ob sie einen Tipp bekommen hätten, fingerten die Zöllner länger als sonst im Gepäck von Anton und Tom herum.

Alle wussten, dass Anton im großen Stil Geschäfte mit Computern und Autoradios machte, Tom handelte mit Pornokassetten, doch das ging bisher immer gut, und es kümmerten sich weder Zoll noch die Kollegen darum.

Jetzt aber beförderten die Zöllner einen Amiga Commodore Computer aus Antons Kleidersack und konfiszierten anschließend einige VHS-Videokassetten, die sie aus Toms Saxofonkoffer herausklaubten.

Nun war an eine ungehinderte Weiterreise nicht mehr zu denken und der Bus wurde seitwärts auf einen Standstreifen gelenkt.

Mit hängenden Köpfen schleppten die beiden Ertappten ihre Habseligkeiten durch den Mittelgang aus dem Bus, das war Spießrutenlauf pur, vorbei an Kerstin Scholz, dem Alten und den beiden fremden Busfahrern, die sich betont unbeteiligt über eine Landkarte beugten. Schließlich verschwanden Tom und Anton unter Bewachung in einer Baracke mit vergitterten Fenstern.

Inzwischen stieg Kerstin Scholz aus und bat den Alten, mitzukommen.

»Was war das denn? Eine solche Scheiße haben wir ja noch nie erlebt!«, wütend machten sich die Männer hinten Luft, sie ahnten, dass die beiden Busfahrer, deren Aufgabe es war, sämtliches Gepäck zu verladen, anscheinend ihre Kleidersäcke durchstöbert hatten, um dann dem Zoll einen Tipp zu geben.

Tom kam als Erster zurück und berichtete, dass die Zollbeamten in der Baracke alles, vom Instrumentenfutteral bis zur Zigarettenschachtel, untersucht und selbst die Nähte seines Anoraks aufgetrennt hatten.

»Und weiter, was hat der Alte gesagt?« Siggi trampelte nervös von einem Bein aufs andere.

»Der hat getobt, sich aber wieder eingekriegt, als die Scholz gesagt hat, sie kläre das in Berlin, die Angelegenheit müssten wir beide alleine verantworten, für das Orchester gäbe es insgesamt wohl keine Nachteile«.

Tom ließ sich in seinen Sessel fallen und deutete vielsagend mit dem Kopf nach vorne zum Fahrersitz. Es war klar, was und wen er damit meinte, doch keiner hatte den Mut, den Verdacht auch laut auszusprechen.

***

»Ich hab da was für dich«, die Stimme am anderen Ende der Leitung erkannte Weimann sofort.

»Mensch, Alfred, mein alter Freund, schön dich zu hören.«

Er machte es sich im Sessel bequem, rutschte ein wenig zurück und legte die Beine auf den Schreibtisch.

»Hör zu, Weimann«, Alfred hatte seinen üblichen Befehlston am Leibe, »ich hab noch mal nachgeschaut und eine Sache gefunden, die dich interessieren wird.«

»Schieß los«, antwortete Weimann.

»Dabei ist mir ein Auskunftsbericht aus dem Jahr 1978 in die Hände gefallen, den der IM ›Seminar‹ kurz vor seiner Übernahme durch die BV Leipzig hier in Bernsdorf verfasst hat. Wahrscheinlich hat man es damals versäumt, das Blatt mit nach Leipzig zu schicken.

»In die Hände gefallen«, lachte Weimann, »etwa vom Himmel gefallen, oder hast du deine alten Quellen wieder aktiviert?«

»Quatsch kein dummes Zeug«, wies ihn Alfred zurecht, »ich bin dir was schuldig.«

Weimann staunte nicht schlecht. Zwar hatte er Alfred mit der Übergabe seiner Akte eine weiße Weste verschafft und damit, wenn auch nicht auf legale Weise, den Weg zur Versetzung geebnet. Einen Dank hatte er aber nicht erwartet.

»Ich bin ganz Ohr«, brummelte er in den Hörer, woraufhin Alfred vorlas:

»Unter dem Deckmantel eines vorgeblich christlichen Pazifismus verbirgt der Gegner ein Programm, mit dem alle feindlich negativen Kräfte im Umland der Kreisdienststelle Bernsdorf geeinigt werden sollen, um konterrevolutionäre Prozesse in Gang zu setzen.«

»Weiter«, drängelte Weimann.

»Dazu wurden in der evangelischen Stadtkirche die unter operativer Kontrolle stehenden Veranstaltungen und Aktivitäten zum Themenkreis ›Gerechtigkeit, Abrüstung, Frieden‹ durchgeführt, bei denen verstärkte Bemühungen erkennbar waren, die Bestrebungen des sogenannten ›Berliner Appells‹, zu unterstützen und eine staatliche, unabhängige, pazifistische Friedensbewegung zu etablieren.«

»Ja, ... bitte, jetzt komm mal zur Sache«, unterbrach ihn Weimann.

»Interessieren dich die Zusammenhänge oder soll ich gleich wieder auflegen?«, poltere Alfred los.

»Nein, nein, ich meine natürlich ja«, beschwichtigte ihn Weimann, »interessiert mich natürlich, bitte lies weiter.«

»Zur vorbeugenden Zurückdrängung und konsequenten Unterbindung einer weiteren Verbreitung der während der Veranstaltungen ausgeteilten Aufnäher ›Schwerter zu Pflugscharen‹ wurde der Pfarrer der Stadtkirche Krondorf zu einer Aussprache einbestellt.«

»Krondorf, ja, da klingelt was bei mir«, bemerkte Weimann. »Mit dem Sohn vom Pfaffen war ich mal in einer Schulklasse«.

»Warte ab«, tönte es am anderen Ende, »jetzt kommt's!« Böhm schnaufte aufgeregt ins Telefon:

»Bei einer am 2.4.78 von der Deutschen Volkspolizei durchgeführten operativen Personenkontrolle auf dem Ernst-Thälmann-Platz in Bernsdorf wurden acht Jugendliche als Träger pazifistischer Symbole festgestellt.

Der bei der Kontrolle befragte Krondorf, Johannes, Student der Musik in Dresden, weigerte sich, den Aufnäher ›Schwerter zu Pflugscharen‹ zu entfernen. K. gab sich uneinsichtig und provokatorisch und verwies darauf, dass auch Bischöfe der evangelischen Kirche, namentlich ein Bischof Fork, diesen Aufnäher trügen.«

»Ach, hat der Pfaffensohn trotz der Erfassung durch uns einen Studienplatz bekommen?« Weimann ahnte, dass Böhm einen Volltreffer gelandet hatte.

»Nicht sofort, er hat sich zuerst an der Hochschule Franz Liszt in Weimar beworben, die Kommission dort hat ihn bei der Eignungsprüfung allerdings durchrasseln lassen, dann schaffte er es aber über Umwege nach Dresden.«

»Über Umwege?«

»Mehr geht aus der Akte nicht hervor«, Böhm machte eine Pause und genoss seinen Auftritt.

»Ach so, hier steht noch, dass K. seit 1981 im Orchester FF Trompete spielt!«

Weimann sprang aus dem Sessel hoch:

»Volltreffer, mein Lieber, Volltreffer, hast du da eben gesagt, im Orchester FF?«

»Hörst du nicht zu?«, schnauzte Böhm. Dann wiederholte er:

»Im Orchester FF!«

***

Im Herbst reisten sie nach Russland. Krondorf packte seinen Koffer mit gemischten Gefühlen. Das kürzlich erworbene alte Bauernhaus war noch lange nicht bezugsfertig.

Wie der überwiegende Teil der etwas mehr als 50 Häuser, die sich an der holprigen Dorfstraße entlangschlängelten, bot das neue Krondorfsche Anwesen einen bedauernswerten Anblick und wies deutliche Spuren der Vernachlässigung auf. Einzig den großen Garten mit einigen alten Obstbäumen hinter dem Haus hatten die ehemaligen Eigentümer bis zuletzt bewirtschaftet.

Das niedrige Gewächshaus duckte sich unter den Schatten zweier Kirschbäume und quoll über von Gurken, Tomaten und allerlei Kräutern. Die Rabatte vor dem Haus, auf der alle möglichen nichtsnutzigen Unkräuter emporschossen, die auch ohne Gärtner gut gediehen, sah erbärmlich aus.

Trotzdem hatten sie das Gehöft gekauft. Es war die einzige Möglichkeit, ihre winzige Dachwohnung ohne Bad und mit Klo auf halber Treppe loszuwerden und der Familie in den eigenen vier Wänden ausreichend Platz zu schaffen.

Die Vergabe von Wohnraum lag allein in den Händen der staatlichen Kommunalen Wohnungsverwaltung. Und dort hatte Krondorfs Antrag auf Zuweisung einer 4-Raum-Wohnung seit mehreren Jahren irgendwo auf einem Schreibtisch vor sich hingedümpelt. Der volkseigene Wohnungsbau wurde zwar vor dem Hintergrund des akuten Wohnungsmangels ständig neu ausgerichtet und der Neubau industriell gefertigter Plattenbauweise vorangetrieben, zugleich aber vernachlässigte man die Erhaltung und Modernisierung der vorhandenen Altbauten sträflich.

Der Gemeinderat, der Bürgermeister, ein familiengeführtes Gasthaus, der Lebensmittelkonsum, ein Fleischer, die Bäuerliche Handelsgesellschaft sowie die Staatliche Mütterberatung hielten sich im Dorf wie auf einer Insel als seltsame Überreste eines funktionierenden Gemeinwesens.

Wollte Krondorf seine Baupläne verwirklichen, brauchte er weniger Geld als gute Beziehungen. Hartnäckig kämpfte er um die nötige Umbaugenehmigung und bekam sie schließlich, weil er dem verantwortlichen Gemeinderat bei der Besorgung zwei der begehrten Eintrittskarten in die Semperoper half.

Als Krondorf ihn wenig später nach dem gesehenen Stück und seinen Eindrücken befragte, antworte dieser desinteressiert: »Ich weeß nich mehr, wie's hieß, aber een Geenich kam drinne vor.«

Heikel wurde es, als seine sauer verdienten Westgelder in Windeseile in den Hosentaschen der Klempner, Maurer und Fliesenleger verschwanden, die nach Feierabend am Haus werkelten.

Oft kam er wegen der beängstigenden sozialistischen Mangelwirtschaft mit der Beschaffung des Baumaterials nicht hinterher. Jeder Meter Wasserrohr, jeder Sack Zement erforderte höchsten Einsatz an Ideen und Zeit. Anfangs fuhr er zum örtlichen Baustoffhandel in die Stadt, nur um zu erfahren, dass die Verkäufer bei der Frage nach einer Badewanne verlogen die Schultern hochrissen.

Meldete der Buschfunk, am Mittwoch gebe es beim Metallurgiehandel auf der Bremer Straße verzinktes Wasserrohr und sogar Formstücke, stellte er sich schon gegen 6:00 Uhr an, obwohl der Laden erst 9:00 Uhr öffnete. Nie war er der Erste in der Warteschlange und sein Einkaufserfolg spottete jeder Beschreibung.

Er musste andere Wege finden. Wie immer half sein Freund Rainer zuverlässig. Er tat Quellen auf, die auf andere Quellen Zugriff hatten.

Und diese Quellen brauchten immer Westgeld, kannten dann einen, der jemanden kannte, der wusste, wie man an das benötigte Baumaterial kam.

»Es klemmt, ich hab die Schnauze voll«, jammerte er Rainer oft die Ohren voll, »wenn am Wochenende kein Zement auf der Baustelle liegt, hauen die Maurer in den Sack, die sehe ich nie wieder.«

»Wenn gar nichts geht«, tröstete ihn Rainer, »lagern wir eben mal vom kirchlichen Bauhof ein paar Sack um.« Er grinste Krondorf an. »Aber nur im äußersten Notfall, wie viel brauchst du denn?«

»Die sollen im Erdgeschoss putzen, fünf Mal Zement und fünf Sack Weißkalk«, stöhnte Krondorf.

»Privat geht vor Katastrophe, weißt du doch.«

Rainer klopfte ihm auf die Schulter.

»Verlass dich auf mich!«

Als Krondorf am Freitag auf das Grundstück kam, rangierte Rainer mit einer Zugmaschine und großem Hänger auf dem Hof herum.

»Zwei mal zehn Sack, kleiner ging nicht«, sagte er und zeigte ihm unter der Plane zwei Paletten.

Ehe Krondorf etwas sagen konnte, zog Rainer ihn am Ärmel.

»Los, sofort abladen und ab ins Haus, muss nicht jeder Dorftratsch sehen, was hier abgeht.«

Im Nu hatten sie die zwanzig Sack vom Hänger. Rainer kletterte auf die Zugmaschine und murmelte:

»Bin gleich wieder da, du hast doch ein kaltes Bier für uns?«

Krondorf, klatschnass vor Anstrengung, japste nach Luft, ihm lief der Schweiß in die Augen.

Rainer startete den Motor und sagte:

»Ich fahr die Karre nur ein bisschen außer Sichtweite!« Dann tuckerte er vom Hof.

Hannes kramte ein Taschentuch aus der Hose und wischte sich den Schweiß vom Gesicht, holte zwei Flaschen Radeberger aus dem Keller und ließ sich auf den Säcken nieder.

Mein Gott, dachte er, das ist doch alles nicht normal! Ihm fiel ein Schlager der Sängerin Dorthe, mit der sie mal auf Tournee waren, ein: »Wärst du doch in Düsseldorf geblieben.« Er summte den Refrain vor sich hin, als Rainer eintrat.

»Mensch, Rainer, wie hast du das wieder hinbekommen?«, dankbar hielt er ihm das Radeberger hin.

»Nur zehn Sack, mein Lieber, das läuft nicht mehr«, Rainer setzte die Flasche an und trank sie halb aus.

»Bei zehn Sack«, er rülpste laut, »bei nur zehn Sack kommste sofort in Verdacht, dass du das Zeug verschiebst.«

Er lachte schallend und grunzte vor Vergnügen:

»Was uns ja nie im Leben in den Sinn käme!«

Mit einem weiteren kräftigen Zug trank er die Flasche leer und setzte sich zu Krondorf auf den Stapel.

»Sei froh, dass es nicht ‘ne 50er-Palette war.«

Er strahlte und erklärte:

»Da ist ein Typ auf der Baustoffversorgung in Kaditz, der geht in die Kirche, genau wie du, und der meint, er müsse der Kirche auch was Gutes tun, allerdings hält er für sein gutes Tun jedes Mal kräftig die Hand auf. Unser Bauhof muss das Zeug ja auch dort herholen, und …«, er streckte den Nacken nach hinten, hielt die Bierflasche an den Mund und klopfte mit den Fingern ans Glas, dabei rieselten die letzten Tropfen zwischen den Lippen hindurch, » ... naja, also der Bauhof, also die Kirche braucht einen Bezugsschein. Ohne den kriegen auch die nichts hin, und wenn sie einen haben, so einen Bezugsschein, heißt das aber noch lange nicht, dass genau das Material auf dem Platz ist, welches auf dem Bezugsschein steht.«

Er lachte in sich hinein.

»Du darfst ja nur alleine rein in das Käfterchen auf dem Hof, da wo der Typ den Abholschein ausschreibt.«

Er stand auf und vertrat sich die Beine.

»Und mein Chef vom kirchlichen Bauhof steckt mir dann einen schönen dicken bunten Schein in die Tasche, und der wandert dann unter vier Augen in die Hose von dem Typen in dem kleinen Zimmerchen, der wie du in die Kirche geht.«

Krondorf hörte mit großen Augen zu.

»Tja«, fuhr Rainer fort, »und wenn dann 100 m Wasserrohr auf dem Bezugsschein stehen, es ist aber nicht ein Meter auf dem Hof, Zement liegt aber in Massen rum, … noch Fragen?«

»Ja, aber, dein Chef hat dir doch das bunte Westgeld gegeben?«

»Ach, Hannes«, Rainer legte ihm beruhigend den Arm um die Schulter.

»In so einem wichtigen Fall wie deinem heute, war keine Zeit, den Chef zu fragen.« Er sah ihm schelmisch in die Augen. »Ich schicke dir demnächst jemand vorbei, der dir den Überschuss abnimmt, und der hat Fliesen, sag ich dir …«

Er drehte sich um und wollte schon gehen, doch Krondorf hielt ihn zurück.

»Was ist mit der Rechnung und dem Westgeld «, er zeigte auf den Stapel mit den Säcken.

»Das mit der Ost-Rechnung regle ich später, die kriegst du über den Bauhof. Wenn du hast, gib mir jetzt diesen einen ›bunten‹.«

»Reicht ein Fünfziger?«, fragte Krondorf und nestelte den Schein aus seinem Portemonnaie.

»Na klar, sogar schon für das nächste Mal«, nickte Rainer.

»Und du,- wie viel brauchst du?«

Rainer steckte den Fünfziger in die Tasche und sah Krondorf lange an. Dann tippte er mit dem Zeigefinger auf seinen Arm und sagte:

»Blutsbrüder, schon vergessen?«

Jetzt saß Krondorf im Flugzeug und hatte Angst.

Stressfaktoren auf der Baustelle steigerten seine Flugangst zusätzlich, ihm war übel und er wusste nicht, ob er sich über die Auszeit und das Gastspiel freuen oder deswegen heulen sollte. In den kommenden Tagen waren je zwei Konzerte in Moskau und Tallinn geplant.

Als er die erste schnarrende Durchsage des Piloten aus dem Cockpit hörte, nahm seine Unruhe zu und er zog die kleine Fensterjalousie nach unten. Er wollte nichts sehen.

Sein Sitznachbar, der Posaunist bemühte sich, ihn mit einem Witz aufzumuntern.

»Weißt du eigentlich«, begann der augenzwinkernd, »warum Musiker immer im Flugzeug vorne sitzen wollen?« Krondorf drehte sich zur Seite und winkte ab.

»Na, weil«, fuhr sein Nachbar fort und stieß ihm mit dem Ellenbogen in die Seite, »na, wenn die Maschine abstürzt, kommt wenigstens der Getränkewagen noch mal vorbei!«

Er krümmte sich vor Lachen und vergewisserte sich, ob die hinter ihm sitzenden Kollegen seinen Spaß auch mitbekommen hatten. Krondorf beugte sich nach vorn und murmelte:

»Lass mich in Ruhe, du Arschloch, mir ist so schon kotzübel.«

Bisher waren sie nur mit der Iljuschin Il-14, einer zweimotorigen Propellermaschine, nach Russland geflogen. Jetzt musste er den kräftigen Schub der modernen dreistrahligen Tupolew Tu-154 beim Abheben von der Startbahn aushalten – und damit das unweigerlich verbundene Gefühl des Ausgeliefertseins.

Endlich erreichten sie die Reiseflughöhe, er achtete nicht mehr auf das Unwohlsein, das sich in ihm breit gemacht hatte. Eine hübsche Stewardess servierte Kaffee, brachte Zeitungen und fragte nach besonderen Wünschen.

Krondorf klappte den kleinen Plastiktisch vor sich herunter und bestellte Bier und ordentlich Wein. Ein bisschen komisch war ihm schon noch zumute, doch was konnte jetzt noch passieren, sein Gesicht entspannte sich, die Stewardess gefiel ihm, sie brachte das Gewünschte und der kleine Klapptisch vor ihm füllte sich zusehends mit Plastikgläsern und Verpackungen der nebenbei servierten Bordverpflegung. Krondorf langte ordentlich zu, dann schloss er die Augen und schlief ein.

Es mochten gut zwei Stunden vergangen sein, als er wie aus einem Fiebertraum erwachte, erschrocken aufsprang und dabei das vollgepackte Tischchen mit sich nach oben riss. Ohne zu begreifen, was passierte, sah er auf dem Fußboden das ganze Ausmaß seines Missgeschicks. Rotwein- und Bierlachen, Essensreste und zerknüllte Papierservietten lagen auf dem Teppich.

»Verdammter Mist«, brachte er noch heraus, dann kollabierte sein Kreislauf und er stützte sich schweißnass auf dem Arm des Posaunisten an seiner Seite ab.

Ein wenig duselig, noch am Aufwachen, schob der ihn auf seinen Sitz zurück.

»Wir knallen runter«, stammelte Krondorf und rüttelte den Freund wach.

»Hast du noch alle?«, erwiderte der, rappelte sich hoch und zeigte auf den Fußboden. »Was ist denn hier losgewesen?«

Dann sah er in Krondorfs leichenblasses Gesicht, schob den Unrat zu seinen Füßen beiseite und sagte:

»Mann, Alter, wir knallen nicht runter, sondern landen!«

Die Tupolew senkte sich und verlor langsam an Höhe. In der Reihe vor ihnen wurde die kleine Jalousie nach oben geschoben, Krondorf beugte sich nach vorne, um sehen zu können. Sie flogen über einen dichten Kiefernwald, in der Ferne waren die ersten Felder, Bäume und Häuser durch das kleine Kabinenfenster zu erkennen.

Immer schneller erschien ihm jetzt der Sinkflug, es war unmöglich, einen festen Punkt für das Auge auszumachen, um es zu beruhigen. Er presste den Rücken an die Lehne und krallte die Finger in die Polster der Armlehnen, bis die Maschine endlich am Boden ausrollte und ihre Position am Gate erreichte. Ein winziger Transporter schob die Gangway heran und wenige Schritte entfernt wartete bereits ein Shuttlebus, der sie in das Flughafengebäude Moskau-Scheremetjewo bringen würde.

Krondorf kramte seine Trompete aus dem Gepäckfach und wartete brav, halb stehend, halb kauernd, eingezwängt zwischen Sitz, Gang und den ungeduldigen übrigen Passagieren in der Schlange.

Nur langsam ging es heraus. Leider war der hintere Ausstieg geschlossen, seine Musikerkollegen verabschiedeten sich bereits freundlich von den Stewardessen am vorderen Ausgang.

Nun also auch noch Spießrutenlaufen, überdachte er seine missliche Lage und schlich mit abgewandtem Blick, als suche er etwas in der Innentasche seiner Jacke, vorbei am sowjetischen Bordpersonal, stakste die Gangway herab und stieg in den Bus, der sie zur Ankunftshalle brachte. Jetzt meldete sich sein Magen, der die Überreste der Flugzeugsauferei loswerden wollte. Eine Toilette musste her und zwar so schnell als möglich.

Krondorf erinnerte sich an seine erste Russlandtournee. Hoffentlich hat sich im ersten Arbeiter- und Bauernstaat einiges geändert, schoss es ihm durch den Kopf. Damals gab es überall im Land nur

Toiletten, die nicht mehr als ein Loch in der Erde und rechts und links davon zwei um ungefähr fünf Zentimeter erhöhte Trittstufen aufwiesen.

Konnten die Jungs damals ihre Notdurft auf keine andere Art verrichten, bedurfte es einiger Übung, unbescholten aus diesem »shit hole« wieder herauszukommen.

»Ich muss aufs Klo«, brummelte er und drückte seinem Freund den Trompetenkoffer in die Hand.

»Immer mit der Ruhe«, mahnte Siggi, nahm ihm das Instrument ab und zündete sich eine Zigarette an.

»Ich werd dann mal auf unsere Koffer warten«.

»Danke!« Krondorf sah sich in der Halle um und entdeckte am Ende der Kofferbänder das Schild auf dem »Tualet« stand.

Er musste sich sputen, rannte zum Schild und betrat eine der kleinen Kabinen, die nur durch dünne Holzwände voneinander abgetrennt waren.

»Gott sei Dank«, stöhnte er und atmete tief aus, ließ die Hose herunter und setzte sich auf eine saubere Keramikschüssel mit Wasserspülung.

Die Kabine neben ihm schien ebenfalls besetzt, denn unverwechselbare Geräusche drangen durch die dünne Bretterwand zu ihm herüber.

Alter, das muss dir jetzt nicht peinlich sein, versuchte er sich gedanklich zu beruhigen, als ihm ein starker Wind den Druck aus den Därmen nahm. Sein Nachbar indes blieb ihm nichts schuldig. Die Trennwände links und rechts zwischen den Kabinen waren um wenige Zentimeter erhöht auf zwei metallene Stützen geschraubt.

Sicher, so nahm er an, säuberte man die Fußböden mit einem Wasserschlauch auf einfache und effektive Weise.

Neugierig geworden, beugte er sich etwas herunter und lugte durch den Spalt herüber in die Nachbarkabine.

Ein paar Füße waren nicht zu sehen, die typischen Geräusche vernahm er jedoch weiterhin. Verwundert richtete er sich wieder auf. Im nächsten Augenblick ließ ihn ein »Tapp tapp« erneut aufhorchen, als würde jemand aus geringer Höhe herabsteigen. Gespannt beugte er sich noch mal zu dem schmalen Spalt zwischen Fußboden und Bretterwand herunter. Tatsächlich, jetzt bemerkte zwei Füße in Turnschuhen auf den Fußbodenfliesen.

Mit lautem Knall schlug sein Nachbar die Kabinentür zu und verließ mit einem freundlichen:»Wcjewo choroschewo, moi drug - Alles Gute, mein Freund« auf den Lippen den Raum.

»Du musst noch spülen«, wollte Krondorf schon hinterherrufen, verkniff es sich aber grinsend.

Sollte gerade wirklich ein Russe das europäische Sitzklosett auf die ihm vertraute altrussische Art im Stehen benutzt haben und war dazu auf die Klobrille gestiegen?

Verunsichert sah Krondorf nach oben. Die Trennwand war ungefähr zwei Meter hoch.

Wenn nun der Russe, überlegte er, auf der Brille gestanden und sein Geschäft im Stehen erledigt hat, dann hat er sicher über die Trennwand zu dir herübergeschaut, während du zusammengekrümmt auf der Schüssel hockend deine Winde abgelassen hast … Und bestimmt hat er sich genauso über dich, den auf der Kloschüssel hockenden Kerl, gewundert, wie du dich über den auf der Brille stehenden!

»Alles Gute, mein Freund«, hatte ihm sein Klosettnachbar zum Abschied auf Russisch gewünscht.

Er jedoch hätte beinahe nur eine Ermahnung für ihn übriggehabt.

Missmutig verließ er den kleinen Raum. Je mehr er über das eben Erlebte nachdachte, um so niedergeschlagener war er und hoffte, dass seine Kollegen nicht bemerkten, in welch mieser Verfassung er sich befand.

Direkt neben dem Roten Platz in unmittelbarer Nähe zum Kreml und der Basilius-Kathedrale ragte das Hotel Rossija wie ein riesiger Monolith in den Himmel. Mit über 3000 Zimmern und 6000 Betten genügte das Hotel dem Anspruch, das größte der Welt zu sein.

In- und ausländische Touristen füllten auf 21 Stockwerken Räume, Treppen, Fahrstühle, Ecken und Nischen mit buntem Leben und Treiben. Dicke Teppichfußböden hatte man aus dem fernen Osten des Landes herangeschafft, sie dämpften die raschen Schritte der unzähligen Gäste und vermittelten ein behagliches Gefühl. Krondorf schleppte sein Gepäck zur Rezeption und sah sich um. Vor dem Eingang zum Restaurant wirbelten einige junge Mädchen in bunten Uniformjacken und superkurzen Röckchen umher.

Sie waren nach russischer Art mit dickem Gesichtspuder und übertriebenem Rouge auf den Lippen stark geschminkt und probierten verrückte Tanzsprünge aus. Dabei kreischten sie lustig und zogen so die Aufmerksamkeit der ankommenden Gäste auf sich.

Die sind höchsten neunzehn oder zwanzig, dachte Krondorf bei sich, während er auf den Portier wartete.

Und diese langen Beine, er konnte sich von dem Anblick nicht losreißen.

Längst hatten die Mädchen seine neugierigen Blicke bemerkt und winkten ihm freundlich zu.

Die eine da links, die würdest du nicht von der Bettkante schubsen, schoss es ihm durch den Kopf, und es war, als ob sie nur ihm besonders schöne Augen machte.

Als hätten sie seine Gedanken erraten, drehten die Mädchen synchron eine Pirouette, schmissen ihre langen Beine nacheinander frech in die Luft und unter den kurzen Röckchen schimmerten blütenweiße Slips hervor. Es sah danach aus, als ob sie ihre Hintern nur für ihn freilegten, das war offensichtlich, nur für ihn.

Dem Concierge hinter dem Tresen waren Krondorfs Blicke nicht entgangen und es schien, als würde er seinen Reisepass für die Anmeldung länger als üblich in den Händen halten. Dann telefonierte er noch kurz auf Russisch und überreichte Krondorf das Dokument.

»Es ist uns eine große Freude«, sagte er dann in tadellosem Deutsch, »Ihnen eines unserer besten Zimmer zur Verfügung stellen zu können, es ist ein Einzelzimmer. Den Schlüssel bekommen Sie dann auf der Etage«.

Krondorf staunte nicht schlecht und bedankte sich artig auf Russisch: »Bolschoije spassibo- Danke.«

Als er aus dem Fahrstuhl trat, begrüßte ihn hinter einem großen schweren Schreibtisch eine nette Dame im gesetzten Alter und fragte auf Deutsch nach seinem Namen und der Zimmernummer.

Ach ja, die Deschurjana, fiel es Krondorf ein, die quatscht dich auf Deutsch an und weiß doch genau, wer du bist.

Nachdem er seinen Namen genannt hatte, zog sie pflichtbewusst eine Liste unter dem Schreibtisch hervor und buchstabierte:

»Krondorf?«, wobei sie nach dem Kr ein J einschob und ihn mit »Krjondorf« ansprach.

Hannes musste lachen, nahm seinen Schlüssel entgegen, bedankte sich und raffte sein Gepäck auf.

»Ihr Zimmer ist den Gang entlang und dann nach links, sollten Sie vielleicht etwas Tee oder Gebäck wünschen«, sie machte eine erwartungsvolle Pause, »oder etwas anderes«, Krondorf meinte, in ihren Augen ein listiges Zwinkern zu bemerken, »dann bitte sagen Sie es mir!«

Hannes wusste, dass die offizielle Berufsbezeichnung einer Deschurnaja »Diensthabende« war und sie eigentlich nur den Gästen die Zimmerschlüssel aushändigte. Andererseits wurde die Deschurnaja aber auch gerne zum verlängerten Arm des russischen Geheimdienstes, wenn ihr aus der Dienststelle des KGB ein Gast zur »besonderen Aufmerksamkeit« avisiert wurde.

Krondorf verfrachtete sein Gepäck auf einen Kofferkuli und bedankte sich nochmals bei der Dame, ging den Flur entlang und fand schließlich sein Zimmer. Er sah sich kurz um und zog die schweren Vorhänge auf. Helles Licht strömte vom Kreml herüber, jetzt nahm er die riesigen Ausmaße seines Zimmers wahr und ließ sich in einen bequemen Ledersessel fallen.

Nicht übel, diese Russen, dachte er und bewunderte den wunderschönen Schreibtisch aus feinstem Nussholz mit massiv geschnitzten, ausladenden Tatzenfüßen, der dem Fenster gegenüberstand.

Unter einer Tischlampe mit glänzendem Messingfuß und grünem Schirm lag eine Schreibunterlage aus dickem Rindsleder mit abgerundeten Kanten, daneben stand ein edel geschnitzter Stifthalter samt einem prachtvollen Tintenfass aus Meißner Porzellan.

»Leider kein Füller mehr drinnen, in dem schönem Gestell«, konsternierte er laut, »den muss sich wohl seinerzeit schon Winston Churchill mitgenommen haben.« Er lachte vergnügt vor sich hin, ließ sich auf das französische Bett fallen und überlegte, was er mit dem Rest des Abends anfangen sollte, als es an der Tür klopfte.

»Wer ist da?«, fragte er erstaunt und als keine Antwort kam, ging er zur Tür und versuchte es noch einmal auf Russisch. »Kto tam?«

Jetzt klopfte es energischer, er öffnete die Tür einen Spalt und das Mädchen aus der Tanztruppe, das mit den besonders schönen Augen, schob einen Fuß in die Lücke.

»Lässt du mich rein?«, fragte sie mit leichtem Akzent auf Deutsch. »Ich habe eine Überraschung für dich.« Mit leichtem Druck schob sie ihn beiseite und sah sich im Zimmer um.

»Ja, komm rein«, antwortete Krondorf und musste lachen. »Bist ja eh schon drin«. Er schloss die Tür und betrachtete sie aufmerksam.

»Die Deshurnaja sagt, du bist ganz allein und traurig, ich möchte für dich tanzen.«

Sie sah ihm in die Augen, trat einen Schritt zurück, drehte eine Pirouette, schmiss ein Bein in die Luft wie schon unten vor dem Restaurant und ehe sich Krondorf versah, stand sie unmittelbar vor ihm und öffnete in Windeseile die Häkchen ihrer Uniformjacke.

»Mannomann«, entfuhr es Krondorf, als er in ihr offenes Dekolletee starrte und ahnte, weshalb das Mädchen ihn besuchte.

»Mein Name ist Natascha«, strahlte sie ihn an. »Ich heiße wie die schönsten Mädchen Russlands Natascha.«

Krondorf setzte sich an den Schreibtisch.

»Und ich bin Nikita Chrustschow«, prustete er los und klatschte sich vor Vergnügen auf die Schenkel.

Das Mädchen lachte auch, legte den Kopf zurück und schaute ihn lange an.

»Mal ehrlich«, Krondorf wurde nicht schlau aus ihr, »wir haben uns vorhin im Foyer nur ganz kurz gesehen, als du in eurem Ballett getanzt hast, du sprichst deutsch und willst für mich tanzen, wer bist du und was hast du vor?«

»Sicher hast du was zu trinken, dann kann ich dir etwas erklären«, sie schaute sich suchend im Zimmer um.

»Ja, klar«, Krondorf hantierte an einer der riesigen Schranktüren.

»Hier wird schon irgendwo die Bar versteckt sein.«

»Darf ich helfen?«

Natascha schob den Sessel zur Seite, beugte sich hinter den Schreibtisch und öffnete eine Tür auf der Rückseite. Triumphierend schwenkte sie eine Flasche Krimsekt in der Hand. Krondorf betrachtete sie aufmerksam, und als sie sich nach vorn reckte, sah er, wie voll ihre Brüste waren, anders als die der mageren Ballettmädels, die er von Auftritten des Fernseh-Balletts aus Berlin her kannte.

Sie hatte wohl bemerkt, dass er sie taxierte und spannte ihren Körper, und er sah, wie kraftvoll sie ihre Schultern zurückwarf und dadurch ihrer Figur eine Form verlieh, für die Ballett und Sex so selbstverständlich sein musste, wie für ihn seine Übungen auf der Trompete.

»Machst du die Flasche für uns auf?«

Ihr Blick ließ ihn an Dinge denken, die er normalerweise nicht tat, jedoch wurde ihm schnell bewusst, dass er ihr Angebot annehmen würde.

Um sich abzulenken, ließ er sich wieder in den schweren Sessel fallen. Während er den Draht am Korken aufdrehte, kniete sich Natascha vor ihm auf den Teppich und drängelte sich zwischen seine Beine.

»So bekomme ich die Flasche nicht auf«, verlegen nestelte Krondorf am Korken.

»Ich helfe dir und werde die Flasche festhalten.«

Natascha langte mit der rechten Hand nach der Flasche, während die linke sanft, scheinbar unbeabsichtigt, seinen Oberschenkel streichelte und an seinem Hosenschlitz fummelte.

»Wieviel Geld hast du?«

Mit großen Augen sah sie zu ihm auf. Er kam nicht zum Antworten, der Korken flog mit einem lauten Plopp gegen die Zimmerdecke und weißer, perlender Sekt schäumte über seine Hose herunter auf den Teppich.

Natascha kniete immer noch vor ihm und strich nun mit beiden Händen über seine nasse Hose vom Knie herauf bis in den Schritt.

»Hör auf«, hörte er sich sagen, doch schon durchströmte eine Welle der Erregung und Erwartung seinen Körper.

Mit einer Handbewegung zog sie den Reißverschluss am Hosenbund auf, griff hinein und streichelte ihn.

»Jetzt zieh Hose aus«, sagte sie, langte unter seinen Hintern und zog Jeans und Unterhose über seine Beine nach unten. Er wagte es nicht, sich zu rühren. Während sie ihn sanft massierte, begann sie, leise zu reden

»Ich studiere hier in Moskau Germanistik.«

Krondorf konnte ihren Worten kaum folgen, denn während sie ihre Massage fortsetzte, näherte sich ihr Mund seinem Schoß.

Jetzt sah sie zu ihm auf.

»Ich möchte unbedingt mal da hin, zu euch, nach Deutschland.«

Wieder griff sie in seinen Schoß.

»Und dafür brauche ich Geld, richtiges Geld, du hast doch deutsches Geld?«

Krondorf wurde es heiß und kalt, er langte nach der Hose, die zwischen seinen Beinen auf der Erde lag.

»Da drin sind 50 Mark, mehr habe ich nicht.« Die Begierde raubte ihm den Verstand.

»Das reicht für einmal«, hörte er sie noch sagen, als sie ihren Kopf zwischen seine Beine schob.

Er konnte nicht mehr denken.

Während ihre linke Hand fest nach unten drückte, glitt die rechte langsam auf und ab. Ihre Lippen umschlossen ihn mit sanftem Druck und nahmen ihn ganz in sich auf.

Immer drängender unterstützten ihre Hände bei jedem Heben und Senken des Kopfes das Vorhaben, ihn sich weiter einzuverleiben, während sie mit großen Augen zu ihm aufsah. Das machte es ihm unmöglich, sich noch länger zurückzuhalten. Natascha spürte seine ungeheuren Spasmen in ihrem Mund und gab ihn frei bevor er explodierte. Gleichzeitig stülpte sie ein Papiertaschentuch über sein zuckendes Glied. Krondorf atmete schwer, dann wendete er sich verlegen ab und starrte an die Decke. Für einen Augenblick noch genoss er den wohligen Schauer, dann stand er auf. Während ihm Schweißbäche über den Rücken liefen, zog er die Unterhose hoch.

Verächtlich knüllte Natascha das Taschentuch zusammen, warf es in den Papierkorb unter dem Schreibtisch und redete weiter, als hätte sie gerade die normalste Sache der Welt hinter sich gebracht.

»Alle Mädchen, die wegwollen, müssen anschaffen, und bei den Russen gibt es nichts zu holen, das sind alles nur Schweine, und für Rubel bekommst du kein Visum.«

Sie durchsuchte seine Hose und kramte einen zerknüllten ostdeutschen 50-Mark-Schein hervor.

»Was ist das?« Wütend hielt sie ihm den Schein unter die Nase und starrte ihn fassungslos an.

»Das ist kein richtiges Geld!« Sie knüllte den Schein zusammen und warf ihn auf den Boden.

»Die Deschurnaja hat gesagt, du bist Musiker in einem berühmten Orchester aus Deutschland, wieso hast du kein richtiges Geld, das ist Geld aus DDR!«

Ihre Enttäuschung ging in Verachtung über.

»Ich bin Musiker in einem berühmten Orchester!«, blaffte Krondorf zurück und zog die Jeans hoch.

»Wenn du Westgeld haben willst, dann musst du auch jemandem aus dem Westen einen blasen, bin ich James Last?«

»James Last«, wiederholte sie, »genau, James Last heißt das Orchester, das hat die Deschurnaja gesagt.«

Krondorf begriff nichts von dem, was sie sagte. Innerhalb weniger Minuten war so viel passiert, oder schien passiert zu sein, was eigentlich nicht von Bedeutung war, abgesehen davon, dass das Mädchen ihm etwas verschafft hatte, was er zu Hause nicht bekam.

Er hatte schon von der »Venusfalle« gehört. Agentinnen des russischen Geheimdienstes wurden zwischen Bar und Bett eines Devisenhotel, und in einem solchen befand er sich, auf Personen angesetzt, die man nach diversen Bettabenteuern mittels Erpressung zu einer Zusammenarbeit mit dem Geheimdienst bewegen wollte, so etwas kannte man auch von der Stasi zu Hause.

Aber wieso er, hier in Moskau? Das Einzelzimmer? Der Concierge, der in seinem Pass herumstöberte, die Deschurnaja mit dem vielsagenden Blick?

Offensichtlich verwechselten sie ihn. Es konnte nur eine Verwechselung sein.

Und was hatte das alles mit James Last zu tun?

Inzwischen hatte Natascha den zerknüllten Schein wieder aufgehoben und strich ihn glatt.

»Wenn du richtiges Geld hast, vielleicht morgen hast du richtiges deutsches Geld?«, sie machte eine Pause und sah ihn erwartungsvoll an, »dann bekommst du für einen westdeutschen 50-Mark-Schein zum Blasen noch einen Fick dazu!«

Lachend drehte sie sich zur Tür, versteckte den Geldschein in ihrer Uniform und weg war sie. So plötzlich weg, wie sie gekommen war.

Krondorf zuckte hilflos mit den Schultern, goss sich ein Glas Krimsekt ein und versuchte, mit der Sache klar zu kommen.

Was soll's, dachte er. Doch nach einer Weile kam er sich vor wie der schlechteste Ehemann der Welt.

Der nächste Morgen bescherte allen ein opulentes Frühstück im Hotel Rossija.

Krondorf hielt die Augen für einen Moment geschlossen. Noch frisch war die Erinnerung an das Erlebnis des vergangenen Abends. Nur nebenbei registrierte er das Geschehen ringsum, in der Nähe unterhielt man sich angeregt. Einige Brocken Englisch drangen zu ihm herüber. Nun doch aufmerksam geworden, drehte er sich um und stand auf.

Unweit lehnten leger gekleidete junge Männer entspannt in komfortablen Sesseln. Er glaubte seinen Augen nicht zu trauen. Hatte das Tanzmädel recht und die jungen Männer waren Musiker, wohnte James Last mit seinem Orchester etwa ebenfalls im Hotel?

Tatsächlich, schon im Aufbruch, unterhielten sie sich ganz in der Nähe mit ihrem Chef. Das musste er sein, Krondorf sah genauer hin, genau, das war er, leibhaftig, James Last, der wohl zurzeit berühmteste Orchesterleiter Deutschlands stand kaum zwei Meter entfernt von ihm. Krondorf starrte gebannt wie ein kleines Kind auf diesen Mann.

Seine Gedanken schweiften ab. Wie oft hatte er sich mühselig zu Hause Amiga Lizenz Schallplatten von James Last besorgt. Er hatte dessen erfolgreichen »Happy Sound« in sich aufgesogen, in der Hoffnung, das sogenannte »Easy Listening« auch für das eigene Orchester zu nutzen.

Gute Musik zu arrangieren war eine schwierige Aufgabe, reichte über das bloße Abhören der Musik von Tonband oder Plattenspieler und das Niederschreiben der Noten, Ton für Ton, weit hinaus. In den seltensten Fällen traten die Orchester in gleicher Besetzung auf.

Das James Last Orchester z.B. musizierte mit mindestens 16 hervorragenden Instrumentalisten, ebenso vielen Streichern und einem achtstimmigen Chor.

Wie oft hatten seine Gedanken bei der Arrangierarbeit Flügel bekommen, waren auf nächtlichen Schwingen über den Atlantik zu James Last nach Florida geflogen. Mittendrin beim Arrangieren saß er in Gedanken im Orchester, hörte die Trompeter, Posaunen und sah den Dirigenten fröhlich mit den Fingern schnippend vor sich. Im Geist war er bei allen großen Tourneen dabei gewesen, hatte mit James Last die Welt bereist.

Jemand stieß ihn an. Sein treuer Freund, der Posaunist, wedelte mit beiden Händen vor seinen Augen herum.

»He, wach auf«, flüsterte er ihm zu. »Mach dich nicht lächerlich«. Mit einer unmissverständlichen Geste schob er den wie versteinert Stehenden beiseite.

Krondorfs wirkliches Leben drängte sich augenblicklich wieder hervor. Er wusste es ja selbst. Gelegenheiten zum Abhauen in den Westen gab es genug. Aber würde er die Familie nachholen können? Welchen Repressalien wären die Daheimgebliebenen ausgesetzt? Und, würde man im Westen überhaupt gerade auf ihn warten? Würde gerade er sich eine Stelle als Trompeter im kapitalistischen Musikmarkt erobern können?

Undankbarkeit war jetzt fehl am Platz. Sie hatten ihr Auskommen. Ihr »Alter« sorgte für genügend Auftrittsmöglichkeiten bei Konzerten und Galas, es blieb immer noch Raum, um mit musikalischen Gelegenheitsauftritten die Haushaltskasse aufzubessern. Aber, sie bekamen im Westen keine Gage in DM, die steckte sich der sozialistische Arbeiter- und Bauernstaat ein, sie mussten nach jedem Gastspiel im Westen ihren Reisepass wie unmündige Kinder wieder abgeben, waren urplötzlich ihrer Privilegien beraubt, die sie sich doch zuvor erst mit musikalischen Höchstleitungen erspielt hatten.

Nun, für weitere Grübeleien blieb keine Zeit. Sie sahen sich um, denn der Alte mahnte mit hoch erhobenen Händen zum Aufbruch:

»Kommt, kommt!«

***

Einmal im Jahr, wie immer im Sommer, stand der Alte voller Erwartung in schneeweißer, frisch gebügelter Hose und ebensolchem Hemd auf der Terrasse seines Hauses unterhalb der alten Augustusburg und empfing seine Musiker zum Sommerfest.

Die vergangene Spielzeit hatte dem Orchester eine beachtliche Anzahl von Danksagungen in flüssiger Form eingebracht, die zwar dem Alten übergeben worden waren, er sie aber seinen Jungs nie vorenthielt.

So trafen sie sich in lockerer Atmosphäre bei gegrillten Spezialitäten. Das übliche Freiberger Fassbier war nicht gut genug, Königlich Sächsische Braukunst aus Dresden hatte der Alte beschafft und mit dem Glas in der Hand erfreuten sie sich am herrlichen Blick zum Jagdschloss hinauf und in das Erzgebirge hinunter. Hier standen sie dem Meister ohne Verlegenheit an der Seite, hier fiel kein böses Wort.

Keinen überraschte es, dass er sich Zeit nahm, um die erste Flasche hervorzuholen, einen Chivas Regal, gute zwölf Jahre alt. Er hielt die Flasche hoch und prüfte das Kolorit des bernsteinfarbenen Whiskys gegen das Licht der Sonne. Seine Finger strichen behutsam über das eingeprägte Wappen am Flaschenhals und endlich, alle wussten was nun kommen würde, wandte sich der Alte mit einem leichten Zwinkern kopfnickend zur Haustür.

In alter Tradition war diese erste Flasche das Geschenk von Fred Bertelmann, dem Sänger und Schauspieler, der mit seinem Schlager vom lachenden Vagabunden Berühmtheit erlangt hatte und jahrelang an der Oper in Chicago im Musical »Showboat« aufgetreten war.

Fred, der im Hausflur nahe der Tür gewartet hatte, stolperte nun mit einem überaus herzlichen Grinsen in die Sonne, breitete die Arme aus und rief:

»Nun macht's nicht immer so spannend, her mit der Pulle!« Fred kannte jeden einzelnen mit Namen, wusste wer neu dazugekommen war und umarmte die alten Hasen mit einem herzlichen Schulterklopfen. Und endlich, mit einem gemütlichen »Plopp« zog er den Korken.

»Hier, bedient euch! Die ganze Welt ist drei Drinks im Rückstand, es wird Zeit, dass wir das aufholen.«

Die Whisky-Tumbler wurden bereitgestellt und schnell verbreitete der ausgeschenkte Scotch seinen unnachahmlichen Duft von Wildkräutern, Heidekraut, Honig und Früchten.

Bald lockerten sich die Zungen, man ließ das Jahr Revue passieren. Gespannt lauschten sie Freds Geschichten aus der großen Welt, deren Teil sie immer nur für die Dauer eines Gastspiels sein durften.

»Hört her«, begann Fred und winkte dabei fröhlich die Truppe zusammen, »zu meinen guten Vorsätzen gehörte es in diesem Jahr, gesund zu leben und weniger zu …«. Er war sich darüber bewusst, dass er die Lacher auf seiner Seite hatte, und fuhr fort: »… bis ich von dem Trick der großen Stars Wind bekommen habe«.

Einige prusteten bereits los, denn seine Geschichten waren allemal mit urkomischen Anekdoten gespickt.

Fred richtete sich auf, wie eh und je konnte er sich seiner Zuhörer sicher sein.

»Also«, fuhr er fort und schwenkte den Whisky liebevoll in der Hand, »die ganz Großen, ich meine Sinatra und Dean Martin zum Beispiel … « Er räusperte sich: »Also, die haben sich immer gegenseitig angerufen. Nun, das ist ja an sich nichts Besonderes«.

Plötzlich stutzte er und wurde sich seines Fauxpas bewusst

»Naja, also in den Vereinigten Staaten, meine ich, … und, … im Westen, … naja«.

Fred wurde peinlich bewusst, dass ja ein großer Teil der DDR-Bürger gar keinen Telefonanschluss besaß. Nun schien er vollends aus dem Konzept gebracht und seufzte:

»Ach Mensch, ich weiß ja, dass das mit dem Telefon bei euch Scheiße ist!«

»Ach, komm«, warf der Alte begütigend ein, er hatte sich inzwischen dazugesellt und schmunzelte:

»Du weißt doch, was hier los ist, die kriegen alle noch ihr Telefon.« Und nach einer kurzen Pause fügte er hinzu: »… und wenn's für ein Gespräch mit Mielke persönlich ist, ha, ha, ha.«

Sichtlich vergnügt schenkte er den Umstehenden ein, die bereits voller Spannung auf die Fortsetzung der Geschichte warteten.

»Tja, nun«, Fred fand seinen Faden wieder, »also, Frank sang in New York und Dean wohnte in San Francisco, an der Westküste. Also rief Frankie nachmittags um 16:00 Uhr N.Y.-Ortszeit bei Dean an. Als der den Anruf entgegennahm, war es in S.F. allerdings erst 8:00 Uhr früh am Morgen.«

Um seiner Geschichte einen gewissen Glanz zu verleihen, fischte Fred einen Eiswürfel aus der Kühlbox und ließ ihn in seinem Glas kreiseln, dann sprach er weiter:

»Dean vernahm zunächst nichts aus dem Telefonhörer — nichts als Stille.«

Fred machte eine eindrucksvolle Pause.

»Bei genauerem Hinhören allerdings«, fuhr er fort, »vernahm Dean nur ein leises Kling-kling-kling-kling, dann aber die heisere Stimme seines Freundes Frank. ›Hallo mein Freund‹, grüßte Dean in den Hörer, ›du klingst aber gar nicht gesund, was ist mit deiner Stimme?‹«

Aufs Neue schwenkte Fred wie zur Bestätigung sein Glas.

»›Ach weißt du‹«, erzählte Fred weiter und ahmte Frank Sinatras Stimme nach, »›manchmal brauche ich etwas, was mich durch die Nacht bringt, das kann eine schöne Frau sein, oder auch ein Jack Daniels.‹ «

»Ein entsetzlicher Hustenanfall unterbrach seine Rede«, berichtete Fred weiter. »Frankie schien etwas zu trinken und sagte: ›Tja, und gestern kam eben beides zusammen. Du weißt doch, Saufen macht den Vogel erst hart‹. Worauf Dean schmunzeln musste, aber nur um sofort ins Telefon zu brüllen: ›Hast du etwa einen Whisky in der Hand — ja bist du denn übergeschnappt?‹ Nach einer kleinen Weile fügte er dem hinzu: ›Wir hatten ein Abkommen, Frank, ein Abkommen, nicht vor 4 Uhr nachmittags zu trinken!‹ Woraufhin Frank souverän entgegnete: ›Bei mir ist es bereits vier, alter Knabe!‹ Er fügte verschmitzt hinzu: ›Kauf dir endlich eine ordentliche Uhr, eine mit Ostküstenzeit, Dean!‹«

Die kleine Geschichte verfehlte ihre Wirkung nicht, lachend nestelten die Musiker an ihren Armbanduhren.

Längst war es 16:00 Uhr, sie waren also auf der sicheren Seite.

Fred blieb einen Moment sitzen, dann genehmigte er sich grinsend erneut einen Schluck, stand auf und stieß mit ihnen an.

Krondorf indes blieb nachdenklich abseitsstehen.

Es schien ihm, als wäre alles so kühl geworden, nicht gerade feindselig, aber kühler. In kleinen Grüppchen standen die Kollegen nun, rauchten, tranken Bier und beurteilten mit Kennermiene den kostbaren Whisky. Einer kümmerte sich um den Grill, andere versorgten die Feuerschale. Abwechselnd wurde Krondorf schwer und gleichzeitig leicht zumute. Er trank einen Schluck und lehnte sich zurück. Die kommende Tournee, drei Monate am Stück durch die Bundesrepublik Deutschland, würden sie nun ohne ihn bestreiten. Er hatte beim Alten und beim Rat des Bezirkes Dresden interveniert, sogar bei der Künstleragentur der DDR vorsichtig nachgefragt.

»Ich werde mich erkundigen«, hatte Kerstin Scholz daraufhin gesagt, ohne ihm auch nur einen kleinen Hoffnungsschimmer zu machen. Mutig sah ihr Krondorf damals in die Augen. Kaum merklich verzerrte sich ihr glattes Gesicht, als ihre Mundwinkel abfällig nach unten sanken. Er spürte es wieder: Offenbar wusste sie mehr, als alle anderen. Diese Frau war ohne Gewissen, diese Frau log und hatte kein Herz.

Wie so oft zuvor fühlte er sich auf einmal ungemein verlassen. Was konnte nur vorgefallen sein? Krondorf versuchte sich zu erinnern, kramte wie schon unzählige Male zuvor in der unmittelbaren Vergangenheit. Unlängst hatte zu Hause eine Freundin seiner Frau mit halblauter Stimme und seltsamen Andeutungen für neue Unsicherheit gesorgt.

»Ich weiß doch auch nicht, wieso er plötzlich nicht mehr fahren darf, bei euch ist doch alles in Ordnung?«

Was wusste sie, woher, und von wem? Wer von seinen Kollegen hatte Einblick, vielleicht sogar Zugang zu Vorgängen, die ihm völlig fremd und verwehrt waren?

Reisekader wie er hatten eine vollständige staatssicherheitsdienstliche Überprüfung hinter sich. Entscheidend für die Erteilung des Reisevisums durch die »zuständigen Organe« war bisher noch immer die Schlüsselfrage gewesen: Kommt er nach einem Gastspiel zurück oder haut er ab in den Westen, den bösen?

Andererseits konnte die Äußerung eines missliebigen Nachbarn, irgendeines Neiders schon seine Aktenlage verändert haben.

Noch einmal erinnerte er sich. Eines Tages war seine Tochter heulend aus der Schule gekommen, weil ihre Buchvorstellung: »Pippi Langstrumpf geht nach Takatukaland« nicht dem sozialistischen Menschenbild entsprechen würde. Er versuchte sich an das Gespräch am Abendbrotstich zu erinnern.

»Du, Papa«, hatte seine Tochter gefragt, »das Buch ›Pippi Langstrumpf‹ habe ich doch von meiner Patentante bekommen?«

»Ja, von Gisela aus Bochum«, hatte er etwas irritiert geantwortet. »Wieso fragst du?«

»Naja«, erklärte seine Tochter, »jeder sollte im Deutschunterricht in einem kurzen Vortrag sein Lieblingsbuch vorstellen und die Deutschlehrerin hat gesagt, so ein Buch aus dem Westen könne man nicht für eine Buchvorstellung nehmen.«

Erstaunt blickte Krondorf seine Tochter an und nahm sich ein Bier aus dem Kühlschrank, runzelte die Stirn und erwiderte:

»Du hast ihr doch sicher erzählt, wie stark die Pippi Langstrumpf zusammen mit Tommy und Annika für eine gerechte Welt kämpft?«

»Ja, schon«, antwortete sie nach einer kurzen Pause, »eigentlich wollte ich das«.

Jetzt war sie den Tränen nahe und schluchzte:

»Aber der Direktor hat mir in der großen Hofpause vor der Deutschstunde bei einer Ranzenkontrolle das Buch weggenommen.«

»Und das hast du dir gefallen lassen?«, entgegnete Krondorf und richtete sich auf.

»Jetzt komm mal wieder runter!«, beschwichtigte ihn seine Frau, und nahm das Mädchen schützend in den Arm:

»Sie hat der Deutschlehrerin vor allen Schülern erklärt, dass ihr das Buch unberechtigt vom Direktor aus dem Ranzen genommen wurde und sie ohne dieses Buch keine Buchvorstellung machen werde, und«, so warf sie triumphierend ein, »habe ich bereits mit dem Direktor, Herrn Sommerfeld, gesprochen und ihm erklärt, dass im Kinderbuchverlag der DDR bereits vier Bücher von Astrid Lindgren erschienen sind, nämlich ›Mio, mein Mio‹, ›Karlsson vom Dach‹ und u.a. auch ›Pippi Langstrumpf‹, nur seien diese Bücher ja so nicht zu erhalten, sondern nur unter dem Ladentisch zu bekommen und so müsse man ja leider die Westverwandtschaft bemühen, um ein Exemplar zu erhalten.«

Krondorf öffnete den Mund und wollte eine Frage stellen, doch seine Frau lehnte sich zurück und unterbrach ihn:

»Eigentlich solltest du stolz auf deine Tochter sein!« Ein bisschen hatte sie damit natürlich auch sich gemeint. Zu Recht.

Krondorf nahm einen Schluck aus der Flasche und kratzte sich nachdenklich am Kopf. Hatte das etwa alles mit seiner verhängten Reisesperre zu tun?

Kürzlich hatte er sich selbst beim Fleischer lautstark aufgeregt, dass es trotz der massenhaften Haltung von Schweinen (den dekadenten Begriff Massentierhaltung hatte er sich bewusst verkniffen) keine Schweinelende zu kaufen gäbe.

Obwohl er keinem seiner Freunde und Kollegen eine Schweinerei zutraute – sollte denn jetzt jeder jedem misstrauen?

»Die Stasi hat mindestens so viele Spitzel, wie seinerzeit die Nazis«, hatte sein Vater immer betont.

Vieles blieb ihm rätselhaft, aber nun fiel ihm noch eine alte Geschichte wieder ein.

Gewöhnlich übernachteten sie während der Tage von »Menschen-Tiere-Sensationen« in Ostberlin. Keiner der Musiker konnte sich von 5 Westmark Tagesspesen, die sie von der Künstleragentur der DDR erhielten, eine Übernachtung im Westen leisten. So pendelten sie täglich zwischen Ost und West hin und her.

Wenn sie sich zeitig genug kümmerten, konnten sie für die gesamte Dauer Zimmer im Christlichen Hospiz, einem Hotel der Berliner Stadtmission am Schiffbauerdamm, direkt gegenüber dem Bahnhof Friedrichstraße, ergattern. Die Zimmer waren für DDR-Verhältnisse komfortabel ausgestattet und es gab ein umfangreiches Frühstücksbuffet.

Meist frühstückten sie dort gemeinsam, bevor sich jeder aufmachte, im Westen bei Bilka oder Woolworth am Zoo seine Mitbringselliste abzuarbeiten. Das KaDeWe oder Karstadt am Zoo kamen aus Kostengründen nicht infrage, manchmal hatte Quelle auf der Wilmersdorferstraße eventuell etwas, was dem kargen Geldbeutel der Ostkünstler entsprach.

Eines Morgens hatte Krondorf nicht schlecht gestaunt, als er auf dem Weg zum Frühstücksraum nahe bei der Tür eine junge Frau stehen sah, die er sofort erkannte. Martina, die Frau seines Kollegen Bernhard.

»Martina! Was machst du denn hier?«, fragte er verwundert.

»Oh! Hallo Hannes«, begrüßte sie ihn sichtlich überrascht, schaute ihn an und antwortete nach kurzer Überlegung wie selbstverständlich, »ich suche meinen Mann, wir wollen heute zusammen drüben Weihnachtseinkäufe machen«.

Krondorf blieb die Spucke weg, schon wollte er sagen: »Verarschen kann ich mich alleine.« Doch er besann sich eines Besseren und fragte vorsichtig nach:

»Hast du etwa auch ein Dienstvisum?« Inzwischen hatte Martina ihren Mann entdeckt und winkte ihm erleichtert zu.

»Wieso denn nicht?«, kam Bernhard seiner Frau mit einer Antwort zuvor. Er musste Hannes Frage gehört haben, als er grinsend auf die beiden zu schlenderte.

»Versuch's doch auch einfach mal!«

Mit diesen Worten wandten sich beide ab, verschwanden durch die Ausgangstür des Hospizes in Richtung Bahnhof Friedrichstraße und ließen den ungläubig dreinschauenden Krondorf einfach stehen.

Ihm hatte es die Sprache verschlagen, das hatte er nicht erwartet. Zwar wusste er, dass Martinas Vater ein hohes Amt beim Außenhandelsministerium der DDR innehatte und ständig zwischen Oslo und Berlin hin- und herpendelte, aber er konnte sich nicht vorstellen, dass ihr der Vater nur eben mal so den ungehinderten Zugang zur kapitalistischen Dekadenz ermöglicht hatte, damit sie mit ihrem Mann einkaufen gehen konnte.

Krondorf wollte es eigentlich nicht zu Ende überlegen, waren mit dieser Freizügigkeit, die dem Großteil der DDR-Bevölkerung versagt blieb, bis sie das Rentenalter erreichte, – waren damit Auflagen verbunden? War es gar im schlimmsten anzunehmenden Fall der Judaslohn für bereits erledigte Aufgaben?

Sie waren doch eng befreundet, Bernhard und er. Die Frauen tauschten so manches Problem miteinander aus. Bis zu seinem Umzug aufs Land hatten beide Familien beinahe Tür an Tür gewohnt. Sie hatten gemeinsame Freunde.

Mit ihm trank er manche Flasche gemeinsam aus. Natürlich wurden an solchen Abenden auch familiäre Dinge besprochen und Krondorf hielt nicht hinter dem Berg mit seiner Meinung. Nein, für Bernhard legte er seine Hand ins Feuer.

Es stank ihm so, dieses ständige Gerenne nach Dingen des täglichen Lebens, die die sozialistische Planwirtschaft dem Normalbürger vorenthielt, und dabei war er ja schon privilegiert.

Wollte man einen neuen Fernsehapparat haben oder gab es den Wunsch, sogar einen Farbfernsehapparat sein eigen nennen zu wollen, wenn auch das französische SECAM-System, mit dem der DDR-Fernsehfunk sein Programm übertrug, weit unter der Bildqualität des europäischen PAL-Systems des westdeutschen Fernsehens lag, so rupfte der Verkäufer des staatlichen Rundfunk- und Fernmelde-Technik-Ladens mit gequälter Miene die Arme hoch und plärrte:

»Hatten wir noch nicht und kriegen wir auch nicht rein!« Dabei wusste jeder, dass er unverschämt log. Unter dem Ladentisch gab es genügend »Bückware«, die er nur an solche Kunden aushändigte, zu denen er entweder ein familiäres Verhältnis pflegte, oder von denen er sich in Anbetracht der allzeit gegenwärtigen DDR-Mangelwirtschaft interessante Gegenleistungen versprach.

»Wenn Sie den ganzen Tag die Arme so hochreißen«, hatte Krondorf einmal zurückgeblafft, »weil Sie nichts zu verkaufen haben, dann müssen Ihnen doch am Abend die Arme so wehtun, dass Sie sie am nächsten Tag gar nicht mehr hochkriegen, was?«

Eine Antwort hatte er nicht abgewartet, sondern war hinausgestürmt und hatte die Ladentür hinter sich zugeschmissen.

Sollte die Stasi schon seit Langem wissen, was in der Wohnung der Familie Krondorf geredet wurde?

Immer wieder kam es vor, dass ein Musiker die Chance nutzte und am Ende eines Gastspieles im Westen nicht mit zurück in die DDR kam, einfach abhaute.

»Da hat sich die Stasi aber ganz schön verkackt«, kommentierte Hannes mal so einen Fall am Abendbrottisch der Familie, worauf eines seiner Kinder fragte:

»Papa, was passiert eigentlich, wenn du abhaust?«

Von der Frage vollkommen überrascht, hatte Krondorf die Stirn in Falten gelegt und einen Moment nachgedacht. Sollte er jetzt reinen Tisch machen und den Kindern die Wahrheit sagen? Ihnen erklären, dass er keine schönen Geschenke mehr aus dem Westen mit nach Hause bringen können würde? Dass er demnächst aus dem Orchester flöge und sich andere Arbeit suchen müsste? Er lehnte sich zurück. Noch hatte der Alte die Kündigung nicht ausgesprochen, er sah sich Hilfe suchend nach seiner Frau um. Sie nickte ihm aufmunternd zu, nahm das jüngste in den Arm und erwiderte.

»Na erzähl ihnen schon, was sie mit uns gemacht hätten, wenn du nicht zurückgekommen wärst.«

Krondorf betrachtete seinen Abendbrotteller, als stünde darauf eine Erklärung. Dann schob er ihn beiseite.

»Also«, hatte er begonnen, »wenn einer abgehauen ist«, er machte eine kurze Pause, »dann werden sofort die nächsten Verwandten von der Stasi vorgeladen.«

»Was ist ›vorgeladen‹?«, unterbrach ihn die Jüngste.

»Vorgeladen heißt«, Krondorf räusperte sich unschlüssig, »heißt, die Mutti muss auf die Schießgasse ins Polizeipräsidium und wird verhört.«

Jetzt redete er schneller um nicht noch mal unterbrochen zu werden:

»Mutti wird von einem Stasimann befragt, ob sie womöglich etwas von meiner geplanten Flucht gewusst hat, und sie ist dann ganz alleine mit dem Mann in einem kleinen Zimmer, einem Verhörraum, und der Mann hat wahrscheinlich eine Uniform an und dann brüllt er die Mutti an, wenn sie nicht gleich auf eine Frage antwortet.«

Sichtlich erregt wurde Krondorf im Tonfall lauter, seine Frau schien seine Gedanken zu lesen und unterbrach ihn voller Angst:

»Hannes, beruhige dich, versuch ihnen lieber klar zu machen, dass du mich und uns niemals in diese Situation bringen wirst!«

»Ha, schön wäre es, wenn ich die Gelegenheit dazu noch mal bekäme!« Krondorf knallte mit der Faust auf den Tisch, dass die Teller aneinander schepperten.

»Aber die Frage habe ich noch nicht vollständig beantwortet«. Hannes blickte seine Frau erbost an und polterte los:

»Dann sollen sie doch die ganze Wahrheit erfahren!«

»Hör auf, bitte«, flüsterte seine Frau, »bitte, hör auf!«

Krondorf beruhigte sich etwas und fuhr fort:

»Es ist mehrmals vorgekommen, dass man eine Frau, deren Mann in den Westen abgehauen ist, eingesperrt hat, weil sie angeblich von den Fluchtplänen ihres Mannes wusste und ihren eigenen Mann nicht bei der Stasi angezeigt hat«. Er wurde wieder lauter: »Das heißt auf gut Deutsch, weil sie ihren eigenen Mann nicht denunziert hat!«, Krondorf hob seinen Blick und sah seiner Frau in die Augen.

Sprachlos blickten die Kinder ihren Vater mit großen Augen an.

»Das ist noch nicht alles.« Krondorf holte tief Luft und zwang sich, die Erregung in seiner Stimme unter Kontrolle zu bekommen:

»Es gibt Fälle, in denen die Stasi Müttern, die aus besagten Gründen eingesperrt wurden, ihre Kinder weggenommen und in Kinderheime gesperrt hat, manchmal wurden sie auch zur Adoption freigegeben.« Atemlose Stille herrschte plötzlich am Abendbrottisch der Familie.

»Und deshalb kommt der Papa auch immer wieder zu uns zurück«, hatte seine Frau hinzugefügt und so versucht, die aufgewühlte Situation zu entspannen.

Aber all das war einige Zeit her. Einen Moment lang fand Krondorf wieder zu sich und bemerkte das lustige Treiben während des Sommerfestes um sich herum. Ja, sie hatten Grund zum Feiern, alle waren vergnügt und ausgelassen, prosteten einander zu und klopften sich gegenseitig auf die Schulter. Erinnerungen wurden ausgetauscht und Witze erzählt. Warum nur durfte er ausgerechnet nicht mehr mit in den Westen?

Alle hatten sie irgendwie schon mal vom Wechselkurs Ostmark/Westmark profitiert und Geschäfte gemacht.

Sicher, er hatte für Rainer die neueste Schallplatte von Supertramp mitgebracht. Das konnte nichts Verwerfliches gewesen sein, eher vielleicht, dass ihm Rainer die Kosten für die Platte von 24 DM im Umrechnungsverhältnis 1:10 in 240 Ostmark erstattet hatte. Aber da liefen doch noch ganz andere Geschäfte, die von den Kollegen besorgt wurden, da war er doch ein kleiner Fisch dagegen.

Computer aus den USA, z.B. Atari XL 800, oder der Commodore 64 waren in der DDR nur im Intershop für Westgeld zu haben und wurden auf dem Schwarzmarkt in der DDR mit bis zu 6000 Ostmark gehandelt. Sie wechselten auf der Reise von Ost nach West, versteckt in Instrumentenkoffern oder Kleidersäcken für wesentlich höhere Gewinne ihre Besitzer.

Glücklicherweise kam der Alte mit einer neuen Flasche, rückte einen Stuhl zurecht und griff nach zwei Gläsern.

»Na, Hannes«, sagte er und drehte den Whisky in der Hand.

Krondorf riss sich zusammen. Die Stimme des Alten wirkte beruhigend, vertraut und doch meinte er, einen leisen Unterton zu hören. Er zog skeptisch die Augenbrauen zusammen ohne den Alten anzusehen.

»Ach komm, die Welt geht doch nicht unter wegen so einer blöden Sache …«, fing der Alte an. »Was ist denn los bei dir?«

Er lehnte sich zurück und machte ein bedenkliches Gesicht. Für einen Moment schien sein Blick nach innen gerichtet. Als er weiterredete, spürte Krondorf, dass der Alte mehr wusste, als er zugeben wollte.

»Ich kann nur immer wieder deine Unverzichtbarkeit im Orchester hervorheben«. Seine Worte sollten zuversichtlich klingen, er schien zu ahnen, dass sein erster Trompeter ihm nicht mehr traute.

»Wenn einer aus unerfindlichen Gründen nicht fahren darf, liegt es immer nur an demjenigen selbst«, der Alte trank einen Schluck und redete weiter, »und daraus ergeben sich für alle nur neue Probleme. Ein ebenbürtiger Ersatzmann muss her, und der ist gar nicht so leicht zu finden.«

Er lachte verlegen: »Abgewrackte Trompeter des Erich-Weinert-Ensembles, die von Haus aus eine Reiseerlaubnis der Stasi für den Westen besitzen, kann ich leicht bekommen, aber einen Hannes zu ersetzen …«

Krondorf hatte die letzten Worte nicht mehr bewusst wahrgenommen, der Alte musterte ihn, um zu sehen, wie Krondorf seine Erzählung schluckte. Dann erhob er sich, klopfte ihm auf die Schulter und entfernte sich wieder. Noch mehr fühlte sich Krondorf nun gedemütigt, ungemein verlassen, alles in ihm war so aufgewühlt, dass er nichts anderes mehr tun wollte, als trinken. So sehr er dem Alten glauben mochte, so konnte er nicht aufhören, darüber nachzudenken und diese Gedanken waren nie quälender als jetzt, nachdem der Alte gegangen war.

Aber es nützte ihm nichts. Da gab es irgendwelche Leute, die seine Hoffnungen mit einem Federstrich vernichtet hatten. Sie brauchten ihn nicht mehr.

***

Der Alte schnappte sich einen Stuhl von der Seitenbühne und schob den schweren Vorhang auf.

Außer ein paar Begrenzungsleuchten, die mit milchigem Licht die Bühnenkante zum Saal hin markierten, war es finster. Einen Moment brauchten seine Augen, sich daran zu gewöhnen.

Mit echter Ehrfurcht betrat er die halbdunkle Bühne, rückte den Stuhl an die Kante, setzte sich und atmete tief ein, inhalierte die dunkle Kühle des großen Saals und versank in Gedanken.

»Ist es tatsächlich schon 40 Jahre her?«, murmelte er. Für einen kurzen Moment überkam ihn das Gefühl der Dankbarkeit, welches ihn übermannte, wenn er sich wirklich alleine fühlte, mit sich im Reinen war. Verlegen sah er sich um, kaum vernehmbar wuselten irgendwo weit draußen im Foyer die Reinemachefrauen in den Publikumsgarderoben umher.

Die Kongresshalle erinnerte ihn bei jedem neuen Auftritt mit dem eigenen Orchester an die unzähligen schönen und aufregenden Veranstaltungen nach dem Krieg. Die schönsten Erlebnisse wurden wieder wach, damals, er war Schlagzeuger und Gründungsmitglied des Orchester-Kurt-Henkels, produzierten sie Aufnahmen für den Sender Leipzig.

Entspannt lehnte er sich zurück und überließ sich, nicht ohne Stolz, dem Blick in die Vergangenheit. Bereits 1950 bewarb sich Kurt Henkels mit dem Orchester bei einem internationalen Wettbewerb in Paris, reichte zwei Schallplatten ein und sie belegten mit »Cherokee« und »Come back to Sorrento« den zweiten Platz, die Silbermedaille mit ihm am Schlagzeug – und das nach der Band von Edward Kennedy Ellington, dem Duke, dem Herzog des Swing. Der Alte hatte diese Augenblicke stets in vollen Zügen genossen, auf der Bühne oder nach der letzten Note einer gelungenen Komposition.

Jetzt richtete er sich etwas auf und erkannte verschwommen die vorderen Stuhlreihen. Das Parkett im Mittelgang zwischen den fast 1000 Sitzplätzen schimmerte bläulich-schwarz im funzeligen Licht der Notausgänge. Es erfüllte ihn mit Ruhe, er genoss diese Augenblicke der Stille vor der hektischen Betriebsamkeit, die jeder Veranstaltung vorausging. Die Bühne dieses Hauses war etwas ganz Besonderes, besaß eine außergewöhnliche Strahlkraft.

Gleichsam innerlich verbunden mit den vielen namhaften Wegbegleitern der ersten Stunde, übte die Kongresshalle Einmaliges, respektvoll ehrfürchtiges auf ihn aus.

Immer bemüht, dieses Gefühl auch seinen jungen Musikern nahezubringen, spürten diese die Anspannung, mit der er, der Alte, jeweils die Bühne des geschichtsträchtigen Hauses betrat.

Aber, wie so oft im richtigen Leben, folgt einer erfolgsverwöhnten Erwartung die bittere Enttäuschung.

Wie in jedem Jahr war das Orchester für mehrere Tage in der Kongresshalle während der Leipziger Frühjahrsmesse zu verschiedenen Anlässen engagiert. Zu Beginn einer jeden Show konnten sich die Musiker mit einem selbst ausgesuchten Paradestückchen dem Publikum präsentieren. Der Alte tat sein Bestes, sie dabei wortreich ins rechte Licht zu setzen und namentlich vorzustellen. Gewöhnlich eröffneten sie das Messeprogramm mit einem Nachmittagskonzert in der Kongresshalle.

Ding, ding-ding, ding-ding ... so plätscherten auch an diesem Nachmittag die ersten Töne aus dem Konzertflügel hinunter in den vollbesetzten großen Saal. Horst begann mit dem beliebten Thema »Memories« aus dem Musical »Cats«, das Krondorf sich zum Trompetensolo umarrangiert hatte und soeben sagte der Alte seinen Trompeter mit großer Geste an. Gewöhnlich bereitete Krondorf das keine Schwierigkeiten.

Heute allerdings stakste Krondorf etwas unsicher zum Mikro, welches weit vorne am Bühnenrand stand. Der leicht zum Publikum nach unten geneigte Bühnenboden der Kongresshalle verunsicherte ihn. Er riss sich zusammen und presste die Lippen aufeinander. Auf der Bühne hatte er nie versagt. Aber ihm war klar, kein vernünftiger Ton würde heute seine Trompete verlassen. Drei Bier zum Abendbrot vor der Veranstaltung, dazu zwei Schnäpse, verwandelten ihn vom Startrompeter gerade zum lächerlichen Abbild eines Versagers. Er konnte nicht mehr spielen, es funktionierte nicht. Und plötzlich, unvermittelt, in Sekundenschnelle, brachen die alten Gedanken wieder hervor. Zu tief noch saß die bittere Erkenntnis, das kürzlich erteilte Reiseverbot war unumkehrbar.

Komisch, dass gerade er nur noch im Osten, im sozialistischen Wirtschaftsgebiet Trompete spielen durfte? Was konnte der Grund dafür sein, dass Kerstin Scholz auf seine Frage lakonisch geantwortet hatte: »Das Komitee für Unterhaltungskunst hat ebenso entschieden«.

Von ihr ging eine unbestimmte Drohung aus, voll von Dummheit, Lüge und, … er wollte es nicht weiterdenken, … voll von Verrat?

Hatte ihn etwa jemand denunziert? Vielleicht sogar ein Kollege?

Wieder klingelte das Eingangsthema vom Flügel hin zu ihm, war am letzten Takt des Vorspiels angelangt. Nun, der Alte deutete mit erhobenem Arm und ausgestrecktem Zeigefinger auf ihn und sagte seinen Trompeter über ein Mikrofon lautstark an. Jetzt müsste er eigentlich anfangen, müsste sein Solo spielen. Früher hatte er, wenn er spielte, an gar nichts gedacht. Jetzt hoffte er, dass es vorbeigehen würde. Es wird vorbeigehen, dachte er. Doch es ging nicht vorbei. Er konnte nicht mehr spielen. Er wusste, dass er es heute nicht schaffen würde.

Horst, der Pianist, sah sich verdutzt um, wiederholte erneut die einleitenden Töne, aber Krondorf blieb, die Trompete an den Lippen, leicht schwankend mutlos stehen. Es kam kein Ton heraus, nichts.

Horst glaubte einen Augenblick, es handele sich um einen Gag, doch dann begegneten sich ihre Blicke, Krondorf war kreideweiß und seine Finger zitterten auf den Ventilen der Trompete, er hatte noch nie so angeschlagen ausgesehen.

Horst sah die Angst in seinem Blick, die blanke Angst, und begriff sofort, er musste retten, was noch zu retten war. Mit vollen Händen griff er in die Tasten, präludierte und improvisierte ein Solo über »Memories«, welches Krondorf hätte eigentlich blasen sollen. Abgelenkt durch die brillanten Klänge vom Flügel wendete sich das Publikum von Krondorf ab. Dieser nutzte die Gelegenheit, verbeugte sich wie ein Konfirmand und verzog sich verlegen nach hinten.

Und der Alte, der eigentlich immer nachsichtig seinen Musikern gegenüber war, sie liebevoll entgegenkommend nur beim Vornamen nannte, konnte nicht mehr an sich halten.

Mit hochrotem Kopf drehte er sich vom Publikum weg und schrie ihm, nach Luft ringend, hinterher: »Das hat ein Nachspiel, Herr Krondorf!«

Der Tag war gelaufen. Krondorf stolperte nach der Veranstaltung missmutig aus der Garderobe hinaus ins Freie. Die untergehende Märzsonne erwärmte den lauen Frühlingsabend, ohne dass er davon Notiz nahm. Er hatte Durst, wollte die Blamage irgendwo mit einem Bier herunterspülen.

Auf dem Freisitz im Zoocafé war kein Platz zu ergattern. An allen Tischen saßen fröhliche Gesellschaften, tranken Bier oder Wein und genossen den frühen Abend. Zwischen den Stühlen spielten

Kinder auf der Erde, malten mit kleinen Stöckchen im Staub und machten fürchterlichen Krach. Er wendete sich ab und nahm den Weg zum nahen Bahnhof. In den Messewochen waren die Hotels gewöhnlich ausgebucht, hier hatte die Leipziger Konzert- und Gastspieldirektion zum Glück vorgesorgt und die Zimmer für ihre Künstler langfristig reserviert.

Sie kampierten unweit des Hauptbahnhofs im Nordhotel. Dort, in der kleinen Hotelbar, könnte er einen Absacker nehmen, dachte er.

Jedoch waren bereits alle Plätze am Tresen besetzt. An einen Tisch wollte er nicht, er wollte keine dummen Gespräche mit irgendwelchen oberschlauen Geschäftsleuten führen, die zur Messe den reichen Macker aus dem Westen rauskehrten.

Dann bleibt nur noch die Astoria-Bar, dachte er, noch ein paar Schritte zu Fuß werden dir guttun. »Nur für Hotelgäste« las er dort jedoch auf einem großen Schild am Eingang und nach einem Blick auf den Hinweis an der Glastür zum Restaurant »Reserviert für Gäste mit frei konvertierbarer Währung«.

Er gab sich nicht die Mühe, die Männer des Einlassdienstes, welche offensichtlich zum MfS gehörten, überreden zu wollen, ihn trotzdem hereinzulassen Es war kein Geheimnis, dass es in der Stadt zu Messezeiten gerade in den teuren Hotels von Prostituierten nur so wimmelte, welche teils als Hobbynutten aus dem Umland nach Leipzig kamen, um Westgeld zu verdienen oder durchaus als Prostituierte und IM bei der Stasi auf der Gehaltsliste standen.

Also ein Taxi und raus aus der Stadt zum Haus Auensee, überlegte er. Ein reguläres Taxi zu bekommen, glich einem Glücksspiel. Es gab viel zu wenig zugelassene Taxen, um den Bedarf gerade an Messetagen ab zu decken.

Also zurück zum Bahnhof, dort standen unweit des Taxistandes die Ladas, Wartburgs und Wolgas der Leipziger »Schwarztaxen«.

Hier hatte der Erfindungsreichtum der auf Provisorien spezialisierten DDR-Bürger Abhilfe geschaffen und sie verbesserten sich aus dem Mangel an offiziellen Taxen heraus mit einem Nebenverdienst das allgemein niedrige Durchschnittseinkommen. Mit ihren Privatfahrzeugen gingen sie vornehmlich nachts auf Kundenfang, verringerten an den Tummelplätzen der Stadt das Tempo und schon winkte jemand das Auto heran. Geld durften sie nicht verlangen, da man so das Risiko einer Bestrafung einging. Im Allgemeinen jedoch regelte sich die Bezahlung gütlich, da die Fahrgäste froh und glücklich waren, an Wochenenden wenigstens ein Schwarztaxi erwischt zu haben.

Das Haus Auensee kannte der Fahrer gut. In wenigen Minuten lenkte er seinen getunten Lada 1500 vom Hauptbahnhof in den Norden nach Leipzig-Wahren.

»Watt woll'n se denn in der piekfeinen Kaschemme?«, fragte er Krondorf in reinstem berlinisch.

»Ähm, ja, mal sehen«, druckste Hannes rum, auf einen Berliner Taxifahrer in Leipzig war er nicht vorbereitet.

»Was machen Sie hier in Leipzig, und dann noch im Schwarztaxi?«, fragte er zurück und betrachtete verstohlen das Gesicht des Fahrers von der Seite, ein ruhiges nettes Gesicht, das von den Scheinwerfern der entgegenkommenden Fahrzeuge mal mehr, mal weniger beleuchtet wurde.

Der Fahrer wandte sich für einen Augenblick ihm zu und er sah ein überraschtes Lächeln auf dessen Gesicht.

»Dett is Messezeit, sahre ick Ihnen, Mann, dett iss wie en Fünfer im Lotto. In Leipzig or Berlin, dett iss ejal, wa. Zur Messe machste überall Kohle, un die Bonzen, die wolln doch, dass mer ruhig halten und wenn mer Kohle ham, denn halten mer och ruhig, wa, dett iss nu ma jut so.«

So konnte man es auch sehen, dachte Krondorf und wollte schon aussteigen.

Doch der Berliner fasste ihn am Ärmel und klopfte erwartungsvoll mit der Hand auf die Mittelkonsole.

»Ick darf zwar nischt verlangen«, sagte er und sah ihn dabei nachdrücklich an, »awwer die Fahrt war ja nich für umme, oder?«

»Entschuldigung«, murmelte Hannes, der mit seinen Gedanken längst woanders war, und kramte einen Zwanziger aus der Hosentasche.

»Na für den Schein kriejen se sojar noch een Tipp von mir«, freute sich der Fahrer und versteckte den Zwanziger hinter der Sonnenblende.

»Ick wees ja nich, was Se vorham, awwer dett eene sahre ick Ihnen, dett is hier wie in Berlin, wa, haste 'ne Braut, biste dein Jeld los und denn isses wie überall, unten rum sind se alle gleich.«

Er lachte schallend, knallte den ersten Gang rein und bretterte mit quietschenden Reifen davon.

Krondorf trat vom Rand der Straße hinüber zum großen Freisitz. Hier hatte er oft gesessen und würde seinen Ärger herunterspülen. Doch kein Licht brannte unter den Bäumen, die Stühle waren an die Tische geklappt und mit einer langen Kette gesichert.

Tote Hose im Auensee?, dachte er und wollte schon wieder mutlos die Segel streichen, als er aus dem Saal neben dem Freisitz laute Musik vernahm.

Bei genauerem Hinhören erkannte er Bruchstücke eines ihm bekannten Songs. Das ist doch die »Moonlight Serenade«, schoss es ihm durch den Kopf. Es musste eine größere Formation sein, die dort spielte.

Aus den Fenstern des Saales, die zum Freisitz weit geöffnet waren, waberten dicke Schwaden von Tabakrauch heraus, die sich in der Luft des abkühlenden Frühlingsabends als feuchte Nebel zwischen ein paar abseitsstehenden Bäumen verkrochen.

Krondorf wagte einen Blick herein.

»Tanzorchester Egon Weiland« stand auf den Pulten der Musiker, die sich redlich Mühe gaben, den Glenn-Miller-Titel ordentlich über die Bühne zu bringen.

Rechts am Bühnenrand bemerkte er einen Mann im hellen Anzug, der sich um eine gutaussehende, attraktive ältere Dame kümmerte. Sie schienen Adressen auszutauschen, denn die Dame sah sich verlegen um, als sie etwas auf einem kleinen Zettel notierte.

Unmöglich, dachte Krondorf, als der Mann sich umdrehte und den Zettel in die Außentasche seines Jacketts steckte. Das ist doch Ecke, mein alter Freund und Kumpel Ecke!

Der strebte derweilen zielgerichtet zum Ausgang und wischte sich dabei mit einem über großen Taschentuch ein paar Schweißperlen von der Stirn.

Der alte Hase, dachte Krondorf, hat sich nicht geändert, hat er wieder einen alten Falter angebaggert und kommt jetzt schon vor Vorfreude ins Schwitzen.

Aber was macht er hier?

Ecke und Krondorf hatten vor Jahren mal in einer kleinen Band während einer Russlandtournee zusammen musiziert. Ecke als Sänger und Hannes als Trompeter und Arrangeur.

Krondorf stürzte um das Haus herum und erwischte ihn vorne im Foyer.

»Das gibt es doch nicht!«, entfuhr es Ecke, als er Krondorf erkannte.

»Gibt es doch!«, rief Hannes und umarmte ihn herzlich. Unbemerkt zog er Ecke dabei den Zettel aus der Jackentasche.

»Was machst du hier?«, Ecke schob ihn mit zwei Händen von sich, um ihn anzusehen.

»Ich bin hier, um dich im Auftrag unseres Arbeiter- und Bauernstaates zu überwachen und nicht zuletzt Ermittlungen anzustellen«, Hannes machte eine wirkungsvolle Pause. »Ich werde dich letztendlich deiner permanenten Fremdgeherei überführen.«

Jetzt versuchte er, ein ernstes Gesicht zu machen und hielt Ecke den Zettel der Dame vor die Nase.

»Das ist jetzt nicht wahr«, Ecke wurde kreideweiß und trat einen Schritt zurück.

Nervös zog er erneut sein übergroßes Taschentuch hervor und wischte sich die Stirn ab.

Krondorf konnte nicht mehr an sich halten und prustete los, er nahm Ecke erneut in die Arme, klopfte ihm auf die Schulter und sagte:

»Du glaubst doch wohl nicht, was ich eben gesagt habe?«

Ecke sah sich ungläubig um.

»So was kannst du mit einem älteren Herren nicht machen«, stöhnte er und boxte ihn vor die Schulter. Dann lachten beide los, als wollten ihre Brustkörbe platzen.

»Aber jetzt erzähl, was machst du hier?«, fragte Ecke.

Hannes holte tief Luft und begann sein nachmittägliches Drama zu berichten.

»Ich habe davon gehört, dass dich die Idioten vom Komitee geschasst haben«, unterbrach Ecke und schob ihn zur Seite.

»Ich muss wieder in den Saal«, er zog Hannes am Arm, »ich besorge den Jungs da drinnen ab und zu ein paar Auftritte, da fällt für mich auch noch nebenbei etwas ab«. Er zwinkerte und deutete mit einer Kopfbewegung auf den Zettel, den Hannes immer noch in der Hand hielt:

»Die spielen noch eine Runde, dann ist Feierabend, komm mit rein, du wirst deinen Spaß haben!«

Als sie den Saal betraten, plagte sich die Band mit dem »Trumpet Blues« von Harry James.

Na, das passt ja, schoss es Hannes durch den Kopf und er blieb wie betäubt stehen. Augenblicklich wurden Erinnerungen in ihm wach – mit dem »Trumpet Blues« hatte seine Karriere beim Alten begonnen. Das Vorspiel im August, damals der kleine Probenraum, der Alte, der sein Solo lobte, alles war sofort wieder da.

Ecke bemerkte sein Zögern und stieß ihn an.

»He, was ist los?«, fragte er und zog ihn weiter.

»Du musst auf den ersten Trompeter achten, das ist Kalle Schorsch, der hat was drauf, ist nicht so gut wie du, aber das da sind alles hochmotivierte Laien!«

Sie gingen zu einem kleinen Stehtisch unweit des Tresens.

»Wie gesagt«, wiederholte er, »Kalle Schorsch ist Laie, aber berühmt für die höchsten Töne, die jemand je aus der Trompete herausgezaubert hat«, er sah Hannes an. »Naja, zumindest in der Band«, beschwichtigte er und zog einen Aschenbecher heran.

»Er ist von Beruf Fleischer und Meister seiner Gilde. Du siehst ja, wie er mit erstaunlicher Leibesfülle seinem Handwerk alle Ehre macht.« Ecke lachte und zündete sich eine Zigarette an.

»Und Kalle Schorsch erzählt jedem jungen Musikanten, nur so, aus so einem Bauch heraus«, Ecke deutete mit beiden Händen einen riesigen Bauchumfang an, »könne man die höchsten und schwierigsten Töne in die Trompete hineinpressen, damit sie vorne ordentlich wieder herauskommen.«

Hannes hatte nur mit halbem Ohre zugehört und kam langsam wieder zu sich.

»Meistens gelingt ihm dieses Kunststück auch«, bemerkte Ecke weiter, »und Kalle veredelt manchen Schlussakkord mit Glanz in jubilierender Höhe.«

Ecke machte eine Pause und stippte nervös mit dem Zeigefinger auf seiner Zigarette über dem Aschenbecher herum, ehe er weiterredete.

»Allerdings weiß ich indes, dass Kalles regelmäßige Sauferei seiner Bühnentätigkeit über kurz oder lang ein jähes Ende bereiten wird.«

Er sah Hannes erwartungsvoll in die Augen.

»Und dann brauche ich einen neuen ersten Trompeter!«

»Das meinst du doch jetzt nicht im Ernst!«

Ungläubig musterte Hannes seinen Freund und fuhr ihn an:

»Du denkst doch nicht wirklich, dass ich bei diesen Amateuren einsteigen werde!«

Doch ehe Ecke antworten konnte, machte sich im Saal Unruhe breit. Überrascht hielten die Tänzer im Parkett inne und sahen zur Bühne hinauf. Die Damen kicherten, hielten sich verlegen die Hände vor den Mund und sahen ihre Partner fragend an.

Wie sich sogleich herausstellen sollte ‚schien Kalle vor dem Konzert tatsächlich ausgiebig Geselchtes und Zwiebelleberwurst aus eigener Produktion mit kühlem Bier heruntergespült, sowie zur Verdauung mehrere Klare hinterhergekippt zu haben, denn die berühmte hohe Passage am Ende des »Trumpet Blues« nahm nicht den Weg über Mundstück und gewundenes Messingrohr, um in edlen Schwingungen schallend und brillierend vorn aus der Trompete zu tönen, sondern ging buchstäblich in die Hose und entwich geräuschvoll knarrend mit einem lauten Furz, der sich pfeifend den Weg zwischen Hintern und Stuhl ins Freie gebahnt hatte.

Nichts Gutes ahnend wendeten sich die übrigen Musiker von Kalle ab, versuchten auf dem engen Bühnenpodest zu entkommen und schrien ungeachtet des Publikums:

»Kalle, du Schwein!«, worauf sich der Dirigent Egon Weiland verwundert zu seinen Musikanten umwendete.

»Das war«, rief er, als die Kalamität offensichtlich wurde, zu Kalle Schorsch gewandt, »das war nun wahrlich kein Meisterstück!« Er holte tief Luft

»Daran, mein lieber Kalle, an diesem verkackten Schlusston, da kehren die Putzfrauen hier im Saal wahrscheinlich noch wochenlang!«

Krondorf, der mit Ecke inzwischen am Tresen stand, konnte sein Bier kaum halten und krümmte sich vor Lachen. Mit der Linken klatschte er Ecke auf die Schulter, der wie gelähmt auf die Bühne schaute und es gar nicht lustig fand. Krondorf grinste und zog Ecke aus dem Saal. Der brauchte einen Moment, um sich zu beruhigen.

»Ich glaub das jetzt nicht«, stöhnte er und zog mit zittrigen Händen wieder das große Taschentuch hervor. Nervös presste er es an seine Brust.

»Ich muss hier raus«, japste er und schnappte nach Luft.

Hannes öffnete einen Notausgang und sie traten auf die Straße hinaus.

»Lass uns was trinken gehen«, beruhigte er Ecke und hakte ihn unter. Nach wenigen Schritten stolperten sie über ein paar ausgetretene Holzstufen hinab in eine kleine Bar, die nur aus einem Raum bestand. Die Dielen des Fußbodens waren speckig und fast schwarz, auf den Tischen lagen Wachstuchdecken, in einer Ecke stand ein kleines Lochbillard. Alles in diesem Lokal war gewöhnlich, der Raum, die Einrichtung, der Kellner, die Gäste.

Gegenüber dem Eingang lümmelten zwei junge Kerle am Tresen. Anfangs als sie beide das Lokal durchsteuerten, bemerkten sie es nicht, doch bald wurde ihnen klar, dass ihr Eintreten für Aufsehen sorgte. Die Mienen der wenigen Gäste belebten sich, es sah aus, als freuten sich alle, dass nun noch zwei Besucher mehr da waren. Krondorf hatte den Eindruck, als weckte die Leidensmiene des Kellners das Sympathiegefühl der spärlichen Gästeschar für jeden neu Eintretenden.

Es kümmerte sie nicht, der Abend war noch jung, sie bestellten Bier und eine Kleinigkeit zum Abendessen. Hannes saß kurze Zeit nachdenklich da, dann sagte er:

»Ich hatte schon befürchtet, dass du mich tatsächlich in diese Band abwerben wolltest«.

»Du wirst dich nach einem anderen Job umsehen müssen«, antwortete Ecke.

»Ja, früher oder später wird mich der Alte vor die Tür setzen«, erwiderte Hannes. »Ich kenne dich«, fügte er hinzu, »du hast immer schon extravagante Ideen gehabt, aber das hier kann es doch wohl nicht sein.«

»Vergiss es«, entgegnete Ecke.

»Ich wollte ...«, Ecke zögerte etwas und begann erneut

»Ich schreibe gerade neue Texte für eine eigene Show«, er überlegte und sah Hannes an. »Und ich erinnere mich oft an unsere gemeinsame Zeit auf der Tournee durch Russland. Du warst damals der geniale Arrangeur für alle Besetzungen, du hast sogar unterwegs im Flugzeug oder Hotel noch Arrangements für uns geschrieben.«

Ecke schob sein Glas beiseite und rieb sich die Hände:

»Das ist eine Fügung des Schicksals, dass wir uns heute hier treffen – weißt du, ich habe große Pläne.« Und nach einer kurzen Pause: »Und wenn du beim Alten raus bist, und ehe du dann gar nichts hast, … was meinst du, … könnten wir gemeinsam etwas auf die Beine stellen?« Erwartungsvoll blickte er Hannes ins Gesicht.

»Und wie sollen diese Pläne aussehen?«, Krondorf hob erstaunt den Kopf und sah sich in der Bar um. Auf den ersten Blick waren sie bis auf die beiden jungen Kerle, ein knutschendes Pärchen und den Kellner allein. An einem Tisch im hinteren Teil des Raumes jedoch bemerkte er zwei Mädchen, die unentwegt miteinander redeten und sie offenbar nicht beachteten. Es schien einen erheblichen Altersunterschied zwischen beiden zu geben. Die Ältere hatte dickes Make-up und tiefe Falten, die man deshalb fast noch stärker sah und fuhr sich ständig nervös mit der Hand durch die wasserstoffblonden Haare, während die jüngere einen frischen Eindruck erweckte und nun kurz zu Krondorf herübersah. Irgendwie kam sie ihm plötzlich bekannt vor.

»In meiner Show«, fing Ecke an, »wird all das stattfinden, was die großen Shows im Westen ausmacht. Eine Mischung aus Kunst, Familie, Varieté und Klamauk«, fuhr er fort und redete begeistert weiter. »Die Mischung macht's, wem sage ich das, wenn nicht dir?« Er fingerte einige Zettel aus der Jackentasche.

»Und dazu brauche ich dich mit deiner Erfahrung aus all den Westshows, und ich brauche dich als den, der die Musikstücke passgenau arrangiert und …«

Hannes fiel ihm ins Wort:

»Und wo nimmst du all die Stars her, die in deiner Show für volle Säle sorgen?« Er war sich nicht sicher, was er dazu sagen sollte und zog die Augenbrauen hoch. »Deine sogenannten ›DDR-Stars‹ laufen sich doch schon hier im ›Kessel Buntes‹ tot! Und außerdem«, erwiderte er, »wer bezahlt die ganze Sache während der Vorbereitungen? Wenn ich beim Alten fliege, brauche ich schnell Kohle! Du weißt doch: Frau und Kinder …«

Er seufzte und legte seinen Arm um Eckes Schulter. »Lass uns lieber von den alten Zeiten in Russland reden«, sagte er und blickte auf die Uhr. »Wenn ich schon in die Leipziger Pampa gefahren bin, um einen lustigen Trompeter zu hören«, fuhr er fort und nahm einen großen Schluck, »dann war ja das schon das Taxi wert«.

Er blinzelte Ecke an und machte eine Pause: »Lass uns wenigstens ein bisschen Spaß haben.« Dabei sah er sich um und winkte mit einer lockeren Handbewegung zu den beiden Mädchen am anderen Ende des Raumes.

Währenddessen brachte der Kellner zwei Salamibrötchen und deutete mit leichtem Kopfnicken und vielsagendem Blick in den hinteren Teil des Raumes.

»Die jeh'n los wie 'ne V2«, kicherte er und schmunzelte, »sind ja ooch zweie«. Er machte eine bedeutungsvolle Pause:

»Und wenn ihr euch das V mal so bildlich vorstellt«, er begann aus vollem Hals zu lachen, formte mit beiden Zeigefingern ein V und fuhr mit der Zunge dazwischen auf und ab, dann schnitt er eine Grimasse und sagte mit vorgehaltener Hand: »Allerdings nur für 'n Fuffi West, aber denn machen se alles«.

Ecke zog sein Taschentuch hervor, wischte sich die Stirn und blieb mit dem Tuch in der Hand stehen. Krondorf meinte entschieden:

»Lass uns gehen!«

Ecke sah unschlüssig auf sein angebissenes Salamibrötchen, dann schob er es beiseite und stand auf. Nachdem sie am Tresen bezahlt hatten, sahen sie sich noch einmal um. Die Mädchen waren aufgestanden und standen nun direkt neben ihnen.

»Wir kennen uns«, sagte die jüngere und hakte Krondorf wie selbstverständlich unter den Arm.

»Vom Fernsehen ist es nicht«, fuhr sie lachend fort und ohne eine Antwort abzuwarten, zog sie ihn mit beiden Händen zu sich heran.

Im selben Moment hatte Hannes das Mädchen erkannt und wusste nicht, was er sagen sollte.

Maria? Wie kam Maria hierher in diese Spelunke? Was hat das zu bedeuten?

Er sah seinen Freund hilfesuchend an. Ecke schmunzelte und verzog den Mund zu einem Grinsen:

»Tja, du bist eben eine Person des öffentlichen Lebens«. Er schlug Krondorf freundlich auf die Schulter und fuhr mit einer Andeutung fort:

»Und ein hübscher Kerl zieht eben ein hübsches Mädel an.«

Krondorf machte einen Schritt nach vorne, um sich dem Griff des Mädels zu entziehen, doch Marias Augen verschlangen jede seiner Bewegungen.

In diesem Moment schraubte die Ältere ihre Arme um seinen Hals und raunte ihm ins Ohr:

»Verpass die Chance nicht, Kleiner, ich kümmere mich inzwischen um deinen Kollegen.«

Ihm verschlug es die Sprache. Was sollte das denn bedeuten?

Jetzt drehte sich Maria zu ihm und sagte:

»Sag bloß, du kennst mich nicht mehr?« Sie blickte ihn fragend an.

»Sicher«, antwortete er rasch, »entschuldige, Mann, das ist so lange her.«

»Na, siehst du«, sagte sie, da sind wir doch schon einen ganzen Schritt weiter.« Ratlos schaute er sich nach Ecke um.

Der war derweil mit der älteren im Arm auf dem Weg nach vorne, drehte sich nochmal kurz um und rief:

»Das kriegst du hin, Alter.«

Dann verschwanden beide kichernd hinter der Ausgangstür.

»Also, ich werde jetzt auch mal«, stotterte Krondorf verlegen.

»Du willst doch jetzt nicht kneifen?«, fiel ihm Maria ins Wort, »ich wohne zwei Minuten von hier, habe eine Wohnung ganz für mich alleine, mit gemütlichem Kamin, und extra Dusche und Westfernsehen, ihr habt doch in Dresden kein Westfernsehen.«

Krondorf versuchte klar zu denken. Ihm fielen die Worte des Kellners ein, »für einen Fuffi West ...« Maria schien seine Gedanken zu ahnen: »Komm mit«, lächelte sie und schob ihn zum Ausgang.

Während sie das Lokal verließen, schossen Hannes unzählige Gedanken durch den Kopf.

Nach wenigen Minuten zog ihn das Mädchen in einen blass beleuchteten Hauseingang. Hannes versuchte, einen Blick auf die Klingelschilder zu erhaschen, umsonst, eilig schob ihn Maria durch die vergilbte Haustür und eine Treppe hinauf in den ersten Stock. Als sie die Wohnungstür hinter ihm schloss, kam er einen Moment zur Besinnung.

»He, was läuft hier eigentlich?«, fragte er und ein mulmiges Gefühl breitete sich in seinem Kopf aus. Er fühlte sich elend und musste sich am Türrahmen festhalten. Verschwommen tauchten einzelne Bilder auf, um alsbald wieder zu verschwinden, er meinte Uniformen und Gewehre erkannt zu haben, unscharf zwar und doch schienen sie vor seiner Nase lustig miteinander zu tanzen. Kommandos ertönten und ein Mädchen schenkte Bier aus.

»He, he!«, Maria hatte sein blasses Gesicht bemerkt und stupste ihn an. »Komm mal her.« Sie warf ihren Mantel über einen Kleiderhaken und zog ihn am Arm zu sich.

»Leg erst mal ab«, bat sie und öffnete den Reißverschluss seines Anoraks.

»Ich habe keine Ahnung, was du vorhast«, stammelte Hannes. Wieder aus seiner Trance erwacht, sah er sich kurz um.

Von einem quadratischen Flur gingen mehrere Türen ab, gleich rechts stand die erste Tür offen und gab den Blick in ein geräumiges Badezimmer frei. Alle anderen Türen waren geschlossen. Er musterte Maria aufmerksam.

Sie hatte eine tadellose Figur, ein hautenger Pullover schmiegte sich um ihre Brüste, der breite Ledergürtel, den sie mit einer großen kupferfarbenen Schnalle trug, legte sich eng um ihre schmale Hüfte. Sein Blick glitt weiter über eine enge Levis-Jeans und blieb an unendlich hohen Hackenschuhen hängen.

»Dass du in den Dingern überhaupt laufen kannst!«, sagte er wie beiläufig, um sich abzulenken, jedoch ohne eine Antwort abzuwarten und öffnete die nächste Tür. Ein schmaler Lichtschein aus dem Flur ließ ein großes Bett erkennen.

»Du scheinst ja zu wissen, wo's langgeht«, kicherte sie, kam ihm nach und zog die Tür hinter sich zu. Jetzt war es stockdunkel im Raum.

»Augenblick mal«, sagte er, fingerte unsicher am Türrahmen und suchte nach einem Lichtschalter.

»Geht los«, hörte er sie sagen und tatsächlich leuchtete eine kleine Nachttischlampe auf.

Jetzt sah er Maria, sie stand ihm gegenüber am Fenster und zündete sich eine Zigarette an.

»Möchtest du auch eine?« Sie kam auf ihn zu.

»Nein, danke, ich rauche nicht, ich hau jetzt ab«, antwortete er, öffnete die Tür zum Flur und wollte gehen.

»Aber damals hast du doch geraucht, oder?«

Er stutzte.

»Lass es uns ein wenig gemütlich machen«, beruhigte sie ihn, »wir müssen etwas trinken«. Dabei legte sie einen Arm um seine Hüfte und zog ihn aus dem Zimmer, öffnete die Tür neben dem Schlafzimmer und schob ihn sanft in einen großen Wohnraum.

Gegenüber der Tür befand sich eine gemütliche Sitzecke. Krondorf registrierte neben dem Fenster einen riesigen Farbfernseher, darunter einen DVD-Player, einen CD-Spieler sowie links und rechts davon die modernsten Sony-Lautsprecherboxen. Nirgends ein Foto oder ein persönlicher Gegenstand, abgesehen von der Musikanlage hätte es ein Hotelzimmer sein können.

»Mann«, entfuhr es ihm, wo hast du denn diese Anlage her?«

»Du lässt mich ja nicht zu Wort kommen.« Sie legte ihre Zigarette auf einen Aschenbecher und setzte sich.

»Komm endlich her und lass uns ein bisschen plaudern.«

Krondorf plumpste neben ihr in zwei dicke Sofakissen und lugte unter den kleinen Tisch, der vor ihnen stand.

Unter der Glasplatte standen teure schottische und amerikanischen Whiskys.

»Willst du einen?« Maria hatte bereits ein Glas in der Hand und sah ihm in die Augen.

»Scotch oder Bourbon?«, fragte sie leise, stellte die Gläser auf dem Tischchen ab und begann sein Handgelenk zu streicheln.

»Ähm, – Bourbon bitte«, antwortete er und bekam eine Gänsehaut.

»Ich mach uns ein wenig Musik«, sie kramte eine Fernbedienung hervor und tippte darauf herum. Nach wenigen Sekunden blinkerten bunte Lämpchen unterhalb des Fernsehapparates und Chris de Burgh sang »Lady in Red«.Gegen jede Gewohnheit kippte er den teuren Whisky in einem Zug herunter.

Ist das alles ein Zufall, oder spinne ich, dachte er. Die Musik, Maria, die tolle Wohnung, ist sie vielleicht eine Stasinutte?

»Wir haben uns zuletzt 1973 gesehen«, fuhr sie fort, »du warst bei der NVA und ich habe damals in dem Restaurant bedient, in welchem du mit der Armeekapelle öfter gespielt hast«.

Endlich setzte das Déjà-vu ein, verschwommene Erinnerungen krochen aus dem Gedächtnis hervor, schlichen langsam durch sein Gehirn und puzzelten sich zu neuen Bildern zusammen.

»Ich war unsäglich in dich verknallt«, flüsterte sie, »und du hast mir Hoffnung gemacht, im Saal, hinter den Vorhang hast du mich gezerrt, mich geküsst und gestreichelt, und nicht nur am Hals. Und dann, eines Abends warst du bei mir zu Hause, weißt du noch? Ich wollte einen romantischen Abend und dachte immer, ich bin noch nicht bereit, doch du bist über mich hergefallen wie ein Tier, und als du fertig warst, bist du abgehauen und ich habe geheult wie ein Schlosshund.«

Sie sah ihn mit großen Augen an:

»Dann habe ich tagelang vor der Kaserne gewartet, um dich wiederzusehen, wenn du mal Ausgang hast, -aber du bist mit deinen Kumpels an mir vorbeigerannt, als würdest du mich nicht kennen.«

Krondorf starrte sie an, jetzt erinnerte er sich ganz genau. Er wollte sie damals haben und ein bisschen Vergnügen, keinesfalls eine feste Bindung mit ihr. Hatte er sie damals etwa geschwängert und bekam jetzt die Rechnung dafür?

In seinem Kopf begann es zu arbeiten, er ließ sich zurück auf die Couch sinken und schloss die Augen, plötzlich war alles wieder da: Sie hatte kein Auge von ihm gelassen, damals, wenn sie am Tisch vor der Bühne bediente, und es war ihm nicht unangenehm gewesen. Sie war in den Tanzpausen auf dem Gang zu den Toiletten aufgetaucht und hatte ihn beiseite gezogen, in den Küchentrakt, um ihm am Tresen ein extra Bier einzuschenken, hatte ihn fröhlich angelacht, er war nähergerückt. Sie hatte große dunkle Augen und die zierlichsten Hände gehabt, die er je gesehen hatte.

Jetzt fiel ihm auch wieder ein, was sie ihn während einer seiner stürmischen Attacken einmal hinter dem Vorhang gefragt hatte:

»Du? Willst du mal …?« Er hatte seinen Ohren nicht zu trauen geglaubt und sie überrascht angesehen. »… mich zu Hause besuchen, meine ich«, fuhr sie lachend fort – und weg war sie gewesen.

Und ob er damals wollte. Wie lange hatte er kein Mädchen gehabt!

»Zieh deine Stiefel aus, sei leise auf der Treppe, die Eltern dürfen dich nicht hören, komm mach schnell. Gib mir deine Hand!«

Sie hatte das Licht ausgeknipst und ihn an der Hand geführt, im Treppenhaus war es völlig dunkel gewesen. Er schlich ihr nach, die Stufen knarrten entsetzlich und die Tür zu ihrer Kammer ächzte leise. Maria stupste ihn in die Seite.

»He, wach auf, wo bist du mit deinen Gedanken?« Die Maria im Hier und Jetzt erhob sich und zog ihn hoch vom Sofa zur Tür.

»Du bist so angespannt, lass dich ein bisschen gehen, schließlich sind ein paar Jahre vergangen. Wir könnten doch jetzt den verpatzten romantischen Abend von damals nachholen, ich glaube …«, während sie weiterredete, zog sie ihn ins Schlafzimmer und knipste eine kleine Lampe an, »du bist ruhiger geworden?«

Sie schlang ihm die Arme um den Hals, lächelte unwiderstehlich und küsste ihn mit offenem Mund. Dann zog sie sich die Schuhe aus und küsste ihn wieder.

»Ich glaub, ich brauch erst mal 'ne Dusche«, zwinkerte er und verschwand im Bad.

Als er mit dem Handtuch um die Hüften kam, lag Maria unter der Bettdecke und kicherte.

Krondorf zögerte einen Augenblick, dann ließ er das Handtuch fallen und schlug die Bettdecke zurück.

Sie war nackt und lag auf dem Bauch.

»Komm zum mir«, flüsterte sie, drehte sich um und hielt die Bettdecke auf, sodass er darunter schlüpfen konnte.

Sofort kuschelte sie sich an ihn, schlang ein Bein über ihn und spürte, wie sich etwas Steifes gegen ihr Schambein drängte.

»Langsam, langsam, mach langsam diesmal!«

Sie zog sich ein wenig zurück und sagte:

»Heute werde ich das wilde Tier bändigen.«

Später klebten sie schweißnass aneinander.

Maria hätte den Moment ihrer Glückseligkeit gern festgehalten, mit ihm festgehalten, ihn gefesselt, angebunden, ihn an sich gebunden.

Wie viele Männer hatte sie in sich ertragen müssen, weiche Schlappschwänze, die ihr etwas vorheulten, Männer, die sich wie skrupellose Schweine benahmen, die meinten, alle Frauen wären so wie die Frauen, die sie sich mit einem Tempotaschentuch auf dem Schwanz masturbierend beim Ansehen von Pornokassetten ins Wohnzimmer holten. Oder die reichen Geschäftsleute aus dem Westen, die sie zum Champagner auf das Zimmer einluden, große Sprüche klopften und statt ihr Westgeld zu verficken, einschliefen und ins Bett pinkelten.

Nein, das hier mit Krondorf war etwas anderes. Wie lange hatte sie auf ihn gewartet, ohne zu wissen, ob er, Krondorf, der so unverhofft auftauchte und sie eben so glücklich gemacht hatte, wirklich der Mann war, den sie all die Jahre gesucht, vermisst und soeben scheinbar gefunden hatte.

Außer Atem wälzte sich Krondorf auf die Seite und starrte an die Decke. Was hatte er getan, was war passiert! Es war nicht das gravierendste Problem in seinem Leben, mit einer fremden Frau ins Bett zu gehen, und doch empfand er die Scham, einen liebevollen, vertrauensvollen, aber eben abwesenden Partner betrogen zu haben.

Er war verwirrt, begriff nichts mehr, ob sie ihn wohl erpressen wollen würde? Wie sollte er aus der Nummer nur wieder rauskommen?

Kurzentschlossen stand er auf, holte seine Sachen aus dem Bad und zog sich an. Dann kramte er ein paar Ostmark aus der Hosentasche und legte sie auf das kleine Tischchen.

»Einen Fuffi West habe ich nicht«, er überlegte kurz und trommelte mit den Fingern auf der Glasplatte. »Das hast du doch nicht für mich gemacht, nicht einfach selbst so arrangiert, ich blicke einfach nicht mehr durch!«

Er stand nervös auf, ging zum Fenster und zuckte zusammen:

»Bist du etwa bei der Firma?«

Maria fixierte ihn böse:

»Steck dein Geld ein, nimm es vom Tisch, ich will es nicht!«

»Und wieso Ecke, ist der mit im Boot?«, polterte Kronorf los. »Der konnte doch gar nicht wissen, dass ich hier rausfahre!«

Maria versuchte, ihn zu beruhigen:

»Ich verschwinde nur kurz im Bad, dann erkläre ich dir alles.«

»Mein Gott«, sagte er auf sich selbst wütend, »ich weiß nicht, was hier läuft«.

Maria ließ ihn allein, er hörte die Dusche plätschern und überlegte, ob er den Moment ihrer Abwesenheit nicht einfach nutzen sollte, um zu verschwinden.

Als ob sie seine Gedanken erraten hatte, rief sie aus dem Bad:

»Lauf nicht weg, ich bin schon fertig. Weißt du was? Wir müssen etwas trinken, das ist es, dann wirst du alles verstehen«.

Strahlend erschien sie in der Badtür.

Als wäre nichts passiert, schmiegte sich der hautenge Pullover wieder aufreizend um ihre Brüste, jedoch jetzt trug sie nicht die enganliegenden langen Levis, sondern am Hüftansatz abgeschnittene Shorts, die an den Rändern ausgefranst waren. Kokett drehte sie ihren knackigen Hintern zu Krondorf, zog ihn auf die Couch und goss einen Whisky ein.

»Hör zu«, begann sie, »das Ganze ist ein riesengroßer Zufall, ein Zufall, dass wir uns heute getroffen haben.«

Sie hatte sich eine Zigarette angezündet und sah ihn an. Eine Weile schwiegen sie beide. Dann begann Maria zu reden.

»Ich weiß nicht, warum ich dir das jetzt erzähle, ich habe damals 1976 einen großen Fehler gemacht, wollte abhauen in den Westen. Freunde, die genauso Musik gemacht hatten wie du, Freunde, die ihre neuesten Instrumente und Verstärker über irgendwelche diplomatischen Kanäle aus Westberlin nach Ostberlin schmuggeln konnten, boten mir an, mich ich in dem präparierten Kofferraum eines Diplomatenautos nach Westberlin bringen zu können.«

Sie holte tief Luft:

» Scheiße war's, der Diplomat aus Angola, der mich im Hotel Unter den Linden abholen sollte, wollte mich auf dem Zimmer erst mal zu einer Gegenleistung zwingen.«

»Und«, fragte Krondorf, »hat er dich vergewaltigt?«

»Nein«, sagte sie, »sicher hätte er es gerne durchgezogen. Ich habe geschrien und getobt, mich mit allen Mitteln zur Wehr gesetzt, anscheinend hat es jemand mitbekommen, die Tür wurde von außen geöffnet und zwei junge Kerle kamen herein.«

Maria hatte sich eine zweite Zigarette angezündet und redete leise weiter.

»Während der eine mir kurz einen Ausweis unter die Nase hielt, ging der andere mit dem Schwarzen nach draußen.«

Krondorf schwieg betreten und betrachtete Maria von der Seite. »Und weiter?«

»Es kam, wie es kommen musste.« Maria beugte sich herunter und drückte die angerauchte Zigarette im Aschenbecher aus.

»Die Kerle haben mich mitgenommen, keine Ahnung, wohin sie mit mir gefahren sind, ich habe nur geheult und fand mich dann auf einem Stuhl in irgendeinem Polizeirevier wieder. Dort befragte mich dann ein junger Mann in Zivil, wie meine Verbindung zu dem Herrn im Hotel zustande gekommen sei und ob ich Anzeige erstatten wolle. Er würde mir allerdings davon abraten, denn diplomatische Verwicklungen und die damit verbundenen Schwierigkeiten würden keinem nützen, ich wisse ja, die Springerpresse in Westberlin usw. usw. Und dann, so ganz nebenbei erwähnte er, es lägen Hinweise gegen mich vor, die den Verdacht erwecken würden, ich wolle in heimtückischer Absicht unter Ausnutzung der diplomatischen Integrität eines Vertreters einer ausländischen Mission auf illegale Weise die Republik verlassen.«

»Also alles ein abgekartetes Spiel«, stöhnte Krondorf, »irgendein Spitzel unter deinen Musikerfreunden«, er überlegte kurz und wollte gar nicht weiterdenken. Zu frisch noch waren seine eigenen Erlebnisse ... Wie weit konnte er wohl Maria und ihrer Geschichte trauen? Wieso erzählte sie ihm das alles, wer war sie wirklich, wer war Freund, wer war Feind? Wer hatte seine Reisesperre vorangetrieben? Wieso war er hier bei Maria gelandet?

»Sicher denkst du jetzt, ich bin eine Stasi-IM«, unterbrach Maria seine Gedanken und schwieg einen Moment.

»Ich habe damals keine Verpflichtungserklärung unterschrieben und weil ich nicht unterschreiben wollte, haben sie das ganze Programm mit mir durchgezogen.«

Sie räusperte sich, konnte nicht weiterreden, die Erinnerung überflutete ihre Gefühle, puzzelte die alten Ereignisse zusammen und bestätigte sich als nicht auszulöschender, erdrückender Teil der Wirklichkeit. Dann fuhr sie fort:

»Ich wurde in einen winzigen Raum mit Waschbecken, einem kleinen Tischchen und einem Stuhl geführt. Dann knallte die Tür zu.«

Wieder musste Maria unterbrechen und wischte sich mit dem Handrücken eine Träne von der Wange.

»Wie lange ich dort geheult habe, weiß ich nicht mehr. Irgendwann ging die Tür auf und zwei uniformierte Frauen jagten mich vom Stuhl hoch. ›Stehen Sie auf!‹, brüllten sie. ›Es erfolgt eine körperliche Durchsuchung.‹

Ich wusste nicht, wie mir geschah, als sie die Tür von innen abschlossen. Der einen Vergewaltigung war ich ja gerade entgangen, jetzt tasteten sie mich äußerlich ab, dann wuschen sie ihre Hände und rieben sie mit irgendeiner Lösung ein und der Ton wurde schärfer. ›Ziehen Sie alle Kleidungsstücke nacheinander aus.‹ Ich musste mich Stück für Stück nackt ausziehen und alle Sachen selbst auf den Tisch legen, während eine links neben mir stand, und die zweite vor mir mit dem Rücken zur Tür jede meiner Bewegungen kontrollierte. Ich war halb wahnsinnig vor Angst und zitterte als, sie in alle Hautfalten, Achselhöhlen, zwischen meine Pobacken und auch vorne reinguckten.«

»Was?«, Krondorf schnellte hoch, »haben sie dich etwa betatscht?«

»Nein, das nicht, ich musste die Pobacken selber auseinanderziehen, aber ihre verächtlichen Blicke kann ich bis heute nicht vergessen, so eine Demütigung brennt sich ins Herz. Dann sitzt du in der Zugangszelle und hörst das irre Geräusch von diesem sich drehenden Schlüssel, da läuft es dir eiskalt den Rücken runter. Dann sitzt du da, ganz alleine. Mutterseelenalleine. Du sitzt da und wartest und wartest – und bist ganz alleine.«

Maria angelte ein Taschentuch vom Vertiko, schnäuzte die Nase und versuchte sich abzulenken.

»Das ist jetzt alles fünf Jahre her, drei davon habe ich in Hoheneck verbracht.«

Sie kniff die Augen zusammen, goss Krondorf noch einen Whisky nach und sagte:

»Dort mussten wir im Akkord Zwangsarbeit leisten, Nähen für den Klassenfeind, Bettwäsche und anderen Kram, den sie im Westen bei Versandhäusern billig verscherbelt haben, aber«, sie machte eine bedeutungsvolle Pause, »man muss seinen Feinden verzeihen, – aber nicht eher, als sie gehängt worden sind.«

Krondorf verschlug es die Sprache, so einen Spruch hatte er ihr nicht zugetraut:

»Wo hast du denn das her?«

»Heinrich Heine«, erwiderte sie. »Gedanken und Einfälle, aus seinen letzten Gedichten. Im Knast hast du viel Zeit zum Lesen.«

Maria lehnte sich zurück und schloss für einen Augenblick die Augen. Es war, als ob sie die bösen Erinnerungen gewaltsam verdrängen wollte.

Krondorf hatte aufmerksam zugehört und versucht, seine Gefühle zu unterdrücken, doch jetzt rappelte er sich endgültig hoch. Er wollte rekapitulieren, was eigentlich passiert war.

Nach der Blamage mit seinem missratenen Auftritt in der Kongresshalle war er am Nachmittag von Leipzig an den Stadtrand ins Haus Auensee gefahren, dort hatte er Ecke getroffen, mit Ecke war er in eine Bar gegangen, von dort hatte ihn Maria in diese Wohnung gelockt. Selbst, wenn er unter Beobachtung stünde, das konnte von der Stasi nicht geplant gewesen sein. Er musste Abstand gewinnen, herausbekommen, wer in seinem Leben herumpfuschte, und welche Bösartigkeiten, Niedertracht, Neid und Lügen noch auf ihn warteten.

Maria schien seine Gedanken zu erraten.

»Es war nicht ganz alleine der Zufall«, begann sie und sah ihn schelmisch an, »ich muss wohl ein bisschen weiter ausholen. Damals, als ich rauskam aus dem Knast, hatte ich gar nichts, kein Geld und keine Freunde mehr.«

Maria stand auf und wanderte um den kleinen Couchtisch herum.

»Irgendwann habe ich dann einen Ausreiseantrag gestellt und das Theater ging von vorne los. Ein Kumpel besorgte mir schießlich diese Wohnung hier. Wenn ich ein bisschen anschaffen würde für ihn, sagte er, würde ich leicht gute Kohle machen, zur Messe würden die Freier Schlange stehen, und die mit Westkohle sowieso, und auch sonst könnte er genügend Freier besorgen«. Sie beendete ihre Runden um den Tisch und machte es sich auf dem Sofa neben Krondorf bequem.

»Na ja, und dann bekam ich von ihm einen Job als Kellnerin im Haus Auensee, seitdem bin ich hier«. Krondorf konnte nicht ganz folgen.

»Du kellnerst im Auensee und schaffst für einen Kumpel in der Bar da drüben an? Sag bitte nicht, dass dein Kumpel mein alter Freund Ecke ist!«

»Versteh mich bitte nicht falsch«, sie rutschte etwas zur Seite und lächelte ihn unbestimmt an.

»Dein Kumpel Ecke hat damit gar nichts zu tun. Er besorgt kleinen Bands, manchmal auch großen, einen Auftritt im Auensee und nach den Veranstaltungen bringt meine Freundin den einen oder anderen Musiker, Sänger oder Feuerfresser, je nachdem, wie weit oben er auf der Liste steht, in mein Bett. Und bezahlt mich.«

»Moment mal«, Krondorf versuchte, zu begreifen. »Auf der Liste heißt, der eine oder andere wird von der Stasi abgefasst?«

Maria griff nach einem Glas und schenkte sich auch einen Whisky ein.

»Nicht, wie du denkst«, sie schmunzelte, »ich nehme die Kunden mit zu mir, da bekommen sie dies und das, je nachdem, wie sie es zu Hause nicht bekommen. Das eigentlich schmutzige Geschäft mit der Erpressung machen dann andere, die von der Firma.«

Krondorf sah sie ungläubig an.

»Du erinnerst dich sicher an den Kellner in der Bar«, sie grinste abfällig. »›Für ’n Fuffi machen die alles‹, hat er dir sicher auch versprochen, er ist die Stasiflöte und hat wegen seiner schwulen Freunde ′ne Menge Schwierigkeiten im real existierenden Sozialismus. Dort in der Bar laufen die Kameras zur ersten Observierung, dann hier im Treppenhaus vor meiner Wohnung.«

Sie kicherte:

»Hier in der Wohnung ist nix, keine Kamera, den Fernseher haben sie nicht umprogrammiert bekommen ...« Sie sah ihn an: »Ist schon möglich, dass sie doch noch irgendwo was versteckt haben, ich weiß es nicht«.

Krondorf wurde es heiß und kalt.

»Aber wieso ich, du konntest nicht wissen, dass ich hier auftauchen würde, hattest keinen Grund mit mir umsonst ins Bett zu ...«, er hielt inne.

»Ich meine, kein Mensch kann so etwas voraussehen? Und was ist mit Ecke?«

Sie zuckte etwas zusammen:

»Ecke ist ein lieber Kerl, er hat mir über all die verfluchten Tage nach dem Knast geholfen. Ich wusste bis heute Abend nicht, dass er auch dein Freund ist.«

Sie stellte ihr Glas ab und warf ihm einen freundlichen Blick zu. Krondorf lachte still in sich hinein. Was sollte das alles nur bedeuten, eine längst vergessene, unbedeutende Nummer vor Jahren hinter einem Kneipenvorhang, gut, er hatte sie gevögelt, aber das alles hier konnte doch kein Zufall sein, war es am Ende doch noch eine Stasifalle? Unbeholfen suchte er unter dem kleinen Tischchen nach der Whiskyflasche. Maria stand jetzt dicht vor ihm und machte einen irritierten Eindruck.

»Ich versuche eben, irgendwie über die Runden zu kommen, das ist doch nicht verwerflich, oder?«

Krondorf räusperte sich.

»Das versuchen wir alle …«, sagte er nachdenklich, »vielleicht ist es in deinen Augen nicht verwerflich, aber mir ist kürzlich meine berufliche Existenz genommen worden, wahrscheinlich durch einen Stasispitzel im Orchester und damit natürlich auch meine finanzielle …«

Maria unterbrach ihn:

»Ich will versuchen, es dir zu erklären. Die von der Firma wussten natürlich, dass ihr während der Messe hier in Leipzig Auftritte habt.«

Sie drehte sich um und langte neben sich. Von einem kleinen Sideboard nahm sie ein Buch und schlug es auf. Zwischen den Seiten lugten ein paar zusammengefaltete Zeitungsausschnitte heraus, die sie durchsah und einen hervorzog.

»Sieh mal«, sie strich das Blatt glatt, »das ist eine Seite aus der Bild-Zeitung vom Januar letzten Jahres, da wart ihr in Nürnberg.«

Was er dort las, erstaunte ihn. Unter der Überschrift: »Spitzenmusiker aus dem Osten bekommen nur Spesen, von der Gage kauft sich Honecker schicke Schwedenvolvos« befand sich ein großes Foto, darauf Hannes Freund Siggi mit einer Aldi-Tüte in der Hand, deren Inhalt er stolz dem Fotografen präsentierte.

»Ach du große Scheiße«, entfuhr es Krondorf. Er wusste nicht, worauf sie hinauswollte, war hochgradig verwirrt und stöhnte: »Was soll das alles?«

»Eigentlich bin ich auf deinen Kumpel angesetzt«, Maria legte den Zeitungsausschnitt zurück in das Buch, »ich sollte heute Abend in eurem Hotel, sein, ihn aufgabeln und hierherbringen.«

Sie stand auf und schaltete den CD-Player aus.

»Dann bist du aber in der Hotelhalle aufgetaucht und gleich wieder abgedreht.« Sie machte eine nachdenkliche Pause.

»Natürlich wusste ich, dass du inzwischen in der Band spielst, ich habe keine Sendung im Fernsehen mit euch verpasst, und dann rennst du heute Abend wieder einfach so an mir vorbei ...«

Maria drehte sich zur Seite, wischte sich mit dem Daumen eine Träne von der Wange und versuchte zu lächeln.

»Ich habe dich nie vergessen können, Hannes. Es war mir plötzlich, als könnten wir noch einmal von vorne anfangen.«

Krondorf versuchte nüchtern nachzudenken. Das alles war Jahre her, er war damals noch nicht mal verheiratet gewesen.

Maria hatte sich wieder etwas gefangen und fuhr fort:

»Ich bin dann also Hals über Kopf mit dem Stasilada hierher in die Bar gefahren und wollte mich bei meiner Freundin ausheulen.«

»Die mit den zugespachtelten Falten?«, er bemühte sich, der ganzen Angelegenheit eine andere Wendung zu geben.

Maria sah ihn missbilligend an:

»Ja, genau die, sie ist meine beste Freundin«. Sie funkelte ihn böse an, holte tief Luft und sagte: »Und dann tauchst du zum zweiten Mal an diesem Tag auf, nach so vielen Jahren, zum zweiten Mal an einem Tag, und dann auch noch in dieser verfluchten Stasibar.«

Maria schluchzte:

»Wenn das keine Fügung des Schicksals war!« Wieder musste sie sich eine Träne abwischen.

Krondorf zögerte kurz, dann nahm er sie in den Arm.

»Ich denke«, begann er, »wenn du auf Siggi angesetzt warst und aber mich hierher in diese Wohnung geholt hast«, er machte eine Pause und fingerte sich eine Zigarette aus der Packung. Ohne sie anzuzünden, stocherte er damit im Aschenbecher herum. »Wie willst du das den Leuten der Firma erklären?«

»Ach weißt du«, Maria langte sich ein weiteres Taschentuch und fuhr fort, »kein Problem, im Laufe der Zeit bekommst du einiges mit und weißt, was du tun musst.«

Wieder ein Taschentuch.

»Die Typen von der Firma sind auch nur Schweine. Obwohl sie uns nicht anfassen dürfen, wollen sie mit uns auf die Couch und dann ins Bett und dann wollen sie das umsonst, was du eben bekommen hast.«

Sie hatte sich wieder im Griff und lächelte:

»Tja, und dann hast du den einen oder anderen in der Hand, wenn du ihn vorher im Mund gehabt hast.«

Jetzt war Krondorf vollends verwirrt:

»Dann musst du doch auch wissen, wer in unserem Orchester das Schwein ist?« Kleine Schweißperlen traten auf seine Stirn, der Whisky begann zu wirken.

Maria hockte sich neben ihn und küsste ihn zögernd.

»Du wirst es nicht glauben, aber, soweit ich weiß, gibt es keinen IM bei euch. Die Informationen, die sie haben, kommen alle von der Künstleragentur.«

»Kerstin Scholz!!«, stöhnte Hannes. Er brauchte eine Pause und verschwand im Bad. Als er zurückkam, durchforschten Marias Augen sein Gesicht, sie sah blass aus, vielleicht auch nur müde.

»Die Scholz, sie muss doch aber einen im Orchester haben, der ihr Zuträger ist, vielleicht aber nicht unbedingt IM?«, überlegte Hannes laut. Er griff nach dem Whiskyglas, stellte es aber gleich wieder auf das Tischchen zurück und zog stattdessen eine Zigarette aus der Packung.

Maria zuckte mit den Schultern und sagte:

»Soweit ich weiß, hat sie ein Verhältnis mit einem von euch.«

Hannes blickte Maria verständnislos an und versuchte klar zu denken, doch es gelang ihm nicht, der Whisky schien sein Gehirn auszubremsen.

Er steckte sich die Zigarette in den Mund und zündete sie an, dann rauchte er ein paar Züge schweigend.

»Ich kann und will es mir nicht vorstellen, dass einer meiner Freunde diese …«, er machte einen tiefen Lungenzug und blies den Rauch an die Decke, »dass einerdiese…..«.

Maria nahm sich auch eine Zigarette und lehnte sich zurück.

»Da täuschst du dich aber gewaltig, mein Lieber. Das läuft nämlich so. Einer deiner Freunde«, sie betonte das Wort Freunde bewusst ironisch, »ist bei einer Tournee emotional total ausgelaugt, keiner weiß warum, nicht genug Westgeld, eventuell Stress zu Hause, irgend so was, alle sind bedient und können sein Gejaule nicht mehr hören. Und dann kommt der abends alleine zu seiner Garderobe, sieht, die Tür ist offen und entdeckt Frau Künstleragentur mit einem Glas Sekt in der Hand vor dem Schminkspiegel. ›Magst du Sekt?‹, fragt sie ihn, während sie die Tür hinter sich zuschiebt. ›Ich weiß nicht‹, antwortet dann dein Freund, und sie legt ihm die Arme um den Hals und küsst ihn mit offenem Mund. Was dann kommt, kannst du dir sicher denken.«

Maria polkte ein Streichholz aus der Schachtel, nahm sich aufs Neue eine Zigarette und schwenkte das aufflammende Zündholz hin und her.

Krondorf stand auf, setzte sich wieder hin und stand wieder auf.

»Sag mir bitte, wer mit ihr in die Kiste steigt!«

»Ich – weiß – es – nicht, ehrlich!« Maria betonte jedes Wort einzeln, stellte ihr Glas vorsichtig auf dem Tisch ab, schob es beiseite, stand auf und ging an Hannes vorbei.

»Ich bin nur eine kleine Nummer, wenn du es wissen willst, musst du es selber herausfinden.«

Hannes war erschüttert, seine Gedanken schweiften ab, aus der Tiefe der Erinnerungen tauchten verblasste Bilder wieder auf und ein Gefühl der Beklommenheit schnürte ihm die Kehle zu. Was war da vor ihm, vor seiner Zeit im Orchester, passiert? Wer war der Judas, wer von seinen Freunden verkaufte heute seine Seele an die Stasi, um sich einen kleinen Vorteil zu erwirtschaften?

In Gedanken ging er die Liste der Kollegen durch: Eddy, Andy, Otto, keiner der Trompeter kam in Frage. Eigentlich keiner von den Musikern, alle hatten mal im Westen ein kleines Ding gedreht, hatten Dreck am Stecken, hatten Ostgeld in Westgeld gerubelt, einen CD-Player geschmuggelt, im Westpuff einen auf armer Ossi gemacht und den Hurenlohn auf die Hälfte heruntergehandelt. Das konnte es doch nicht sein, das konnte doch nicht ausreichen, jemanden zu denunzieren, mit dem man im selben Boot saß?

»Das ist unglaublich«, Hannes dachte nach, »ich kann's mir einfach nicht vorstellen«.

Er warf einen Blick auf seine Armbanduhr. Mittlerweile war es elf und er hatte keine Ahnung, wie dieser Abend ausgehen würde. Er lehnte sich zurück und schnellte aber gleich wieder hoch:

»Die Sache mit der Schmuggelei von Tom und Anton!«

Er rieb sich die Augen. »Na klar, das war damals auf der Rückfahrt aus Mannheim«, er war jetzt wieder wach, »damals sind die beiden vom Zoll hochgezogen worden, und nicht zu knapp.«

In kurzen Sätzen erzählte er ihr, wie sie bei der Hinfahrt ohne nähere Erklärung zwei neue Busfahrer, die kein Mensch kannte, vor die Nase gesetzt bekommen hatten und dass nur die beiden Gelegenheit gehabt hatten, die Kleidersäcke der Musiker während des Verladens zu durchsuchen, um sie dann heimlich anzuzinken.

Maria hörte ihm interessiert zu.

»Das war Absicht«, Krondorf ereiferte sich, »ich weiß nur nicht, warum die Scholz damals kein großes Fass aufgemacht hat.«

»Wie meinst du das?«

»Naja, das war schon ein dickes Ding mit der Computerschmuggelei und den Pornokassetten, aber die Scholz hat zum Alten gesagt«, Krondorf holte Luft und stocherte mit der Kippe im Aschenbecher herum, »dass das die private Angelegenheit der beiden sei und keinen unmittelbaren Einfluss auf das Orchester hätte.«

»Und weiter, was geschah dann?« Maria hatte ihn die ganze Zeit nicht aus den Augen gelassen.

Hannes hob resignierend die Hände:

»Anton und Tom bekamen Verfahren wegen Zollvergehens und so weiter. Das war ja noch nicht so schlimm, da die Geldstrafe in Ostmark nie den Gewinn, den sie mit der Schmuggelei bis dato erwirtschaftet hatten, aufwog.«

»Aber?« Maria zog die Augenbrauen hoch.

»Was viel schlimmer war, Anton wurde vom Alten mit sofortiger Wirkung entlassen und Tom ...«

»Was passierte mit Tom?«, aufmerksam musterte sie Hannes. Hannes sank in sich zusammen und saß mit zurückgelegtem Kopf und halb geschlossenen Augen da.

»Tja, Tom ist immer noch da. Er bekam nur eine saftige Geldstrafe ...«

Hellwach war er nun: »Aber sollte es Tom sein, der der Zuträger ist, die Scholz würde ihn doch nicht an den Zoll ausliefern, wenn sie mit ihm rummacht?«

»Das hat sie sicher nicht gemacht.« Maria schaute ihm gerade in die Augen, dann sagte sie: »Wenn Tom der IM sein sollte, dann wird sie ihn nicht mit solch einer Scheißsituation kompromittiert haben, das hat sie sicher selbst nicht geahnt. Es müssen die neuen Busfahrer gewesen sein, die eure Klamotten, Koffer und Kleidersäcke ausspioniert und dann jemanden gezielt angezinkt haben.«

Hannes sah sie ungläubig an.

»Und, es gibt immer eine zweite oder sogar dritte Ebene.« Maria stand auf und knabberte nervös an ihren Fingernägeln: »Die Scholz braucht in euren Reihen einen Gewährsmann auf Dauer, den wird sie nicht hochgehen lassen, oder, …?«

»Was ›oder‹?«

»Oder sie hat ihn hochgehen lassen, weil seine Legende wackelte, wollte ihn mit dieser Aktion sichern, fest machen, weil er eventuell Gefahr lief, als Spitzel enttarnt zu werden.«

Schlagartig fiel Hannes sein Erlebnis vor der Konzerthalle in Regensburg wieder ein. Damals hatte die Scholz einen seiner Kollegen im Arm gehabt, das stand fest, er hatte die goldenen FF auf dem Sakko gesehen, wenn er auch nicht herausbekommen hatte, wem es gehörte. In kurzen Sätzen berichtete er Maria von seinem Verdacht und dem Ereignis im Wiener Hotel, schilderte den kurzen Wortwechsel zwischen der Scholz und dem ihm unbekannten Mann, die eindeutigen Geräusche, und die offene Tür, welche ihn unfreiwillig zum Ohrenzeugen gemacht hatte.

»Ja, aber wieso musste Anton raus und Tom bleibt trotz des gleichen Vergehens im Orchester?«, Hannes lehnte sich nachdenklich zurück und stockte kurz, »das musste doch jemandem auffallen, oder?«

Maria wartete eine Weile mit ihrer Antwort:

»Gut, dass du dich das jetzt selber mal fragst!«

Hannes machte eine gewaltige Anstrengung, um sich zu konzentrieren. Es fiel ihm schwer ihr zu folgen. Eine Zeitlang sprach keiner ein Wort.

Hannes rappelte sich auf, plötzlich hatte er Lust, mit ihr abzuhauen, rauszugehen, vielleicht zurück in diese Bar, wo es nach Bier, Schwof und Nutten roch, nur raus hier aus dieser Stasibude, weg von allem Denunziantentum, weg von allem Politischen.

»Ich muss an die Luft«, er räusperte sich verlegen und bewegte sich schwankend zur Tür. »Kommst du mit?«

»Bleib heute Nacht lieber hier«, bat sie.

Er riss sich zusammen und ging mit raschen Schritten durch den kleinen Flur zur Wohnungstür und nahm seinen Anorak vom Haken. Dann machte er die Tür auf und ging hinaus. Während er sie zuzog, blickte er noch einmal zu ihr. Maria blieb stehen, die Hände in den Taschen ihrer kurzen ausgefransten Jeans, den Kopf gesenkt und die Augen auf den Boden gerichtet.

Als er am Morgen aufschreckte, befühlte er vorsichtig seine Stirn. Das Bett gegenüber war leer, sein Kumpel Siggi, mit dem er das Zimmer teilte, war längst aufgestanden und zu Besorgungen in der Messestadt unterwegs.

Langsam kam er zu sich und versuchte, den gestrigen Abend zu rekonstruieren. Ganz allmählich, einem Morgennebel gleich, den die aufgehende Sonne wegsaugt, waberten Bilder und Gesprächsfetzen durch sein erwachendes Hirn, vom Großhirn zum Kleinhirn oder umgekehrt, es war ihm egal, es verursachte heftige Kopfschmerzen. Wahrscheinlich hatte er den ganzen vorangegangene Abend gesoffen, ein bisschen herumgehurt und weiter gesoffen.

Da war Maria gewesen, … wieso war Maria dagewesen? Das gute alte Gehirn hatte ihm einiges gelöscht, woran er sich am Morgen danach nicht mehr erinnern konnte, nicht mehr erinnern wollte. Alles war weg, nur das Gewissen war noch da. War es schlecht, das schlechte Gewissen? Sein Kopf dankte ihm konzentrierte Recherchen nicht. Besser war es, schnell das Klo aufzusuchen, um nicht ins Bett zu kotzen.

Jedoch das Bett wollte ihn nicht loslassen, fuhr Achterbahn.

Du musst jetzt die Beine raushängen, schoss es ihm durch den malträtierten Kopf, das hat noch immer geholfen. Er stellte sich auf die Füße, versuchte aufrecht zu sitzen, jedoch schienen die Möbel ihre Plätze vertauscht zu haben. Der Druck auf den Magen verursachte ihm Schmerzen und bahnte sich unaufhaltsam den Weg nach oben. Er presste zwei Finger auf die Lippen um der ungeheuren Pressur der nächtlichen Vergehungen Stand zu halten. Umsonst, unaufhaltsamen bahnte sein Mageninhalt sich den Weg nach oben.

Nachdem er die Schweinerei auf dem Bett beseitigt hatte, schlurfte er zum Klo herüber und riss sich die Schlafjacke herunter, spritze sich mit beiden Händen Wasser ins Gesicht und auf den Kopf und begann sich halbwegs wieder sauber zu fühlen. Er zog sich aus und ließ Wasser in die Wanne laufen, gab Schaumbad dazu und prüfte mit einem Zeh die Temperatur. Vorsichtig stieg er hinein. Es war noch zu heiß und so ließ er heißes Wasser ab-, kälteres zulaufen, bewegte die Beine. Seine Arme stützten sich auf den Wannenrand. Ganz leicht fühlte der Körper sich im Badewasser an und wäre wahrscheinlich leicht geblieben, hätte er nicht das Reiseverbot wie Blei in den Gliedern gehabt.

Allmählich beruhigte sich sein Magen, und er schloss die Augen.

»Maria, … Maria«, grübelte er, »das war 1973 gewesen.« Schwerfällig machte sein Gehirn Anstalten, sich zu erinnern.

»Na klar«, Stück für Stück fiel ihm der gestrige Abend wieder ein. Er drückte sich am Wannenrand ab, griff nach dem großen weißen Badehandtuch und trocknete sich das Gesicht ab.

Schon im ersten Diensthalbjahr bei der NVA hatte er das Probespiel in der Armeekapelle bestanden, hatte damals einen zweiten Probanden eiskalt ausgebootet, da der nur nach Noten und nichts aus dem Hut spielen konnte.

»Seasons in the Sun« von Terry Jacks hatte die Rhythmusgruppe damals angespielt, doch es gab keine Klaviernoten.

Sein Gegenspieler musste passen. Krondorf hatte sich die Tonart zurufen lassen und den ganzen Titel aus dem Kopf begleitet. Und um noch eins draufzusetzen, hatte er zur Begeisterung des Kulturhauptmannes, der das Probespiel leitete, den kompletten Refrain im Satzgesang mitgesungen.

Die Jungs aus der Rhythmusgruppe, alles Soldaten aus dem zweiten und dritten Diensthalbjahr, waren begeistert gewesen.

»We had joy, we had fun, we had seasons in the sun«, summte Krondorf vergnüglich in Erinnerungen schwelgend. »But the hills that we climbed, were just seasons out of time.«

Genüsslich warf er sein Handtuch auf die Heizung, ließ sich wieder in das warme Wasser gleiten und sang nun laut:

»Goodbye, my friend it's hard to die, when all the birds are singing in the sky«, und weiter voller Inbrunst, »too much wine and too much song, wonder how I got along.«

Abrupt setzte er sich auf, und das Badewasser schwappte mit einem kräftigen Schwall über die Wannenkante.

»Wonder how I got along, … Tja, bis hierher und wie weiter? …«, brabbelte er laut vor sich hin.

Er fühlte sich von einer Sekunde auf die andere wieder miserabel. Die Erinnerungen an früher kamen so unerwartet und so intensiv, dass ihm Tränen in die Augen schossen und seine Gedanken hin- und her rasten.

»Reiß dich zusammen«, murmelte er und schnipste mit beiden Daumen unter der Wasseroberfläche den Rhythmus von »Seasons in the sun« und in den kleinen aufsteigenden Wellen meinte er, Marias Gesicht zu erkennen.

Er machte sich lang, streckte den Kopf nach hinten und rutschte allmählich unter die Wasseroberfläche. Plötzlich war es still um ihn herum, doch nach wenigen Augenblicken schon spürte er seinen Herzschlag, das Pochen schwoll an und ab.

Schnell, schnell, langsam, schnell, schnell, langsam. So wummerte es unter Wasser in seinen Ohren, als wenn Unheil nahte und eine Armee anmarschierte, sich Truppen in Bewegung setzten, gegen ihn, gegen ihn. Schnell, schnell, langsam, schnell, schnell, langsam. Es dröhnte in seinen Schläfen, wurde leiser und wieder lauter. Die Luft wurde knapp, das hältst du aus, zwang er sich, jetzt noch nicht nach oben. Dein Herz, dachte er, ist laut genug, es wird sie übertönen, auch wenn sie meinen, alles zu wissen, weil sie mithören, überall mithören.

Tom, dachte er und Marias Worte fielen ihm wieder ein, und das traf ihn, die Angst in ihrer Stimme, in ihren Augen.

»Einer deiner Freunde«, hatte sie gesagt, »ist bei einer Tournee emotional total ausgelaugt, keiner weiß warum, Stress zu Hause, irgend so was, alle sind bedient und können sein Gejaule nicht mehr hören.«

Er rappelte sich aus dem Wasser hoch und schnappte nach Luft. Wer war Maria wirklich? Welche Rolle spielte sie? Es gab emanzipierte und sogar intellektuelle Nutten bei der Stasi, die als besonders gefährlich galten, die nicht nur hörten und sahen, sondern auch analysierten, Meldung machten. Wieso gab sie ihm einen Tipp?

Er stieg endgültig aus der Wanne und fühlte sich völlig ausgelaugt. Er zwang sich, aufrecht zu stehen, nahm das große Handtuch wieder von der Heizung und trocknete sich ab. Dann wischte er die Wasserpfütze vom Fußboden.

»Und dann kommt der abends alleine zu seiner Garderobe, sieht, die Tür ist offen und entdeckt Frau Künstleragentur mit einem Glas Sekt in der Hand vor dem Schminkspiegel«, hatte Maria weiterspekuliert.

»Tom, ich glaub es nicht!« Mit Bedacht zog er sich seine Shorts an, wippte leicht in den Knien und schnappte nach Luft.

»Was – ist – mit – Tom?«, sprach er weiter laut vor sich hin.

Das Unterhemd lag unter dem Sessel am Fenster.

»Ich will das nicht glauben!«

Während er seine restlichen Kleidungsstücke zusammenklaubte, fiel sein Blick hinaus über den Ring schräg zum Hauptbahnhof auf die große Bahnhofsuhr. Für ein Frühstück im Hotel war es viel zu spät und sein zwangsentleerter Magen knurrte. Er musste sich irgendwo ein Frühstück besorgen. Am Bahnhof bekäme er einen Strammen Max, oder, wenn's ganz schlecht lief, wenigstens eine Soljanka.

Er versuchte seine Gedanken zu ordnen. Vor wenigen Stunden noch hatte er bei Maria in ihrer Wohnung gesessen. Seine Erinnerungen waren blass, doch ihm wurde klar, dass er wohl in einer Stasibude versackt war.

»Du musst raus an die Luft«, überlegte er laut, »ein Spaziergang wird dir guttun.«

Doch sein Kreislauf streikte, er musste sich aufs Bett setzen. Er lehnte das Kopfkissen an die Wand und zog sich das Laken unter die Nase und versuchte seine Gedanken weiter zu ordnen. Es war, als wäre jemand durch seinen Kopf gestürmt und hätte alle Gedanken durcheinandergeworfen. Er konnte sich auf nichts mehr einen Reim machen. Wo sollte er nur anfangen? Am besten ganz von vorne.

1973 hatte er Abitur gemacht, das war jetzt 16 Jahre her.

Unmittelbar danach war im Herbst die Einberufung zur Armee, Pontonregiment Dessau, gekommen, was immer noch besser gewesen war, als zu den Mot-Schützen, den motorisierten Schützentruppen, irgendwo in die Dübener Heide geschickt zu werden. Er versuchte chronologisch zu denken. Die ersten zwei Monate im Grundwehrdienst waren hart gewesen. Das Gebrüll der Unteroffiziere auf dem Exerzierplatz, die stundenlangen Märsche mit Blasen an den Füßen, die in harten Stiefeln steckten, die Kommandos »Gasmaske auf! Gasmaske ab!«, Sturmbahn rauf und runter und Nachtalarm, das zermürbte. Als Soldat des ersten Diensthalbjahres war er zusätzlich der internen Hierarchie auf den Gängen und Stuben der Kaserne und damit den Repressalien der älteren Dienstjahre, der sogenannten EK-Bewegung ausgesetzt gewesen. Gott sei Dank hatten sich die Schikanen in Grenzen gehalten. Mit viel Glück landete er später als Sanitäter im »Regiments Med-Punkt« und schließlich in der Armeekapelle.

So schloss sich der Kreis.

Bald hatten sie Auftritte in der Stadt gehabt, spielten zum Tanz in verschiedenen Lokalen, er konnte sich aber nicht mehr an all die Namen der Restaurants erinnern, auch nicht an das, wo er Maria kennengelernt hatte.

Krondorf fühlte sich schlapp, müde und flau, die Erinnerungen schienen ins Leere zu fließen, er musste etwas trinken. Er rappelte sich vom Bett auf und schwankte zur Minibar, öffnete ein kleines Bier und trank vorsichtig schlückchenweise. Es schmeckte schon wieder.

***

Nach der letzten Vorstellung am Nachmittag nahm der Alte Krondorf beiseite.

Mit ernster Miene sah er Hannes ins Gesicht und sagte: »Komm mal mit in meine Garderobe.«

Krondorf wusste nicht, ob er sich freuen oder Angst haben sollte. Gab es eine Lösung und seine Reisesperre wurde aufgehoben? Oder kam jetzt der Supergau und der Alte schmiss ihn raus? Hatte er vergeblich gehofft, dieser Tag würde nie kommen?

»Setz dich«, der Alte schob ihn in die kleine Garderobe und zog die Tür zu, »du kannst dir sicher denken, worum es geht?«

»Äh, ja, natürlich«, stammelte Krondorf, »mein verpatzter Auftritt gestern und dass es für mich ein Nachspiel gibt.«

»Das war nur die Spitze des Eisbergs«, sagte der Alte.»Das dicke Ende kommt erst noch.«

»Also doch«, entfuhr es Krondorf und er sackte in sich zusammen.

»Du weißt genau«, fing der Alte an, »dass ich meine Hände immer schützend über euch gehalten habe. Großzügig habe ich die zum Teil erschreckende Disziplinlosigkeit einzelner Musiker, vor allem in letzter Zeit, übersehen«, fuhr er fort. »Aber was gestern passiert ist, kann und darf ich nicht mehr übersehen.«

Er stand auf, stellte sich hinter Krondorfs Stuhl und betrachtete ihn im Schminkspiegel. Krondorf war leichenblass und rührte sich nicht.

»Du bist gestern so offensichtlich angetrunken auf der Bühne erschienen, dass du dich kaum noch auf den Beinen halten konntest, hast uns damit alle lächerlich gemacht!« Jetzt mischte sich ein aggressiver Unterton in seine Stimme.

»Du hast der Künstleragentur und ihrer verhängten Reisesperre voll in die Hände gespielt und noch dazu die politische Brisanz erhöht!«

Er rüttelte Krondorf mit beiden Händen an der Schulter.

»Verstehst du das nicht? Jetzt hat die Scholz auch noch einen fachlichen Grund als Rechtfertigung! Du hast musikalisch versagt, deine Mätzchen sprechen sich doch herum, die haben sich bereits wie ein Lauffeuer bis nach Berlin ausgebreitet.«

Der Alte ließ Krondorf los und fuhr sachlich fort:

»Du weißt auch, dass ich es hasse, Entscheidungen zu treffen, oder gar endgültige Schritte zu unternehmen.«

Er langte in seinen Koffer, zog unter dem Smoking einen Umschlag hervor und setzte sich wieder.

»Entscheidungen, die mir von der Künstleragentur auferlegt werden, sind mir sowie so zuwider«, sagte er und hielt Krondorf das Kuvert hin.

»Jetzt aber zwingst du mich, eine Entscheidung zu treffen, die unsere grundsätzliche Zusammenarbeit betrifft, mach auf!«

Krondorf zitterte am ganzen Leib und entnahm dem Umschlag ein A4-Blatt.

»Kündigung«, las er in fetten Buchstaben und weiter: »Hiermit kündige ich den Vertrag über die freiberufliche Tätigkeit zwischen dem Orchester ...«

Die Worte verschwammen vor seinen Augen. Der Alte klopfte ihm versöhnlich auf die Schulter und sagte:

»Die Veranstaltungen in Thüringen machst du natürlich noch mit, aber wenn wir dann Ende Oktober wieder rüberfahren, musst du dir generell etwas Neues suchen.«

Sein Lächeln war plötzlich vom Gesicht verschwunden und machte einem gespannt-besorgten Ausdruck Platz.

Hannes saß mit gesenktem Kopf zurückgelehnt und drehte den Brief in der Hand.

Es war deutlich genug, damit flog er für immer aus dem Orchester. Jetzt konnte er seine Enttäuschung nicht mehr verbergen und sah den Alten fassungslos an.

Ihm blieb fast der Atem weg, als er an die Folgen dachte und dass das für unmöglich Gehaltene plötzlich Wirklichkeit wurde. Während er das Schreiben zurück in den Umschlag stopfte, schossen ihm Tränen in die Augen und er ging mit raschen Schritten zur Tür, nahm die Treppe zum Saal hinauf und verließ die Halle durch den Ausgang zum Zoo.

Hier hatte alles angefangen. Er war wieder an dem Ort, an dem seine Karriere begonnen hatte und jetzt vertrieben sie ihn.

Er dachte immer wieder dieselben nutzlosen Gedanken. Es war sein Ziel gewesen, mehr als das zu wagen, womit sich die anderen bereits abgefunden hatten. Das Ziel war immer, sein Schicksal nicht von den dummen Angriffen einer feindseligen, diktatorischen Welt bestimmen zu lassen. Einer Welt, die ihre eigenen Bürger hinter Stacheldraht und Selbstschussanlagen einsperrte, aus Angst, das Anschauen der Welt würde die offiziell propagierte Weltanschauung, die Weltanschauung eines zusammengeschusterten sozialistischen Weltbildes, Lügen strafen.

»Am meisten Angst macht mir die Weltanschauung derer, die die Welt nicht angeschaut haben.« – Von wem war das noch, grübelte er, doch es fiel ihm nicht ein.

Er wollte nichts mit dem ganzen Gerede vom gemeinsamen Wir, dem Sieg des Sozialismus, dessen angeblicher Überlegenheit und diesem ganzen Mist zu tun haben, wollte sich keine Moral überstülpen lassen, die den Bürger zu einem willfährigen Nichts degradiert, ihn zwingt, sich bedingungslos unterzuordnen und alles daransetzt, ihn gleichzuschalten. Die Unmenschlichkeit dieses Systems zeigte sich doch gerade darin, dass man ihm die Freiheit rechtlich absprach, und das in einem Rechtssystem, das seine eigene Gerichtsbarkeit angeblich demokratisch ausübte.

Warum sollte er nun plötzlich ein Leben zu anderen Bedingungen akzeptieren? Er hatte sich die Welt, wenn auch nur einen geringen Teil dieser freien Welt, anschauen dürfen und sich eine eigene Meinung gebildet.

War er als privilegierter Mensch bisher frei gewesen in einem Maße, welches für den normalen Bürger unvorstellbar schien, so war er doch vom jetzigen Zeitpunkt an unfrei, beraubt der Möglichkeit, sich dieser Unfreiheit zu entziehen.

Den Demütigungen des eigenen Versagens ausgesetzt, machte ihm nicht so sehr der Alte zu schaffen, als die aufflammende Aggression gegen diejenigen, die aus Gleichgültigkeit oder Feigheit nicht einmal den leisesten Protest zu seinen Gunsten geäußert hatten; sie richtete sich gegen die Freunde, die ihn nicht unterstützt hatten. Das alles wurde ihm mit Enttäuschung bewusst und entfachte seine Wut.

Krondorf hatte sich auf eine Bank nahe den Raubtierkäfigen gesetzt, allmählich zog die Dunkelheit herauf und ein frischer Wind wirbelte die herunterfallenden Blätter durcheinander. Es fröstelte ihn und er zog den Jackenkragen hoch.

Er hatte Realität gewonnen und Träume verloren, würde nun nicht mehr mit den Kollegen im Bus fahren und zwischen den Köpfen hindurch nach vorne schauen, um die an der großen Windschutzscheibe vorbeirauschenden Autobahnschilder in sich aufzusaugen: Regensburg 50, München 124 km …

So bitter es war, es ließ sich nicht mehr umkehren. Und wenn er, wie gestern, etwas nicht mehr zu Wege brachte, was er früher gekonnt hatte, weil ihm alle musikalischen Eigenschaften und Fähigkeiten abhanden

gekommen zu sein schienen, dann konnte der Alte ja nicht anders, musste konsequent sein und so handeln.

Doch wer hatte seinen Rauswurf angetrieben? Welche Absichten standen dahinter? Im Moment fühlte er sich von dem, was er eigentlich hätte sein wollen, so weit entfernt, wie der Löwe im Käfig vor ihm von der afrikanischen Savanne.

Mittlerweile war es dunkel, wollte er noch vor Schließung der Tore den Zoo verlassen, musste er jetzt gehen, doch Krondorf konnte sich nicht entschließen, ein Bein vor das andere zu setzen.

Obwohl es empfindlich kühl war, stand er einfach nicht von dem Platz auf, wo er gerade saß, so lange, bis ein Wärter, der einen kleinen Bollerwagen voller dampfendem Mist hinter sich herzog, mit der Forke drohte und ihn hinausjagte.

Wenige Tage später saß Hannes Krondorf zu Hause am Klavier und arbeitete. Er hatte eine Partitur hervorgeholt, deren Bearbeitung er vor Kurzem abgebrochen hatte, und diese wollte er nun zu Ende bringen.

Oben auf dem Klavier stand der UHER-Kassettenrecorder aus dem Westen, den er für das Arrangieren brauchte.

Der DDR-Kassettenrecorder Sonett 77, mit dem er bislang die Titel abgehört hatte, gab schon nach kurzer Zeit den Geist auf, weil er dem dauernden Vor -und Zurückspulen der Kassette nicht gewachsen war und Bandsalat produzierte, was wiederum Krondorf an den Rand der Verzweiflung brachte. Mühselig leierte er dann mit einem Bleistift, den er in die Transportrolle steckte, das schmale Band, je nach Verwicklungsgrad, vorsichtig wieder in die richtige Position. Meist knickte das Band an einer Stelle ein oder riss sogar. Dann konnte nur ein dahinter gesetzter Tesa-Klebestreifen die Aufnahmen noch retten, entsprechend miserabel und von Aussetzern durchzogen erklang die Wiedergabe im Ohr des Arrangeurs.

Da war der UHER-Recorder schon von anderer Qualität.

Bevor das Band an den Tonkopf gelangte, bremste ein weiches Gummirad mechanisch den harten Anzug der Bandmaschine und sanft glitt die Aufnahme am Tonkopf vorbei.

Krondorf hatte die Vorhänge zugezogen und schrieb Note für Note bei gedämpftem Licht. Immer wieder spulte er das Band zurück, erfasste so auch die feinste Nuance einer Passage und brachte sie aufs Papier. Lief die Musik, erhaschte seine linke Hand die entsprechenden Folgen auf dem Klavier, während er mit der rechten gleichzeitig die Töne notierte.

Diese Fertigkeit hatte er sich antrainiert, um bei Bedarf in kürzester Zeit ein Arrangement abliefern zu können. Das dankten ihm vor allem Künstler, die in der Regel in kleinen Etablissements auftraten und nur Noten für eine minimale Besetzung mit sich führten, billige, fehlerbehaftete Noten für ein Melodieinstrument, meistens ein Saxofon, sowie für Klavier, Bass und Schlagzeug. Bei den großen, lukrativen Engagements trafen die Artisten dann auf etablierte Rundfunk- und Fernsehtanzorchester, deren Dirigenten darauf bestanden, auch der Besetzung ihres Orchesters entsprechendes Notenmaterial vorgelegt zu bekommen.

Dann schlug Krondorfs Stunde, über Nacht arbeitete er wie ein Akrobat im Zirkus, der, noch ehe die Zuschauer hereinströmen, seine Tricks ausprobierte.

Jetzt schob er die mit hunderten Noten bestückte, fertige Partitur zur Seite und überprüfte anhand des laufenden Tonbands noch einmal den Ablauf. Die Genauigkeit seiner Arbeit erfüllte ihn mit Stolz, sein eigenes Können übte geradezu eine berauschende Macht auf ihn aus. Noch zwei, drei Nächte ungestörte Arbeit, dann wären auch die bestellten Arrangements für die Herbst-Tournee vom Tisch.

Wenn es auch seine letzte Reise mit dem Orchester werden würde, so besorgte der Alte ihm wohlwollend schon jetzt zusätzliche Aufträge für die Zukunft, die er dankbar abarbeitete.

***

Leutnant Weimann hatte sich den Tourneeplan von der Konzert- und Gastspieldirektion Erfurt kommen lassen.

Wenn es auch überall in der Republik grummelte und schwelte, er würde den Vorgang »Trompeter« zu Ende bringen, koste es, was es wolle, das war er sich selbst schuldig. Wenn auch die kleine Nutte Maria mehr geplaudert hatte, als sie sollte, so waren doch die Fotos aus ihrer Wohnung eine solide Grundlage für die endgültige Zersetzung des Pfaffensohnes. Zu tief saß noch die Schmach über die Erniedrigung in ihm, als Krondorf vor Jahren den Sprung auf die EOS geschafft hatte und er, Weimann, nur durch die Macht und den Einfluss seines Vaters, des ersten Kreissekretärs der SED, auf der Erweiterten Oberschule gelandet war. Und da war auch noch der Tanzstunden-Abschlussball im Kurhaus in Bernsdorf. Alle Mädchen der Klasse waren scharf auf den Pastorensohn mit der Elvis-Locke gewesen und ließen sich von ihm begrapschen, nur weil er gut tanzen konnte.

Weimann holte ein zerfleddertes Foto hervor und strich es glatt. »Abitur 1973« stand auf der Rückseite.

Da standen sie alle mit ihren Zeugnissen in der Hand. Er im FDJ-Hemd links unten in der ersten Reihe, ganz oben rechts, in der letzten Reihe, Krondorf. War der eigentlich in der FDJ gewesen?

Weimann nahm das Bild und hielt es schräg vor die Augen, doch er konnte nicht erkennen, ob Krondorf das Hemd mit dem Sonnenemblem am Ärmel anhatte, zu sehr verdeckte ihn Valerie, das Mädchen mit den dicksten Brüsten. An sie hatte Weimann sich herangemacht und ihr in der Cubana-Milchbar auf dem Kugelweg die teuersten Eisbecher spendiert. Nachher, beim Nachhauseweg über den alten Friedhof, hatte sie auch schon mal mehr oder weniger ein bisschen was sehen lassen, nur anfassen lassen wollte sie sich nicht von ihm.

Später erfuhr er, dass sie nur wegen der Eisbecher mit ihm gegangen war, ihn aber wegen der schlechten Zähne und seinem Mundgeruch nicht ausstehen konnte. Mit Krondorf hatte sie allerdings in der Umkleidekabine der Turnhalle das eine oder andere bereits ausprobiert.

War es möglich, dass er Krondorf damals nie richtig eingeschätzt hatte?

Er, Weimann, hatte als FDJ-Sekretär der Schule alle wesentlichen Äußerungen und Verhaltensweisen seiner Mitschüler zu erfassen, um Hinweise auf ihre Einstellung zum sozialistischen Staat zu bekommen.

Krondorf saß ihm damals in einem persönlichen Gespräch, welches alle Abiturienten vor der ersten schriftlichen Prüfung absolvieren mussten, alleine auf einem Stuhl mitten im Klassenzimmer gegenüber, während er, Weimann, links vom Klassenleiter und rechts von der Russischlehrerin flankiert, den Vorsitz der Befragung inne gehabt hatte.

Viel war aus ihm nicht herauszubekommen gewesen. Krondorf ließ sich damals nicht festnageln, antwortete während langer Fragefolgen unverbindlich, allgemein und ohne verwertbare Erkenntnisse.

Weimann war schon damals bedingungslos überzeugt von allem, was ihm von Seiten der Partei mitgeteilt und eingeschärft wurde, also konnte sein Mitschüler Krondorf nur ein feindliches Subjekt gewesen sein, dessen negative Überzeugung nicht mit den Grundlagen des Marxismus-Leninismus übereinstimmten.

Aber es war ihm nicht beizukommen, damals nicht.

Das würde er jetzt ändern. Genüsslich zog er eine zerdrückte Packung Styvesant aus der Brusttasche seines Uniformhemdes, fingerte ein Streichholz heraus und zündete die Zigarette an.

Vor ihm lag eine dicke, mit Papieren angefüllte Ledermappe. Ein Bein über das andere geschlagen, zog er die ersten Seiten heraus und blätterte im Ermittlungsbericht »Trompeter«.

Kerstin hatte gute Arbeit geleistet. Natürlich Kerstin, die ihn jetzt regelmäßig besuchte, ihm Spaß machte und lehrte, sich im Bett zurückzuhalten, ihn abhängig machte von ihrem Körper und ihrer Lust, er konnte sich auf sie verlassen. Seine Eifersucht auf alle, die mit Kerstin Umgang hatten, verlangte nach Genugtuung. Anscheinend hatte Krondorf Kerstin kompromittiert, denn sie beklagte sich bitter über dessen Frechheiten. Nun, dafür hatte er bereits eine Lösung gefunden, im Westen würde der Trompeter nicht mehr aufspielen, sich nicht mal mehr aufspielen können. Und der Orchesterleiter hatte ihn ja schließlich auch gefeuert. Weimann grinste, ein bisschen Druck seinerseits war allerdings nötig gewesen.

Aber wie weit war Kerstin eigentlich mit diesem Tom gegangen? Kleine Vertrautheiten oder doch mehr? Egal, er würde es herausbekommen. Alles würde er auf den Tisch legen und all diese kleinen Schmarotzer fertigmachen, erledigen, ein für alle Mal. Viel eher hätte die Regierung dem »Schild und Schwert« der Partei freie Hand lassen sollen, freie Hand zu Maßnahmen, mit denen die sowjetischen Freunde nach dem Krieg Ordnung hergestellt hatten.

Aber das war leider lange her und Josef Wissarionowitsch Stalin war viel zu früh verstorben. Und heute? Heute brabbelten die Genossen in Moskau von Glasnost und ähnlichem Mist. Was sollte das denn bringen?

Wieder nahm er den Ermittlungsbericht zur Hand und sein Gesicht hellte sich auf.

»Nach Beobachtungen der GMS K.S. hat das Objekt enge Verbindungen zu Rainer P. aus der Nachbarschaft. (Über ihn existiert eine eigene Ermittlungsakte.) Der P. verfasst u. a. Hetzbriefe und beabsichtigt, diese mit Hilfe des Reisekaders K. an westdeutsche Redaktionen und Bürger zu überbringen.«

»Reisekader ist er ja nun nicht mehr«, lachte Weimann leise vor sich hin, »dafür habe ich gesorgt«. Er blätterte um.

»Originale als Beweismaterial konnten bisher nicht festgestellt werden. Es ist beabsichtigt, die Wohnung des P. unter Legendenbildung zu durchsuchen. Auftragserteilung erfolgt an BV Dresden.«

»Das hätten die Genossen in Dresden doch längst erledigt haben müssen!«, schimpfte Weimann verärgert vor sich hin. »Diese Flachzangen in der Provinz, denen sollte man mal richtig Feuer unterm Hintern machen.«

Er knallte das Papier wütend beiseite und im gleichen Augenblick flimmerte das grüne Lämpchen auf seiner Telefontastatur. Missmutig bestätigte er den Anruf mit einem kurzen Gegendruck.

»Es gibt einen neuen Tagesbefehl des Genossen Minister«, vernahm er die Stimme seiner Sekretärin aus dem Hörer.

Sie hüstelte verlegen und fuhr fort:

»Die Unterlagen sind unverzüglich persönlich im Büro des Genossen Stellvertreter abzuholen. Ich darf da ja gar nicht hin!«

»Das lassen Sie mal getrost mich machen«, tröstete sie Weimann, »die Zeiten ändern sich eben.« Damit legte er auf, begab sich zum

Büro des Ministers und empfing einen Umschlag mit dem Siegel »Geheime Verschlusssache GVS«. Zurück im Büro überflog er die ersten Seiten.

»Durch meinen Stellvertreter, Generaloberst Mittig, wurden Sie über Aktivitäten von im Sinne politischer Untergrundtätigkeit feindlich-negativer Kräfte sowie von der sogenannten Arbeitsgruppe »Staatsbürgerschaftsrecht der DDR« angehörenden Übersiedlungsersuchenden und gegen diese Kräfte eingeleiteten Maßnahmen informiert.«

Weimann stöhnte auf:

»Komm zur Sache, Genosse Minister, komm zur Sache!«

Was er nun las, ließ ihn staunen.

Der Minister sprach von einer besonderen Situation. Ein neuer »17. Juni« stünde bevor und dass der Staat die Herausforderung nun annehmen werde.

Na endlich!, dachte Weimann. Endlich ein klares Wort! Er las weiter:

»An die Außenwachen der Volkspolizeizentrale am Dittrichring in Leipzig werden Maschinenpistolen und Munition ausgegeben. Die mit einer Dienstwaffe ausgestatteten Mitarbeiter haben diese auch stets bei sich zu tragen. Für Massenverhaftungen sind Isolierungslager vorbereitet. An den Hauptbahnhöfen der Bezirksstätte sind Lkw mit Räumgittern, Wasserwerfern, Abschussgeräten für Tränengasgranaten sowie Tanklöschfahrzeuge mit gefärbtem Wasser, die fliehende Demonstranten markieren sollen, zu positionieren. Die dauerhafte Zerschlagung gegnerischer Gruppierungen und Festnahme der Rädelsführer ist zu gewährleisten. Es sind Fotoarchivaufnahmen mitzuführen, um gezielt Personen zu identifizieren.«

»Na, das ist doch mal was«, grunzte Weimann zufrieden, öffnete den kleinen Safe unter der Schreibtischplatte und holte seine Makarow heraus.

***

Das Quartier in Hildburghausen war eigentlich grauenhaft, doch sie liebten das Haus mit den winzigen Zimmern und der Wirtin Mutter Gaebisch, die sie, wie immer, auf einem wackeligen Stuhl neben der verwinkelten, knarrenden Stiege zum Obergeschoss empfing und rauchte. Auf dem kleinen Tischchen neben ihr standen die obligatorische Flasche Nordhäuser Doppelkorn und ein übervoller Aschenbecher in Reichweite. Ein kurzer Blick auf die fast halb geleerte Pulle ließ keinen Zweifel daran, Mutter Gaebisch war gut drauf, war wie immer gut im Stoff. Eventuell auftretende Entzugssymptome würden nicht aufkommen, und wenn doch, versprach eine nächste Flasche sicher Milderung. Der Nordhäuser bestimmte den Tagesablauf und das Verhalten der Wirtin vom Hotel Gaebisch. Ihr gehörte die einzige Absteige im Ort, welche Betten für 16 Musiker bereithalten konnte und so kampierte das Orchester regelmäßig zu Beginn der jährlichen Thüringen-Tournee in der Pension mit den liebenswürdigen Stübchen und der gemütlichen, von süßlichem Parfüm, ungewaschenen Füßen und billigem Tabak erfüllten Gaststube.

»Kommt rein, Jungs«, begrüßte Mutter Gaebisch die Musiker, »ihr wisst doch, ich habe für jeden von euch hier ein Zimmerchen.« Sie schnappte die Flasche am Hals, rappelte sich hoch und schlurfte hinter den kleinen Tresen im Gastraum, wo sie aus einem Wandschränkchen ein paar Schlüssel von den Haken langte.

»Kommt rein«, wiederholte sie, »hier habt ihr Ruhe, habt ja gesehen was draußen los ist, oder?«

Nach und nach griffen die Musiker ihre Schlüssel, füllten das Anmeldeformular aus und ließen sich im Gastraum nieder.

»Gibt's denn noch ein Bier, Mutter Gaebisch?«, fragte einer und klopfte mit der Hand auf den Tisch. Er fuhr fort: »Stimmt, da draußen, da laufen sie mit Knarre und Hund auf der Straße lang.«

Schon auf der Fahrt von der Probe zurück ins Hotel registrierten sie erstaunt die Männer in nagelneuen Uniformen der Betriebskampfgruppen. Junge Kerle, die Feldmütze mit dem Emblem der DDR tief in die Stirn gezogen, standen rauchend am Straßenrand. Familienväter mit grauen Schläfen, ordentlich gestutzten Bärten und dicken Bäuchen, Männer in den besten Jahren mit Stahlhelm am Koppel, Gummiknüppel an der Hüfte und Maschinenpistole über der Schulter, einen Schäferhund bei Fuß, demonstrierten zu zweit oder manchmal zu dritt an Kreuzungen und Plätzen die Macht der Arbeiterklasse.

Bereits am Nachmittag, während der Probe im Stadttheater, konnte sich keiner so recht konzentrieren und in den kleinen Pausen entbrannten heftige Diskussionen zu den Ereignissen der vergangenen Septembertage, während jeder jeden argwöhnisch beobachtete, belauerte, ihm prüfend in die Augen schaute. Wer vertrat welche Meinung, wem konnte man überhaupt noch ehrlich in die Augen schauen?

Seit dem Sommer waren mehrere tausend Flüchtlinge über die geöffnete Grenze von Ungarn nach Österreich und damit in den Westen gelangt. Am Zaun der westdeutschen Botschaft in Prag spielten sich erschütternde Szenen ab, wenn tschechoslowakische Sicherheitskräfte versuchten, junge Ostdeutsche mit kleinen Kindern am Überklettern der teilweise drei Meter hohen Einfriedung zu hindern.

Krondorf wohnte ja in Dresden ohne Westfernsehen im Tal der Ahnungslosen, aber Informationen erhielt er natürlich aus dem Radio, die Reichweite der westdeutschen Radiosender konnte die DDR-Führung nicht begrenzen, und wenn nicht sein Freund Rainer Informationen aus der kürzlich gegründeten Oppositionsbewegung »Neues Forum« mitbrachte, dann war immer noch auf den Westrundfunk Verlass.

Etwa 4000 Flüchtlinge, meldete der Deutschlandfunk, befanden sich seit Ende September in der Prager Botschaft. Und Rainer berichtete, dass im vom Regen durchweichten Schlamm und Dreck des Botschaftsgartens die Bundeswehr Stockbetten und Zelte aufbaue, um dem Ansturm der Ausreisewilligen Herr zu werden.

Manche kampierten schon seit Wochen dort und schliefen im Treppenhaus auf den Stufen, deprimiert und hoffnungslos.

Und dann kam endlich am 30. September die erlösende Nachricht, als Bundesaußenminister Hans-Dietrich Genscher den Balkon des Gebäudes betrat:

»Wir sind zu Ihnen gekommen, um Ihnen mitzuteilen, dass heute Ihre Ausreise ...« Er konnte den Satz nicht zu Ende bringen, denn die Worte seiner Botschaft gehen im Jubelsturm der tausend Flüchtlinge, die sich in den Armen liegen und vor Freude schreien und weinen, komplett unter.

»Ja, ja«, machte sich Mutter Gaebisch bemerkbar, »macht mal den Fernseher an, die bringen jetzt alle naselang Berichte über Demonstrationen in Dresden und Leipzig, jetzt kommen doch gleich die Nachrichten.«

Sie plumpste in einen Sessel neben der Tür, nahm einen Schluck aus der Flasche und sagte:

»Aber nicht die ›Aktuelle Kamera‹, schaltet mal den Westen an. Die Bonzen lassen die armen Schweine aus der Botschaft in Prag in verschlossenen Zügen der Reichsbahn über Dresden nach Hof in den Westen fahren.«

Während der Raduga-Farbfernseher hochflimmerte, vernahmen sie bereits die erste Meldung der Tagesschau:

»... während sich Ostberlin nach Westen abschottet, setzt die DDR-Führung im Innern auf verschärfte Kontrollen. In mehreren Städten sind verstärkt Patrouillen von Polizei und Staatssicherheitsdienst im Einsatz. Außerdem stehen Einheiten der Betriebskampfgruppen in Bereitschaft.«

»Jetzt geht's los, die haben die Hosen voll!«, brauste Siggi auf und zog Mutter Gaebisch, die im Sessel eingenickt war, die Flasche aus der Hand.

»Sei doch mal ruhig«, fuhr Krondorf ihn an und drehte den Lautstärkeregler weiter auf.

»... doch trotz aller Sicherheitsmaßnahmen ist es gestern Abend zu neuen Zusammenstößen gekommen ...«, las der Sprecher weiter. »In Magdeburg lösten Volkspolizisten mit Schlagstöcken einen Schweigemarsch von mehr als fünfhundert Menschen auf.«

Was ist mit Dresden?, durchfuhr es Krondorf, während er wie gebannt an den Lippen des Sprechers hing.

»... In Dresden gingen die Sicherheitskräfte wiederum mit Wasserwerfern gegen eine Menschenmenge vor, aus der heraus Steine geworfen wurden. Auch sollen Jugendliche DDR-Fahnen von Masten heruntergerissen haben.«

Es folgte ein Filmbericht vom Dresdner Hauptbahnhof, sie trauten ihren Augen nicht, hunderte, wenn nicht gar tausende Menschen versuchten, in den Bahnhof zu gelangen, um an den Gleisen die Flüchtlingszüge aus Prag abzupassen. Eventuell bot sich die vielleicht letzte Gelegenheit, in einen Zug zu gelangen oder aufzuspringen. Keiner dort wusste jedoch, wie, wann und ob überhaupt ein

Zug aus Prag ankäme. Ein Großaufgebot von Volkspolizei und Betriebskampfgruppen riegelte das Gelände ab und knüppelte mit Schlagstöcken auf die Menge ein.

Wie hypnotisiert starrten sie fassungslos auf den Fernsehapparat, keiner wagte einen Kommentar, nur das Glucksen der sich langsam leerenden Flasche, die Siggi am Mund hatte, war zu hören, als es aus Krondorf herausbrach:

»Diese Schweine, die knüppeln unsere Leute zusammen, nur weil sie wegwollen.« Er holte tief Luft und versuchte seine Erregung in den Griff zu bekommen.

»Wenn sie sie bloß zusammenknüppeln, ist das doch immer noch besser, als wenn man sie an der Grenze erschießt«, ließ Tom vernehmen, bereute aber im selben Moment seinen Kommentar, als er Krondorfs Augen sah.

»Du blöder Hund«, entfuhr es dem, »willst du etwa die eine Schweinerei gegen die andere Schweinerei aufwiegen?«

Er war außer sich, konnte sich kaum noch beherrschen und brüllte los:

»Die Unmenschlichkeit zeigt sich doch darin, dass man uns rechtlich etwas abspricht, was auf der ganzen Welt ein normales Menschenrecht ist, nämlich das Recht auf Freizügigkeit und Reisefreiheit, auf freie Meinungsäußerung, auf ein freies Leben in dieser beschissenen DDR!«

Jetzt zog Siggi ihn zurück und murmelte:

»Mensch Hannes, halt jetzt die Klappe, du redest dich um Kopf und Kragen!«

»Und wenn schon«, polterte Krondorf weiter und trat einen Schritt auf Tom zu, »ich habe sowieso nichts mehr zu verlieren.«

Durch die Streiterei war Mutter Gaebisch wieder aufgewacht und murrte:

»Was ist denn los mit meinen Jungelchen, was macht ihr nur für einen Lärm?«

Siggi schob Hannes beiseite und berichtete der alten Frau, was eben die Nachrichten aus Dresden berichtet hatten.

»Tja, was denkt ihr denn?«, sie rappelte sich ein wenig auf und suchte ihre Flasche. »Glaubt ihr, dass das jemals anders war? Verflucht, in welcher Idylle habt ihr denn bis jetzt gelebt? Was denkt ihr denn, ihr konntet doch hin- und herpendeln und euch von der anderen Seite aus ein Urteil bilden, und habt über euren Freiheiten vergessen, was in diesem Laden eigentlich los ist!«

Sie setzte die Flasche an, die Siggi ihr in die Hand schob und nuckelte den kleinen Rest, den er ihr gelassen hatte, heraus.

»Wenn sie die Macht verlieren, wenn sie um ihre Pfründe bangen und um all ihre Privilegien zittern, dann greifen sie zum Knüppel, das war schon immer so.«

Sie dachte einen Moment nach und drehte die leere Flasche auf den Kopf. Dann fuhr sie fort:

»Wie hat doch der Biermann damals so richtig gesagt? ›Man hat mit hartem Besen den Hintern rot gefegt, der vorher braun gewesen.‹« Sie kicherte in sich hinein: »Und jetzt wundert ihr euch, dass die Arbeiterklasse die Arbeiterklasse niederknüppelt? Ihr werdet noch staunen, der Hitler hat alle in KZs gesteckt, die Kommunisten sind keinen Deut besser, sie werden alle Oppositionellen in Internierungslagern verschwinden lassen.«

Sprachlos lauschten die Jungen ihren Ausführungen, solch klare Worte hatte ihr keiner zugetraut.

Unbeirrt sprach Mutter Gaebisch weiter:

»Die sind jetzt alle durchgedreht, die Welle rollt und sie können sie nur mit Gewalt aufhalten, wahrscheinlich werden wir alle von der Gewalt überrollt. Sie haben ihr System über all die Jahre in

Stellung gebracht und wähnten sich mit der Überwachung durch die Stasi in Sicherheit.«

Wieder kicherte sie, ihre Augen schimmerten gläsern und leer. Keiner wagte zu sprechen.

»Jetzt werden Honecker und Konsorten von dieser Welle erfasst, und wer von euch glaubt«, sie machte eine Pause und ihr Blick schien plötzlich wieder klarer, »wer von euch wirklich glaubt, man könne sie aufhalten, den wird die Stasi von der Straße prügeln.«

Krondorf sah zu Tom herüber und ihm fiel ein oft genutztes Bibelzitat seines Vaters ein. »Wenn zwei oder drei in meinem Namen beieinanderstehen«, hatte der Vater doziert, »da bin ich mitten unter ihnen.«

Er zuckte zusammen: Sollte es tatsächlich Tom sein? Er hatte es nie wahrhaben wollen, aber wer käme denn sonst infrage?

Inzwischen hatte irgendjemand auf das DDR-Fernsehen umgestellt und Egon Krenz erschien auf dem Bildschirm.

»Ha«, lachte Mutter Gaebisch auf, als sie das etwas dümmlich wirkende Grinsen des stellvertretenden Vorsitzenden des Staatsrates der DDR sah, »den haben sie damals mit 'ner Banane aus dem Urwald gelockt, das ist doch der Wahlfälscher von der Kommunalwahl im Mai, oder?«

Sie blickte fragend in die Runde, doch keiner antwortete ihr.

»Jetzt dreht diesen Scheiß weg«, schimpfte Krondorf, »wer hat überhaupt den Sender umgestellt? Die lügen uns doch bloß die Taschen voll. Oder seht ihr hier in der ›Aktuellen Kamera‹ unsere mit Schutzschild und Knüppel martialisch aufgerüstete Volkspolizei? Oder W50-Lkws mit Räumschild vorne dran? Und einen Wasserwerfer hinter einer Polizeikette habe ich im DDR-Fernsehen auch noch nie zu Gesicht bekommen.«

Er fing an, ein beliebtes DDR-Kinderlied zu singen:

»Der Volkspolizist, der es gut mit uns meint, er zeigt uns den Weg, denn er ist unser Freund.«

Tom schwieg zu allem und sein Schweigen erweckte Krondorfs Misstrauen aufs Neue. Er tastete ihn mit den Augen ab, ob man ihm trauen konnte oder ob er auf ihn hereingefallen war. Nichts, nichts war aus Toms Gesicht herauszulesen, eine leichte Röte vielleicht, weiter nichts, nichts als eine Wand aus Schweigen.

»Hast du noch 'nen Schluck?«, wandte Krondorf sich an Siggi und sah sich in der Runde um. Tom ging inzwischen zu den anderen, die mit Mutter Gaebisch aufgeregt diskutierten.

»Komm, wir hauen ab.« Siggi zog ihn am Ärmel und deutete auf seine ausgebeulte Jackentasche, aus welcher der Schraubverschluss einer Flasche Doppelkorn herauslugte.

Auf dem Zimmer angekommen, war Krondorf so aufgewühlt, dass er nichts anderes tun konnte als trinken.

Da war nur noch Verachtung für die Kollegen, die sich nicht um ihn geschart hatten, als es um seinen Verbleib im Orchester ging, Verachtung für die Freunde, die ihn nicht unterstützt hatten und Verachtung für die Feinde, die irgendwo an einer unsichtbaren Front gegen ihn kämpften. All das schürte seine Wut und er spürte, wie die Heftigkeit dieser Wut jede Vernunft vertrieb, er wollte wieder zurück nach unten und Tom zur Rede stellen.

»Jetzt mache ich mit denen da unten reinen Tisch!«, knurrte er Siggi an, stand auf und machte sich auf den Weg in die Gaststube.

»Nein! Du machst jetzt mal halblang!« Siggi stürzte ihm hinterher und zog ihn zurück ins Zimmer. »Mensch, du hast doch gar keine Beweise«, versuchte er ihn zu beruhigen, »wenn du jetzt lospolterst, machst du doch alles nur noch schlimmer.« Er beschwor ihn, nichts Übereiltes zu tun, doch nichts von dem, was er vorbrachte, konnte Krondorf umstimmen.

»Ich schlage ihm den Schädel ein, diesem miesen Stasischwein«, wetterte Krondorf von Neuem los und wollte Siggi von der Tür zerren, die der mit seinem Körper verstellte. Siggi packte beherzt zu und schleppte Krondorf von der Tür weg in einen Sessel. Dann schob er dem sichtlich Angetrunkenen die Nordhäuser-Flasche hin und brummelte:

»Lass mal gut sein, Hannes, ist doch sowieso alles Dreck.«

An der Art, wie sein Freund sich mit der Flasche am Mund zurück in das Polster fallen ließ, sah Siggi, dass von ihm keine Gegenwehr mehr zu erwarten war.

Krondorf stammelte:

»Weißt du, ich kann nun mal nicht aus meiner Haut, im Übrigen bin ich besoffen.«

Während er noch zwei Schluck aus der Pulle nahm, war sein Gesicht ganz bleich geworden, dann lehnte er den Kopf zurück, sackte zusammen und schloss die Augen.

»Mein Gott, Hannes«, stöhnte Siggi, während er ihn schüttelte und ihm ein paar Klatscher rechts und links auf die Wangen verabreichte. »Hannes«, wiederholte er, »komm wieder zu dir!«

Und als er erneut Hannes' Kopf schüttelte, hellte sich dessen Gesicht wieder auf und er begann in Ernst-Busch-Manier leise zu singen:

»Rrrreih dich ein in die Arrrbeitereinheitsfront, weil du auch ein Arrrbeiter bist.«

»Mannomann, du Scheißkerl!«, entfuhr es Siggi, »ich dachte beinahe, du klappst mir hier zusammen und bist für immer hinüber und dir fällt nichts Besseres ein, als mir dieses Scheißlied vorzuträllern?«

Krondorf lächelte noch einmal kurz, dann kippte sein Kopf zurück und er begann laut zu schnarchen.

***

Wieder zu Hause in Dresden überrollten ihn die Ereignisse.

Die Schwiegereltern waren da und seine Frau Gabi war weg.

»Was ist denn hier passiert?«, völlig außer sich knallte er den Trompetenkoffer unter die Flurgarderobe und nahm die auf ihn einstürmenden Kinder nacheinander in den Arm.

»Die Mutti ist mit Tante Karin auf der Demo und Onkel Rainer ist irgendwie ganz weg«, berichtete die Älteste eifrig und fuhr nicht ohne Stolz fort, »bis Oma und Opa da waren, habe ich auf die Kleinen aufgepasst!«

»Das hast du sehr gut gemacht!«, antwortete Krondorf und öffnete die Wohnzimmertür.

Die betretenen Mienen der Schwiegereltern ließen ihn nichts Gutes ahnen.

»Was ist los, wo ist Gabi?«, stürmte er auf den Schwiegervater los, der ihn bedächtig an der Schulter nahm und in einen der Sessel drückte.

»Du hast doch bestimmt mitbekommen, was vor ein paar Tagen hier am Hauptbahnhof los war«, ereiferte sich stattdessen die Schwiegermutter und bedachte den Schwiegersohn mit einem vorwurfsvollen Blick.

»Lass den Jungen doch erst mal reinkommen«, beschwichtigte der Schwiegervater, langte in die Schrankwand und zauberte eine Flasche französischen Weinbrand Napoleon hervor.

»Könnt ihr mir bitte erklären, wieso ihr hier seid und wo Gabi ist?«, Krondorf konnte den wertvollen Cognacschwenker kaum ruhig in der Hand halten, als der Schwiegervater einschenkte, so sehr zitterten seine Finger.

»Gabi ist wie jeden Abend zur Kreuzkirche unterwegs und läuft dann auch mit über den Ring«, die Schwiegermutter platzte fast vor Stolz bei dieser Nachricht und schob nach, dass sie beide zum Schutz der Kinder sofort von Rostock nach Dresden gekommen waren, man wüsste ja nie, was die da oben noch so vorhätten.

»Danke«, murmelte Krondorf und versuchte sich einen Reim auf das zu machen, was er da gehört hatte.

»Prost«, toastete ihm der Schwiegervater zu und begann zu erklären. »Seit den Vorfällen am Hauptbahnhof …«

»Wir haben bei Mutter Gaebisch die Berichte im Westfernsehen verfolgt«, unterbrach ihn Krondorf.

»Seit diesen Vorfällen am Hauptbahnhof«, wiederholte der Schwiegervater unbeirrt, »ist Rainer verschwunden und Karin und Gabi haben sich spontan den Demos in der Stadt angeschlossen. Karin ist völlig verzweifelt, weil sie doch so viele Demonstranten am Hauptbahnhof verhaftet haben und Rainer nicht nach Hause gekommen ist. Gabi läuft jetzt aus Solidarität mit ihrer Freundin jeden Abend auf dem Ring über die Brücken der Stadt.«

»Und es werden jeden Tag mehr Menschen«, warf die Schwiegermutter ein. »Wie hätten wir dich denn benachrichtigen sollen?«

Krondorf kippte den Cognac in einem Zug herunter. Was hatte das zu bedeuten? Rainer war sein bester Freund, hatten die Vopos ihn festgenommen und auf die Bautzner Straße verschleppt?

Der Schwiegervater schien seine Gedanken zu erraten und sagte: »Wir vermuten, dass er mit den vielen anderen, die sie zusammengeknüppelt haben, zur Stasi auf die Bautzner Straße geschleppt wurde, aber keiner weiß was Genaues.«

»Und Gabi geht jeden Abend demonstrieren?«, fragte Krondorf nach.

»Da mussten wir doch einspringen«, die Schwiegermutter sah ihm wie zur Entschuldigung in die Augen.

»Na klar, danke!«, Krondorf stand auf und nahm sie in den Arm. »Danke!«, wiederholte er und drückte dem Schwiegervater die Hand.

»Da muss ich wohl noch mal los«, mit diesen Worten stand er auf und ging zur Tür.

»Aber, Hannes, die Kinder«, die Schwiegermutter sah nun ihren Mann hilfesuchend an, »die Kinder, die warten doch auf dich!«

»Die sind doch bei euch in besten Händen«, Krondorf stand schon im Flur und angelte den Parker von der Garderobe. »Bitte gebt ihnen einen Kuss, ich muss sehen, wo Gabi ist!«

Werner, mach was!, schien der angsterfüllte Blick seiner Schwiegermutter zu sagen, doch der Schwiegervater machte nichts, folgte nur Krondorf zur Tür, legte ihm die Arme auf die Schultern und sagte:

»Pass gut auf dich auf, mein Junge!«

Unten auf der Straße überlegte Krondorf, ob er seinen klapprigen Lada 1200 anschmeißen oder lieber mit der Linie 13 vom Haltepunkt Trachenberger Platz ins Zentrum fahren sollte. Seine Entscheidung fiel auf die Straßenbahn. Bis zur Haltestelle am Trachenberger Platz waren es zehn Minuten zu Fuß, das würde ihm guttun.

Am Platz der Einheit angekommen, ging nichts mehr, Endstation, alle aussteigen. Die Straßenbahnen stauten sich in langer Reihe bis zur Dr.-Rudolf-Friedrichs-Brücke zurück. Von überall her strömten Demonstranten mit selbstgebastelten Transparenten über die Brücke in Richtung Altmarkt.

Krondorf schwamm mit im Strom der munteren Gesellschaft, die mit Kerzen in den Händen »Keine Gewalt« riefen und »We shall overcome« sangen. Vor dem Rathaus sammelte sich eine große Menschenmenge, die unter dem Denkmal der Trümmerfrau in Sprechchören »Wir sind das Volk« und »Gorbi hilf« skandierte.

Nach und nach wurden zwischen all dem Stimmengewirr Rufe lauter, die sich wie ein Lauffeuer verbreiteten: »Los, wir gehen zur Stasi auf die Bautzner!«

Und wie von unsichtbarer Hand geleitet, formierte sich eine erste Reihe. Wie die Bienen um ein Flugloch hatten sich im Nu Menschen zusammengefunden und marschierten so zielstrebig in eine Richtung, dass sie alle anderen mit sich nahmen.

Unschlüssig, ob er mitlaufen sollte, sah sich Krondorf um. Irgendwo hier mussten doch auch Gabi und Karin sein. Unmöglich jedoch, die beiden in der Masse auszumachen. Also trotte er mit im Pulk und schon an der Kreuzung Hoyerswerdaer-Rothenburger stimmte er ein in die Rufe »Keine Gewalt« und »Meine Akte gehört mir«!

Kurz vor dem Martin-Luther-Platz jedoch stoppte der Zug.

»Vorne stehen die Bullen!«, sickerte es wie stille Post bis in die hinteren Reihen durch. Jetzt drängten die ersten nach vorne, um besser sehen zu können. Im Nu füllte der Demonstrationszug die gesamte Breite der Bautzner Straße aus. Vereinzelte Rufe wurden laut: »Keine Gewalt« und »Wir sind das Volk, lasst uns durch!« Krondorf drängelte mit nach vorn und eine gespannte Atmosphäre übertrug sich von Demonstrant zu Demonstrant. Über ein Megafon vernahmen sie die Aufforderung:

»Bürger der Deutschen Demokratischen Republik! Räumen Sie sofort die Straße!«

Das plötzliche Läuten vom Turm der Martin-Luther-Kirche erhöhte die Anspannung beträchtlich, denn nun verließen die Teilnehmer der 18-Uhr-Andacht den Kirchvorplatz und strömten zur Bautzner Straße. Dort wurden sie jedoch durch eine Sperrkette der

Polizei daran gehindert, den Platz zu verlassen und sahen sich eingeschlossen.

Wieder vernahmen sie die Aufforderung der Polizei, keine Störungen zu begehen und die Straße sofort in Richtung Platz der Einheit freizumachen.

Inzwischen wuchs die Zahl der nachkommenden Demonstranten enorm. Krondorf hüpfte vom Platz aus in die Höhe und erblickte weit hinten unzählige Menschen mit flackernden Kerzen in der Hand, die sich langsam auf den stehenden Zug zubewegten. Hinter der Polizeikette beleuchtete vom Dach eines Fahrzeuges ein großer Scheinwerfer die Szenerie.

Daneben machte Krondorf mehrere Lkws vom Typ W 50 aus, die dicht aufgerückt waren und vor der Motorhaube große rot-weiße Räumschilder hatten.

Also doch, dachte er, in der »Tagesschau« hast du es ja schon gesehen, aber das war vor ein paar Tagen in Thüringen und weit weg, und jetzt hier ...

Ehe er sich versah, bewegte sich die Masse weiter nach vorne und schob die zuvorderst Stehenden näher an die Sperrkette der Polizei heran.

Aus den hinteren Reihen drangen erste Beschimpfungen in Richtung der Mann-an-Mann in geschlossener Formation stehenden Polizisten durch.

Krondorf wurde mulmig zu Mute und er versuchte, sich wieder nach hinten durchzuwühlen. Inzwischen hatte sich jedoch eine größere Gruppe Gottesdienstbesucher, die das Kirchengelände über Prießnitzstraße und Böhmische Straße verlassen konnte, seitlich dem Demonstrationszug angeschlossen und attackierte aus sicherer Entfernung die Polizisten mit wüsten Beschimpfungen.

Nun ging alles sehr schnell, Krondorf hörte eine heisere Stimme aus dem Megafon krächzen:

»Einheit vorwärts, Platz räumen, Schlagstock frei!« Sofort rannten die Polizisten mit gezogenem Gummiknüppel auf die erste Reihe zu und droschen in wilder Wut auf jeden ein, der im Weg stand. Doch wo sollten die Demonstranten denn auch hin, die Straße war von Männern, Frauen und Kindern zugestellt, die nun in Panik versuchten, den Schlägen zu entkommen.

Hinter den Polizisten tauchten plötzlich junge Männer in Zivil auf, die wahllos Demonstranten griffen und hinter die Sperrkette zerrten. Wer sich wehrte, wurde gnadenlos zu Boden gestoßen, mit Füßen getreten und an den Haaren nach hinten geschleift. Krondorf stemmte sich in größter Angst gegen die hinter ihm Stehenden und versuchte sich zwischendurchzudrängeln. Was er vorne sah, wollte er einfach nicht glauben. Aber es gab kein Durchkommen. Kurz darauf packten auch ihn zwei Kerle in Zivil an Jacke und Handgelenk, verdrehten seinen Arm auf den Rücken und schleppten ihn nach hinten.

Dort standen einige Mannschaftsbusse mit heruntergeklappter Ladebordwand, auf denen sich schon mehrere junge Leute befanden, einige von ihnen bluteten.

»Hoch da«, lautete der Befehl eines Polizisten und mit Schlagstockhieben trieb er Krondorf auf den Lkw, wo er kopfüber auf die Ladefläche stürzte. Ein junger Mann half ihm auf und zog den völlig Verdutzten neben sich auf die schmale Pritsche.

»Warum schmeißen Sie mich ohne einen ersichtlichen Grund auf diesen Lkw?«, wandte Krondorf sich an einen jungen Soldaten, der mit Maschinenpistole bewaffnet an der offenen Ladebordwand saßen.

»Schnauze!«, war die Antwort, »sonst gibt's gleich noch eins drauf! Das hättet ihr euch vorher überlegen müssen!«

»Abfahrt!«, schrie nun ein Zivilist von unten und knallte die Bordwand hoch. Im selben Moment fuhr das Fahrzeug an, ein Soldat, der vorne an der Bordwand saß, rollte die Plane halb nach unten und knüpfte sie so, dass nur noch ein schmaler Blick auf die Straße möglich war, während zwei andere ihre Waffen auf die Demonstranten richteten.

Krondorf konnte annähernd ahnen, wo sie gerade fuhren, der Bus holperte über die Dr.-Kurt-Fischer-Allee in Richtung Autobahn.

»Wo bringen die uns hin?«, fragte er seinen Nachbarn, der sich mit einem Taschentuch die blutende Nase zudrückte.

»Keine Ahnung, wahrscheinlich zu den Kasernen hinten am Heller, aber ich weiß es nicht genau«, kam die leise Antwort unter dem Taschentuch hervor.

Sofort brüllte ein Soldat:

»Schnauze halten, sonst gibt's was drauf! Wir werden euch Demokratie schon beibringen.«

Als das Fahrzeug hielt und die Bordwand geöffnet wurde, bemerkte Krondorf mehrere offene Garagen, in denen Männer mit gespreizten Beinen und dem Gesicht zur Wand standen.

»Runter!«,ertönte ein neues Kommando und nacheinander wurden sie durch eine Gasse links und rechts stehender Uniformierter, den Gummiknüppel schlagbereit in der Hand, zu einer leeren Garage getrieben. Krondorf lief wie hypnotisiert seinem Vordermann hinterher.

»Schneller, schneller!«, lauteten jetzt die Kommandos und: »Mittelreihe bilden!«

Er wurde mit den anderen an eine Wand der Garage gestellt und nach dem Kommando »Arme auseinander, Beine auseinander!« erfolgte ein Tritt gegen einen seiner Füße. Dann wurde er abgetastet und seine Taschen entleert, Personalausweis, Gürtel und Schnürsenkel eingezogen und wer es wagte, eine Frage zu stellen oder sich gar umzudrehen, dem wurde mit dem Knüppel in die Innenseite der Schenkel gedroschen.

Auf die Frage eines Nachbarn, ob er zur Toilette gehen dürfe, erfolgte die barsche Antwort:

»Schiffen Sie sich in die Hosen, oder schwitzen Sie es aus den Rippen.«

So vergingen Stunden, ohne dass irgendetwas geschah. Nur immer wieder schallte der Befehl »Köpfe zur Wand, hier herrscht Ruhe!« zwischen den kahlen Betonwänden der Garage hin und her.

Krondorf hatte jegliches Zeitgefühl verloren, seine Beine schmerzten, die Muskeln zitterten und er sank vor Müdigkeit und Angst auf den Betonfußboden.

»Mir ist schlecht«, stammelte er und sackte zusammen.

»Hoch mit dir, hier ist kein Sanatorium!« Ein Soldat zog ihn am Kragen nach oben und schrie: »Beine auseinander, Kopf zur Wand.«

Krondorf taumelte und stützte sich mit den Händen an der Wand ab. Plötzlich wurden Namen gerufen und in großen Abständen wurden die Aufgerufenen abgeführt, keiner wusste, was nun geschehen würde. Dann vernahm er seinen Namen und taumelte neben einem Wachsoldaten über den Hof in einen Flachbau, wo er auf einem langen Flur, wieder mit dem Kopf zur Wand und gespreizten Beinen warten musste. Nach ein paar Minuten drückte ihm ein junger Mann in Zivil ein Schild mit der Nummer 201 in die Hand, schob ihn in einen kleinen Nebenraum, überprüfte anhand des Personalausweises Krondorfs persönliche Angaben und fotografierte ihn.

Als er den Vernehmungsraum betrat, fühlte er sich an seine Kaserne erinnert, der gleiche, sich hartnäckig haltende Gestank von Dreck und beißender Geruch von scharfen Lösungsmitteln erfüllte den Raum. An einem Schreibtisch gegenüber saß ein Zivilist, der ihn kurz musterte und dann etwas in einer Akte notierte.

Krondorf vernahm durch die geschlossene Tür wiederholt schwere Stiefeltritte, ein ständiges Kommen und Gehen, Türenschlagen und unterdrückte Stimmen. Dann ein lauter Aufschrei:

»Wenn ihr nur ein Fünkchen Ehre im Leibe habt, dann lasst uns laufen und beendet dieses unwürdige Schauspiel!«

Sogleich flog eine Tür zu und ein Schlüssel klirrte im Schloss.

»Name, Alter, wo wohnen Sie?«, hörte er nun seinen Vernehmer fragen, der die eben ausgefüllte Akte unter den Tisch schob.

Mit stockender Stimme gab Krondorf nach und nach alles Gefragte zu Protokoll. Er glaubte, in eine Maschinerie zu geraten, die ihn auseinandernahm, die ihn vorverurteilte, ehe das Thema Schuld oder Unschuld überhaupt nur angeschnitten werden konnte.

Als er, nach seinem Beruf befragt, »Musiker« antwortete, spürte er einen Blick auf sich ruhen, der genau so wirkte, als habe er »Asozialer« gesagt.

»Was haben Sie heute Abend gegen 18:00 Uhr am Martin-Luther-Platz gewollt?«, die Stimme seines Vernehmers schien nun nicht mehr nur sachlich auf allgemeine Daten aus, sondern gewann an Schärfe.

Krondorf wusste, jetzt kam es drauf an, bei jeder unbedachten Äußerung würde der Vernehmer ihn festnageln, einsperren und in der Versenkung verschwinden lassen, und gleich fiel ihm Gabi ein – wo war sie abgeblieben, war sie etwa auch unter den Verhafteten?

»Ich war auf der Suche nach meiner Frau«, fing er an, »wir wollten uns am Martin-Luther-Patz treffen, aber da war sie nicht, nur hunderte Leute.« Krondorf suchte nach einer Ausrede, die er ihm hoffentlich abnehmen würde.

»Und«, fiel ihm der Vernehmer ins Wort, »da haben Sie gleich mal die Chance genutzt und ein bisschen mitdemonstriert, wie?«

»Auf keinen Fall!«, gab Krondorf zurück, »ich wurde von dem Gewühl an der Rothenburger mitgerissen.«

»Ach«, meinte der Vernehmer, »Sie waren also schon zu Beginn der ungenehmigten Zusammenrottung dabei?« Er stand auf und ging auf Krondorf zu.

»Nein, nein«, versuchte dieser zu beschwichtigen, »so war es nicht. Ich bin dort lediglich aus der Straßenbahn gestiegen, weil nichts mehr weiterging.«

»Und wieso hat man Sie dann am Martin-Luther-Platz aus der ersten Reihe dieser ungesetzlichen Zusammenrottung herausgeholt, aus der ersten Reihe?!«, wiederholte der Vernehmer laut und packte Krondorf mit beiden Händen am Jackenkragen.

Krondorf spürte, wie seine Beine nachgaben.

»Aus dieser ersten Reihe heraus sind unsere Sicherheitskräfte auf die übelste Art und Weise beschimpft, beleidigt und attackiert worden!« Der Vernehmer schrie jetzt und kleine Spuckebläschen schäumten auf seiner Unterlippe.

Wer schreit, hat immer Unrecht, wollte Krondorf schon entgegnen, doch er war zu schwach. Das stundenlange Stehen in der kalten Garage, die Ungewissheit, was nun werden würde, die ohnmächtige Angst vor den Schlägen und dem ständigen Gebrüll der Soldaten hatten ihm so zugesetzt, dass er sich nicht mehr auf den Beinen halten konnte und zusammensackte. Verschwommen registrierte er den Schlag in seinen Bauch und einige Wortfetzen des Vernehmers: »Holt diesen Schwächling hier raus, ... bringt ihn ...« Dann wurde ihm schwarz vor Augen.

Als er wieder zu sich kam, versuchte er sich zu orientieren. Es waren nur noch wenige Männer in der Garage. Sie standen zusammen und rauchten.

Ihn hatte man auf einen Stuhl in die Ecke gesetzt und an die Wand gelehnt, sodass er nicht herunterkippen konnte. Die Wand war kalt und sein Bauch fühlte sich schwer wie Blei an, ihm wurde übel.

Kotz nicht auf deine Klamotten!, dachte er und rappelte sich ein wenig hoch. Der erste Versuch, aufzustehen, misslang. Die Beine versagten ihm den Dienst, seine Knie klapperten wie dürre Bambusstöckchen aneinander. Er nahm die Hände zu Hilfe und stützte sich auf der Sitzfläche ab.

Jetzt hoch, zwang er sich, los hoch! Sein rechter Arm hielt den Körper in der Waage, jedoch der linke war pappweich, knickte ein und er fiel mit einem dumpfen Plumpsgeräusch wie ein nasser Sack vom Stuhl.

»He!«, hörte er jemanden sagen, »mach jetzt nicht wieder schlapp, wir sind die Letzten, die man gleich rauslässt!«

Ein kräftiger Arm zog ihn auf den Stuhl zurück und verpasste ihm eine Ohrfeige.

»Er kommt wieder zu sich, Gott sei Dank!«

Verschwommen sah Krondorf in ein freundliches Gesicht und wollte etwas sagen, aber das Gesicht verschwamm wieder, verlor sich im Dunst seiner verschleierten Augen, er kniff die Augen zusammen, riss sie wieder auf, doch das Bild wurde nicht deutlicher.

»Du musst jetzt zu dir kommen!«, vernahm er die Stimme, »wir werden gleich aufgerufen und dann geht's nach Hause!«

»Nach Hause«, er versuchte die Worte nachzusprechen, doch es kam nur ein unverständliches Knurren aus seinem Mund. Eine Hand zog sein Kinn nach oben und drückte ihm einen Trinkbecher aus Plastik an die Lippen. Ein Hauch von warmem Tee stieg ihm in die Nase. Mit zitternden Händen griff er nach dem Becher und schlürfte den Tee bis zum letzten Tropfen gierig herunter.

Langsam löste sich der Schleier von seinen Augen.

»Danke!«, sagte er schwach, »was haben die mit mir gemacht?«

»Du warst am längsten bei der Vernehmung und als sie dich zurückbrachten, warst du ohnmächtig und sie haben dich wie einen Sack Abfall hier in die Ecke geknallt.«

Der junge Mann holte eine F6 aus der Packung und bot sie ihm an.

»Willst du eine rauchen? Wir dürfen jetzt.«

Krondorf nickte kurz, der junge Mann zündete die Zigarette an und steckte sie Krondorf zwischen die Lippen.

»Wir haben sofort Alarm geschlagen und einen Arzt verlangt. Aber die Schweine«, er dreht sich kurz zum offenen Garagentor und redete leiser weiter, »die haben uns nur den Stuhl reingestellt und gesagt, wir sollten uns kümmern und dass wir uns das alles vorher hätten überlegen müssen.«

Langsam kam wieder Leben in Krondorfs Körper und er stand auf, leicht taumelig zuerst, stützte er sich auf die Stuhllehne, dann wagte er einen Schritt.

»Na siehste!«, ermunterte ihn der junge Mann, »wir scheinen es jetzt bald geschafft zu haben.«

Im selben Moment ertönte eine Stimme.

»Krondorf, Johannes, kommen Sie mit.«

Krondorf stolperte einem Uniformierten hinterher und wurde wieder in das Vernehmungszimmer geschoben.

Diesmal saß ein anderer Zivilist am Schreibtisch, sah kurz auf und las von einem A4-Blatt ab:

»Gegen Sie wird ein Strafverfahren gem. § 215 und § 217 Strafgesetzbuch der DDR eingeleitet.« Er sah Krondorf verächtlich an und fuhr fort:

»Ich lese Ihnen das mal vor: ›Wer sich an einer Gruppe beteiligt, die aus Missachtung der öffentlichen Ordnung oder der Regeln des sozialistischen Gemeinschaftslebens Gewalttätigkeiten, Drohungen oder grobe Belästigungen gegenüber Personen oder böswillige Beschädigungen von Sachen oder Einrichtungen begeht, wird mit Freiheitsstrafe bis zu fünf Jahren bestraft.

Eine Straftat der Zusammenrottung gemäß § 217 StGB liegt vor, wenn sich Personen an einer solchen Ansammlung beteiligen und diese nach Aufforderung durch die Sicherheitsorgane oder andere zuständige Staatsorgane nicht unverzüglich verlassen.‹«

Er schob das Papier und Krondorfs Personalausweis über den Tisch und sagte:

»Sie können gehen, den Rest regelt der Staatsanwalt, Ihre persönlichen Sachen bekommen Sie am Ausgang.«

Damit bedeutet er ihm, den Raum zu verlassen und rief nach einem Unteroffizier, der Krondorf über den Hof und zu einer Baracke am Tor brachte, wo man ihm seine abgenommenen persönlichen Dinge wieder aushändigte.

Als er auf die Straße trat, registrierte er, wo man sie festgehalten hatte. Hinter ihm schloss sich mit lautem Knall das Blechtor der Offiziershochschule der Bereitschaftspolizei auf der Neuländerstraße.

Wie lange war er eigentlich eingesperrt gewesen, Stunden? Oder gar Tage? Sein sonst so verlässlich arbeitendes Gedächtnis spielt nicht mit, an den Schlag in die Magengrube konnte er sich erinnern, an einen Schlag mit dem Knüppel über den Schädel nicht.

Mit weichen Knien stapfte er vor zur Großenhainer Straße, setzte sich am Wilden Mann in die Straßenbahn, fuhr bis zum Trachenberger Platz, lief zurück bis zur Hans-Sachs-Straße und nahm dann den Fußweg durch die Gärten nach Hause.

Vor der Haustür lärmten ihm seine Kinder entgegen.

»Papa, Papa, endlich, da bist du ja wieder, wo warst du denn so lange?«

Hinter einer Scheibe im Erdgeschoss schob jemand die Gardine zurück und öffnete das Fenster. Krondorf merkte, wie es hinter dem Blumenkasten raschelte und er sah im Spiegelbild des offenen Fensterflügels den Haarschopf der alten Bergmann, die wie immer ihren Kopf zwischen die Geranien quetschte und lauschte.

Krondorf nahm die Jüngste auf den Arm und sagte:

»Kommt, wir gehen erst mal hoch.«

Es war nicht mehr diese ungreifbare und doch wirkliche Angst, die ihn die Treppen hochrennen ließ, eine andere, fassbare, greifbare Angst bemächtigte sich seiner beim Anblick des geöffneten Fensters im Erdgeschoss, der zurückgeschlagenen Gardine und der lauernden Augen zwischen den raschelnden Geranien.

Seine Angst galt mehr der Familie, als ihm selbst. Nach den Misshandlungen in der Kaserne würde er mit dem ganzen Geschmeiß im Haus schon fertig werden, aber was sollte werden, wenn er in den Knast wandern müsste? Schließlich war die Sache mit der angekündigten Ermittlung nach Paragraf soundso eine verflucht ernste Geschichte.

Auf halber Treppe stand Rainer und rauchte aus dem Fenster.

»Mensch, da bist du ja«, rief Rainer erfreut, nahm ihm die Tochter ab und umarmte ihn herzlich.

»Ist Gabi zu Hause?««, antwortete Krondorf atemlos vom Treppenmarathon und blickte noch einmal prüfend über das Geländer nach unten ins Erdgeschoss.

»Ja, wir sind alle einigermaßen davongekommen, wie ist es dir ergangen?«

Gabi stand in der Wohnungstür und zog Krondorf herein.

»Mein Gott, wo bist du gewesen?«, fragte sie und fing zu weinen an.

»Das wollte ich dich gerade fragen!«, entgegnete er und hielt Rainer die Tür auf.

Gabi schickte die herumwuselnden Kinder zu den Großeltern ins Wohnzimmer, ließ sich in der Küche auf einen Stuhl fallen und begann unter Tränen zu erzählen.

»Du weißt ja von den Eltern, dass Rainer plötzlich nicht mehr nach Hause gekommen ist, die Vorfälle am Hauptbahnhof haben alles bisher Dagewesene in den Schatten gestellt.« Sie zog ein Stück von der Küchenrolle aus der Halterung und schnaubte sich die Nase.

»Nach all dem, was Karin und ich vor ein paar Tagen erlebt haben, kann ich es in diesem Staat nicht mehr aushalten.« Sie stand auf und kuschelte sich an seine Schulter.

»Hannes, wenn wir jetzt nicht einen Antrag auf Ausreise stellen, ist es sicher zu spät.«

Krondorf war wie gelähmt, sein Gesicht hatte einen düsteren verschlossenen Ausdruck angenommen.

»Ich bin gestern nochmal los und habe dich gesucht«, fing er an, »ich dachte, ihr seid an der Kreuzkirche, du und Karin, aber die Massen versammelten sich alle vor dem Rathaus, und dann liefen sie plötzlich in Richtung Bautzner Straße.«

»Warst du etwa mit am Martin-Luther-Platz?« fragte Rainer.

»Ja, und dann haben sie mich auf einen Lkw geknüppelt und mit all den anderen auf die Neuländer Straße gekarrt.«

»Mein Gott!« Gabi sah Hannes voller Angst an. »Was sollen wir denn jetzt nur machen?«

»Ich habe keine Ahnung«, sagte Krondorf leise und blickte fragend zu Rainer.

»Ich war mit Karin am Hauptbahnhof, als die Züge aus Prag durchfuhren.« Rainer holte tief Luft und berichtete: »Wir dachten, das ist unsere letzte Chance, vielleicht kommen wir irgendwie auf den Bahnsteig und springen auf den Zug oder machen irgendwas anderes Bescheuertes, um hier rauszukommen. Als die ersten Idioten die Bullenautos mit Pflastersteinen attackierten und ein Auto anzündeten, haben sie uns gnadenlos zusammengeknüppelt.«

Er machte eine Pause und sah Hannes nachdenklich an.

»Karin ist ihnen irgendwie entwischt, ich muss dann wohl ein paar Tage vor dir auf der Neuländer gewesen sein.« Er zog sein Hemd aus der Hose, machte einen Buckel und zeigte seinen mit blauroten Blutergüssen übersäten Rücken.

»Haben sie dich also auch so zugerichtet!«

Voller Verzweiflung nahm Hannes seine Frau in den Arm und zog ein A4-Blatt aus der Jacke.

»Hier, das ist mein Entlassungspapier.«

»Nein«, schrie Gabi auf, nachdem sie die ersten Zeilen überflogen hatte, »das kann doch nicht wahr sein!« Sie fiel auf den Stuhl zurück und begann hemmungslos zu schluchzen.

»Ich kann mir denken, was sie dir mitgegeben haben«, sagte Rainer und besah das Schreiben, »bei mir steht das Gleiche drauf.«

Im selben Moment stürmten die Kinder in die Küche und sangen: »Wir haben Hunger, Hunger, Hunger, haben Hunger, Hunger, Hunger, haben Hunger, Hunger, Hunger, haben Durst, wo bleibt der Käse, Käse, Käse ...«

Gabi stand auf, wischte sich die Augen mit einem Taschentuch und sagte:

»Oh Mann, wir haben euch über dieser ganzen Scheiße vergessen, entschuldigt!«

»Scheiße sagt man nicht, sagt man nicht«, sangen die Kinder daraufhin und grinsten.

»Ihr habt ja so recht«, ließ der Schwiegervater aus dem Hintergrund vernehmen und zog Hannes und Rainer aus der Küche über den Korridor in das winzige Schlafzimmer, welches sich die drei Kinder teilten.

»Rainer hat mir die Paragrafen, weswegen sie ihn beschuldigen, schon erläutert«, er sah hinüber zu Hannes, »bei dir wird es ja nach Erfahrung dieser furchtbaren Tage nicht viel anders sein?«

»Hier, kannst es selber lesen«, Hannes gab ihm das Schreiben.

»Wir waren vor ein paar Tagen in der Kreuzkirche bei der Mahnwache zum Gedenken wegen der Verhaftungen am Hauptbahnhof«, sprach der Schwiegervater, überflog das Blatt und fuhr fort: »Dort schilderten viele festgenommene und misshandelte Demonstranten ihre Erlebnisse in Gedächtnisprotokollen.« Er machte eine Pause und schien sich sammeln zu müssen: »Ich kann mir jetzt ungefähr vorstellen, was ihr und all die anderen während der Zuführungen durchgemacht habt.«

»Das kann nicht mehr lange dauern, und sie müssen einpacken!« Rainer schaute Hannes zuversichtlich in die Augen. »Pass auf, aus Berlin habe ich heute von eurem Pastor erfahren, dass das ›Neue Forum‹ anhand von Gedächtnisprotokollen wegen der Übergriffe an der Gethsemanekirche Strafanzeige gegen den Polizeipräsidenten von Berlin gestellt hat. Gegen den Polizeipräsidenten von Berlin, stell dir das mal vor!«

»Ja, und?«, entgegnete Hannes unwirsch. »Ich habe das gerade ganz anders erlebt. Wer muss hier einpacken, … dass ich nicht lache! Männer und Frauen haben sich in der eiskalten Garage in die

Hosen geschifft, weil man sie nicht aufs Klo ließ und die Vopos haben sich ins Fäustchen gelacht und Witze gerissen. Was soll ich dir von Grausamkeiten erzählen, wenn sie dir doch selber den Knüppel übergezogen haben. Mensch, Rainer, woher nimmst du deine Zuversicht?«

»Es kann nicht mehr lange dauern.« Rainer rüttelte Hannes an der Schulter. »Die sind am Ende mit ihrem Latein, sie wissen nicht mehr ein noch aus, die DDR steht kurz vor dem Herzinfarkt, deshalb die Gewalt, dieses senile Politbüro ist fertig und wir werden handeln!«

Er begann in dem kleinen Zimmer hin und her zu gehen.

»Wenn der Russe stillhält!«, warf der Schwiegervater ein. »Wenn nur der Russe stillhält und nicht Panzer schickt, wie damals 68 in Prag!«

»Mann, ich habe eine Strafandrohung für fünf Jahre Bautzen in der Tasche!«, erwiderte Hannes aufgebracht.

»Die haben doch gar keine Zeit mehr, all die Strafverfahren abzuarbeiten«. Rainer versuchte, Zuversicht zu verbreiten. »Gorbatschow hat die Zeichen der Zeit erkannt, die Russen sind genauso pleite wie wir. Die haben andere Sorgen. Also wird sich was ändern!«

»Rainer!« Hannes machte einen Schritt auf ihn zu und packte ihn am Arm. »Wir beide, du und ich, wir haben nie Geheimnisse vor einander gehabt. Ich will dir ja glauben, aber ...«, er krempelte einen Hemdsärmel hoch und deutete auf die drei tätowierten Punkte.

»Das ist unsere Biografie, deine und meine, unauslöschlich, weißt du noch, damals? Die Schallplatte von Supertramp?« Hannes begann leise zu singen: »It's raining again, too bad I'm losing a friend«, dabei sah er Rainer mit Tränen in den Augen an.

»Ich will meine Familie nicht verlieren, ich will meine Freunde nicht verlieren und ich will nicht in den Knast! Was soll bloß werden?«

»In allen großen Städten finden regelmäßig Demos statt«, ermunterte ihn Rainer. »In Leipzig marschieren Montag für Montag tausende, ich sage dir, tausende, um den Ring! Sogar in Plauen laufen sie um das Rathaus! Und die Zahl der Demonstranten wächst ständig, das ist nicht mehr aufzuhalten, Hannes. Und wir werden immer mutiger, die Prügelattacken der Polizei sind nur letzte Zuckungen, sie können uns nicht mehr stoppen.« Er hielt einen Moment inne und murmelte: »Warum haben wir nur solange gebraucht, um loszulaufen?«

»Vielleicht verschwindet ihr erst mal für ein paar Tage.« Der Schwiegervater hatte aufmerksam zugehört und nickte Hannes zu. »Wir bleiben bei Gabi und den Kindern.«

Dann kicherte er:

»Bei dir dürfte es nicht auffallen, Hannes, du bist dann eben wieder musikalisch unterwegs. Dein Vermieter wird denen schon auf Nachfrage ein Alibi hin brettern.«

Hannes wusste genau, worauf er hinauswollte. Der Hausbesitzer, ein Mann weit über die 80, hatte öfter im Haus herumposaunt, dass Hannes Krondorf ein elender Vagabund wäre, der nur ab und zu nach Hause käme, um seiner Frau ein Kind zu machen.

Mit dieser Bemerkung entschärfte der Schwiegervater die Situation etwas, er bemerkte aber sogleich Rainers besorgtes Gesicht.

»Und, wie ist es bei dir, Rainer, kannst du dich auch ein paar Tage absetzen?«

»Ich wüsste schon wohin, aber nach den Ereignissen auf dem Hauptbahnhof und der Neuländer, ich weiß nicht ... Wir können uns doch nicht ewig vor denen verstecken!«

Hannes Schwiegermutter kam herein und rief aufgeregt:

»Kommt mal schnell ins Wohnzimmer, es gibt neue Nachrichten aus Berlin!«

Im Deutschlandfunk hatten bereits die 20-Uhr-Nachrichten begonnen.

»... zuvor hatten tausende, meist junge, Menschen in zahlreichen Städten, darunter auch Leipzig und Dresden, Freiheit und politische Reformen gefordert. Offensichtlich gibt es neue Hoffnungen, dass sich die SED nun doch zu einem Dialog über Reformen bereitfindet. Auf Stadt- und Bezirksebene gab es bereits erste Kontakte. So traf sich in Dresden Oberbürgermeister Berghofer mit Oppositionellen, die ihm einen Forderungskatalog für mehr Freiheiten unterbreiteten. Berghofer soll sich nach Angaben aus Kirchenkreisen für eine Änderung des Wahlmodus in der DDR ausgesprochen und auch zugesagt haben, dass alle festgenommenen Demonstranten freigelassen würden, die keine Gewalt angewandt hätten. Die Gespräche in Dresden sollen am kommenden Montag fortgesetzt werden.«

Hannes sah zu seiner Frau und sagte nachdenklich:

»Vielleicht ändert sich jetzt tatsächlich etwas«. Er holte die Flasche aus dem Vertiko und bat den Schwiegervater, die guten Gläser zu bringen.

In den kommenden Tagen überschlugen sich die Ereignisse. Während Krondorf versuchte, sein Leben wieder einigermaßen auf die Reihe zu bekommen, berichtete Rainer täglich von den Erfolgen auf der Straße.

»Der Berghofer«, erzählte er voller Stolz, »der hat die ›Gruppe der 20‹ tatsächlich ins Rathaus gelassen und dort haben sie unsere Forderungen vorgetragen, und zwar alle!« Feierlich zählte Rainer auf:

»Freilassung der politischen Gefangenen, gewaltfreier Dialog, Reisefreiheit, Pressefreiheit, Wahlfreiheit, Recht auf friedliche Demonstrationen, Einführung eines Zivildienstes und die Legalisierung des ›Neuen Forums‹.«

»Das wäre zu schön, um wahr zu sein!« Hannes wühlte unbeeindruckt in einem Notenstapel.

»Ich habe keinen Job mehr, Rainer! Und ich weiß nicht, wieso und weshalb und welchem Schweinehund ich das zu verdanken habe!« Er sah kurz auf und vertiefte sich wieder in seine Noten.

»Es wird sich alles finden, Hannes! Der Anfang ist immer das Schwerste, denk doch mal an unseren alten Liederfreund Biermann«, und Rainer begann zu singen.

»Du lass Dich nicht erschrecken, in dieser Schreckenszeit, das woll'n sie doch bezwecken, dass wir die Waffen strecken, schon vor dem großen Streit.«

Hannes ging auf Rainer zu und umarmte ihn wortlos.

Dann sangen sie beide:

»Du, lass dich nicht verbrauchen, gebrauche deine Zeit,

du kannst nicht untertauchen, du brauchst uns, und wir brauchen grad deine Heiterkeit.«

»Oh Mann, der Biermann«, seufzte Hannes, »dem haben sie's ja schon 1976 besorgt. Den haben sie nicht wieder reingelassen und die vielen anderen lassen sie nicht raus. Das ist doch alles so krank!«

Er kratzte sich am Kopf.

»Mensch, Rainer, 1976! Da war ich gerade von der Armee zurück, wieder in Bernsdorf und hatte natürlich von Biermanns bevorstehendem Konzert in Köln gehört. Das Westfernsehen hat irgendwann nachts das Konzert gesendet.« Hannes dachte nach.

»Ich habe damals alles mit Mikro auf Kassettenrecorder mitgeschnitten und dann«, er überlegte, »dann habe ich noch bei unserem Diakon eine Kopie gemacht und sie für die Junge Gemeinde dagelassen.«

»Ja, und weiter?«

»Mein Vater hat mir später erzählt ...«, Hannes schlug sich an den Kopf, » wie konnte ich das nur vergessen, er hat mir erzählt, dass natürliche sofort mehrere Kopien in der Stadt kursierten und ob ich mir vorstellen könne, welche Tragweite das für mich hätte!«

»Bist du denn vorgeladen worden?«

»Nein, nie, aber, ich habe dir doch mal erzählt, dass mich die Polizei mal wegen dieses Aufnähers ›Schwerter zu Pflugscharen‹ in der Stadt festgehalten hat, mit Aufnahme der Personalien und so ...«

»Du meinst, ab da haben sie dich schon im Visier gehabt?«

»Ich kann‘s mir nicht vorstellen, anscheinend haben sie sich nicht so richtig wegen meinem Vater an mich rangetraut, aber unmöglich wäre es nicht. Der Sohn des ersten Parteifritzen vom Kreis Bernsdorf saß ja bis zum Abitur als FDJ-Sekretär in meiner Klasse. Stell dir vor, wie beschissen das für mich war, der Sohn des Kreisoberpfarrers und der Sohn des Kreisoberbonzen zusammen in einer Klasse. Das war bestimmt kein Zufall, oder? Andererseits durfte ich studieren und war sogar Reisekader«. Er machte eine Pause und wiederholte: »Ich war einmal Reisekader«.

Krondorf lief um den Tisch herum und schob den ausgebreiteten Notenstapel zusammen.

»Wenn ich nur wüsste, wer in unserem Orchester der Judas war!«

»Ich bin kein Prophet«, tröstete ihn Rainer, »aber die Zeit wird kommen, da rollen die Köpfe, ich bin mir ganz sicher, und dann braucht auch keiner mehr ein Reisekader zu sein, wenn er als freier Mensch in der Welt herumschwirren möchte!«

***

Krondorf stand auf der Leiter und pinselte mit einer Malerbürste frisches Weiß auf die Raufasertapete der Schlafzimmerdecke. Zwischen den Beinen, auf dem kleinen Tritt der obersten Stufe, hielt er einen großen Zehn-Liter-Bottich »Deckweiß« fest eingequetscht.

Noch immer stieß ihm die Antwort des SED-Chefideologen Kurt Hager auf eine Frage des Deutschlandfunkreporters sauer auf: »Wie beurteilen Sie den politischen Wandel in der Sowjetunion?«, hatte der Journalist gefragt. Und dieser Verbrecher Hager hatte doch tatsächlich geantwortet: »Würden Sie, wenn Ihr Nachbar seine Wohnung neu tapeziert, sich verpflichtet fühlen, Ihre Wohnung ebenfalls zu tapezieren?«

»Ich bin gerade dabei, du Arschloch«, murmelte Krondorf wütend vor sich hin, »und nicht nur ich, du seniler Trottel!«

Die Oktobertage waren wie im Flug vergangen, in Dresden liefen sie weiter durch die Stadt, nun allerdings ohne Repressalien von Stasi und Volkspolizei fürchten zu müssen.

Am 18. Oktober fand der »Machtwechsel« in Berlin statt. Honecker trat zurück und das nächste große Arschloch, wie Krondorf betonte, Egon Krenz, übernahm die Lügenreden im Fernsehen. »Der mit der Banane aus dem Urwald«, hatte Mutter Gaebisch gesagt. Krondorf schmunzelte, als er an diese Worte dachte.

Tagelang öffnete Krondorf seinen Briefkasten mit gemischten Gefühlen, jedoch bewahrheitete sich Rainers Prognose und es befand sich nie eine »Vorladung zur Klärung eines Sachverhaltes« darin, die Bonzen waren mehr damit beschäftigt, ihre eigenen Köpfe zu retten, als ihn und tausend andere einer Strafverfolgung auszusetzen.

Anfang November holte Krondorf die Post nicht mehr selber aus dem Kasten, sondern ließ seine Kinder die Briefe nach oben schaffen.

Aus dem Wohnzimmer vernahm er leise die Nachrichten der »Aktuellen Kamera«, welche Gabi täglich aufmerksam verfolgte. Gabi erspürte jede Nuance im Ton der Sprecher und analysierte auch jede noch so kleine Veränderung im Stil der Nachrichtenübermittlung.

Während seine Frau nun optimistisch in die Zukunft blickte, hörte Krondorf gar nicht mehr hin, für ihn waren alle SED-Politiker Verbrecher und gehörten ins »Gelbe Elend« nach Bautzen.

Dann vernahm er den Schrei aus dem Wohnzimmer:

»Hannes, komm her, ganz schnell, die Grenze ist auf!«

Mit einem Schritt war er von der Leiter und ohne auf den schweren Farbeimer zu achten, der nach unten flog, rannte er ins Wohnzimmer.

»... das trifft nach meiner Erkenntnis«, hörte er Schabowski stammeln, »ist das sofort, unverzüglich.«

»Die Grenzen sind auf, Hannes, hörst du das, die Grenze ist auf, wir sind frei!« Gabi sprang Hannes an die Brust und schüttelte seinen Kopf voll unbändiger Freude.

»Los, ich hol die Kinder, das müssen sie auch wissen!«

»Wenn das nur wirklich wahr ist!« Hannes konnte es nicht glauben, zu tief noch war das Misstrauen in seinem Kopf verankert.

Während er aus dem Kinderzimmer das Lachen der Kleinen hörte, ging er zurück ins Schlafzimmer und beobachtete gedankenverloren, wie sich die weiße Farbe Diele für Diele auf dem Fußboden breitmachte.

»Tapetenwechsel«, schmunzelte er vor sich hin, »jetzt fangen wir eben ganzvon unten an.«

***

Der 9. November 1989 war ein Donnerstag, am Sonnabend darauf erlebte Berlin etwas, was noch wenige Tage vorher völlig undenkbar gewesen wäre: Menschen aus der *DDR* kamen zu Hunderten, ja zu Tausenden in den Westteil der Stadt, die mit einem Male voll von Trabis und Wartburgs war. Und es gab Begrüßungsgeld. 100 DM für jeden DDR-Bürger. Und natürlich machte sich auch Familie Krondorf auf den Weg. Zu Thomas, zum wem sollten sie anders fahren, als zu Krondorfs altem Verbündeten aus den Jahren von »Menschen-Tiere-Sensationen«. Er war der Anlaufpunkt.

»Ick find et jut, dasser hier seid, aber nu müsster zu allererst ma zum Bierpinsel an det Forum Steglitz«, begrüßte sie Thomas, und schob sie gleich wieder auf die Straße. »Dort is die Deutsche Bank, wo ihr det Begrüßungsgeld einkassieren tut! Un wenn ihr euch nich beeilt, da habt er Pech, da stehen noch mehr Ossis und warten uff die Kohle!« Er lachte herzlich und sagte: »Und hoffentlich klappt det, wie icke mir das jedacht habe, denn ham wer ooch jenuch Zeit fürs Erzählen. Ick mach denn ma een ständijet Frühstück mit meine Olle wa.«

Bald darauf, am Schalter der Deutschen Bank in Steglitz, fragte der Kassierer, ob denn auch alle Kinder, die in Krondorfs Personalausweis eingetragen waren, mit vor Ort wären.

»Und ob!«, voll Stolz hob Hannes die Jüngste hoch über den Tresen und kassierte für alle den »Willkommenshunderter«.

Später, beim Frühstück in der Bismarckallee, staunten die Kinder nicht schlecht. Thomas hatte ein Vorratsglas Nutella, Stücke von edlem Schnittkäse, Nesquik zum Einrühren, Bananen, Apfelsinen und ein Überraschungsei für jedes Kind besorgt.

Als die Mäuler gestopft waren, Gabi und Sabine, Thomas' »Olle«, wie er sie liebevoll nannte, in der Küche verschwanden und die Kinder ihre »Happy Hippos« bewunderten, winzige Traktoren zusammenbastelten und die Mädchen sich mit Barbiepuppen in eine Ecke des Wohnzimmers verkrümelten, fragte Thomas:

»Wat is denn nu mit den ›Runden Tischen‹, jibt et die im Tal der Ahnungslosen ooch endlich?«

Hannes lehnte sich zurück, er verstand die kleine Anspielung und konterte:

»In Berlin seit ihr ja mit dem dämlichen Grinser Egon Krenz nicht weit gekommen, aus dem ZK ist er raus, leider hat man ihn nicht in den Urwald zurückgejagt, aus dem man ihn mal gelockt hatte ..., na, da haben wir euch mal kurz aus Dresden einen kompetenten Mann, den Modrow, geschickt.« Spitzbübisch blickte er zu Thomas und fuhr fort: »Hoffentlich räumt jetzt der Sachse in dem Berliner Saustall auf!«

»Is ja schon janz schön wat passiert«, sagte Thomas, »der Krenz hat ja vor noch jarnich langer Zeit die ›Chinesische Lösung‹ propagiert, und nu ham sen endlich abserviert, jut so. Aber die andern Pfeifenköppe, die müssen och noch weg, so schnell et jeht!«

Er langte ein paar Flaschen Berliner Pilsner aus dem Kühlschrank und fragte

»Wat issen nu mit dir und deinen musikalischen Plänen inne Freiheit?«

Krondorf machte ein Bier auf und sagte:

»Thomas, ich weiß es ehrlich nicht! Ich hab keine Ahnung, wie es weitergeht!«

»Keine Ahnung jibt et nich!«, konterte Thomas, »det, was de immer jewollt hast, liecht dir jetzt vor de Füße, nimm et und mach wat!«

***

Rainer hetzte die Treppen in die vierte Etage hoch zu Hannes. Es war Dienstag, der 5. Dezember 1989.

»Hannes, es geht los!« Noch völlig außer Atem stürmte er auf ihn ein zu. »Los zieh dich an.«

»Wie, was, wer muss los?«

»Wir müssen auf die Bautzner, die Stasi vernichtet unsere Akten!«

In Windeseile waren sie unten und starteten Krondorfs Lada.

Vor dem Tor der Bezirksverwaltung sammelten sich gerade mehrere hundert junge Leute und riefen in Sprechchören »Wie sind das Volk!« und »Tor auf, Tor auf«.

Ganz dicht neben dem Schilderhaus entdeckte Hannes seinen Bruder Christian.

Wie ein Leuchtturm ragte dessen kräftige Gestalt aus dem Gewimmel heraus und Krondorf drängelte sich durch die Massen zu ihm nach vorne.

»Mensch Christian, schön dass du auch hier bist!«, begrüßte Hannes ihn.« Kann man sehen, was hinter dem Tor los ist?«

Christian schüttelte ihm die Hand und sagte:

»Nee, bis jetzt ist alles ruhig, es sollen schon seit heute früh ein paar Leute vom ›Neuen Forum‹ drin sein und mit den Stasibonzen verhandeln. Aber ob da was bei rauskommt, keine Ahnung, hier wird's jetzt jedenfalls ungemütlich, hörst ja, was die Leute schreien.«

Kurzerhand hangelte sich Hannes auf die Sandsteinmauer direkt neben dem Tor und wagte einen Blick hinüber. Neben ein paar Uniformierten mit geschulterter Waffe standen mehrere Männer mit weißen Armbinden, auf denen »Neues Forum« stand, rauchten und unterhielten sich. Mehr konnte er nicht ausmachen, denn eine Hand zog ihn am Fuß nach unten und eine kräftige Stimme befahl:

»Kommen Sie sofort dort runter!«

Krondorf rutschte das Herz in die Hose und er sank mit den Knien auf die mit Glasscherben gespickte Mauerkrone.

Langsam drehte er sich um und blickte in das bärtige Gesicht seines Nachbarn Manfred Dünnebein, der sich vor Lachen kaum halten konnte.

»Bist du wahnsinnig«, schnauzte Krondorf ihn an, sprang von der Mauer und versetzte ihm einen Stoß vor die Brust.

»Mensch, Manfred, weißt du, was du mir für einen Schrecken eingejagt hast? Ich habe mir vor Angst fast in die Hose geschifft!«

In diesem Moment rückte eine Reihe junger Männer geschlossen vor und im Rhythmus des Sprechchores »Macht das Tor auf, wir wollen rein!« hämmerten sie mit Fäusten und Füßen gegen das scheppernde Blech. Im Nu verstärkte sich der Chor um ein Vielfaches und so unerwartet wie erhofft, öffneten sich plötzlich beide Flügel des Tores. Die Ersten ganz vorne wurden mit ungeheurer Macht nach innen gedrückt und konnten nur mit Müh und Not zur Seite springen, um nicht überrannt zu werden.

Es gab kein Halten mehr, Hunderte, wenn nicht Tausende aufgebrachte Gemüter stürmten mit wutverzerrten Gesichtern die verhasste Stasizentrale, verteilten sich auf dem Gelände und besetzten ein Gebäude nach dem anderen. Krondorf orientierte sich an seinem Bruder, der wenige Schritte vor ihm mit unerschütterlicher Geduld Menschen links und rechts beiseiteschob, um das Haupthaus zu erreichen. Drinnen barsten die ersten Fensterscheiben, aus den aufgebrochenen Türen flogen Stühle. Kleine Aktenschränke polterten auf die Flure.

Jetzt entdeckte Hannes auch seinen Freund Rainer, der ihm zuwinkte und rief.

»Komm mit, das hier ist alles zwecklos, wir müssen in den ›Fuchsbau‹!«

Weder Rainer noch Hannes wussten, wo sich der Haftkeller, »Fuchsbau« genannt, befand, doch mit untrüglichem Spürsinn entdeckte Rainer einen Durchlass, der in einen Keller mündete. Vor ihnen erstreckte sich ein leicht abwärts führender Gang, den Rainer sogleich herunterstürmte, während Hannes ihm mit einem mulmigen Grummeln im Bauch folgte.

Zu beiden Seiten des langen, von Neonleuchten befunzelten Ganges hing ein Klingeldraht, der alle zwei Meter mit einem Paar Bananenstecker verbunden war, dessen Funktion sich Hannes nicht erklären konnte.

»Komm«, drängelte Rainer, »irgendwo hier unten verfaulen unsere Freunde!«

Nach einer Biegung empfing sie am Ende des Ganges ein kleiner dürrer Volkspolizist mit mürrischem Gesicht.

»Wo sind die Häftlinge?«, blaffte Rainer ihn an.

Der Vopo trat verunsichert einen Schritt zurück, fasste sich aber sogleich wieder und sperrte eine schwere Blechtür hinter sich auf, während er dienstbeflissen dozierte:

»Hier unten ist doch schon lange nichts mehr, wenn Sie ins Hafthaus wollen, müssen Sie ganz nach oben!«

Rainer warf einen enttäuschten Blick hinter die leere Tür, nahm Hannes am Arm und drehte um.

»Ich mach jetzt mal Alarm!«, schrie er wütend und zog mit aller Kraft an dem schlaff herunterhängenden Klingeldraht, sodass sich ein Bananenstecker aus seiner Verbindung löste.

Doch nichts geschah.

»Den Alarm gibt's auch schon lange nicht mehr, seit unsere sowjetischen Freunde hier weg sind ...«, hörten sie den Dürren palavern, während Rainer ihn mit einem zornigen »Wer‘s glaubt, wird selig!« in die Katakomben verabschiedete.

Im Hafthaus wartete die nächste Enttäuschung. Alle Zellen auf den Etagen waren aufgeschlossen und standen leer. Rainer lief von Zelle zu Zelle, schob die kleinen runden Verschlüsse der Gucklöcher in den Eisentüren auf und zu, beklopfte die Holzpritschen und geriet in Rage.

»Hier in dieses Loch, Hannes, hierher hätten sie uns beide auch noch verfrachtet, diese Lumpen und dann wären wir hier vergammelt, ohne dass jemand erfahren hätte, wo und warum wir hier gelandet sind!« Voller Wut trat er mit dem Fuß gegen ein festgeschraubtes Tischbein.

»Wir wollten doch eigentlich die Akten sichern«, Hannes versuchte Rainer zu beruhigen, »was ist mit den Akten und wo sind die?« Behutsam schob er seinen Freund zum Ausgang hinaus auf den Hof.

Sofort griff sich Rainer einen Mann mit Armbinde, welcher gerade versuchte, einigen aufgebrachten Erstürmern klar zu machen, dass alle Stasiakten unter Verschluss seien und vom »Neuen Forum« gesichert und bewacht würden.

»Aber wo sind sie denn unter Verschluss«, brüllte Rainer dazwischen, »ich will wissen, wo sie sind, wie viel haben die Drecksäue schon vernichtet?«

Er war außer sich und drohte, vollends seine Beherrschung zu verlieren. Krondorf sah sich ängstlich um.

Obwohl sie gerade die Höhle des Löwen besetzt hatten, war ihm unwohl. Was, wenn plötzlich aus den dunklen Ecken und Winkeln dieses unheimlichen Areals Polizei und bewaffnete Zivilisten hervorstürzten, sie niederknüppelten und festnahmen? Er zog Rainer zur Seite und sagte:

»Lass uns abhauen, ich glaube, dass Ganze hier mit dem ›Neuen Forum‹ und so ist auch nur eine riesengroße Verarsche.«

Rainer sackte zusammen und setzte sich auf einen umgeworfenen Betonkübel. Ringsherum war es leiser geworden, mit einer Schreibmaschine, einem Bündel Papier oder einem Sonett-Kassettenrecorder unter dem Arm verließen die Besetzer nach und nach das Gelände, welches im gelben Flutlicht der Quecksilberdampflampen eher den Eindruck eines verlassenen Betriebshofes, als den einer gerade erstürmten Bezirksverwaltung des Ministeriums für Staatssicherheit erweckte.

***

Am 15. Januar 1990 saß Kerstin Scholz in der Dienststelle Berlin Ruschestraße und sah sorgenvoll in die Runde.

Hinter dem Schreibtisch kramte Leutnant Weimann in einem Stapel Papieren, ihr gegenüber am Fenster saß ein Offizier, dem sie eben erst vorgestellt worden war, der aber seinen Namen so genuschelt hatte, dass sie ihn nicht verstehen konnte.

Es klopfte und Weimanns Sekretärin schob einen Rollwagen voller zusammengeschnürter Akten herein.

»Wenn die tatsächlich hier reinkommen«, sagte der Offizier, ohne die Sekretärin zu beachten, »dann brauchen sie Schuldige, Weimann, Schuldige! Dann rollen Köpfe und das dürfen auf keinen Fall unsere sein!«

»Wie viel Vorgänge haben wir hier bei uns noch in direktem Zugriff?«

Weimann schaute hoch und blickte seine Sekretärin fragend an.

»Es kommt sicher noch das eine oder andere Wägelchen zusammen«, antwortete sie. Dann bemerkte sie empört: »Man kommt ja gar nicht mehr ran an die Registratur, so ein Durcheinander ist dort, weil plötzlich alle drin rumkramen.«

»Du willst doch jetzt hier nicht anfangen und aussortieren?« Der Offizier stand auf und schob die Akten auf Weimanns Schreibtisch mit einer Armbewegung zu einem Stapel zusammen. »Da bist du nächste Woche noch nicht fertig!«

»Bring mich nicht durcheinander!«, herrschte Weimann ihn an »Was soll ich denn machen, du kennst den Befehl des Ministers genau so gut wie ich!«

Er ging zum Fenster, ließ frische Luft herein und sagte:

»Zu allererst die aktuellen Vorgänge mit Bezug zum Operationsgebiet West, dann die Zuführungen usw.«

»Dass ich nicht lache!«, sein Gegenüber zog verächtlich die Mundwinkel herunter. »In jeder popligen BV laufen die Reißwölfe auf Hochtouren, die kommen kaum hinterher mit dem Reinschmeißen, sie holen die Akten meterweise aus den Regalen und schreddern, was das Zeug hält. Glaubst du etwa, auch nur ein Mitarbeiter sortiert da noch nach Dringlichkeit?«

Er wandte sich zu Kerstin Scholz, bot ihr eine Zigarette an und schob sich selbst eine zwischen die Lippen.

»In Dresden mussten sie das Ding stundenlang ausstellen, weil die Walze heiß war, da haben sie die Zeit genutzt und -zig Aktenmeter runter an die Elbe geschleppt und mit einem Kahn nach Riesa geschippert, die hatten noch Kapazitäten.«

Wieder verzog er das Gesicht und murmelte.

»Und wir hier in Berlin hängen am Tropf eines senilen Ministers, der die Zeichen der Zeit nicht wahrhaben will. Wir können doch hier nichts mehr sortieren, die ganze Scheiße muss verschwinden, und zwar so schnell wie möglich!«

Leutnant Weimann sah einen kurzen Moment auf und wendete sich an Kerstin Scholz:

»Das hast du aber jetzt nicht gehört!«

Und zu seinem Kollegen gewandt:

»Alfred, nimm dich zusammen. Bisher hat sich immer noch alles zum Guten gewendet. Denk nur an deine Versetzung hier her nach Berlin. Wir dürfen nur nicht die Nerven verlieren.«

Kerstin Scholz verstand nicht so recht, wie er das meinte und räusperte sich.

»Ich habe hier noch ein paar Papiere, die du haben wolltest«, sie nahm ihre neue Goldpfeil-Aktentasche zur Hand und zog einen Stapel brauner Hefter hervor.

»Das sind die Sachen zum Orchester und der Vorgang ›Trompeter‹«.

»Siehst du, Alfred«, Weimann sah Alfred Böhm versöhnlich an, »zum Gelingen dieses Vorhabens hast du auch einen entscheidenden Beitrag geleistet.«

»Wie meinst du das?« Alfred Böhm schien nicht zu kapieren, um was es dabei ging.

»Na, du hast mir doch damals die Unterlagen zum Vorgang ›Seminar‹ und damit zum Orchester FF und diesem kleinen Lumpen Krondorf geliefert.« Er sah ihn spitzbübisch an: »Wenn auch nicht ganz freiwillig, weißt du das denn nicht mehr?«

Nach einer Weile ging Alfred ein Licht auf und er grinste Weimann an:

»Oh Mann, na klar, damals habe ich schon mal eine Akte geschreddert, – und das war sogar meine eigene!«

Er klopfte Weimann auf die Schulter:

»Was ist denn daraus geworden?«

Weimann nickte Kerstin Scholz zu und sagte:

»Erklär du es ihm bitte.«

»Wir haben die operativen Vorgaben erfüllen können«, Kerstin Scholz sah Weimann anzüglich an und fuhr fort, »es sind Straftaten im Zusammenhang mit Zollvergehen aufgedeckt worden. Außerdem haben wir eine Republikflucht, sowie Abwerbeversuche verhindert, einen ...«

»Damals, als du mich in Bernsdorf besucht hast«, unterbrach Böhm sie, »da hattest du doch aber ein ganz privates Interesse, wenn ich mich recht erinnere.«

Er setzte eine süffisante Miene auf und legte nach:

»Hatte das mit diesem Krondorf zu tun, oder«, er nickte unmerklich zu Kerstin Scholz, »gab es da noch andere ...?«

Er schaute zwischen den beiden hin und her, dann tätschelte er Weimann freundschaftlich die Wangen, und ein Hauch von billigem Rasierwasser waberte vor ihm auf.

»Alter Bock!«, flüsterte er ihm ins Ohr und sagte laut:

»Na klar, verstehe, jetzt geht euch die Muffe, dass die Verwicklung von privaten Interessen mit dienstlichem Auftrag, ... ihr sucht diese eine Akte, deshalb der Aufwand!« Er roch an seinen Händen und schüttelte sich.

»Ganz und gar nicht!« Weimann sah wichtig von seinem Schreibtisch auf. »Der Fall Krondorf ist noch nicht erledigt!«

Kerstin Scholz sah Böhm an und meldete sich zu Wort:

»Ich versuche ihm schon die ganze Zeit klarzumachen, dass es jetzt wichtigere Dinge gibt, als den Krondorf zu erledigen.« Sie warf Weimann einen bösen Seitenblick zu:

»Aber der Herr scheint eine persönliche Rachefehde mit ihm austragen zu wollen.« Sie stand auf, drückte die Zigarette in den Aschenbecher und sah an die Decke.

»Begreifst du es nicht«, kam Böhm ihr nun zu Hilfe, »für persönliche Rachefeldzüge wird es wohl keine Gelegenheit mehr geben, wenn das ›Neue Forum‹ hier einmarschiert und ... «

»Das wird niemals passieren!« Weimann sprang auf, riss wütend den linken Arm hoch und präsentierte mit hochrotem Kopf das Schulterhalfter, in welchem seine Makarow steckte.

»Kommen Sie«, forderte Böhm Kerstin Scholz auf, trat zum Fenster und winkte Weimann heran. »Sieh mal, was da gleich auf uns zukommt!«

Unten auf dem Gelände spielten sich tumultartige Szenen ab, ein Menschenpulk hatte das Eingangstor überwunden und stürmte in das hell erleuchtete Hauptgebäude des Komplexes. Scheiben gingen zu Bruch, Möbel flogen aus den Fenstern.

»Auch wenn man Angst hat, darf man es sich nicht anmerken lassen!«, Weimann wischte sich mit zitternden Händen den Schweiß von der Stirn. »Und schon gar nicht, wenn man es mit Rowdys und Feinden unseres Staates zu tun hat.«

Böhm eilte zur Tür und zog Kerstin Scholz hinter sich her.

»Bei allem, was ich dir zu verdanken habe«, er blieb kurz stehen und schüttelte verständnislos den Kopf, »Weimann, du bist ein armer Irrer!«

Dann öffnete er die Tür und mehrere junge Leute mit weißen Armbinden preschten ihnen entgegen.

Als der Schuss fiel, waren sie bereits im Treppenhaus.

***

Hannes Krondorf fiel es nicht leicht, sich um eine Beschäftigung zu kümmern. Plötzlich sollte er Klinken putzen.

Der Alte hatte ihn zwar sofort wiedereingestellt, konnte ihm aber nur ab und an eine Beschäftigung bieten, denn es gab nur spärlich Auftritte für eine Bigband mit 16 Musikern.

Am 1. Juli 1990 stieg der Kurs der Ostmark im Zuge der Währungsunion auf einen Wert von 1:1 an. Sofort wechselten die Ostler den freigegebenen Betrag bis zu einer Obergrenze von 6000 Ostmark in DM 1:1. Jeder Betrag, der über dieser Grenze lag, wurde allerdings im Umtausch halbiert. Wer nun mehr als 6000 Ostmark besaß, schob das Geld mit ostdeutscher Schlauheit zu weniger betuchten Freunden, die Konten von Kindern wuchsen so auf abenteuerliche Weise an, Onkel und Tante, Oma und Opa waren plötzlich vermögend und hatten tausende Mark auf dem Konto liegen.

Auf einmal war es da, das Schlaraffenland. Jeder konnte endlich Reisen und das mit richtigem Geld. Ein neuer Kühlschrank musste her und der uralte Trabbi aus Eisenach Baujahr 1971 wurde getauscht gegen den gebrauchten VW Jetta Baujahr 1971 aus Wolfsburg.

Wem wollte Krondorf es verübeln, dass niemand die ehemals exotische Band aus dem Osten im Westen hören wollte, sie war ja nicht mehr exotisch. Diesen Platz besetzten mittlerweile die Kollegen aus der ČSSR oder aus Polen. Gustav Brom oder die Václav *Zahradník* Big Band aus Prag waren ihnen mindestens ebenbürtig, konnten aber wesentlich günstigere Preise anbieten, als das soeben mit DM geadelte FF-Orchester.

Wenn dann der Alte mal anfragte und eine Veranstaltung in Aussicht stellte, gerade dann natürlich hatte Krondorf andere Verpflichtungen, verdiente seine Brötchen mit der Zustellung von Zeitungen und Illustrierten, holte Wäsche von irgendwo und brachte sie nach irgendwo und ärgerte sich über diesen einen verpatzten Termin.

Manchmal rief Siggi an und berichtete von den wenigen Auftritten mit dem Orchester. Siggi war inzwischen in Rente und dankbar über jeden Zusatzverdienst, den der Alte ihm ab und an mit einem Termin bescherte.

»Stell dir vor«, erzählte Siggi eines Tages, »wir waren jetzt im Palou am Funkturm in Berlin.«

»Wo wart ihr in Berlin?«, hakte Krondorf nach, und reimte sich schließlich als Veranstaltungsort das Palais am Funkturm zusammen, während Siggi bereits weiterredete, ohne auf Hannes' Frage zu reagieren.

»Das kann ich dich versichern«, plauderte Siggi weiter munter in seinem anhaltinischen Dialekt drauf los, »so eine Party, die haste noch nich erlebt, saare ich dir.«

Krondorf lachte, das war unverkennbar sein alter Zimmerkumpel Siegfried, mit dem er auf den vielen Reisen die meiste Zeit verbracht hatte, der hatte sich nie verstellt und er fragte nach:

»Wieso, was war denn los?«

»Das will ich dir saaren, mein Lieber«, legte Siggi los, »wir hatten eine schöne Mugge, mit ville Stars und so und weeste, was denn passiert ist?«

»Nee«, schmunzelte Krondorf, »schieß los!«

»Nach der großen Pause, da warn wir nur noch sechs Musikanten auf der Bühne, kannste dir das vorstelln, sechse von vierzehn?«

»Wie, nur sechs, wo waren denn die anderen?«

»Naja, Freddy hatte inne Pause ma alle zu een Umtrunk einjeladen, und denn stellte sich heraus, dass es alles umsonst jeben tat im Palou am Funkturm, und nu kannste dir ja vorstelln, was passiert is.«

»Nein!«

»Doch«, erwiderte Siggi, »wir waren nur noch sechse auf der Bühne, weil die annern off Deibel komm raus und umsonst am Tresen jesoffen ham und dann tat die Sängerin fluchen, was das Zeug hielt, weil nu ihre Show ja so nich losjehen konnte.«

Krondorf hörte, wie Siggi am anderen Ende der Leitung kicherte.

»Und denn hat ooch noch der Alte anjefangen zu spinnen«, fuhr Siggi fort, »der hat sich ans Schlagzeug jesetzt, weil ja der olle Manne ooch am Tresen stand, und hat wie een Bekloppter da droff rumjedroschen.«

»Ich fasse es nicht«, brachte Krondorf unter lautem Lachen hervor.

»Warte ab«, sagte Siggi, »das war noch längst nich alles, es kommt noch besser. Als Manne sein Schlagzeug hat donnern jehört, ist er nach vorn zur Bühne jerannt und hat versucht, so voll wie er war, mit 'nem Spagatsprung hoch zu kommen.«

»Und?«

»Was und? Er is vor dem Satz off de Bühne zusammenjerutscht wie ein Klappmesser und nich mehr wachjeworden.«

»Wie habt ihr dann überhaupt weitermachen können?«

»Horst am Klavier und der Alte am Schlagzeug, zwei Saxofone, eine Posaune und eine Trompete, damit ham wir das janze Ding zu Ende jebracht.«

»Und was ist mit Manne passiert?«

»Der is irjendwann wieder offjewacht und hat sich an nüschte erinnert.«

Siggi legte eine wirkungsvolle Pause ein und fuhr fort:

»Und dann, in der Garderobe, da ham wir den Alten nach neuen Terminen jefragt, weil er den janzen Monat nüscht anjesacht hatte, und weeste, wasse jesacht hat?«

Siggi lauschte ins Telefon, aber Krondorf wusste keine Antwort.

»Das Jeschäft lässt etwas nach, hatte jesacht, einfach nur ›das Jeschäft lässt etwas nach‹, kannste dir das vorstellen? Und denn isse ofjestanden und verschwunden.«

»Wie, verschwunden?«

»Seitdem ham wir nüscht mehr von ihm jehört, nich eene Mugge mehr seitdem.«

»Und die Gage, habt ihr denn Geld bekommen?«

»Weeste«, sagte Siggi,« die eene Mugge, die wir dies Jahr jemacht ham, steht noch aus, aber das macht ja das Kraut och nich mehr Fett, wie sieht's denn bei dir aus?«

Krondorf druckste etwas herum, erzählte von diesem und jenem, berichtete, dass er jetzt als Kurierfahrer sein Geld verdiene und es so einigermaßen laufe.

»Das wird alles besser«, tröstet ihn Siggi, »jetzt ham wir Juli und die D-Mark ham se uns ooch schon hinjeblättert, wenn wir erst mal die deutsche Einheit haben, dann fangen wir noch mal mit dem Orchester janz von vorne an!«

»Dein Wort in des Alten Gehörgang!«, verabschiedete sich Krondorf und legte den Hörer seines nagelneuen C-Netz Telefons auf, welches er sich gerade für 5600 DM als Eintrittskarte in den Kurierdienst angeschafft hatte.

***

»Heute, liebe Landsleute, begründen wir unseren gemeinsamen Staat. Wie gut uns die Einheit menschlich gelingt, das entscheiden kein Vertrag der Regierungen, keine Verfassung und keine Beschlüsse des Gesetzgebers. Das richtet sich nach dem Verhalten eines jeden von uns, nach unserer eigenen Offenheit und Zuwendung untereinander.«

Während Richard von Weizsäcker am 3. Oktober im Fernsehen sprach, saß die ganze Familie Krondorf mit den Kindern friedlich beieinander. Zur Feier des Tages waren Krondorfs Eltern aus Bernsdorf und die Schwiegereltern aus Rostock angereist. Bruder, Schwägerin, Nichte und Neffe saßen einträchtig mit aufmerksamen Mienen im Wohnzimmer und alle lauschten der Ansprache des Bundespräsidenten.

»In der Präambel unserer Verfassung, wie sie nun für alle Deutschen gilt, ist das Entscheidende gesagt, was uns am heutigen Tag bewegt«, sprach der Bundespräsident weiter und Krondorfs Vater folgte mit ergebener Miene seinen Worten, » … in freier Selbstbestimmung vollenden wir die Einheit und Freiheit Deutschlands. Für unsere Aufgaben sind wir uns der Verantwortung vor Gott und den Menschen bewusst …«

»›Vor Gott‹ hat er gesagt, habt ihr das gehört? ›Vor Gott und den Menschen‹!« Der Vater war aufgesprungen und schaute begeistert in die Runde. »Nicht ein einziger von diesen elenden Kommunistenpredigern hat in den vergangenen 40 Jahren auch nur ein einziges Mal solche bedeutungsvollen Worte zustande gebracht!«

» … aus großem Herzen empfinden wir Dankbarkeit und Freude – zugleich unsere große und ernste Verpflichtung …«

Krondorf schaltete innerlich ab. Was sollen all diese Sprüche, dachte er, wenn du, unser Bundespräsident, kein Wort über das Unrechtsregime DDR, die Gewalt der Stasi und die Demütigungen übrighast, die wir aushalten mussten, als wir dieses Scheißsystem mit unseren Füßen, und dem Knüppel im Kreuz auf der Straße abgeschafft und besiegt haben? Er wollte schon aufstehen und rausgehen, als die Mutter seinen Unmut bemerkte und ihn zurück auf die Couch zog.

»Tu das dem Papa nicht an, bitte bleib hier«, flüsterte sie ihm ins Ohr und drückte seine Hand. »Du weißt doch, erst der Hitler und der Krieg, dann die Kommunisten und jetzt endlich die Freiheit!

Für den Papa fängt das Leben noch einmal an, und für euch geht es doch jetzt erst richtig los. Das Ende des Tunnels ist erreicht, Hannes. Es ist nun mal der Bundespräsident, da geht's ohne große Worte nicht ab, schluck's runter, wir haben es doch alle so herbeigesehnt!«

»Große Worte, ha, ha«, Krondorf lachte spöttisch vor sich hin und blieb schlecht gelaunt sitzen. Der Spuk ist zwar vorbei und das Unrecht scheinbar auch, aber was ist mit den Zurückgebliebenen, den Übriggebliebenen wie mir, die gar nicht wissen, warum sie übriggeblieben sind? Wer hat mir das Leben versaut, mir die Existenz genommen, welches Schwein hat mich denunziert?

Am Abend trafen sie sich bei Krondorf in der neuen Doppelgarage. Familie Krondorf, Eltern, Schwiegereltern, Rainer, Karin, Dünnebeins, das halbe Dorf war versammelt. Ein Spanferkel brutzelte über dem offenen Feuer auf dem Hof, in Wassereimern kühlte der Sekt.

Der Dorfbürgermeister erschien und hielt eine kleine Rede, quatschte von Vergangenheitsbewältigung, und dass jetzt, mit der »Regierung der nationalen Verantwortung« unter Hans Modrow, klar Schiff gemacht würde, und zwar mit allen Konsequenzen, für alle, die Dreck am Stecken hätten. Dann müsse aber auch mal Schluss sein mit »Stasi, Stasi und nochmals Stasi!« Beifall heischend machte er eine Pause, aber niemand klatschte.

»Wer hat denn den eingeladen?«, flüsterte Hannes Mutter, langte sich eine Flasche Meißner Müller-Thurgau aus dem Pappkarton und korkte sie auf.

»Lass mal gut sein, Jürgen«, entschärfte Hannes die Situation und reichte dem Bürgermeister ein Glas Wein, »der Herr Pfarrer wird bestimmt auch noch was sagen.«

Krondorfs Vater stand auf und klingelte mit seinem Ehering am Bierhumpen.

»Um es kurz zu machen«, er räusperte sich und begann: »Es ist schon ganz viel geschafft, jetzt haben wir die Deutsche Einheit und wir haben endlich unsere langersehnte Freiheit.« Er machte eine Pause und ergänzte: »Und ich verstehe zutiefst in meinem Inneren die Wut derer, deren Weg hierher mit großen Schmerzen, Entbehrungen, mit Lügen, Verhaftung, Folter und Zersetzung gepflastert war. Und manche sind auf diesem Weg umgekommen, ich sage es nochmal, umgekommen in den Kellern der Stasi, nicht infolge körperlicher Drangsalierungen, nein, diese Methoden haben sie abgelegt. Die Folter hat zwei Seiten, sichtbare und unsichtbare. Psychische Grausamkeiten sind seelische Foltern und wirken ähnlich verheerend wie körperliche, allerdings mit Langzeitfolgen. In Dresden, Bautzen, Hoheneck, Waldheim, Hohenschönhausen und, und, und ist so viel Unrecht geschehen.«

Er holte tief Luft und sah sich um, der Bürgermeister hatte sich verkrümelt, es war mucksmäuschenstill.

»Aber die Krake Stasi lebt immer noch, die Gesellschaft ist zersetzt mit Stasi-Metastasen. Und das Durcheinander von klugen, dummen und gemeinen Menschen ist in diesen Zeiten so verworren, dass es zu einfach ist, daran zu glauben, dieses Knäuel könne sich wie von selbst wieder entwirren. Es ist nur zu Recht euer gutes Recht«, er sah Hannes und Rainer an, »und das Recht der vielen anderen auch, wenn ihr darauf besteht, zu erfahren, was man in eure Akten geschmiert hat! Fordert die Herausgabe, es muss dafür eine Lösung geben!«

Er streckte den Bierkrug wie eine Drohung hoch in die Luft:

»Der größte Schuft im ganzen Land, das ist und bleibt der Denunziant! Aber …«, er machte eine bedächtige Pause, senkte seine

Stimme und blickte in die Runde, »wo immer es angebracht ist, sollten wir mit Vergeltung behutsam umgehen.«

Augenblicklich erhob sich heftiger Widerspruch.

»Sollen wir die Drecksäcke etwa ungeschoren davonkommen lassen?«

»Soweit kommt es noch, dass wir diesen Sauladen nicht aufräumen.«

Unbeeindruckt von den Protesten knallte Hannes Vater den leeren Bierkrug gegen das blecherne Garagentor und verschaffte sich noch einmal Gehör.

»Ich verstehe euch nur zu gut! Aber, wir können die alten Paläste nur einreißen, wenn wir auch in der Lage sind, die herausgebrochenen Steine wieder zu nutzen. Wir werden einen Wegweiser brauchen, der uns durch das Labyrinth der …«

Seine Worte verhallten im Stimmengewirr der verschiedenen Meinungen und er setzte sich niedergeschlagen neben seine Frau.

Hannes Mutter zog ihn ein Stück zu sich heran:

»Danke!«, flüsterte sie ihm ins Ohr, »besser konntest du es nicht sagen, wir brauchen jetzt alle sehr, sehr viel Geduld!«

***

»Die Autonummer kenne ich!«

Auf der Fahrt zum Bahnhof am nächsten Morgen bremste Krondorf seinen Lada langsam ab und fuhr in Höhe der Angelikastraße vorsichtig über den Bordstein hoch auf den Fußweg. Um diese Zeit wirkte die Bautzner Straße wie ausgestorben.

»Was machst du denn?« Krondorfs Vater schaute auf die Uhr und sah ihn vorwurfsvoll an. »In zwanzig Minuten fährt unser Zug!«

»Ja, ja, warte nur mal, das schaffen wir schon noch.«

Hannes Krondorf langte nach oben und klappte die Sonnenblende herunter, hinter der ein kleiner Schreibblock klemmte.

»Ich habe es doch gewusst!«, rief er triumphierend und machte sich eine Notiz.

»Pass auf, der biegt gleich rechts ab!«

Krondorf deutete mit seinem Arm auf einen Wartburg gegenüber, der soeben vor der Einfahrt zum Gelände der Stasi Halt machte.

»Hast du denn die Autonummern von denen allen im Kopf?« Krondorfs Mutter rappelte sich vom Rücksitz hoch und schüttelte verständnislos den Kopf.

»Nee, natürlich nicht alle«, lachte Krondorf, »aber es werden immer mehr und ich pick sie so nach und nach alle raus.«

Er verstaute das Notizbuch wieder hinter der Sonnenblende und lenkte den Lada vom Bordstein herunter.

Dann zog er die Handbremse, gab Vollgas, ließ die Kupplung schleifen und löste die Bremse wieder.

»Bist du denn vollends übergeschnappt?«, hörte er seinen Vater keuchen, der durch die Wucht der Geschwindigkeit in den Sitz gepresst wurde.

Krondorf grinste:

»So machen die das drüben bei den Autorennen auf den Supermarktparkplätzen am Wochenende.«

Während er unbeirrt beschleunigte, vernahm er die ängstliche Stimme der Mutter vom Rücksitz:

»Junge, das hättest du dir doch früher nicht …«

Sie kam nicht zu Ende, denn Krondorf stieg am Martin-Luther-Platz mit voller Wucht in die Bremsen.

»Jetzt sind die Zeiten Gott sei Dank anders, habt ihr das immer noch nicht bemerkt?« Er sah sich liebevoll zu seiner Mutter um: »Hab Vertrauen, wir schaffen das noch rechtzeitig zum Bahnhof.«

»Was ist denn nun schon wieder!« Der Vater krempelte seinen Mantelärmel hoch und tippte ärgerlich mit dem Zeigefinger auf seiner Ruhla-Armbanduhr herum.

Krondorf betätigte die Warnblinkanlage und erklärte:

»Hier, genau hier haben mich die Schweine auf den Lkw geknüppelt.« Er holte tief Luft und fuhr leise fort: »Und genau deshalb schreibe ich mir alle Autos auf, deren Insassen in der Zentrale dort oben«, er hob den rechten Ellenbogen und deutete mit dem Daumen nach hinten, »in der Zentrale dieses angeblichen Amtes für Nationale Sicherheit weiter ihr Unwesen treiben.«

»Und was nützt dir das?«, der Vater schüttelte ungläubig den Kopf.

»Ich weiß es auch nicht«, antwortete Krondorf wahrheitsgemäß, »nur so ein Gefühl, wahrscheinlich eine dumme Angewohnheit.« Langsam fuhr er wieder an.

»Die alten Stasi-Leute sind doch noch weiter tätig, vernichten ununterbrochen Akten und schönen ihre Lebensläufe mit gefälschten Unterlagen und Biografien. Früher habe ich mir eingebildet, jedes Gesicht von denen irgendwann mal wiederzuerkennen, zumindest mich an jede Visage zu erinnern, wenn sie mir begegnet. Und Gelegenheiten gibt es dazu doch heute auch reichlich, oder?«

Er machte eine Pause und sah seinen Vater an:

»... habe ich doch früher auch schon gemacht, weißt du doch.«

Und ehe der Vater etwas erwidern konnte, polterte Krondorf los:

»Man müsste noch mal reingehen dort oben und allen auf die Nase hauen, richtig reinschlagen, am besten mit einem Trupp Hooligans wie im Westen, sodass sie vor Angst in die Hosen schei ...«

»Jetzt ist es aber genug!«, unterbrach ihn der Vater und fiel ihm ins Wort. »Hast du nicht eben selbst gesagt, die Zeiten haben sich geändert?«

Wieder trat Krondorf auf die Bremse, diesmal blieb er mitten auf dem Platz der Einheit stehen.

»Weißt du was«, blaffte er seinen Vater an, »ich habe es satt, mir dauernd die Butter vom Brot nehmen zu lassen. Ich will meine Akte, ehe diese Drecksäcke alles vernichten, und außerdem ...«

Er kam nicht weiter, denn mit lautem Klingeln versuchte eine Straßenbahn, ihn von den Schienen zu scheuchen. Außer sich vor Wut leierte Krondorf das Seitenfenster herunter und wollte schon den gestreckten Mittelfinger herausstrecken, als sein Vater ihn an der Schulter rüttelte und nach vorne zeigte. Direkt vor Krondorfs Motorhaube hielt ein weiß grüner Lada mit eingeschaltetem Blaulicht an.

»Auch das noch«, vernahm Krondorf die ängstliche Stimme seiner Mutter von hinten, »ausgerechnet jetzt Polente, da werden wir doch unseren Zug nie schaffen!«

Ein Polizist stieg aus dem Auto und kam auf sie zu.

Während Krondorf sich in Gedanken allerlei Ausreden einfallen ließ, weshalb er mitten auf dem verkehrsreichen Platz angehalten hatte, bedeutete der Polizist ihm mit leichten Auf- und Abwärtsbewegungen seines Armes, Ruhe zu bewahren. Nun wurde ihnen auch klar, weshalb sich die grüne Minna vor ihnen postierte: Angeführt von einem Polizeiwagen mit Blaulicht donnerten aus der Otto-Buchwitz-Straße mehrere schwarze Limousinen von rechts aus Richtung Flughafen über den Platz der Einheit in Richtung Dr.-Rudolf-Friedrichs-Brücke.

Krondorf ließ sich erschöpft zurück in den Sitz fallen. Die Hektik der vergangenen Tage hatte ihn übermäßig mitgenommen. Eigentlich wollte er nur noch Frieden und seine Ruhe haben. Aber er konnte sein Gedankenkarussell nicht abstellen, das schon wieder bei seinem, wie er es nannte, betrogenen Leben war.

»Siehst du«, stupste er den Vater an, als die Limousinen vorüberrauschten, »das sind sie, genau dieselben sind vorher auch schon in diesen schwarzen Karren herumkutschiert.« Er drehte die Fensterkurbel wieder hoch.

»Nichts hat sich geändert. Und die Bürgerkomitees oben in der Zentrale, die angeblich unsere Akten sichern, na, davon kannste dem Mann im Mond erzählen.«

Inzwischen hatte der Volkspolizist die Fahrbahn wieder freigegeben und fuchtelte mit seinem schwarz-weißen Regulierstab vor Krondorfs Frontscheibe hin und her.

»Räumen Sie die Kreuzung!«, forderte er ihn auf, doch Krondorf war noch so im Brass, dass er diesen Hinweis als Provokation empfand.

»Ich räume, wenn ihr endlich eure Posten geräumt habt!«, motzte er hinter der geschlossenen Seitenscheibe und gab Gas.

»Mein Gott!«, seufzte sein Vater neben ihm,» was ist nur aus uns geworden.«

»Lass gut sein, Walter!« beruhigte die Mutter von hinten, »lasst uns nur bitte pünktlich zum Bahnhof kommen.«

****

»Mensch!« Gisela sprang auf, »dass ich da nicht eher draufgekommen bin!«

Sie saßen, einen frisch gebrühten Kaffee in der Hand auf der großen Gartenbank im Hof und betrachteten die leeren Fenster des Nachbarhauses gegenüber.

In der Schleife, so nannten sie den gepflasterten schmalen Streifen im Grundstück, den sie mit dem Auto zum Wenden auf dem engen Hof nutzten und der bis an ein winziges Fensterchen des Nachbarhauses heranreichte, glänzte ein nagelneuer Mitsubishi Kleinbus L300 in der Nachmittagssonne.

»Worauf bist du nicht eher gekommen?« Hannes Krondorf stand auf, schwenkte den Kaffeesatz in seinem Becher und kippte ihn in die Blumenrabatte.

»Na, dass meine Hamburger Firma vor Kurzem in Dresden eine Zweigstelle aufgemacht hat, ein Reisebüro. Speziell für Firmenreisende, ich glaube oben am Flughafen irgendwo.«

»Und was hat das mit mir zu tun?«

»In Hamburg haben wir einen Kurierdienst, der die Flugtickets sofort nach Ausstellung im Reisebüro zum Kunden bringt. Ich weiß nicht, vielleicht geht sowas hier auch?«

Krondorf lachte:

»Von Hamburg nach Dresden, möglichst zweimal am Tag, da käme endlich mal Kohle in die Familienkasse.«

»Natürlich nicht von Hamburg nach Dresden.«

Gisela kniff ihn freundschaftlich in die Seite.

»Die Tickets werden natürlich in Dresden ausgestellt, du Blödmann!«

Jetzt wurde Krondorf hellhörig. Gisela, die Cousine seiner Frau, arbeitete schon seit Langem für das Transport- und Logistikunternehmen Hapag Lloyd in Hamburg und war gerade zu Besuch bei den Krondorfs.

»Da braucht ihr doch aber auch einen Kurierdienst in Dresden, genau hier vor Ort!«, kombinierte Krondorf grinsend: »Guck mal, was da in der Schleife steht, kein erbärmlicher Wartburg wie bisher, womit kann ich dienen?«

»Die haben hier aber schon einen Kurier eingestellt«, relativierte Gisela ihre Überlegungen sofort und Hannes sah seine Felle wieder davonschwimmen.

»Aber sie sind nicht zufrieden mit ihm«, ergänzte sie schnell.

»Was bedeutet denn das nun schon wieder?«

Obwohl Hannes seine Chancen schwinden sah, erfüllte ihn dieser kleine Nachtrag von Gisela mit einem Hoffnungsschimmer.

Es war ja wahrlich kein Geheimnis mehr, dass Politik und Wirtschaft der DDR hoffnungslos am Boden lagen. Nichts funktionierte mehr, wie er es sich als gebeutelter DDR-Bürger in der neuen, freien Welt erhofft hatte. Viel wurde geschwatzt von der Besetzung der Leitungspositionen in den Betrieben und der kommunalen Verwaltung mit westdeutschen Beamten, damit es voranging.

Als ob Gisela seine Gedanken erraten hatte, lief sie zum Mitsubishi hinüber, riss die Schiebetür auf und trällerte fröhlich:

»Hereinspaziert, hereinspaziert, der Krondorf hat das Geld kassiert und fährt die Tickets ungeniert ..., Scheiße, was reimt sich denn auf ›ungeniert‹?«

Krondorf lachte und ergänzte:

»... und hat sich nie damit blamiert!«

Jetzt kam Gabi mit einem Teller selbst gebackenem Pflaumenkuchen aus der Tür und fragte:

»Was habt ihr denn für einen Spaß miteinander?«

Krondorf nahm seiner Frau den Teller ab und schlang seine Arme um sie.

»Gisela hatte da so eine Idee, vielleicht wird was Richtiges daraus, ein echter Auftrag mit Westkundschaft und regelmäßig Kohle.«

»Na klar, das ist es!« Gisela knallte die Schiebetür wieder zu und sagte:

»Alle Westbeamten, die im Osten die Verwaltung wuppen, die fliegen z. B. montags von Hamburg nach Dresden und freitags wieder zurück. Die bleiben kein Wochenende im Osten.«

Sie überlegte kurz und ergänzte: »Es sei denn, sie haben sich hier ein kleines Verhältnis aufgebaut ...« Sie machte eine eindeutige Handbewegung. »... das ist allerdings die Ausnahme. Der Kurier, der hier in Dresden fährt, ist eine Niete. Den mussten sie leider mit den bestehenden Büroflächen übernehmen.«

»Und was bedeutet das jetzt für uns?«

»Na, dass der Hannes sobald wie möglich die Tickets, die das Dresdner Reisebüro, ich meine natürlich unser Hapag-Büro, ausstellt, an die hohen Beamten persönlich zu deren Büros schafft.«

Krondorf sah sie zweifelnd an und ließ sich auf die Gartenbank fallen.

»Kann man denn den alten, ich meine den, der jetzt die Tickets ausfährt, irgendwie wieder loswerden?«

»Irgendwie geht immer!« Gisela nahm Gabi in den Arm und zog Krondorf zu sich heran.

****

»Jedermann hat das Recht, einen Antrag auf Einsicht in die seine Person betreffenden Unterlagen des Staatssicherheitsdienstes der ehemaligen DDR zu stellen.«

Als Krondorf im August 1990 die Schlagzeile in der Sächsischen Zeitung las, schlug sein Herz höher. Endlich, dachte er, endlich!

Viele Monate später hatten sie ihm einen Termin gegeben.

Donnerstag in der Außenstelle der BstU auf der Riesaer Straße. Rechts oben auf seinem Antrag auf Einsicht in die Stasiunterlagen stand die Antragsnummer 1000.

999 Antragssteller seit 1990 vor ihm in Dresden, er überlegte kurz, 999 hatten schon vor ihm gewartet, oder warteten noch, weil ihre Akte nicht zu finden waren.

»Herr Krondorf?«, eine junge Frau erschien am Ende des langen Flures.

Sie hatte einen A4-Schnellhefter unter den Am geklemmt und hielt ihm die Tür zu einem kahlen Raum auf. Zu beiden Seiten standen kleine Tische brav voreinander aufgereiht.

Nur ein Tisch ganz vorn war noch frei, dorthin führte sie ihn.

Auf der anderen Seite saß ein älterer Herr zwischen Aktenstapeln eingepfercht, kaum zu sehen. Er stützte den Kopf zwischen beide Hände, hatte einen Ordner vor sich aufgeschlagen und weinte.

»Wenn Sie jetzt Ihre Akte zur Einsicht bekommen«, die junge Frau legte den Schnellhefter auf das Tischchen und sah Krondorf freundlich in die Augen, »und Sie Hilfe oder Beistand benötigen, zögern Sie nicht, mich herbeizuholen.«

»Danke«, murmelte Krondorf und schlug den dünnen Ordner auf, »es wird wohl nicht nötig sein.«